咬枝绿 一 著

江苏凤凰文艺出版社
JIANGSU PHOENIX LITERATURE AND
ART PUBLISHING

目 录

HUANG QIANG

下册

第十二章　命中无 / 001

第十三章　四月事 / 027　　第十八章　未知数 / 149

第十四章　戏中人 / 053　　第十九章　素与艳 / 177

第十五章　柚子茶 / 072　　第二十章　当宠儿 / 201

第十六章　老照片 / 097　　第二十一章　青梅酒 / 232

第十七章　珍珠白 / 126　　第二十二章　女主角 / 264

第十二章

命中无

元宵次日早上，钟弥起不来。

酒店窗帘闭合，室内开着柔和的灯，难辨昼夜，但她侧躺在枕头上捧着手机刷朋友圈，先是浏览完胡葭荔昨天的约会九宫格照片，点了一个赞，又去看靳月的深夜小作文。

屏幕一角显示着当前时间，她知道外头天已经亮了。

沈弗峥洗漱完，高大身躯背对着床，正站在镜前穿衣。钟弥从镜中窥见他垂眼系衬衣纽扣的动作，眸半敛，映出眼下灰影，指骨修长，慢条斯理地打理着自己。

他的面孔上，神清气爽之余，有种偷情事后餍足的漠然表情。

他右边未被遮盖的肩颈皮肤上有一片抓咬红痕，艺术家趴在床边，远远欣赏着自己昨夜的杰作。

倏然，他眼皮一抬，往前瞧来，钟弥隔着镜子被人盯住，先顿了一下，随即大大方方地耸肩做了一个小表情，转过身去。

所以她错失机会，不知道沈弗峥看她的眼神，与刚刚的她有类似感觉——艺术家欣赏自己的杰作。

若有不同，大概钟弥是天马行空的抽象主义派，而他是苛求细节的写实画派。

扣完衬衣的最后一颗纽扣，沈弗峥调整着袖口让腕骨舒服，对着镜子往左偏头，衣领缝隙里，细看还是露出一点儿红痕。

那不是吻痕，是被咬的。

这点儿半藏半露的痕迹，社交距离下看不出来，沈弗峥也没再管，折身走去床边，坐下俯身，手指半探进温热枕被间，去托钟弥的侧脸，示意她翻身来面对自己。

他手上有洗漱后留下的清冷香气，掌温却很热，动作柔柔地捏她的脸，声音从钟弥的背后传来："真不起来跟我一起去？"

钟弥霍然翻身，一双乌玉眸子盯着他，像是看不懂他，又不好随意乱猜他的意思。

他要去看望外公，邀自己一起是在试探吗？沈先生是不介意外公知情，还是本事已然大到百无禁忌，不怕任何人知情？

可钟弥有顾忌。

恋爱是她自己的，她想怎么谈就怎么谈，不愿意事情复杂化，只想把聚散掌握在自己手里。

沈弗峥瞧着床头橘灯下的一张小脸，觉得自己快要惹怒一只有起床气的小猫，用指腹蹭了蹭她柔软的眼皮，哄着："好了，好了，不去，你继续睡吧。"

脚步声随着关门声响离开，留下房间内的安静气氛，却没有让钟弥的心思静下来。

昨晚两个人回酒店的第二场，在浴室里。

钟弥那时刚洗完澡，穿着酒店浴袍，头发还没吹干，听到浴室门响，便轻声问着："是谁给你打电话啊？"

他这样的人，长时间关机联系不上，也挺吓人的。

沈弗峥没说话，从身后将钟弥拥住。

她的头发被拨到一侧还没完全吹干，后颈还有潮湿的碎发贴在雪白颈根处，那不是吻，他闭眼，只将唇落在那里，一动不动地印着，像久冻之人抱住活物在汲取温暖。

钟弥觉得奇怪，将吹风机放下，试图转过身来看他的表情。

"以前和别人有没有这样？"

钟弥要把之前在庙街夸他的那句大人有大量的话收回，沈老板问这样的话，太纯情。可这场景与纯情无关，钟弥无意地偏了偏脖子，摇头说没有。

"那你呢？"

他侧脸贴着钟弥的耳际，呼吸里热气也随话音拂来："没有，我十几

二十岁的时候,是你难以想象的别扭性子,我人生里所有的关系都是不真实、不健康的。"

钟弥几乎站不住,声音变调,断断续续地问:"那……后来……那后来好了吗?"

某一瞬,触到极限,钟弥在镜面上的手指在他的掌心之下猛然蜷缩,留下几道细细的指印,瞳光涣散如烟花,眼前残留一阵热雾,视线不清明,听觉反而清晰了。

"好不了了,弥弥。"过了许久,他这样说。

这个男人在她面前流露过弱态,用声音,用神情,她虽难招架,但自知半真半假。

唯独那一刻,他的脸埋在她的背上,让人看不清表情,全然一副掠夺姿态。

她却第一次觉得,他的身体里真有脆弱的一部分,以凶烈触达灵魂,似坚冰坠泡温水,被她酸软感知。

不是你来我往地试探招架,是像什么老旧又不为人知的东西被放进她的手心里,他在一时情热里暴露,希望她能承托。

那样的沈弗峥,让钟弥隔夜想起,都仍然觉得像梦一样虚幻,可脖颈间的痕迹又确确实实存在。

没等他再回来,钟弥草草洗漱完,就收拾东西回了家。

回家她倒头继续睡。

近午饭时间,淑敏姨上楼喊她吃饭,她用被子蒙住头说很困不想吃,门被关上还听到淑敏姨在和章女士纳闷地说:"昨天跟朋友出去玩什么了,这么累?"

之后又不知道过了多久,床头的手机响起,钟弥半梦半醒之间接听,电话里,沈弗峥问她要不要跟他一起回京市,她说得在州市再过两天。

晚上她去丰宁巷外公那里吃饭,书房未收的棋局,昭示着某人白天来过。

她想起一件事问蒲伯:"外公是不是有一副很贵的棋?"

蒲伯将棋翻了出来。

钟弥拈起一颗黑子放置在灯下,灯影透出幽湖一样的浓碧光影。

"是墨翠。"蒲伯说。

"黑白子一共三百多颗,都是最好的玉,成色、水头几乎都一致,这是真的有市无价,再有钱的人,也做不出第二副了。"

连棋盒都是雕花的金丝楠,旁边放着一个抽口系绳的云锦纹小布袋。

钟弥问:"这又是什么?"

蒲伯就笑了:"你说是什么?我的弥弥小姐,你小时候学棋摔碎的那十多颗子。"

"啊?"钟弥肉痛的表情真真实实,"碎了十多颗吗?我怎么这么败家啊,这得多少钱?"

蒲伯笑着摇头:"这就算不清了。"

"这么贵的东西,赶紧收起来吧。"钟弥摆了摆手,又明知故问,"这个东西是谁送的啊?"

蒲伯答着:"那位京市的沈四公子,送礼那会儿好像才刚出国留学。对了,今早他还来瞧了你外公,陪你外公吃完饭,下午才走的。"

钟弥装作上一次见这人不是在床上,而是夏末好天,在外公的院子里与他点到为止地握手,礼貌地互通姓名。

"哦,是那个送兰花的人哪。"

她将好奇的尺度拿捏得很好,随口问着:"为什么这个人送的礼都这么贵,外公却肯收啊?别人来送东西,外公不都不收的吗?"

"有些礼,收了,自己不安心;有些礼,不收,别人会不安心。你外公年纪大了,礼不礼的都无所谓了,求个安心罢了。"

钟弥想问那个会不安心的"别人"是指谁,是送礼来的沈弗峥,还是沈弗峥所代表的人?

他能代表谁?

他爷爷吗?外公云淡风轻地提及的昔年故交,沈弗峥口中视外公为此生挚友、已经退位的大人物?

话还没来得及问,外公进了屋子,看到那副棋问:"怎么今天有兴趣把这东西翻出来了?"

蒲伯看了钟弥一眼,笑说:"可能是想到自己小时候闯祸了吧。"

钟弥挽着外公的胳膊,装乖说:"外公,从小你就教我写字画画,学了这么多年,我现在却一样傍身的本事也没有。"

章载年面露欣慰之色,说道:"我们弥弥是长大了,学会谦虚了,小

时候还不是这么个说法儿,小时候还敢跟人嚷,琴棋书画样样精通,现在就是一样傍身本事没有了?"

"我那是年纪小,胡说的嘛。"

"不是胡说。"章载年摸了摸她的头发,"外公今早还跟人夸你呢,顶聪明的,学什么一点就会,就是一样不好——三心二意,不肯用心钻研。"

今早?那就是外公跟沈弗峥夸的自己?

钟弥神情微微一变,还没来得及摆出听训的态度,外公又夸她,话语却意味深长。

"你这样也好。人哪,一旦费心钻研什么,就会被什么困住,不自由,不开心。"

外公是看着她说这句话的,钟弥却有种直觉,这感慨由另一个人而生。

他是那个被困住、不自由、不开心的人。

钟弥的脑子里闪过一些画面,脱离情欲,只闻叹息。

"好不了了,弥弥。"

之后有关沈弗峥的画面便不受控地在脑海里浮现,钟弥垂下眼睫,捧起茶杯,微涩的茶汤刚沾湿唇,在极短的时间里,她想到了一个合适的问题来切入。

"蒲伯刚刚说,今早那位京市的沈四公子来看您,我忽然想起来,他暑假来州市,帮过我的忙,我给他和他的朋友当过导游,嗯……这位沈先生写的字居然和我一样,外公,你不是说,只在他启蒙的时候教过他吗?字怎么会那么像呢?"

章载年神思飘远,面容平和地说:"家里找人特意教的。"

钟弥的声音虚虚的:"他……那么喜欢外公吗?"

"这就说不准了,"章载年笑了笑,"没准是厌恶。小时候叫你学你表姐文静些,你都一千个一万个不愿意,当场耍脾气。那些肯学的人,也未必是愿意的。"

"他厌恶外公吗?不可能,他很尊敬外公。"

钟弥着急说话,被章载年察觉出一丝端倪,他拿眼打量着她:"你倒像是很了解他?"

钟弥心里想着，该了解的，都一丝不挂地了解过了，难以了解的，也不能一时强求，嘴上却笑了笑说："猜的嘛，如果他是很不堪的人，外公根本不会让他来看望你，更不会留他吃饭。外公最会装病了，'身体不适'这四个字往外一丢，闭门谢客，就是大罗神仙也飞不进这个院子里。"

章载年心情很好，同她笑着说："也不是回回都装，人年纪大了，身体总有垮的一天，是真不好了，也不是装的。"

钟弥听不得这样的话："干吗啊？我们过年才刚碰完杯说要长命百岁的，耍赖啊？"

章载年失笑，一副拿外孙女没办法的头痛表情。

蒲伯端着冒热气的小炒进来，刚听见爷孙俩的对话，把菜摆到桌上，叹着气劝章载年："我都说了，您千万别再在这小祖宗面前说自己身体不行了！她哪儿听得了这个，待会儿一生气，不跟人说话，窝一肚子火，连晚饭都不吃了，哄都哄不好。"

"好了，好了，不要赖。"章载年立马哄她。

这话又叫她想起沈弗峥。

他时而和外公截然不同，时而和外公是真的很像，像得不着痕迹，连哄她的语气都同样温和又透着纵容之意。

钟弥在家待了两天，收拾东西回了京市。她没跟沈弗峥说，好像他们都不习惯事无巨细地跟对方汇报行踪。

她从高铁站打车回了小区。

一个多月没回来，钟弥下车，第一眼还没察觉，快走到小区门口，才拖着行李箱折返一截路，在料峭春风里蹙着眉，看向熟悉的咖啡店门口。

那家店换了一张不熟悉的店牌，原来的黑、绿配色换成了金、棕，小清新变高级感。

她纳闷地走近，玻璃门从里被人推开，围着员工围裙的女服务生走出来，还是钟弥眼熟的那张脸，笑着跟钟弥说了句"欢迎光临"。

"你们店换装修了？"

"对的，简单换了一下，内部还是老样子。"

钟弥不解："之前不也挺新的吗？"

女服务生也一知半解："好像是年前老板把店盘给别人了，新老板说一切照旧，连我们三个服务生都没有换，只加了薪水，可能换店牌就是简单意思一下，新店新开始吧。"

有一个不可思议的念头在钟弥的心里萌生，如春笋出土，突兀又坚定。

钟弥的视线从自己之前常坐的靠窗座位上移回来，那种不可思议的想法在她的心间无限放大，她咽了咽口水问："能问一下，新老板姓什么吗？"

女服务生想了想："好像新老板没来过，只派人过来跟我们打过招呼，说一切照旧，姓什么，好像不太记得了。"

钟弥试图给她提示："是姓沈，或者是双木林？"

女服务生费劲思索着，摇了摇头："肯定不是，不是沈，也不是林，不是那种常见的姓，我记得那个姓我还是第一次见，可是我一下忘了。"

她冲钟弥笑了笑，叫她稍等，自己再度拉开玻璃门，往里喊同事："我们那个新老板姓什么来着？"

钟弥站在店门口，室内充沛的暖气涌出来，她站在半冷半暖的交界处，清晰地听见了玻璃门里传来的声音，只短短两个字。

"姓钟。"

钟弥跟女服务员确认了一遍，新老板姓钟？

女服务生经由同事提醒，此时跟记忆复现，全想起来似的，非常确定地说："对，姓钟，还是个女老板。"

"你怎么知道是女老板？"钟弥皱起眉，不解道，"你刚刚不是还说新老板从没来过吗？"

女服务生点头："嗯，她是一次都没来过，负责人来通知的时候，我们问老板大概什么时候会过来，他说钟小姐平时很忙，不一定会过来，他是负责人，以后店内事务跟他联系就好了。"

钟弥呆呆地站着，花时间琢磨着那句"钟小姐平时很忙"。钟小姐本人怎么不知道自己很忙。

女服务生这会儿才好奇地问道："您问这些，是跟我们老板认识吗？"

钟弥抿了抿唇，这问题几番思索也不太好回答，最后模棱两可道：

"好像……认识吧,你们家的咖啡挺好喝的。"

她的本意是以社交性的赞美话就此结束话题,没想到女服务生虽然只领一份薪水,但工作尽职尽责,立马扬起期待的笑脸问:"那您要办会员卡吗?现在在我们店办卡,还有新年优惠哟,下个月就没有啦。"

钟弥快笑不出来了,到嘴边的话要出不出,像锅温度不够的爆米花,酝酿半天,拖拖拉拉几个字几个字地炸出来。

"那个……那个先不用了,我……我……先回家。我先……我先跟人……跟人确认一下,我——我待会儿再来吧。"

忽然接到问题,女服务生也一时没反应过来,机械地点了点头,依然笑脸相迎着,元气满满地说:"好啊,我们店的营业时间是早上十点到晚上十点,欢迎您随时光临。"

钟弥干干地弯着嘴角,笑着礼貌地点头,转身拖起行李火速奔回家里。

前两天人在州市,钟弥就找了家政来打扫屋子,一进门空气清新,桌柜干净得点灰不落。

她把行李箱推到一边,懒得收拾衣物,人先往沙发上一躺,摸出手机,把电话拨给了沈弗峥。

她本来想直切主题地问"你是不是把公寓楼下的咖啡店买下来了?",在电话接通,听到他的声音后,一瞬间心口酥软,到嘴边的话也变了。

山成了水,绕着迂回。

"我家楼下那个咖啡店好像不一样了,店牌换了……"

钟弥以为他多少也会绕着圈子逗逗自己,铺垫一些好听话,讲讲自己多用心之类的,没想到一句没有。

他认得干脆:"我叫人买下来的,店牌不太好看就让换了。"

爱情里废话的含量高是有原因的:人感觉不到爱了要明知故问,感觉到爱了,也要明知故问。

爱有时候,好像就是突然降临手中,被动拥有,再去和对方确认的过程。

"你为什么好端端的要买一家咖啡店哪?"

"你之前不是说你的公寓楼下就这一家能喝咖啡看书的地方吗?上一

个店主喜欢你,又不是你的错,我总不能因为不想你被人表白,就让你没了喝咖啡、看书的地方,我没那么霸道。"

因为不想女朋友被店主表白,转头就把人家的店直接买下来,你以为这样就一点儿不霸道了吗?

这简直强势得离谱,还是不动声色那一挂的。

钟弥在心里嘀咕。

"我听店里的员工说,店是年前就被买下来的,这么长时间……"他们见过面,也一直电话、微信保持着联系,"怎么也没听你跟我说过啊?"

他在电话那头低声笑,声音像阳光晒过的一页纸,既透又暖,字里行间又条理分明:"你想听什么,弥弥?"

她反倒被字句困惑住。

"什么'什么'啊?就是你买下咖啡店的事,你怎么都没提前告诉我?"

"提前告诉你,不就没有惊喜了?"他说完,声音低了一些,跟她确认,"不喜欢这种?"

钟弥的脑子里霍然闪过一丝光亮,有个声音念着:哦,原来这是惊喜。

人生经历受限,她还没体会过这种惊喜,一时有点儿反应不过来:"还……还好,还算有点儿喜欢吧。"钟弥问他,"店里的员工说新老板姓钟?你买下来就买下来,为什么还要送给我啊?我没有那种开一家咖啡店的小资梦想。"

"别人想请你免费喝咖啡,我总不能也只是请你免费喝咖啡。我很少跟着别人出价,喜欢有绝对优势。"

钟弥一字一句地听着,一点点咬住下唇,但没忍住嘴角眼梢的笑意。

这就是刚刚说"我没那么霸道"的男人。

"知道你大概没兴趣管咖啡店,我安排了人,事情都不用你操心,过两天我的助理会带你去办手续。也不麻烦的,弥弥小姐只需要安心喝咖啡、看书就好了。"

钟弥抓起沙发上的方枕,朝前猛摔了一下,似情绪积沙成塔,如果不想从声音里表示出来,那必然要以其他途径发泄出来。

她得承认，她被沈弗峥撩得有点儿不行了。

反差感这种东西，杀人夺命，威力十足。

他身上最厉害的一点就在于瞧着像没空儿女情长的人，可一旦抽空儿女情长起来，次次都是绝杀，不说废话，不做多余的事。

他不停刷新着钟弥对成熟男人的想象。

她以前以为老男人就是仗着阅历耍花招，跟年轻的小姑娘卖弄人生经历，拿脸上的褶子当身上的魅力，花言巧语，侃侃而谈，因为年纪大，会的东西多，所以通通拿出来秀，总有小姑娘中招的时候。

她陷入了狭隘的认知里。

其实老男人不全是这样的。

他一点儿都不费力，所见即是，让人感觉到自己如此特别、如此幸运的时候，他甚至都不用费力讨好人。

因为真正立于云端之上的人，只需要回头伸手牵你一把，你就会有几乎眩晕的登天之感，可这个动作对他而言，又有什么难？

这一瞬间的念头，是红纸包裹的惊喜里突生的黑色尖刺，小小短短的，摸起来稍稍刺手，但不伤人。

钟弥的心还是软的，她还是很想他，甚至更想他。

云遮雾罩时，最念真身。

"沈弗峥。"

"怎么了？"

她喊他的名字时大概有两种情况，要么在生气，要么想撒娇，这两者也很好分辨。

她被家里人教得很好，既聪慧细腻，又坦率可爱，沈弗峥跟人说及她时，没有合适的形容。

他没见过她这样的小姑娘。

前几天，他去看望章载年，有个中年阿姨在打扫卫生，多宝槅上的老相框积灰，她将相片都拆了出来，仔细擦玻璃缝隙里的灰印。

门上春联横批题着"四季长安"，风穿堂，红纸墨字被猎猎吹动，也倏然卷起桌角的照片，照片纷飞散落。

沈弗峥捡起落在脚边的一张照片。

那位中年阿姨拾起其他照片，走到沈弗峥面前讨最后一张，见他低头

看照片看得认真，便笑着介绍说："这是我们弥弥七八岁照的吧，她爸爸就是武生。"

照片里的小姑娘面如白瓷，眼如清玉，一身蓝白小戏袍，点缀缨红，长靠加身像模像样英姿飒爽。

她那双眼，除了轮廓长开，神态从小到大都没怎么变，干净好看这类词拿来形容她都单薄了，似愁非愁的清傲之感，只让人觉得这样的女孩儿，这一生不该皱眉。

谁叫她不快乐，是种罪过。

钟弥在电话里说想见他。

"可以吗？"

沈弗峥没立即应，但语气特别纵容："你回京市都不告诉我一声，说见就要见，你面子好大啊。"

钟弥厚颜："对啊。"

应完自己先笑起来，很享受他这样全然包容的宠爱语气。

沈弗峥听到她的笑声，人也更加放松，打开的烟盒还没动，被冷落在一旁，金属打火机倒是活泼地开开合合，被反复拨动。

"我现在人在城南，忙点儿事，晚上还有一个推不了的宴会，带你去，你大概也不会喜欢。"

钟弥太想见他了，嘀咕说："万一我喜欢呢？"

他也没什么不能跟钟弥说的："我爷爷以前的部下，上年纪了，今晚请的也大多是些附庸风雅的老男人，年轻人不多，你喜欢？"

钟弥如实说："喜不喜欢说不准，不过，附庸风雅嘛，我很会的啊！"

"是。"沈弗峥声音带笑，相当肯定她，"弥弥小姐琴棋书画样样精通，应付这点儿风雅场面不过是信手拈来，那我就邀请弥弥小姐，今晚赏脸去洒洒水。"

怎么会有这样的人？

她故意吹牛，他还把她往更高处抬！

笑过之后，钟弥也有些担心。

沈弗峥的人脉关系复杂到他就是愿意跟她细讲，她一时半会儿都不一定听得清、理得顺，州市和京市不能比，州市的宴会和京市的宴会也不能相提并论。

"我真的可以去吗？我不想去了之后会给你添麻烦，毕竟我又不是想见那些人。"

我只是想见你。

忽地，沈弗峥那边传来一个女人声音。

"要不是你的车子还在门口，我以为你已经走了，这是改好的合同。旁巍和彭家闹成这样，你还愿意给彭家搭桥，果然你们这个圈子里，没有永远的敌人，只有永恒的利益。"

钟弥以为他要分心去应付事情，趴在沙发上静心等着，没想到等对方说完话，他并没有理会的意思，而是对着电话，先跟她说："晚上七点，我叫人去接你。"

"好，那你忙，我先去收拾一下。"

电话结束，沈弗峥手指随意地挑起旁边的合同，薄纸如锋，力一松，落了回去，利来利往的方块字便又不见天日。

他视线往旁边看了一眼，带来的律师立马察觉，起身走了过来。

沈弗峥将一沓纸递给了律师。

动作间，他看向旁边穿着干练套裙的女人，表情平淡，出口的话却有点儿突兀："你跟着彭东瑞，他连这份合同怎么来的都不告诉你吗？"

那话听着，像细微的怜悯，像隐晦的讥讽，更像什么都没有，只是听者多思，空想一场。

律师这时再度走了过来："沈先生，合同没问题了。"

沈弗峥说晚上七点叫人来接她，钟弥以为，这话里的意思是他自己来不了。

没想到老林拉开后座车门，她正隔着羊绒大衣提裙子，往里就瞧见沈弗峥坐在车内。

他朝她伸出手。

钟弥看着他，先是愣了愣，随即松开一边手，去掏自己的大衣方兜，一张对着折起的暖宝宝正发热，被塞到了他的手心里。

趁他怔住那一秒，她扬着笑，灵活地钻进车里，又迅速别好衣摆，方便老林关门。

她不喜欢京市，首先就是不喜欢天气。

春节一过半月，州市再起风，寒气弥天也总隐匿着一股春意复苏的意味，中午她坐车回京市，出车站那一瞬，大风迎面，又干又烈，叫她立时瑟缩。

这一遭，由南往北，返冬彻底。

可站在车门外，看见沈弗峥的那一瞬，钟弥又觉得，这京市的冬严整，凛然有序，与他相称。

黑色车子徐徐上路，融入珠光宝气的夜，不知开往何处。

沈弗峥今天穿了一件戗驳领的毛呢西装，这种领型隆重古典，最适合正式场合，以约束力显权势感。

偏偏他不正式，在里头搭了一件黑色高领衫，妥帖包裹着修长的脖颈和立体的喉骨，如墨织物，深沉柔软。

他面容白皙俊朗，只缺一副金丝边眼镜，就可以被脑补成大学老师，长腿宽肩，随性中透着禁欲气息，有高大修长的身体，又有渊博性感的脑子。

他大概要教哲学吧，讲起泛神论和本我，以酒神精神来为你命名，坦诚相见时，身体力行地为狄俄尼索斯注解：你是什么？是艺术与意志中的非理性原则。

钟弥在浮想联翩中惊醒，猛缩一下手，倒吸一口气："嗒——"好似坏学生被老师体罚。

他两手一边抓钟弥的手，一边拿着她发热的暖宝宝，并一处焐在自己的掌心里。温度渐升，钟弥的手心本来已经适应灼热，他忽然拿起，去贴她的手背。

"干什么？"钟弥收着手，低声问。

沈弗峥看向她，目光不动，牵起她的手，送到唇边吻了一下她刚刚被烫的手背处："你刚刚在走神。"

脸颊唰一下红热，钟弥想，他还是别去当老师了。讲台上站着这么洞若观火的老师，学生没有好果子吃。

钟弥柔软的指尖在他的手心上弹琴似的点动着，话张口就来："我在想……待会儿要去的宴会是什么样的，老男人有多老，要附庸的是什么程度的风雅？"

沈弗峥嘴角轻轻一弯,叫她别紧张:"他认识你外公。"

这话好似变相在说,今晚的场合没人敢怠慢她。

车子这会儿刚好驶进常锡路,一排复古小楼,只有几处有灯,与门前的遮天法国梧桐静居夜色中。

沈弗峥看向窗外:"你外公以前就住在这儿,你来过吗?"

钟弥摇了摇头。

高中艺考培训她跟妈妈坐车经过这里一次,章女士那时的神情,钟弥至今清晰地记着。

车子不知不觉就减了速。

沈弗峥捏了捏她的手:"我指给你看是哪一栋。"

钟弥提不起兴致,也不往窗外看,只低声说:"不看,反正也跟我没关系。"

"家里人没跟你说过以前的事?"

"说过一点儿,就是房子被收走然后拍卖掉了,我家有很多老照片,我虽然没进去过,但知道里面是什么样子。我妈妈养了半园子的白玫瑰,她说她住在这里的时候,最喜欢京市下雨,风雨声吹梧桐。"

察觉自己一时多言,钟弥转头看向沈弗峥,问他:"你呢?你去过没有?"

说完她算起时间来。二十多年前外公离京,那会儿的事,沈弗峥就算去过,也不一定有记忆了。

他却回答得清晰干脆:"没有,一次也没有。我爷爷是一个猜忌心很重的人,即使是他的儿子、孙子,都很难和他亲近。"

钟弥不知道他为什么会突然说这么一句话。

但他的表情很平静,没有多余的情绪,话音一转他才露出一点儿笑:"我在你外公那儿,看到很多你小时候的照片,你外公总是抱着你,小一点儿时抱在膝上,大一点儿时搂在怀里。我爷爷没有抱过我堂妹,没有抱过他的任何一个孙子。"

"他不喜欢你们吗?"

这话很天真,缺乏对人与人之间的关系能复杂到什么程度的想象。

开在春天的小花,不知道夜降寒霜是什么滋味。她也没有概念。

沈弗峥已经意识到他们不该再深聊这个话题,可钟弥疑惑地望向他的

014

眼睛，无形中有一种诱惑力，诱惑人去展现恶，去测试这双纯美的眼睛能承受住什么东西，会有怎样的反应。

"可能也不是不喜欢。"沈弗峥以温和有秩序的声音说着，"是不信任，他觉得我们会变坏，无论他付出怎样的真心，即使是最亲近的人，终有一天都会背刺他。"

钟弥不能想象这样的亲人关系："为什么？哪里会那么坏？"

"为什么不会？"沈弗峥看着她，缓缓说出一句话，"只有当过坏人的人，才最知道人可以有多坏。"

脑子里轻轻地轰了一声，钟弥瞳光微缩，尽力掩饰着那一刻被冲击到的错愕情绪。

他像是后悔，伸手去抚她的脸。

钟弥不高兴地蹙起眉，抬起手，准备去抓他那只手的时候，他几乎在一瞬间做好了心理建设。小姑娘嘛，被吓了一下，想一个人缓缓也符合她的性格。

他正准备把手拿开，可是钟弥并没有如他想象的那样。

她抓住他的手，却没松，只是很依恋地将自己的脸颊贴在他的掌心里轻蹭："所以你爷爷对你不好吗？"

很多很多年，他已经想不起上一次这样喉咙暗自吞咽口水，却说不出话的语塞瞬间，是什么时候了。

良久，他终于出声："还好。"

他其实不太能分辨，所谓亲人之间怎样相处算好，怎样算不好，共荣共辱，一池子水就算被搅翻了，那些鱼还是活在里头。

他只希望少折腾，静一点儿。

沈弗峥对她说："我是我们家最不像我爷爷的人。"

"你的确不像坏人，有时候给我的感觉很像我外公，脾气好，心思细，很温和。"

他脸上风吹云动一样，涌起一些虚浮的笑，他轻轻捏她的脸颊："是吗？我很像你外公，假如我并不是那样的人呢？"

钟弥没有思考，只是像被吸引一样看着他，本能地回答着："我会觉得……很酷。"

她觉得这话有点儿幼稚，说完没看他的反应，膝盖撑着车座，朝前扑抱他的脖颈。

她想知道裹着他的喉结、浸着他的体温的羊绒衫有多软。

沈弗峥收臂抱着她,她从他的视线里消失,他的目光便似没有中心一样失了焦,清清冷冷地看着某处,不由得感叹着:"你真像一只猫。"

小猫扶着他的肩,直起腰,立马冲他不悦地龇牙,似乎不喜欢这样的话。

她才不要当一只可有可无的宠物。

可是沈弗峥神情认真,屈起手指,点了点她的鼻尖:"抱你的感觉很好,像有人陪。"

钟弥闻言,心情大起大落,身体软了下来,靠在他的肩头,任由他抱着。

车内的气氛安静又美好,但钟弥总觉得不够,还缺点儿什么,过了一会儿灵光一现,软软地笑着,凑近他的脸前,忽然——

"喵——"

他一下笑出声来,眼角眉梢像纸浸水,迅速被笑意染透,没有半点儿克制。

钟弥第一次见他这样纯粹又开心的样子。

她也非常开心。

她不知道该怎么告诉他,他的笑,让她很有成就感,这开心远胜拥有一家咖啡店。

钟弥问他:"你有没有养过猫?"

"我从来没有养过宠物。"

钟弥非常想让他开心,再接再厉,兴头十足:"那我送一只小猫给你好不好?"

他两手合住,捧着她的脸:"小猫弥弥。"

钟弥啼笑皆非地拍了一下他的肩,抗议道:"不是我!是真的小猫!"

沈弗峥微微摇头。

车子行经灯火璀璨的大道,金箔珠粉一样的霓虹灯光透进来,映在身上的光影每秒变幻着数百次形态。

沈弗峥的眼睛似一方无波夜潭,任凭浮光照耀,只静静地盛着眼前钟

弥小小的身影。

他下颌抬动,向上吻她的眉心。

"不是你,就不要了。"

闭眼那一瞬,钟弥觉得自己的心都在发颤。

后来多少春夜,都是这个说非她不可的男人陪在她身边,三千珠履,十丈软红,她没有迷失过一步,从始至终,都知道真正叫她沉溺的是什么。

那晚的宴会主人,是个五十多岁的中年男人。

得知钟弥是章载年的外孙女,他奉承得不得了,钟弥一时分不清,这面子到底是给外公的,还是源自她身边站着的沈弗峥。

那人将外公的字画夸得天上有地上无,又可惜章老先生的作品如今一字难求,盛情相邀,钟小姐今天一定要留下墨宝。

钟弥不经事,真没架子,也懒得谦虚,被沈弗峥宠到无法无天那两年,没少在外洒洒水。

那一笔字,虽然难登大雅之堂,但也不是什么人都能有的。能请动钟弥动笔的人,便能说明和沈先生私交甚笃。

奉承话一箩筐一箩筐地收,旁人夸她一字千金,她很清楚自己金贵在什么地方。

荣华浮云来,富贵淌水去,她执笔碾碎,从不过心。

后来想想,她不记得那些年自己都写过什么,春风大雅,秋水文章,都是虚妄。她只记得,每个场景里,她都要看向沈弗峥。

她要看他来确定,游乐园还没打烊。

那年京市的春天来得很迟。

到三月,晚上结束课程回来,钟弥还会紧裹着外衣觉得冷。

但这冷,是薛定谔的冷。有时候沈弗峥开车来接她,她就不觉得冷,顶着大风往车边跑都一脸笑。

出租车和老林来都没有这个效果。

钟弥干脆不要老林来接。

她周末要去机构上课,教小朋友跳古典舞,偶尔去公寓楼下的咖啡店坐坐。沈弗峥给她安排的营养师，钟弥跟她斗智斗勇，五次有三次拒绝她上门做饭，就算被磨到对方提菜上门，钟弥也不肯乖乖接受教育。

人家说她多油多糖吃得不健康，钟弥便笑着吸大杯果茶，知错不改，还要说："可是我已经很快乐了，不健康又有什么要紧呢？"

平时盛澎、蒋雅也经常喊她出门玩，她有时去，有时不去，全凭心意游离在这个圈子边沿。

那晚她去的是一家新开的夜场，是蒋雅之前那个恋爱三周年的发小开着玩的，名字起得又雅又俗，铆足劲往风尘里沾边。

钟弥念着那名字，不掩嫌弃之意。

盛澎听了，笑说："那改明儿你给题个字，咱叫人挂张新匾上去？"

钟弥立马拒绝，连口风都换了："别，别，别，就这名字好。"

地方在商圈负一层，里头通顶的架子，琳琅满目的酒瓶被灯光照出了各色宝石的样子。类似的夜场，钟弥去过好几个，好像都喜欢摆酒，金玉一样堆着，几辈子也喝不完。

今夜她悟了，那是任人拿取的欲望。

有人在这场子里扮演着酒的角色。

钟弥没想到会在这里遇到何曼琪，何曼琪身边的人不是彭东新，不过钟弥居然有印象。

那人是彭东新的圈子里的一个朋友，常跟他在一块儿混着玩，眉眼显戾气，偏很爱笑，经常大声开些不入流的玩笑。

他从何曼琪拢着的掌心里取了火，拍她的皮裙，示意她去给其他人点烟。

何曼琪挤着笑去捧他的场。

这画面叫钟弥本就不多的兴致再打折扣。

在场的很多人不认识钟弥，但认识盛澎。

何曼琪待的小圈子里，有个男的说到盛澎。

"传言不假啊，我上个月还看到他去夜大接人放学呢，今天又换了个妞。"

何曼琪张了张嘴，还没来得及出声，另一个男人嗤笑了一声说道："你动动脑子吧，那女的全程坐着，盛澎扶着她的椅子，端茶倒水都是盛澎站起来的，谁玩谁啊？"

"什么意思啊？"

"盛澎是干什么的你们不清楚吗？那是他的上头的人的。这女的我之前见过，蒋骓，沈家那个表少爷，傲得要命。"

有人搭腔提蒋骓："就是女朋友看人不爽，在酒吧直接扇人巴掌那个？真狂哪。"

"人家的爹妈是什么人？换你你也狂。"

"这么说，是蒋骓跟这妞有关系？"

之前提盛澎的男人这时又说话，像是全场他最懂一样："肯定有关系，但不是那种关系，蒋骓对这妞特别客气。"

"谁啊？"

吊足了众人的好奇心，那人反而提起酒杯卖起了关子："这我就不方便说了。"

也不知道他是真知情，还是道听途说来的。

但一直没说话的何曼琪和她身边的男人都知道钟弥是谁，钟弥的本事有多大。

彭东新被家里人丢到国外去了。

他之前混着玩的小圈子跟树倒猢狲散似的，妖魔鬼怪都跟被筛子抖到阳光下一样，很快没了踪影。

真正知情的人不多。

何曼琪才是全场最知情的人。

年前在盛家的地方，好像是十一月份的事，彭东新那天发火扇了她一耳光，她跌在走廊的地上摔得不轻。

有个男人给她递手帕，问她跟钟弥是什么关系，问彭东新对钟弥做过什么。

她对那个男人印象深刻，那人穿着白衬衫，气质出尘，身上有种不容置喙的孤高气势。

他们聊天的时间不长，基本是她战战兢兢不停在讲，想起什么就补充什么，特别语无伦次。

对方只是转着茶杯静静听着，偶尔皱一下眉，她就立马心慌地将语速加快。

最后她鼓起勇气问那个男人："那……那你跟钟弥是什么关系？"

他将手里凉透的茶泼在淌水的案上，说："还没有关系。"

这话她当时没听懂，之后她也再没见过这个男人。

但她晓得彭东新大概要惹大麻烦了。他喜新厌旧地一脚踢开她，她毫不纠缠，半滴眼泪都没有，拿了好处就走人。

彭东新的圈子又乱又脏，她还跟着彭东新的时候，现在这个男的就摸过她的腿，他大概记性不好，总喊她娜娜。

后来又遇上，她主动告诉这人自己叫什么，从一个男人挪到这个男人的朋友的枕边就这么简单。

他们这个圈子里，不拿这些事当事的。

她便告诉自己，也不要把这样的事放在心上。

快过年那会儿她就听到消息，说彭东新可能要出国读书，这是对外好听的说法，他会几句英语？去国外跟要他死没两样，搁古代这叫流放。

而且何曼琪听彭东新说过，他同父异母的两姐弟把持彭家，早想把他支到国外去眼不见心不烦。

是彭东新那没名分的妈挺会使手段卖惨示弱，才撑着这么多年彭家的平衡关系。

念他实在是个废物，彭东琳、彭东瑞才当他死了一样不管他。

他当废物可以，但太蠢得罪人，就不好收场了。

彭家具体发生了什么，何曼琪不知道，她只知道最后一次见彭东新是年后，不久他就要被送去澳大利亚。

那晚盛澎也在。

盛澎坐在沙发上，手里掰着一个长条魔方，说替彭东新饯行。

桌上摆了一排人头马。

盛澎跟彭东新的朋友确认："那晚跟弥弥喝的是人头马吧？"

那人没了往常大声说不入流笑话的样子，只沉默着点了点头，看了看被压在玻璃茶几前不停反抗叫嚣的彭东新，又收回目光，似乎看哪里都不对，最后只好尴尬地盯着沙发腿。

得了话，盛澎看向何曼琪，拿长条魔方戳了戳她的腰："愣着干吗？给彭少爷开酒啊。"

四月以愚人节开场，天气也玩戏剧性，刚刚返春的晴日，跟魔术箱里的白鸽似的,遮住箱子的红丝绒布被扯开,"唰——"返春失败,又遇一场寒。

那天下雨。

霓虹灯灯牌沾满水珠,屋檐下淅淅沥沥,八点刚过,钟弥跟许久没见的靳月刚吃完饭。

两个人天没黑就在酒店楼下碰头,先喝了下午茶,然后转去餐厅。

甜点和西餐都没怎么碰,两个人聊到最后,入夜了,下雨了,玻璃上除了室内灯火,还映着两张愁容。

大学同宿舍那会儿钟弥就知道,靳月心理承受能力不太好,当时办休学也不是真有什么明星梦,只是流言蜚语让学校成了她待不下去的地方,她想换个环境。

她现在说,她是真的想拍戏赚钱,但也不是想要钱。

"我不想他砸在我身上的钱,最后都打了水漂。我很想给他一点儿回报,可在他的世界里,我就像是一只落水麻雀,不被呛死都是好事,居然还痴心妄想要跟那些生来就待在水里的鱼比谁游得快。"

"我知道他现在生意上受困,那天也听到他的家里人说,只要他和他的前妻复婚,一切都会迎刃而解。他跟他的前妻这场婚姻,无论是以前还是现在,对他而言都是利大于弊。"

靳月手里的搅拌匙在杯壁上碰出叮当的声响。

钟弥看着她低落的神情,顺着话轻声问:"所以旁先生是要……"

话没说完,靳月抿住唇,摇了摇头:"不是。他说他不复婚。"

靳月的声音有点儿变调,嘴角似乎在试图往上提,但最后她没笑出来,那抹意味不明的弧度,就显得凄然。

她咽了咽口水,过了两秒才说:"我还听到他跟他爸妈说'对,我就是喜欢那个小明星'。"她的眼睛,在那一瞬晚星一样亮起,"弥弥,他说他喜欢我。"

钟弥看见她终于把那个笑挤出来了,也看见她眼里随之蹙起的浓浓水汽。

"是假的。"接过钟弥递来的纸巾往眼下按了按,靳月身临大雾一样自问着,"所有人都以为他喜欢我,他自己也说他喜欢我,可只有我知道,是假的。我们之间什么也没有,他给我花钱,我要什么东西他都答应，好像只是拿我当拒婚工具的愧疚感。"

"你真的喜欢旁先生？"钟弥声音轻，目露惊讶的样子却十足震惊。

她以为靳月之前为旁巍会不会复婚烦恼，是因为怕旁巍不再单身，就算彼此之间什么也没有，靳月的处境也会变得很尴尬。

钟弥没有想到是这个原因。

"可是，你们之间不是一早就——"

靳月接过话，自己说着："对啊，一早就说好了，是假的，大概是……我真的不会演戏吧，演着演着，我就当真了。"

钟弥脑子里消化着突如其来的信息，试图安慰靳月："其实也还好，你不是说旁先生不会复婚吗？"

"他复不复婚，都不是我能决定的，他的处境，我也完全帮不上忙。他跟他的前妻领养了一个小女孩儿，小女孩儿特别乖特别漂亮，最近他的前妻把小姑娘送到了璟山那边，旁巍叫她喊我姐姐，我们吃饭的时候，小姑娘会问他：'爸爸，你什么时候把妈妈接过来？妈妈她很想你，你想妈妈吗？'

"弥弥，你知道吗？我像一块木头，什么话也说不出来，一张口就觉得，我是不是要当阻止人家一家三口重归美满的坏女人？我没说话，整个喉咙里苦得像胆汁泛滥。

"世界上怎么会有我这种人？明明一分力没出，尽得了好处，还要矫情，还要难过。我跟他说，我不想拍戏了，他问我要不要送我去新加坡留学，那边语言环境好，说女孩子还是要多读点儿书，我忽然就在他面前崩溃大哭。他已经那么烦了，我还要给他添麻烦。他问我怎么了，是不是之前在剧组被人欺负了。

"我靠在他的手臂上，整个人都在发抖。我不知道怎么问，为什么他一点儿也不喜欢我？"

靳月眼眶通红，眼泪大滴大滴地砸落，人却冷静异常，轻声问着："弥弥，你说我是不是疯了？"

大一她妈妈生病缺钱那会儿，钟弥见过她大哭的样子。

如今她脱胎换骨，眼泪也不是同一种滋味。

钟弥一时也说不出话，眼眶隐隐也有跟着发酸发涩的兆头。

她能共情。

第一次去沈弗峥在城南的别墅的夜晚，因为那双不合脚的鞋，因为他的话，她逃了出来，顶着冷风，也谴责过自己不理智的反应。

人极度渴望爱，又清楚知道自己配不上这样的爱时，想明白很痛苦，放手也很痛苦，好像终生会被那些渴望而不得之物所困。

那些张口就来的道理和毫无意义的安慰话，钟弥一句没说，只是静静地陪靳月坐着，直到靳月的经纪人打电话来接她回去。

临别时，钟弥跟靳月说："回去好好休息一下，前阵子拍戏也挺累的，有事给我打电话吧。"

外面天已经黑透了，潮湿雨水仿佛将京市冒尖的春信压回了泥土里。

那几天，京市返寒，落雨不停，乍暖还寒的天气惹来一场大规模流感。

因到清明，钟弥避开这怪天，回了州市陪章女士去扫墓。

下山路上，半晴天吹着微暖的风，母女俩手挽着手。

章女士说："你外公最近身体不好，他不让告诉你，我觉得没什么不好告诉你的，生老病死都是常事，不知道总以为以后日子还很长，总想着很多事以后还可以做，容易留遗憾。"

钟弥知道，章女士这一刻的伤怀心情或许是因为爸爸。

"外公还是心脏问题吗？"

"嗯。"章女士说，"老毛病了。"

"要不要让外公去疗养院住一阵子？一换季就犯毛病，还是让专业的人来照顾比较好。"

章女士叹气："他哪里肯呢？前脚去了，后脚消息就散出去了，就要有人来慰问探望，他嫌麻烦吧。"

钟弥忽地多生出一分心思，问着："是京市沈家的人吗？"

"多多少少和沈家沾边吧，不然你外公都离京快三十年了，谁还会记着他？"

"就因为外公和沈爷爷是故交吗？"

章女士声音轻轻地念着："故交，过去的交情，这词讲起来复杂，也没有再提的必要。弥弥你知道之前跟你说的，妈妈那个青梅竹马的叔叔，最后娶了谁吗？是这位沈爷爷的女儿，我们以前也同过窗，只是一直关系不怎么好。"

"所以,是她抢走了那个叔叔吗?"

钟弥知道那个叔叔是谁,蒋雅的爸爸,因为蒋雅说过玩笑话,说章女士是他爸的"白月光",还好他俩当年没成,不然既没他,也没钟弥。

章女士笑了笑,摇头跟她说:"没有。弥弥,如果每一种失去,我们都试图把它归为某个人的责任或者错误,那么这一生,你就会有很想不通的事情。你要学会去理解。"

"理解什么?"

"理解那些没有答案的事,凡有所失,皆命中无。"

"拿稳你得到的东西就好了。"章女士面露柔光,"就像我遇见你爸爸。"

隔天,钟弥去了丰宁巷。

老槐树抽了新芽,头顶嫩绿,匝地浓荫,月底应该就会开满如雪槐花。

不过到时候,她可能没空过来欣赏。

舞蹈生的毕业论文没什么难度,但京舞毕业的汇报演出并不轻松,她总想着谢幕戏演好一点儿,句号才画得圆满。

软磨硬泡让外公答应去疗养院待一阵子,钟弥才放心地回了京市。时间掐得紧,出了机场来不及回家放行李换衣服,她就直奔舞蹈机构。她还有一节课要上。

等课结束,已经是晚上六点半。

小朋友陆陆续续地挥手跟她说"老师再见",被家长接走,钟弥也打车回了家。

草草对付完一顿晚饭,她跟沈弗峥通电话才知道,他居然生病了。

"沈弗峥生病"这五个字,落在钟弥的耳中,跟巨人倒下无异。她以为他是刀枪不入的铁人,没想到铁人也没扛住京市前几天上新闻的妖风。

老林来接她,车子往城南开去。

"沈先生这阵子太忙,连觉都睡不足,大概是太操劳,抵抗力变差了。"

钟弥身边放了个小袋子,她上大学就被钟女士要求带着常备药箱,平时小病小痛,她都会自己诊断吃药。

在电话里,她问沈弗峥看医生没有,他说没到需要看医生的程度。她

又问他吃药没有，他说过两天就会好，话都说得轻飘飘的。

从老林口中她才得知，沈弗峥昨天居然还发烧了。

当时他在沈家，忙得抽不开身。

沈弗良和蒋小姐结婚，老爷子冷待沈兴之的两个儿子多年，好不容易有一桩老爷子满意的喜事，当然要借此机会大操大办，红白事自古都是社交场。

沈家在京市的人脉关系，久居南方的沈兴之不大通，但他最后终究是要被调回京市的，个中关系，还需要靠着沈弗峥上下打点。

这种场合，连沈弗峥的父亲沈承之，都不一定有他的儿子管用。

毕竟众人皆知，沈弗峥是唯一一个在沈秉林身边长大的孙辈，沈老爷子独独爱重这个孙子，十岁出头就带在身边，教他识人行事，教出如今世无其二的沈四公子来。

他小时候喊着爷爷、伯伯的人，如今哪一个提出来，都需避讳姓名。

这场沈弗良的婚宴，沈弗峥反倒成了寸步不能离的大忙人，迎来送往，觥筹交错，也没人知道他身体不适，自然酒也没少喝。

深夜散场，老林看他在后座上闭着眼，眉心蹙得难受，本来提着要不就近先去酒店休息，沈弗峥却说回城南。

等洗完澡，人清醒了一些，老林还在客厅里候着，很担心他："要不要请医生过来看看？"

他淡淡地说不用，穿着深蓝如墨的两件式睡袍，宽松裤脚垂在脚背上，因面部表情匮乏，显得格外冰冷苍白，从慧姨手里接过一杯温水，径直走向负一楼。

慧姨屏了一口气，没忍住提醒："沈先生，您今晚不能再喝酒了。"

他回身，示意手中的温水杯。

负二楼那间布满昂贵瓷器的玻璃房子，看起来像博物馆，但里头其实放了一张躺椅。这栋别墅里的用人都知道，对沈先生来说，那里更像一间睡眠室。

早几年，他回来这边的次数不多，但凡晚上回来，要么在藏酒室里，要么就在这间玻璃房子里面待着。用人有时从负一楼的栏杆边经过，往下瞧，便会看见他躺在靠椅上，不知是闭目养神，还是睡着。

他仿佛对那些回溯历史的天价艺术品并不感兴趣，合着眼，任由那些脆弱精致的瓶樽，无意义地、远远近近地陈列在他身边。

如此躺几个小时，再出来，沈先生会变得特别平静。

现在他很少去了。

慧姨想了想，大概大半年了，沈先生上次去是去年八月。

那回沈先生出来，不像以前那样，虽然也不说话，但那种平静样子并不能叫人安心。他在客厅里又坐了很久，最后打电话叫了盛澎过来。

隔天他就去了州市，备上了厚礼，说要去看望什么人。

到月底他才从州市回来。

回来之后，他状态看起来很好，好似州市那里也有一间这样价值连城的玻璃房子。

那应当更昂贵，所以叫他平静的功效更好。

第十三章

四月事

沈弗峥在城南的这栋别墅,钟弥第三次过来,无心看孤岛一样的灯火,仿佛成了流落海上的飘零船只,只迫切地想要上岸,去问候这岛的主人。

她进门后,慧姨替她取出拖鞋,跟她打过招呼,又说沈先生现在在房间里,领着钟弥往楼上去。

钟弥边走边问:"他晚饭吃了没有?"

"吃了,但不多,可能人病了也没什么胃口吧。"慧姨看钟弥提来一只小袋子,露出药盒一角,没多问,悄无声息地收回了目光。

其实这边有药,连医生也是一个电话就能立即上门,只是沈先生不配合而已。

慧姨将她送到门口:"我叫人送点儿热水来。"

钟弥冲她点头微笑:"好的,麻烦你了。"

"钟小姐晚饭吃了吗?需要送点儿吃的东西上来吗?"

"不用,我吃过了。"

钟弥在沈弗峥的房间门口站定,抬手,不知道他现在在不在睡觉,刚刚在电话里,他的声音听着既有病气,也很困倦。

她轻轻敲了敲房门:"我进去喽。"

里头的人应了一声,门也被钟弥朝内推开。

沈弗峥起身来迎她,也注意到她提来的小袋子:"带了什么?"

钟弥将自己的拎包丢向卧室沙发,高高扬起另一只手,冲他说:"药。"

"我猜你家有药,但你不想吃,所以给你送来了女朋友牌的,应该是不会被拒绝的吧?"

他浅浅一笑:"我免疫力很好的,过两天会自己好。"

钟弥贴到他身前撒娇地哼着:"让我来帮你好吗?给我一点儿功劳,让我来救你!"

沈弗峥哭笑不得。

这时候热水被送来,钟弥去门口接,命令沈弗峥躺回床上。

听老林说他这几天顶着病体多么忙,钟弥是诚心希望他好起来,抠了药,兑了水,睁着一双漂亮眼睛趴在床边,盯着他将药吃下去。

可她没想到诚心也会办坏事。

她喂错药了。

可能在电话里知道沈弗峥生病,她当时太惊讶,着急拿药过来看他。

也怪她平时粗心,铝箔的药片板从盒子里拿出来就混放在一起,病好了收起来的时候也不留心,将胃药塞进了感冒退烧的盒子里。

刚刚沈弗峥吞完药喝完水,钟弥去桌上放杯子,才发现铝箔板上的药名不对劲。

感冒药里为什么会出现肠胃类的词?

她拿着手机搜了一下药名。

屏幕跳转,显示,她发现是治疗胃溃疡的药。

钟弥一下想起来,这胃药都是去年春天的了,她被彭东新灌酒伤得不轻,好一阵子都胃难受,只要饮食稍不注意就会半夜返酸呕吐。

钟弥走到床边告诉沈弗峥这个突发情况:"我……我不会害死你吧?"

他先是愣住,看着钟弥一脸担心的样子,随后轻轻弯唇:"你可真是要了我的命了。"

"怎么会吃错药啊?"钟弥喃喃,想想都觉得好笑,又很担心他,荒谬、叹息、懊恼、无厘头,一时脸上表情复杂得可爱。

沈弗峥正想拉她到身边来,她风一样跑去了桌子那里,拿起手机继续搜,这个胃药买来都一年多了,不知道会不会过期。

她刚搜完误食胃药有什么影响,还要搜一下误食过期胃药会怎么样时,沈弗峥靠在床边喊她过去。

她像临交卷一分钟,还没写完作文结尾的学生,注意力高度集中,手

指在屏幕上动得飞快:"等等,等我查一下!"

看她这么紧张,沈弗峥反而有闲心跟她开玩笑:"我待会儿没准就要死了,你过来,让我抱抱。你好歹让我最后抱着你。"

"哪里有那么严重!不会死的!"钟弥恼他口无遮拦,说着话,还是朝他走去,目光只顾盯着手机里的文字,没看路就往下躺,压到了他的胸口。

他装痛装得好真,钟弥真信了,手指立马摸上他的心口,皱眉问着:"这里怎么了,绞痛吗?"

她正准备往刚刚网上不负责的诊断回答里代入,沈弗峥答得一本正经:"跳得比往常快。"

钟弥捶他,这回下手狠,他是真呛了声气。

"咳——轻点儿吧,小祖宗。"

钟弥哭笑不得,与他对视。

他虚弱着又笑起来的样子,好像早春的雾,暧昧气氛不知是怎么升温的,她眼里的恼意慢慢就柔了下来。她趴在他的身边,手肘将身体与床撑开一段距离。

钟弥在他眼里看见了日光晒透薄雾的热气,融融照拂,寸许距离间,男人棱角分明的一张脸上,带病气的眼角微红,叫人在薄雾里迷失,在灼阳里燥热。

呼吸都成了变相的充气过程,热息盈满胸腔,整个人像渐渐往上飘起的氢气球,连带着大脑也越来越轻,越来越虚。

倏然,他翻身将她压住。

一颗气球的人生里,仿佛初初有了踏实的分量。

他吻下来的那一刻,钟弥正在说话。

"你吃错药——"

她想叫他别乱来,但已经开始。

漫长缠绵的吻,终于在餍足中结束,两个人稍稍分开些距离,呼吸热得像粘在一起,视线一碰,餍足不像餍足,像升腾出的一股更欲求不满的贪心。

钟弥抿了抿唇,嗓子明明每分每秒都在被唾液浸润,此刻还是发干。她试图找正常的声音，一张口，气都是发软的："我担心那个药会影响你……"

"有没有影响……"他抓着她柔软的手掌，向下去求证。

不只是手指，头皮发麻的一瞬，钟弥在他身下也蜷缩起来，声音闷在他的胸口处，羞耻又着急地弱声说道："我不是说这个影响。"

她把自己的手拿回来，凶器一样无处安放，最后轻轻搭着他的肩，还在担心误食的胃药会造成影响，试图跟沈弗峥进行正常对话："你有……有没有什么反应，或者感觉不舒服吗？"

她大概不知道，每一次，她躺着说话的时候，脖颈线条都会绷紧，又会随呼吸微微陷动。

眼眸透亮，有种汝瓷开片一样的凛然美感，越是绷紧，越叫人想以煅烧令其舒展，为她镀绯红的釉。

沈弗峥低头，吻她耳根的皮肤："刚刚不是感觉到了吗？"

温热触感向下，他细密地吻去，声音也在她的听觉里愈低愈远："很不舒服。"

贴身的香灰色线衫毫无防御力，三颗珍珠色扁纽扣连与手指的一场缠斗都讨不来，被大手随意一推，便堆挤到一处，如同被剥开绿色花萼，因人心急，忽地暴露了含苞待放的娇嫩部分。

强势呼吸似湿雨暖风，伪造了一个春天。

薄薄的眼皮外有光晃动，可钟弥并不想睁眼，后颈粘着一些发丝的热汗在渐渐降温，她也正处于这样缓缓退烧的状态。

累，但她也享受这个时刻。

尤其是沈弗峥正抱着她，用手指一点点抚顺她散开的发，动作轻柔，好似精心修复一幅昂贵的画。

这样的平静气氛没持续多久。

他忽然出声说饿了。

轻轻的两个字，又配上亲吻钟弥的额头的动作，好似她是什么大功臣，叫他终于食欲大振。

钟弥暗暗咬牙，不打算理这恩将仇报的黑心资本家。

她偏遇上得寸进尺，他连自己吃个夜宵都霸道地要人作陪。

秀色可餐不该是钟弥穿着他的宽大衬衫，身外裹着薄毯，收拢一双细

长白腿靠坐在餐厅椅子上,眼含浓浓怨色,看着沈弗峥吃面条的样子。

但他扶着一碗清汤面,边看钟弥边进食的斯文样子,好像她真是什么最佳小菜,异常开胃,能叫汤见底。

钟弥心想,这人是懂什么叫吃干抹净的。

事后算账无意义,但钟弥还是要在良心层面上试图谴责资本家:"你一点儿都不担心会把病传染给我吗?"

他漱口回来,带回一壶泡好的清茶,徐徐斟着,徐徐出声:"如果造成这样的结果,我会谴责自己。"

这话听起来特别耳熟,绝对耳熟,那种大集团出事故,但凡被通报批评,千篇一律是这样的抱歉说辞,官方到没有一点儿愧意。

钟弥目瞪口呆:"你谴责自己,对我来说有什么用?"

他答得干脆:"没有,一点儿用处没有。弥弥,人的需求是有层次的,生理需求完全是动物性的,担心你生病的前提是,我在做人。"

第一次听到人把"不做人"说得这么文雅书面化,钟弥咬住唇,仿佛身体里正在攒气,但张不开口,话说不出一句。

沈弗峥继续说:"所以不要问别人要愧疚感,这种东西,是真是假,都没有用。"

钟弥感觉自己在无形被教育,还不太开悟的样子:"那我应该问你要什么?"

沈弗峥提示她:"要你想要的东西。"

钟弥一时想不出什么需求,视线在这个灯火通明的房子里打转,忽然——

"我想要进你负二楼的那个玻璃房子。"

沈弗峥有点儿意外:"你感兴趣?"

钟弥如实说:"我对你感兴趣,对侵犯你的私人领地感兴趣。"

沈弗峥挑了挑眉,那样子既有兴味,又颇纵容,似乎很喜欢她的这个回答。

她刚刚是从楼上被沈弗峥直接抱下来的,只穿了内衣,裹了衬衫。慧姨端来面碗,怕她会冷,才找来一张蓝白花纹的小毯子给她披。

此刻她的手由沈弗峥牵着,脚上没有拖鞋,也不愿意穿,仿佛在领会他刚刚所说的动物性,以自身的皮肤体温,去感受他不为人知的领地。

蜿蜒的黑色大理石台阶朝下延伸，触感冰凉，钟弥的脚纤细白皙，脚趾微微缩起，格格不入地一步步踩下去。

明明这栋别墅恒温，不知是不是地势低的缘故，她总觉得负二楼空到有回音的空间里，有一种幽僻生寒的感觉，可能只是心理层面上的幻觉。

"你喜欢这里吗？"

沈弗峥的回答没有一秒思考："不喜欢。"

他牵着她走到入口的玻璃门前，告诉钟弥数字密码，又以她的食指录入新的指纹密码。

他站在钟弥身后，叫她自己解锁进入。

钟弥按下数字，又将手指按上去。

精密的门锁忽闪红灯，发出尖锐的"嘀"声警报，她吓了一跳，毯子都掉下半截，仓皇回头望着沈弗峥："错了？"

沈弗峥垂眼看着她，抓起她的手往感应区重新按，钟弥的注意力落在因感温而一层层扩开的暗红纹路上，注意力集中到仿佛加载即将完成。

而耳边，是沈弗峥俯低一些，轻轻擦着她软白耳郭的声音。

"没有错。你要坚信自己没有错，因为有时候错误只是虚晃一枪的考验，你觉得错了就是错了，你觉得没错就是没错。"

话音落地的瞬间，复杂而机械的解锁声音也停止了。

门，无声地弹开一隙，欢迎坚信自己的第二个造访者进入。

沈弗峥替她将滑落的毯子提回肩上，钟弥伸入一只脚，脚心落在釉面一样微凉的私人领地上。

她之前在负一楼的栏杆边，以俯视角度匆匆欣赏过这里，近距离参观的感觉完全不一样。

斗彩、青花、甜白，眼花缭乱的瓶樽瓷器，隔着透明玻璃，错落摆放，而且不知道是不是为了拿取方便，这些玻璃都没有顶。

"这些玻璃是那种特殊定制的，起保护作用的吗？"钟弥忽然问。

沈弗峥回答："很脆，一敲就会全部碎掉。"

钟弥回身奇怪地看着他："你敲过？"

他稍稍沉吟："还没有。"

"这些瓷器买来是用于收藏保值的吗？"

"可能有这个原因。"

钟弥看到一张豇豆红的软皮躺椅,放置在中央空地处,造型复古,冷调空间里,偌大一抹红,即使饱和度极低,也足够亮眼。

脚心轻踩几下,她走过去,往上一躺,闭上眼睛感受了一下。

眼皮外,沈弗峥的声音仿佛被空寂的环境浸得清冷:"在感觉什么?"

钟弥睁开眼,环顾四周后,缓缓说着:"椅子很软很舒服,环境也很好很安静,但我感觉,人躺在这里是睡不着的。"

他走过来,单膝蹲在钟弥身侧,像是不想再俯视她,于是换作这种亲近的、平视的姿态:"怎么得出的结论?"

"就是感觉。"钟弥想了想说,"这里很像一个无菌环境,但无菌环境会限制人,就像有些展览不许携带食物、饮料,不许说话,禁止气味,禁止声音,这种安静环境是不会让人放松的,人只是屏住一口气,在这种安静环境里忍着。"

她的话未经思考,也没有特意概括,想到什么她就去说什么,说完才发现自己讲得过分严肃。

钟弥两臂搭在扶手上,俯下身,凑近沈弗峥在冷光源下平静俊朗的面孔,轻轻吻他的嘴角,稍触即离,小声如情人低语。

"没有你说的那种动物性的快乐。"

什么是动物性的快乐?

冷了就去靠近火,渴了就喝水,累了就躺下睡觉,这些都属于人之本能,但有时候越是作为人越是不能顺应这些本能。

人要克制,要戴着镣铐舞蹈,戴着面具社交,不做我,才算聪明人入门。

沈弗峥起身拉她起来:"很晚了,去睡觉。"

次日早上,钟弥不肯起来,也缠着身边的人,拿被子裹,拿腿勾。

沈先生一夜恢复,精神状态很好,想着多一次少一次也没区别,干脆不委屈自己,再多一次。

钟弥更累,抱着他酣睡,不让他下床。

沈弗峥跟她商量:"拿一下体温计,马上回来。"

钟弥睡得迷迷糊糊的不记事,也不知道他去了又归花了多长时间。

确定钟弥没有发烧,沈弗峥又摸了摸她洁白的额头,想着可能是早起运动，又裹着被子睡得太暖，体温偏高，有点儿像发热。

男人的手掌宽大，手指又修长，掐在钟弥纤细的脖颈上，几乎要环过来，他的拇指落在钟弥脆弱的喉骨上，轻轻揉着，低声问着："嗓子有没有不舒服？"

钟弥只觉得他吵，被摸得脊背发麻不舒服，哼声要躲，推着一床的方枕、长枕想把自己藏起来。

沈弗峥不放过她，手臂一伸就把人捞了回来。

"说句话我听听，弥弥，我看你嗓子发炎没有。"

人一旦开始做人，就会有礼貌和愧疚。

沈弗峥自查自己一觉起来，好似余病尽愈，昨晚跟钟弥在电话里还微哑的声音也仿佛恢复如常。

钟弥被他折腾得不像样子，这会儿想睡不能睡，被动的起床气更是原地翻倍，她终于睁开眼睛，也配合着沈老板的需求。

"王八蛋！可以了吗？！"

沈老板失笑，连薄绸睡衣下的胸腔都跟着欣悦共振，也确定了，会不会发炎有待商榷，人已经发火是板上钉钉的事。

他现在哄人本事娴熟，也清楚了，钟弥真就是一只傲娇小猫，在外高冷，平等地跟所有人若即若离，只有喜欢你，你哄好了，她才肯收起小爪子撒娇。

"好了，让你睡觉，今天下午几点的课？"

钟弥闭着眼喃喃，像是怕了，话说得好可怜："三点，你别再弄我了。"

"好，不弄了，睡吧。"

沈老板温热的手掌搭在她的脖颈根处，手指落在她的后背上，轻轻点拍着。

人就快要被哄睡着，偏偏这时候钟弥的手机响了起来，显示的还是无备注的号码。

见枕被间那张小脸烦躁地蹙起眉，沈弗峥手上动作没停，稍稍将频率加快，拍着她，另一只手去拿她的手机，柔声说："我帮你接。"

钟弥这才安心地睡过去。

电话里就算天塌了，也有沈老板顶着。

一觉睡到十二点后，钟弥满意地起床。窗帘一拉，阳光满室，她坐在床上伸懒腰，想起电话的事问沈弗峥。

"裁缝店，说你送去的舞蹈服改好了，送到家，按门铃没人。"

"哦。"钟弥想起来了，是她为毕业汇报演出准备的舞蹈服，手臂和腰上的飘带长度不合适，转起来不够灵动飘逸，她送去裁缝店调整了。

"那我的衣服呢？"

"我让老林帮你拿过来了，"沈弗峥从床尾沙发上提起一个袋子递给她，"是不是今天要穿的？"

钟弥笑着摇头："教小朋友哪里需要穿得这么漂亮啊，是我毕业汇报演出要穿的。"

她将衣服从袋子里取出铺在床上，柔软的纱层层错开，淡青和浅粉相叠，旋转起来，似一树枝丫纤细被风吹动的樱花。

她学跳舞这么多年，个人表演的服装几乎都是宝缎坊的老板给她做的。那老板了解她，晓得她身上的灵气和柔软最配这种仙气飘飘的软纱和缎带。

钟弥眼睛一亮，忽然问："你要不要当第一个观众？"

五月份，京舞毕业汇报演出那天，沈弗峥在校领导讶异又欢迎的目光中，以突如其来的赞助人身份，坐在礼堂前排位子上。

那天舞台上灯光、音乐、布景，甚至钟弥的妆容都无错可挑。

他在灯光汇聚在她身上时，随台下的观众一齐鼓掌，也听到身边的几个校领导跟人介绍，台上的人是这一届的优秀毕业生。

这个叫钟弥的小姑娘进校就被系里的老师夸有天分、有灵气，跟另一个同学跳的某支舞至今都是京舞的教学模板，这次毕业汇报演出节目，肉眼可见地用心，跳得多好多好。

身旁的人话很多。

沈弗峥一身优雅正装，坐在灯光昏暗的台下，轻叠长腿，微微走神，想到的是这天午时的阳光和阳光里的钟弥，比她在舞台上精心修饰的样子还要美，美得纯粹惊心。

她跑去旁边的衣帽间换好衣服，甚至脸都没有洗，素到不能再素，一头及腰青丝没有梳、没有盘，没有任何赘饰，随着那些软绸飘带一齐静落在身上。

脚心踩在混乱一片的大床上，没有音乐，没有布景。

观众也只有床边的沈弗峥。

她稍稍闭眼，再睁开眼时，四肢便灵动地舒展开，自然而然地翩翩起舞，或快或慢，或愁或笑，身韵神态里都浸满勾人的情绪。

最后她踮起脚尖，轻盈一旋，那一瞬间，她的长发发梢和手臂、腰间垂下的飘带倏然飞旋，如一群斑斓的蝴蝶破谷飞出。

清明之后，京市迎来了真正意义上的春天。

钟弥的生日在四月二十，那天刚好是谷雨，是春季的最后一个节气。

那也是钟弥记忆里非常难忘的一个四月。

月初的怪雨妖风，仿佛只是一个稍做铺垫的序章，正题未入，往后还有的讲。

那天在床上跳完舞，谢幕后，她笑着往沈弗峥怀里倒，闹够一番才下楼。

老林和盛澎都等在水吧那边，屏幕上放着转播的足球赛。

钟弥大大方方地挥手跟他们打招呼，又问他们吃过饭没有，盛澎比着一个"耶"说："吃过了，我都来这儿等了两个多小时了。"

说完，盛澎领悟什么似的，立马改口："也没等，我是特意来四哥这儿看球的，这屏大，视觉效果贼好。"

"还特意来看球，你家没电视啊？"

一句话惹得老林和过来通知钟弥去餐厅的慧姨都笑了。

钟弥怀疑刚刚是身后的沈弗峥朝盛澎使了眼色，但转头去看沈弗峥时，他也只是淡淡地笑着。

她猜沈弗峥今天应该是有事要外出，而且已经延迟了。

钟弥黏人不懂事的时候，少之又少，有些分寸感仿佛与生俱来，在无意义的事情上，她很少消磨自己。

为了情趣的情况除外。

老林起身问沈弗峥大概什么时候走，钟弥正跟慧姨往餐厅去，软底拖鞋懒懒地趿着。

她扭身朝沈弗峥一指，勾了勾手指说："你，过来陪我吃饭。"

秉持一报还一报的原则,他昨天晚上不也不顾他人意愿硬把事后想睡的自己,从楼上抱下来佐餐?

风水轮流转,谁都有当一盘菜的时候。

钟弥先动筷,等沈弗峥从水吧施施然走来,坐到一旁的餐椅上,她还问了一句老林和盛澎:"还在看球?"

沈弗峥说:"出去了。"

钟弥轻咬筷子尖,顿了一下问:"你不用一起?"

沈弗峥颇有闲情地取过一旁的筷子,将火腿小炒里的笋丁夹出来,积在钟弥面前的餐盘里。她喜欢螃蟹、石榴、风干的笋、多刺的鱼,平时看不出挑食,骨子里却十足贪鲜。

筷子尖夹着笋丁搁到钟弥面前,他淡淡地说:"现在不用了。"

随意爽约是沈老板的本事,钟弥不在乎会有什么影响或损失,若真有,大概也只是牛身失毛,无足轻重。

她没必要为无足轻重的事感动。

得寸进尺才是她跟着沈弗峥学到的精髓,她把餐勺放在盘子边,跟挑菜工提改进意见:"笋丁放这里吧,不然我还要一粒粒夹,我想吃大口的。"

沈老板慢条斯理,任劳任怨,过了一会儿,问她:"你那个毕业汇报演出是哪天?"

"下个月,可能要到月底,具体时间还没通知。我们学校的礼堂从我进校开始就说要翻新,四年了,没什么大动静,这回又有消息说,礼堂要换新设备。我都要毕业了,这次也不知道是不是真的。"

沈弗峥听了这话后应了一声,将剔完刺的鱼肚放在钟弥的盘子里,又去夹青菜。审美好的人,连布菜都能摆出米其林三星的感觉。

钟弥觉得自己失策。

她喊他过来陪坐,明明是想让黑心资本家也体会一把被人压榨的苦,将心比心,但看现在这个样子,哪里有苦?他分明乐在其中,像成年人返璞归真在玩过家家。

沈老板开心得很。

"够了!太多了,我吃不掉。"

"吃不掉也要吃,你每天就往肚子里塞那么点儿东西,头不晕?"

大学上形体课，老师拿着体重秤开课，训练服轻薄贴身，腰上多一点儿肉都藏不住。

当然有饿的时候，舞蹈生哪里是那么好当的。钟弥说："我都习惯了。"

"已经瘦成一把骨头了，三餐要正常吃，我让老林给你找的营养师……"

钟弥抢过话，先心虚地抱怨起来："那个营养师没用。"

沈弗峥笑了："弥弥，做人不能这样。你照着人家说的吃，才能说没用，你天天给厨子放假，叫人家别做你的饭了，这不能说人家没用。"

没想到他连她天天跟营养师斗智斗勇都知道，想诓也诓不过去了，钟弥一下没了声，埋着头，在碗沿乖乖扒饭。

他使筷子，把浸过汤的无刺鱼肉放在白米饭上，钟弥用筷子默默卷进嘴里嚼着。他又放了两片杏鲍菇，钟弥也吃掉了。

他还要伸筷子。

钟弥终于忍无可忍："可以了，你在填鸭吗？"

投喂欲已然得到满足，沈弗峥看看腕上的表，哄她再喝半碗汤，说："你收拾一下，十分钟应该够吧，待会儿我送你去上学。"

钟弥面露离谱之色，放下碗，大声强调："什么去上学？！我是老师！"

他的抱歉毫无诚恳，话语淡淡的，却极力展现诚心："是，老师，钟老师，对不起。"

钟弥又气又想笑，赶着时间懒得再多计较。

她没从城南去上班过，坐上沈弗峥的副驾驶座，拣空补了一个礼节性的淡妆，化妆那会儿就在担心会不会堵车。

大概是心诚则灵的"福报"，最后车还真被堵在路上了。

上班这么久，不说兢兢业业，钟弥从没迟到过，总是提前到教室里等着家长送小朋友过来。有的家长送孩子匆忙，将孩子一丢就走了，她还会帮着孩子换舞蹈服。

之所以会堵车，钟弥觉得是开车人的缘故。

开车那人手搭在方向盘上，向她陈述事实："就算是老林来开，也不可能在前后堵车的情况下飞起来。"

还好没有堵很久，担心迟到，她在车上就给同事发信息叫对方帮忙先去教室照看孩子。

最后车子赶在三点前到了目的地，但钟弥不让沈弗峥把车停在正门楼下。

之前隔壁教民族乐器的女老师下班被一辆卡宴接了几回，传到钟弥所在的舞蹈班的八卦消息就已经到了母凭子贵这种离谱程度。

这辆碧玺绿的添越往门口高调一停，B字车标，吊打卡宴，从现在到下半年，她估计都得承包这栋教辅楼里茶余饭后的话题女主角。

多一事不如少一事。

钟弥火急火燎地下了车，丢三落四的。

沈弗峥在敞开的车门里，老父亲一样操心地喊她："钟老师，水壶没拿。"

钟弥跑回来拿水壶。

她刚走两步，那有些低哑，能做电台主播的悦耳男声又喊她："钟老师，外套，下车都不觉得冷？"

钟弥再返回，他从后座上捞来羊羔绒的外套，贴心地将袖口拎好，正对着车门，钟弥弯身进去伸胳膊套上袖子。

她以为总算大功告成，还有五分钟给她飞奔上楼，绰绰有余。

"钟老师。"

钟弥真的要发火了，尤其这人气定神闲，脸上还带着好看的笑。

"还有什么啊？"

"我。"

钟弥屏着一口气，分出三十秒，跪到副驾驶座的棕色座椅上，身子前倾，在他的脸上吻了一下。

她犹嫌不够，含怨带恨，不打招呼地在他的下颌角上咬了一口，也不管沈老板接下来有没有行程，能不能脸上顶着一个牙印见人。

钟弥咬完就想溜，沈弗峥一把掐住她的下巴，气不成气，笑不像笑："小猫变小狗了，还咬人？"

钟弥还鼓着嘴，打了一下他的手臂，但那点儿力，痛都不痛，他也没松手。

"我要迟到了——嗯。"

末了声音被吻住,他比她温柔得多,亲完说:"下班去我那里,我让老林来接你。"

钟弥挣开他,车门摔得潇洒。

"不去!除非你自己来接,我才不在你家里等着你回来呢。"

京市的春,多风,常有沙尘,空气也总是灰浊,那些古诗词里千百年写尽的柔风细雨、桃红柳绿仿佛和这座城市从不相干。

那天钟弥的背影,裙角与长发飘飘,很有几分行于春风里的诗情画意。

隔着风挡玻璃,沈弗峥看着她即将在转角处消失,似乎知道他没将车开走,在目送,她还朝后挥了一下手。

他笑了一声,收回目光,侧过脸,在车镜里照着自己下颌上的印记,还挺深的。

整个四月京市都没什么好天,下雨泛阴冷,暖风起沙尘,而且沈弗峥很忙,有半个月都在城南办公,应酬也多。

他叫钟弥过来住,她说这房子太大,没烟火气,总是不情不愿。他问她不喜欢哪儿,她一时讲不上来,就说总之不喜欢。

钟弥生日那天,客厅里戳着好几个设计师,一看设计师的衣着打扮,她就知道擅长什么风格的都有。

"不喜欢哪儿,让人都改了。"

钟弥故意说:"那要是我连房顶都不喜欢呢?"

沈老板想都没想,手一抬说:"掀了。"

他拉着钟弥的手,哄着:"你不喜欢就掀了,成不成?"

钟弥这才答应过来陪他住几天。

那阵子办公应酬事情一桩接一件,又多又杂,沈弗峥忙得几乎抽不开身,就差把一天拆成两天用,一半投入工作,一半忙着跟钟弥换姿势睡觉。

那也是他办公效率最高的一段时间,越忙越是要将事情安排得有条不紊,挤着时间跟钟弥见面,能一起吃饭就一起吃饭,没工夫碗筷相交,就直接脱衣服床上相见。

以前他谈过恋爱,那时候二十岁左右应该更年轻气盛一些,可能是对象不同，彼此都虚伪利己的话，虽然方便理解，但好像很难做到交付身心。

他对热恋期没体验，也没概念，甚至不晓得这种荒唐的东西居然可以在他身上存在。

是有一天，他坐在兴趣班的教室外的塑料长椅上等钟弥下班，等了很久很久，才忽然想明白，原来他每天都想见她，是因为在跟人热恋。

那天应酬到下午，手上忙了许久的项目终于结束，宾主尽欢后，盛澎邀人开泳池派对续第二摊庆祝，沈弗峥没去。他一贯对这种热闹不太感兴趣。

喝了酒，他叫老林开车。

钟弥上班的地方在一个不大热闹的小广场里，旁边的写字楼因逢周末白领们休假，看起来有点儿冷清，附近就有一个商业广场，衬得这边的地理位置就不算好了。

楼下一排餐饮底商看着就萧条，五家有三家玻璃门上贴着转让单子。

之前都是在车里等人，这栋楼，沈弗峥还是第一次进来。

他绕了一圈路，才找到上楼的电梯。

八楼一排都是补课机构，从小语种到各色乐器，大同小异的双扇玻璃门，里头前台的灯光都明亮，衬得走廊巴掌大的小顶灯欠费一样昏暗。

他一贯都是气定神闲的，即使喝酒，也从没有醉到不清醒过，所以确定自己是对钟弥不够上心，居然怎么也想不起来她上班的舞蹈机构叫什么名字。

但也好找，他甚至都不用逛完一整圈地方比较，就有一个从卫生间出来的女老师主动问："先生找人吗？"

被人领着，顺利找到地方后，他给钟弥打了一通电话，没人接，也就算了。

他算了算时间，她现在应该在上课。

于是沈弗峥干坐了一会儿，拿出手机发去一条短信，告诉她他在机构外的走廊长椅处等她。

那会儿是下午四点多，他就坐在走廊的椅子上等着，旁边一家教的是民族乐器，里头传来曲不成调的乐器声音。外墙上三张硕大的广告板，带照片写着师资介绍，他无聊到一行行看完了。

钟弥看到信息时,距这条信息发进她的手机里已经过了一个多小时。她不知道沈弗峥会突然来找她。

钟弥匆匆忙忙找出去,看到沈弗峥坐在走廊的一张长椅上。

这边来学乐器的都是小朋友,天赋不够,嗓门来凑,隔着一扇毫不隔音的玻璃门,葫芦丝吹得像百十只公鸭打鸣。

他两臂撑在膝上,微抬着头,眼瞳被灯光照出一片静然的光影,那副模样,似乎真的在听。

钟弥没忍住,扑哧一声笑了,想到之前自己弹的一手烂琵琶,有点儿心疼他。怎么一回两回都是这些不成调的东西折磨他的耳朵?

听闻脚步声,沈弗峥转头看见一双瘦白脚踝,视线一抬,瞧见了昏暗走廊里,由暗至明款款走来的钟弥。

他直起腰,特认真地问她:"你知道这练的是什么吗?"

钟弥静心听了听,耳朵遭罪也猜不出。

他说:"《月光下的凤尾竹》。"

钟弥面露讶异之色:"你就一直在这儿听吗?"

这人站起身,临危不乱的情绪终于被问出一丝波动,深受其痛地闭了闭眼,再睁开眼,说:"不然呢?我还能进去撅了杆子吗?"

钟弥捂着嘴笑,没见过沈老板这么受罪的样子。他耳根下有一点儿红,她走近,隐隐闻到一点儿酒气,

钟弥忽而看着他问:"你是不是喝酒啦?"

他伸长手臂把钟弥抱到怀里,双臂环拥,紧紧搂着,仿佛在这儿等了这么久,只是为了这一刻抱抱她,跟她亲近。

他衣衫薄,体温烫人,脸上还有点儿未散的热气,贴在钟弥的脖颈的细腻皮肤上,低声说着:"中午喝了一点儿,我没有醉,就是想你。"

"前天才见过,才过一天。"

她皮肤里温暖清新的味道,既有醒神作用,又好似是另一种让人迷醉的香。

他那会儿一点儿都放不开她。

"一天也久。"

钟弥也不禁心旌动摇,他微带酒气的滚热怀抱像是已经将她熔化了一部分,她做无用功地轻轻挣了一下,也轻轻地说:"我还得回去一下,还

有二十分钟才下课，待会儿家长都要来接人了。"

他说："我是来接你的。"

"接我去哪儿？"钟弥没搞明白。她听盛澎说了沈弗峥今天有一个很重要的项目签订仪式，之后有宴会。

"接你回家。"

短短四个字，叫人心脏发软，钟弥纤细的手指摸到他的后颈，那里也是热的，她怀疑沈弗峥是喝醉了才会这样。

她那一瞬间的失落情绪，太败兴。

明明全情投入在谈恋爱，她很享受，也没什么可挑剔的了，只是"回家"二字，忽然叫人想起归宿，迫使及时行乐之人去为前程忧愁，眼前无光的感觉，仿佛猛然间将人从晴天丢进了大雾里。

她一瞬间醒透，又一瞬间陷入迷茫状态之中。

她回抱住沈弗峥，不叫自己的声音泄露一丝一毫情绪，拍着他的肩，几乎在哄他："你去车里等我好不好？我很快就下去。"

四月最后一天，钟弥才在京市的酒店露台上，听到关于这一天这件事的另一部分隐情。

那天她去京舞排练，遇上了一同回来准备汇报演出节目的何曼琪。

等钟弥跟邹老师聊完，何曼琪踩着高跟鞋走过来，从包到衣服，一身名牌，在钟弥面前站定，脸上挂着陌生的笑跟钟弥打招呼。

"好久不见哪，弥弥。"

这话一说出来，大概彼此都有点儿尴尬。好久不见，她们上次是什么时候见的？那次在蒋雅的朋友的夜场里，匆匆一眼，两个人连个招呼都没打。

但一句话没有，也足够彼此将对方瞧得清清楚楚，她们不是同路人。

何曼琪邀钟弥聊聊天，找地方喝个下午茶。从京舞大门出来后，钟弥坐上了一辆红色宝马，去的地方是何曼琪定的。

何曼琪第一次跟彭东新出门，他就是带她来这儿喝下午茶。

千把块钱的小点心，在那时的她眼里就已经奢侈到顶了，她一口气拍了一百多张照片，精心秀出九宫格，带地址发了朋友圈，自以为在炫耀世面。她现在自己想想，完全是一副没见过世面的样子。

入座后，钟弥只点了一杯饮料，何曼琪熟练地点了一堆中看不中用的小点心。钟弥提醒了一句："吃不掉这么多，不用太浪费吧？"

何曼琪便笑："我请你嘛，想大方一点儿。再说了，这些甜点不过是瞧着好看，谁还真拿它填肚子啊，不就是用来浪费的吗？"

钟弥不置可否。

一时的安静气氛，让隔壁桌的声音清晰地传了过来。

她们的邻座是个中年男士，看打扮他完全不是这种精致下午茶的消费受众，受众是他身边带着的两个年轻姑娘。

两个姑娘一左一右地贴在他身边，笑靥如花，甜蜜投喂的动作被男人的"三高"挡住，男人草草抿了一口算应付，两个姑娘便自顾自地开始拍照。

钟弥看到了，何曼琪也看到了。

钟弥其实不想感叹，但对面的人变化太大，何曼琪第一次在这家酒店发下午茶朋友圈才多久？一年不到，何曼琪如今已经是一副过来人的样子。

甚至刚刚在车上，何曼琪稀松平常地跟钟弥说，这辆车是一个四十多岁的已婚男送给她的。

何曼琪跟过彭东新，又跟了彭东新的朋友，现在想明白了，那种脾气不好的富家子弟不适合她，她现在喜欢温柔一点儿、居家一点儿的男人。

"所以你就跟别人的老公在一起？"

何曼琪笑得十分谅解，好像钟弥才是不知世故的那个。

"弥弥，没有我，他也会找别的年轻姑娘。他老婆要怪也怪不到我头上，而且他结不结婚跟我有什么关系？像那种男人，可比我们精明多了，就算单身，也不会娶我这种除了年轻漂亮一无所有的女人。"

刚刚在京舞楼下遇见，钟弥乍一眼觉得何曼琪变了，再一听她这"人间清醒"的话，又很熟悉。

坐在酒店露台上，钟弥甚至有点儿后悔答应过来，除了聊聊毕业的事，聊聊学校汇报演出的安排，没什么话说，实则也没有什么情分需要联络。

何曼琪大概也感觉到气氛僵持，放下杯子，在那堆巧克力小点心里戳戳拣拣，糟蹋昂贵的东西让现在的她觉得很有意思。

她想起一件更有意思的事跟钟弥说。

"弥弥，我开学那会儿就觉得我们不同，现在，我们好像一样了，又好像依然不同。"

她故弄玄虚的话，并没有让钟弥产生追问欲，钟弥只是看着她，等着她的下文。

"我之前认识的一个小姐妹，前几天参加一个泳池派对，捞了一块'鹦鹉螺'，几十万呢。"

钟弥听她说才知道，那天沈弗峥在舞蹈机构长椅上的那两个小时不是空坐的。

他听着扰耳的葫芦丝，闲出研究兴趣，随手录了一段音频丢到盛澎、蒋雅他们那群里，问这都在吹什么。

那会儿是普通人的下班高峰期，而有些人丰富的夜生活才含羞带怯地拉开序幕。

盛澎当时正揽红抱翠，十几秒的音频，除了难听什么也没听出来，便在群里问："四哥，你这是去哪儿遭罪了？"

沈弗峥没搭腔，就问他这是什么曲子。

那天泳池派对上有好几个音乐学院的小姑娘，其中有一个就是何曼琪的小姐妹。

盛澎招手把泳池里的人通通招上来，又放了一遍音频，七八个穿着比基尼的妹妹披着大毛巾，湿淋淋、香喷喷地围在他身边，一个个脸上都是讨人喜欢的笑，问他猜对有没有奖。

起哄声中，盛澎摘了腕上一块才戴了两回的"鹦鹉螺"抛到桌上："猜对了拿走。"

最后有人用专业的音频分析对上了《月光下的凤尾竹》。

盛澎往群里报了曲名，探案似的认真问沈弗峥怎么了。

沈弗峥回了两个字："难听。"

对面何曼琪闲适微笑地看向自己的表情，钟弥并不陌生，但相关的记忆已经很久远，甚至模糊。

五六岁时，她跟着爸爸出堂会，有一次在戏班后台找不到人，就问旁边抽烟的叔叔："我爸爸去哪儿了？"

那位叔叔在烟雾缭绕后的面孔，也是带着这样的笑意，他跟她说：

"你爸爸走了,不要你了。"

年幼的钟弥起初不信,捏着裙角小声说"我爸爸不会不要我的",那叔叔起劲一样,绘声绘色地编着故事,直到她一点点信以为真,最后哇哇大哭。

等爸爸回来,他着急地抱起她问怎么了。

那位叔叔已经舒舒服服地抽完一支烟,似乎觉得这样逗孩子很有意思,说:"我就开个玩笑说'你爸爸不要你了',小丫头真信了,哈哈哈——"

这样的人,你怎么跟他计较?

你一计较,他就撇得特别干净地说只是开开玩笑,可这玩笑开得特别真,像刺字施墨的黥刑,要立竿见影地在你身上看到失态的情绪反应。

说是玩笑,最后也只有开玩笑的人自己笑了。

钟弥小时候那次哭得特别难过,脸上全是眼泪,脖子里闷出热汗,头颈憋得通红,不停地抽噎,喘不上来气,爸爸抱着她拍着哄了好久。

对这种人,钟弥一贯深恶痛绝。

而她现在也不是五六岁的小孩子了。

露台的风轻轻吹着,钟弥特别平静地与何曼琪保持着目光对视。

后者可能以为她此刻的镇定样子是失态前在挽尊硬撑,眼神循循善诱,仿佛钟弥的光鲜靓丽背后一定有什么不为人知的痛苦,而自己可以理解。

钟弥如她所愿地微微蹙起了眉,但声音依然很平静——

"年轻漂亮当然都是一样的,但如果被人选择只是因为年轻漂亮,也蛮可悲的。"

钟弥将那种眼神原封不动地还了回去。

不理解,但尊重,她对搓揉别人的情绪这种小把戏不感兴趣,要往回捅刀子对她来说不是难事。她若提及何曼琪曾经臆测嘲讽靳月的话,原封不动,每一句都会是何曼琪自己往自己脸上甩的巴掌。

但这种撕破脸皮的事,除了浪费口舌,毫无意义,她没必要为了这种大概率以后不会再有交集的人多费精神。

钟弥招人来结账,面带类似的闲适微笑,对何曼琪说:"我请你吧,虽然我不认同,但从你给人标价的角度来说,我是更应该大方的那个。"

钟弥的反应令何曼琪迅速冷下了脸,但眼里并没有什么意外之色,仿佛只是更加验证了她刚刚说的有句话绝对真——开学那会儿,她就觉得钟弥跟她们不一样。

临走前,钟弥恍然想起什么,隔着几步距离,悠悠回头对何曼琪说:"对了,也告诉你的小姐妹,真拿我当偶像,别挤破头穿着比基尼当派对装饰品。"

她礼貌十足,克制着露出一言难尽的表情:"不然真的很难一样。"

说完,钟弥没再多分何曼琪一个眼神,转身离开了露台。

钟弥坐上车,本来是准备回家的,偏偏这时候沈弗峥打来电话,她又跟出租车司机改了地址,回京舞。

"你怎么会去我们学校?"

那边的人回:"办点儿公事。"

对沈弗峥的公事,钟弥从不过问,也一向兴致缺缺,只"哦"了一声问:"那你现在办好没有?"

"嗯,刚刚跟着你们校领导去了一趟礼堂,还有学生在排练。你怎么走了?"

"我去得早,排完自己的部分就走了,跟……"有了刚刚和何曼琪那一出,室友或是朋友,钟弥都很难说出口,模棱两可道,"去点了杯喝的东西,等会儿就回校了。"

沈弗峥说等她过去,随便逛逛,然后去吃晚饭。

钟弥答应。出租车停在南门前,合上车门那一瞬,她对沈弗峥今天忽然来他们学校办公事产生了一个不算好的猜测。

她望进京舞校园,脚步也随之走入。

说实话,他们学校春天没什么好景色可欣赏的,真说值得一逛,还得是秋天,枫叶红,桂花香,韵心亭的荷叶败了,冒出几对野鸳鸯,水里有,岸上也有。

大家白天看水里的,夜里看岸上的,偶尔有人玩脱尺度会被人拍照投稿,校保卫处也一再发公告强调,环境优美的韵心亭是给大家学习的地方,禁止做其他事。

上周她生日,沈弗峥说有一份礼物要等到五月才能送给她,当时她俗气了,心想可能是什么定制珠宝工期没赶上,也表示理解。

此刻她很担心，见面就问沈弗峥："你不是要在我们学校送什么东西给我吧？我不喜欢。"

钟弥浑身都在抗拒，对这种名垂竹帛的事毫无兴趣。

沈弗峥说："没有，没什么东西送给你，给你们学校捐了一点儿钱。"

钟弥先是松了一口气，随后又想到自己在他面前随口抱怨过学校的礼堂说要新建，四年光打雷不下雨，没动静。

"捐礼堂？"

沈弗峥颔首，应了一声。

钟弥轻"啧"，细想遗憾："我也用不上，我都要毕业了。"

他真偏头，作势往回走："那我去要回来。"

钟弥措手不及，连忙将他的手臂一把拉住，"哎哎"喊着："不是，不是，捐也可以啊，前人栽树后人乘凉。"她笑得停不住，拿眼睨着他，"是真捐款了吗？"

沈弗峥一本正经地说："假的要上新闻。"

钟弥觉得这人跟以前有点儿不一样了，也不是性情大变那种，具体说不上来。

"你以前不这样。"

两个人从礼堂往图书馆的方向走着，周遭环境钟弥待了四年司空见惯，只有沈弗峥会时不时多看一眼："不哪样？"

"就以前……不是这样让人开心。"

这话听了，让沈弗峥既笑又困惑，他不明白先前自己在她那里留的都是什么印象。

"弥弥，虽然人年纪大了要承担的社会责任可能会相应增多，但我不负责让小姑娘开心。"

钟弥侧着脸看他，听他补了一句。

"除非是我的小姑娘。"

钟弥的眼瞳亮了亮，她看他今日的打扮，驼色长袖薄衫、米白长裤，偏浅偏暖的色调都很挑人，半点儿操劳感不能有，否则显暗沉，非得是皮肤白皙，气质从容，个子高又舒展的人，才能驾驭住这种游手好闲的精髓气质。

"看起来也不像有很多社会责任的样子。"钟弥在他身边小声说。

他听到了，很虚心地向钟弥请教，怎样才算看起来有很多社会责任的样子。

钟弥说自己的刻板想象："穿西装啊，就好像一年三百六十五天都有应付不完的正式场合，三件式西装，扣子一扣就把人勒得特别笔挺，领带打得端正，袖扣银光闪闪。"

沈弗峥浅浅失笑。

钟弥问他怎么了，他说，她这形容让他想到他的助理。

同一个场合，如何定义正式，是分人的。光鲜却不舒服的衣着大多时候是为了示意对他人的尊重做出的让步，有时候是不敢怠慢，有时候是怕被别人怠慢，总之不放松，不自在。

"既然你喜欢，下次来你的学校，我会正式一点儿。"

钟弥惊讶："你还会来啊？"

她眼睛瞪大的样子可爱得要命，沈弗峥拇指与食指捏她的两腮，叫她脸颊上的肉嘟了起来，同她说："就是拿钱往水里砸，也得听个响不是吗？你毕业那天，你妈妈和你外公会来吗？"

钟弥怔了怔，听懂他会来的意思，摇了摇头："应该不会，我妈妈要忙戏馆的事，走不开，我外公……身体不好。"

沈弗峥松开手，微敛眼眸，那一瞬的思绪叫人捉摸不透。

钟弥不知道他在想什么。

她找着话，不想叫彼此之间安静下来："你之前跟我说五月份才能收到的礼物是什么？"

"到时候你就知道了。"

晚上他们去了京郊那家园林私房菜馆，沈弗峥说那老板盛情，要送鱼缸给她。

那缸鱼红蓝相间，长尾软鳍的确漂亮，但那缸太大。

"我收了要往哪儿摆？"

沈弗峥说："只要你喜欢，就有地方摆。"

去年钟弥第一次来这里，京市入秋不久，如今春光将尽，站在飞檐斗拱前，有种日历被风吹翻，光阴飞转之感。

那时候，他搭一下她的手背，都足够叫她招架不住，到今日，拨她的心弦的男人再自然不过地牵着她的手往里走去。

钟弥也再次见到了那位颇有文化人气息的中年老板，喜新厌旧也不单单对人，连手上盘的核桃都能换成珠串。

人倒是依旧似记忆中那般周到殷勤，难得他还记得仅有一面之缘的钟弥，冲钟弥微笑，好似曾经的高看一眼押对了宝。

"怎么称呼？"

钟弥同他短暂握手："钟弥。"

"沈先生眼光真好，钟小姐清水出芙蓉，气质好，人更是漂亮。"

有了姓名的感觉也并没有好到哪里去。

钟弥觉得自己在这人眼里依然如一件商品，只是以前他当她是什么寻常小玩意儿，懒得打听，如今多问一句，也仅是了解一下这么贵的是什么东西。

本来下午跟何曼琪见面，没有影响到钟弥的心情，此时因这老板，她又想起了何曼琪说的那些话。

这两个人有异曲同工之妙。

只是何曼琪展现的方式太低级，明刀明枪，钟弥有话可还击，而高级一点儿，人家不过是笑着瞧瞧你，就能叫你心里不舒服。

人家什么话都没有说，你要急着解释吗？

面前是可口的菜肴，钟弥一边跟沈弗峥闲聊，一边心不在焉。

他的圈子里的人，她如今才接触几个？她想着这才哪儿到哪儿啊，心态就要不对劲，所以以后只会更不好过。

她好几次调整呼吸，好几次看那缸不知游得快不快乐的鱼。浓碧幽幽，她频频举杯自饮，告诉自己，想看山后的风景，势必要走山前人看不到的路。

有些路，她要自己去走。

妈妈也说了，要去试一试，真走不下去了，再停下来。

沈弗峥要开车，今晚没有喝酒，她不晓得这种甜甜的果酒是以适口做幌子的酒精炸弹。

如果真要在彼此间找共同点，大概是他们都会装。

上了车，沈弗峥才知道钟弥好像喝多了。她从副驾驶座上翻身过来，坐在他的腿上，后腰抵着方向盘，占满他全部的视线。

"沈弗峥，我要怎么证明我爱你？"

拉到一半的安全带，被他手指一松，弹回原位，他的手用来照顾钟弥，指尖从她酒热的脸颊上滑过，钩着头发别到耳后，要将她看得清明。

"你要向谁证明？我，还是别人？"

钟弥愣了愣，觉得自己好像被猜透了心思。

可这不合理，她明明什么也没表现出来。这一晚，她笑得很甜，话也很多，餐后那老板来跟他们聊天，她还大大方方地谢人家送这么大一缸鱼给她，说九月份会来尝他家隐藏菜单里出名的醉蟹。

"如果是你呢？"

"你做得很好。"

"如果是别人呢？"

"那没有必要。"

她湿漉漉的眼睛像散着滚热的雾气，浓白一片，人也陷入迷茫状态："没有必要吗？"

她看着沈弗峥的模样，仿佛是他说什么她就做什么的乖学生，等着他的指点。

沈弗峥牵起她的手，送到唇边吻了吻："弥弥，受制于他人的眼光，你会很难做真正的自己。看过动物世界没有？"

钟弥点了点头。

"豹子捕食成功后，镜头总会给旁边的一群猎狗，这些猎狗不是专门来喝彩的，但不重要，成功者要学会享受这种被围观场景。"

钟弥似懂非懂地望着他："我，成功了吗？"

他靠在车座中，一手扶着她纤细的腰，一手不动声色地伸去调座位。

车座朝后倒了一个角度，他猛然后靠，钟弥坐在他的腿上，猝不及防，吃不住力，微醺的脑子本来就眩晕，只觉得这一瞬整个世界都颠动了一下。

随着他朝后一坠一停，她跌在沈弗峥身上，手忙脚乱地掌心撑在他的脖颈旁边，似掐住command脉，堪堪支起身体。

热热的呼吸如雨落在他的肩窝上，昏暗的车子里，她听见他的声音似乎比她的呼吸还要烫。

"弥弥，我在你的掌中。"

呼吸带动喉结起伏，紧紧贴着钟弥的掌心，她好似真有幻觉，他是她到手的猎物。

即使他今夜没喝酒,她也要渡一些酒气给他,仿佛在标记,这是她的领地。

车里没开灯,这处京郊园林地理位置上已然够偏,也不是食客盈门的排挡,走的就是清烟冷火一位难求的预约制。

夜里的停车场里,人车来往更是稀少。

梧桐庇护,只有昏暗的光渗进来,但钟弥仍能瞧见,沈弗峥唇边有一丝淡淡笑容,带着对她不好言明的怨念,只瞧着,不语。

路上堵了一会儿车,回家的路程消磨了更多时间。

她在满足后有点儿嗜睡,加之厚重的酒劲钻上来,人发热,脑子发晕,吹着夜风觉得好舒服。

她巴不得就这么蜷着腿,在沈弗峥的副驾驶座上睡去。

途中,她借着与路灯频频擦身形成的片片昏暗柔光,偷偷望着沈弗峥静默的侧脸,目光顺着他的手臂,也去看他握方向盘的手指,然后不自然地别开视线,肩上拢着他的外套,伏在车窗边。

她枕着手臂,眯眼吹风,感觉自己不会醒了。

第十四章

戏中人

她说累,从停车场坐电梯上楼这截路都不肯亲自走。沈弗峥来副驾驶座这边抱她,将修长的脖颈给她搂。

钟弥依恋地贴上去蹭了蹭,隐隐嗅到了情欲味道。

沈弗峥把她丢到柔软的大床上,她闭着眼,浑身发热又软绵绵的,两臂朝前伸,连姿势都懒得换一个。

稍缓了缓,她听到了咚的一声,往床头看去,一块银表被扔在床头的灯下。

她和这表有点儿过节。

此刻,表的主人兜头脱下薄衫,扔在一旁,逆着灯影,被勾勒出一副好身躯,往床边走来。

他俯身下来,夺走了她的呼吸。

那种醉酒的缺氧感还没缓过来,钟弥陷入第二重的窒息感中,微醺状态下感官反而清晰,察觉细密的吻散开来。

余光里,那人离去又回来,只披着一件深蓝如墨的丝袍。

他手里拿回一件金属小工具,精致复古,似钳似剪,匍在她的脚边,浓密眼睫垂下一片专注的灰影,为她解开脚链,最后咚一声,脚链同他的手表归宿一样,被扔在床头。

他去找自己的手机。

刚刚手机响了,但他完全不想管,此时高大身影移动,搅乱满室旋光。

她不想说话,视线却追逐着他。

屏幕冷光投在他事后的面孔上，他脸上是钟弥熟悉的餍足又漠然的神情，轮廓深冷。

在他身边越久，她越能感觉到这人的表面温和样子像是后天练出来的，同他本人不沾边，但他已经能熟练驾驭那副翩翩公子知礼识节的好壳子。

所以少有人能察觉，他其实本性薄情，待人蔑然。

比如，连平时跟他父母见面联络，他都只当一桩需要应付的公事来做。

他能做得很好，叫人无可指摘。

钟弥低声喊他："沈弗峥。"

他偏头，将视线分来，不知是不是离开了冷光源的缘故，他的表情没有变，望她的眼神却显得很柔。他问她还要不要再休息一会儿。

"我想喝水。"

他走过来问："现在要不要洗澡？"

钟弥点了点头，随后听到他打电话吩咐楼下厨房的人的声音，浴室里也在哗哗淌水。

她这个澡，从疲累泡到漫长，中途沈弗峥还叫人端来果盘、小食和饮料供她补充体力。

她穿上睡袍出去时，沈弗峥不在房间里。

床头昏暗的灯依旧亮着，那块男式银表发着低调的暗光，躺在红碧玺的脚链旁。

钟弥走过去将表戴起来，男表太宽，在她的腕骨上松松地晃荡。

她休息够了，有种深夜来精神的清明感。

钟弥突发奇想去他的衣帽间逛逛，想着毕业汇报演出那天他来学校观礼穿什么好。

没想到有意外收获，钟弥在他的衣帽间的玻璃橱柜里发现了一双女鞋。

那袋子她一眼看着就熟悉。

那是她第一次来这栋别墅时提在手上的东西，里头装的是那双缎面缀珠、好看却不合脚的高跟鞋。

她不得不承认，人的心境也是时过境迁的。

这双不合脚的昂贵鞋子，如今已经不能勾起什么难过回忆。

她将鞋子取出来放在地上，心态平静地将脚往里踩，那种被挤压到不舒服的感觉，如记忆回溯，浮现在脑海里，好似在为她接下来脚尖的痛觉做铺垫。

她猛然站立，脚后跟轻松地贴到了鞋底。

钟弥愣了愣，朝镜子里望去，的确没有任何不舒服地驾驭了这双鞋。

她困惑不已。

那天她跟靳月在门店里，这双三十六码的鞋子叫她多难受，她记得清清楚楚。

店内导购也说了，国内专柜断码，鞋子只剩这一双，去国外总部调货不确定要等多久。

钟弥去翻看鞋码。

数字不会骗人，鞋子是三十七码。

钟弥的喉咙处有种酸涩感渐渐蔓延开来，叫她看着鞋子陷入失语状态中。

时间已经过去太久了，她不知道沈弗峥是怎么知道她那天在门店里试的鞋码并不适合的，也不知道他当时是怎么在两天后就将这双鞋送到她的宿舍的。

没有她担心的削足适履，走不长远，他一开始送给她的，就是最合适的鞋。

她误会了沈弗峥。

可他从来没有解释过一句，这双鞋从那晚开始就在这栋别墅里，在他的衣帽间里，这么长时间，他有无数次机会可以告诉她：弥弥，你误会我了。

但他都没有这么做。

这个人好像从来不为自己做过的事多做解释，没有花言巧语包裹的空头支票，没有男女之间的互相角力，他是真的如他所说的，完全倾向她的。

他说的每句话都具备效力。

他说她如珠似宝，能取悦她的东西，也该有和她相匹配的分量。

她都感受到了。

无关携恩求报地讨好,不是费劲地展示,他只是去做,只是将那些分量一点点地放到她的手中,让她自己去感受。

她是什么,与她相匹配的又该是什么?

钟弥呼吸很轻,她怕惊扰了自己眼底的酸涩,会克制不住这种落泪的冲动。

她的家庭教育从小灌输给她的就是清醒自信:你很好,所以你值得,应该得到世间的爱意,不必受宠若惊。

可她怎么忍得住呢?

牙齿一下下咬着拇指关节,明明她早已对所有示好行为有了防备心,小心翼翼地不让自己完全陷进去,但还是在一个并没有多少爱的男人身上,得到了一份超越她的想象的爱。

她曾经以为,这栋别墅是灯火煌煌的孤岛。

其实不是,沈弗峥才是那座孤岛。

她在这片海域漂泊许久,抵触过这里的辉煌,也曲解过这里的灿烂。

而今,她终于上岸。

那双鞋子,被钟弥放回了原位。

她从衣帽间里出来,将卧室闭合的窗帘全部打开,人站在偌大的落地窗前,静静地望着外面森然无边的夜。

若此刻,有人从别墅外路过,她想,她也会是灯火处瞧不清明的一面皮影。

昔日翻戏本子的红尘看客,他朝,终也要赴一场属于自己的风花雪月。

你我皆是戏中人。

沈弗峥在书房里办公,钟弥没去打扰他。

慧姨来询问完明天钟弥想吃的饮食,叫她早点儿休息,跟她说沈先生回这边一般不会办公,一旦进书房,应该是急事,大概要弄到很晚。

钟弥说还不太困,夜宵吃得有点儿多,想四处逛逛。

慧姨问是否要她陪同。

钟弥翻出一件沈弗峥的黑色针织开衫套在自己身上,男装的袖子长到足以遮蔽手指尖。她挥了挥袖筒,微笑着说不用了。

她跟慧姨说不用管她，叫慧姨也早点儿休息。

说完又怕自己的随口关心不仅无用，还会坏事，钟弥又问了一句："沈弗峥不睡，你们先休息应该没事吧？不会被扣钱吧？"

慧姨笑了，说不会："沈先生是很体恤人的老板。"

钟弥替他收下夸赞，比了一个大拇指说："沈老板口碑不错。"

这房子，钟弥来过很多次，正式去看去逛也就两回，一回是慧姨领着路，一回是沈弗峥牵着她的手，但她也都只是草草看过。

因她从没有一刻，觉得这里跟她有一分一毫的关系，之前还拿这儿当顶级的下榻酒店呢，还是评分不太高的那种。

或许是那双鞋静放在这里那么久的缘故，她总觉得，该用自己的脚再去走一走这里。

她先去了负一楼的藏酒室，欣赏完满满一墙的陈列品，在恒温酒柜里盲选了一瓶葡萄酒打开。

浅尝后，嫌涩皱眉，钟弥将挂红的高脚杯搁置在他那张矛盾空间的黑色小台上，又转下长长的大理石楼梯，去了负二楼陈列瓷器的玻璃房子。

在她输了密码和按了指纹后，不出意外地出现了红灯频闪的警报声。

她没有第一次的惊慌样子，回头向他疑惑自己是不是错了，这一次，她再次笃定地将食指按了上去，看着感温的暗红纹路一圈圈扩散开来。

最后精密的解锁声停下，门朝里打开。

她从容地进入。

用人来书房送茶时，沈弗峥问了一句钟弥睡了没有。

"钟小姐说她还不困，要消食，想一个人逛逛。"

沈弗峥颔首，抬手示意人可以出去了。

他一手拎起茶杯，一手点开电脑里的监控画面，浏览过小窗后，点了其中一幅放大。

杯中的茶香和热雾滚滚散开，透过这层薄薄水汽，他靠进椅背，看见屏幕里钟弥躺在那张豇豆红的软皮躺椅上，似他过去那样，假寐合眼。

他不知她在想什么。

他回房时，五月第一天的晨光将启，淡金光线挣脱残余的墨蓝夜色，天光灰亮。

室内隔光窗帘阻隔了一切，屋子似还停留在四月的夜里。

他放轻了动作，连一盏灯都没开，只借着手机屏幕的亮度，走近床沿，躺进床铺中。

似有感应，将被窝睡得馨香温暖的小姑娘哝哝呓语，翻身往他怀里钻来。

她胡乱搂着他的脖子的手臂上有什么坚硬的东西硌着他，等她换了这么缠人的姿势贴着他睡稳，沈弗峥才将她的柔软手臂从颈后摘下来。

手指摸上去，她的腕骨间的东西松松垮垮，坚硬光滑，是他的那块银表。

他动作轻柔地将表取下来，手臂折后伸出，将表丢在床头，继而将她的手重新搭回自己身上。

他完全放松地抱着她，任由自己被困意卷入梦乡。

五月，盛澎和蒋雅都明显发现钟弥好约多了。

以前钟弥就算肯出来，也大多是自顾自地坐着，别人搭话她没什么兴致，就更别提指着什么脸熟的人偏头问一问："这人见过好几次了，谁啊？"

先前端着的高冷样子好似一层不熟的盔甲，现在蒋雅和小鱼吵架，钟弥都能当一当苦口婆心的和事佬，劝哭哭啼啼的傻白甜千金别那么计较，犯不着这么看着蒋雅。

小鱼红着一双核桃眼，抽抽噎噎地说："你之前……你之前还跟我说，让我……让我看好蒋雅，还让我……还让我加油。"

钟弥紧抿着唇，用无药可救的眼神看着她。

小鱼觉得钟弥一副高高挂起的态度，是因为她还不明白其中的利害关系，所以决定告诉她，还要提前解释一下"我不是说你啊"。

这圈子里，那些"门不当户不对"的姑娘哪一个不是削尖了脑袋钻进来的？一个个没廉耻心，别说蒋雅这样有婚约在身的多金少爷，就算是有妻有子的中年富商，那些女的也能为了一朝富贵，使尽浑身解数，叫人家妻离子散。

"你不知道那些女的多没下限，连有妇之夫她们都敢生抢的！我小舅舅就是——"

荒腔

涉及家中丑事，小鱼忽然止了声。

钟弥也没追问，只是疑惑："蒋雅是菜摊上不要钱的葱吗？谁来抢都能拿走？"

那当然不是，他们好歹是青梅竹马，有婚约的，蒋雅的妈妈禾之阿姨又特别喜欢自己，她跟蒋雅以后肯定是要结婚的。

小鱼不知道怎么跟钟弥说感情里这种患得患失的苦，也纳闷同为女生，难道钟弥就一点儿都不担心吗？

"你就不打听四哥身边最近有没有蹿出来什么女人吗？"

说实话，她都替钟弥急。

沈弗峥最近跟彭家人来往密切，彭东瑞现在身边跟的女人很有本事，律政佳人。这两年靠着彭东瑞的资源，这位谢律师的名声在律所圈子里很响，虽然风评有好有坏，但架不住美女律师就是有登云梯。

而彭东瑞并不是她的第一个贵人。

彭东瑞私下玩得那么开，她不仅能忍，还巧笑倩兮地抓住所有机会陪同彭东瑞出席名流宴会，事业发展得红红火火，这肚量得配什么样的城府，可想而知。

而钟弥都在干什么？

小鱼跟蒋雅没吵架前，去接钟弥下班给盛澎庆生，车被堵在路口。

钟弥领着一个舞蹈班的小朋友在马路对面等家长，小朋友手舞足蹈一下忘了动作，她便蹲在那儿，手上比着动作提醒要转圈圈了。师生笑脸对笑脸，灿烂得要命。

小鱼没眼看，问开车的蒋雅："她是不是也没想过嫁给你表哥啊？好歹她找一份光鲜点儿的工作啊。"

蒋雅冷声说："削尖了脑袋的人，你瞧不上；懒得削脑袋的，你也有意见？你少跟我妈来往，她天天在教你些什么啊。"

小鱼当时也不高兴，说阿姨也是为了他们好。

蒋雅嗤笑了一声。

禾之阿姨是这个世界上最大力赞成他们结婚的人，每次蒋雅对他母亲流露出反感的样子，都会让小鱼暗自难受，他一直跟禾之阿姨对抗，不愿意听他妈妈的话，就好像……也在反感他母亲安排给他的婚事，也在反感这桩婚事里的她。

钟弥本来不愿意回答沈弗峥身边有没有蹿出什么女人这种无聊问题的，可不晓得怎么了，小鱼忽然眼泪决堤，捂着脸哭得更难受了。

钟弥唰唰抽了两张纸巾给她。

钟弥不爱哭，也很少哭。

如章女士所说，钟弥小时候摔在地上都是自己爬起来拍拍灰就没事了，但她身边来往的朋友，好像大多跟她互补似的，很能哭。

胡葭荔、靳月，现在又多了一个眼前的"傻白甜"。

钟弥说："我是恋爱，又不是当侦探，你不觉得你疑神疑鬼反倒落了下风吗？我为什么要打听沈弗峥身边最近有没有蹿出什么女人？凭什么不是他来打听我身边有没有蹿出什么男人？"

小鱼听得一愣一愣的，小声嘀咕："天，好有道理哟。"

见她听进去了，钟弥正欣慰点头，小鱼立马脸色一换，藏起崇拜神情，结巴着改口说："你……你这个女的，诡计多端，没想到说话还有几分道理。"

她大发善心地告诉钟弥，沈弗峥的前女友最近貌似跟他有接触，虽然只是工作上接触，但也叫钟弥小心。

自己都哭惨成这样了，见钟弥只是敷衍地点头，小鱼还要激起钟弥的警觉心。

"我跟你说，那个女的真的好厉害，属于我们俩绑一块儿也打不过的那种。"

"傻白甜"哭饿了，沿街找店觅食。

钟弥只顾着看烧烤、火锅的夜灯招牌，一副不上心的样子："那就让我一个人来，我们俩绑一块儿，纯属你拖累我。"

"呜呜呜——我帮你，你还嫌弃我。"

钟弥回头说："我谢你不帮之恩。"

"呜呜呜——钟弥！你这个女人！没有心吧！"

"我比你还小一岁，请叫我少女！"

"你没有心！"

钟弥认真地说道："那就叫我无心少女。"

小鱼扑哧一声笑了，由心地乐。

看着钟弥走在前面找店的纤细背影，小鱼忽然有点儿明白沈弗峥为什么会喜欢她了。

这位沈四公子,连蒋雅这种傲到目无下尘的人都肯为他表哥鞍前马后。

那是个不容置喙的人物。

就像蒋雅说的,他四哥选的人,永远是最好的,就算现在瞧着不是最好的,他也有本事让其变成最好的。

京市太大了,百花齐放,才人辈出,脑子或者皮囊,钟弥都称不上是最好的,就不提有着天壤之别的家世背景了。

沈弗峥喜欢钟弥,或许就是因为她身上这种自顾自的清傲气,让她有脱离皮囊的吸引力。

人只有保持自身的思考才会像流动的水,清澈灵气,否则拿多昂贵的器皿把水蓄起来,最后都会沉灰生苔,碰一碰都嫌脏。

那晚小鱼提了沈弗峥的前女友的事,钟弥不是半点儿好奇心都没有。

她只是不知道为什么,心里有种笃定的预感,她很快就会遇上这位美女律师。

或许是圈子太小的缘故,稍留意她也能发现,眼前来来去去都是那些熟面孔在打转,时不时有新面孔换进来了,也留不久。

大家像绿绒布上的九色球,框一框,聚一聚,碰一碰,散一散,最后各自进洞,桥归桥,路归路,好似归宿都是注定了的。

京市五月份已是入夏气候,十几摄氏度的温差,一旦脱离白昼,夜间起风还是冷。

蒋雅喊她去打牌,地方在裕和里那一带。

大概开车也如行事,都透露着人骨子里的风格,沈弗峥开车很稳,而蒋雅爱开快车,油门踩住就不放,路过夜晚寂静的常锡路,那排复古小楼没几秒就消失在钟弥的视野中。

那晚钟弥不仅见到了许久未谋面的旁巍,在场还有个脸生的男人。她进去时,那人正跟旁巍闲聊着投资的事。

钟弥不认得他,但这人的名字一说出来,她就了然了。

彭东瑞一口一个姐夫地喊旁巍,这一声亲热称呼里,多少有点儿玩味讽刺意味。

刚刚在车上蒋雅只说在场有他之前那个姓贺的发小，其他也都是钟弥之前见过的人。

显然旁巍和彭东瑞都是蒋雅去接人后才过来的。

蒋雅问钟弥要喝点儿什么东西，带着她到水吧那儿，等一杯特调的工夫，简单地跟她讲了一下情况。

散场时，已经是新的一天，小楼下，夜风更甚。

立于黎明中的时间点，是一天里最冷的时候，钟弥穿上沈弗峥的西装外套，柔软的丝质内衬贴在手臂皮肤上，很快生出暖意。

上车前，钟弥往小楼门口看去。

彭东瑞的车并没有带走那位谢律师，她手指按下打火机，掌心火光一瞬照亮面孔里的急欲，好似这根烟的瘾，她忍了很久。

钟弥年纪轻，从她的生命里划去九年，她还不太知事，九年可以让人生疏到面对面坐着，不回避，也无情绪。

她不能想象。

后视镜里的路灯、树影渐远渐小，最后在平稳的拐弯处彻底消失。

钟弥看着沈弗峥，两度欲言又止，只觉得自己奇怪，为什么会想问"你和前女友一点儿感情都没有吗？"这种问题？

这种好奇心，无关拈酸吃醋。

她不敢承认自己是在怕，怕自己也有成为"沈弗峥的前女友"的一天。即使是想象，她也无法坦然坐到他对面的位子上去，与他事隔经年地对视，接受他毫无波澜的目光。

曾在你的生命里掀起巨澜的人，慢慢会成为脉搏、心跳一样的存在，有一天他静下来了，好像你也会随之死掉。

车子驶入常锡路，法国梧桐树干缠缀着数层璀璨灯串，豪车疾驰，一路星光。

钟弥趴在窗边，眼眸映着灿灿灯光，忽然出声感叹："好漂亮啊。"

沈弗峥减下车速，转头问她："要不要下去看？"

钟弥有些犹豫。

那里曾是外公的住所，是妈妈的家，好像与她也有千丝万缕的联系，然而外公和妈妈二十多年前就已经搬离京市，不再回来。

她与这城市从无瓜葛。

这里，留住她的只有身边这个男人。

"不要。"

她看着夜色里的复古小楼。艺考那次和妈妈过来，她看见紧闭的门口摆着一只银色垃圾箱，写着"禁止吸烟，文明参观"。

今夜她没看到。

这房子的所有变更都与她毫无干系，钟弥摇了摇头："又不是我的。"

她将目光收回眼前。

她想，如果有一天她和沈弗峥分开了，她大概会和妈妈一样，再也不愿意回这里。

被咸涩回忆泡湿撑大的海绵，再塞进原来的杯子里，难免会挤出眼泪来。

沈弗峥问她饿不饿，要不要吃夜宵，到酒店的时候，餐点已经提前被送到房中。

后半夜的菜，难得有鲥鱼。

海棠无香，鲥鱼多刺，红楼未完，人生三恨占其一。

钟弥动筷子时想起来，春末夏初，正是吃鲥鱼的最佳时令。她认真赏味，不辜负好食材，却被沈弗峥突如其来的一句话激到，细鱼刺险些卡进喉咙。

"有没有人跟你介绍今晚坐在你对面的人，是我的前女友？"

"咯咯——"

沈弗峥放下筷子，手掌抚着钟弥的后背给她顺气，低笑说："这是气到了，还是卡到了？"

钟弥捧着杯子喝了半杯水，平了气，眼角都咳得微微发红，说："卡到了，现在好了。"

"真好了？"

"嗯。"

钟弥坦白："蒋雅只说了她是，没跟我介绍，估计他也没什么知道的事能跟我介绍。"

沈弗峥声音淡，"嗯"了一声，挑好一块鱼肉夹到钟弥的碗里说：

"太久了。"

"我记得，去年在沛山你说过，她最后跟你说的话是'谢谢'？她谢你什么啊？"

沈弗峥略一回忆，平静地说："她父亲那时候出了一点儿事。我们不同校，平时见面也不多，可能没什么感情，她不太好跟我开口。"

钟弥问："她知道你是谁？"

这问题很有意思。

他们已经进入恋爱关系，她怎么可能不知道对方是谁？可人是简单的，社会关系却是复杂的。

当初他选择去英国读哲学，很大一部分原因是不能忍受国内的环境。老爷子的青眼一度让他很有压力。

十几岁时他对人生还没概念，但身边的人也不容他去想什么人生概念，他的人生，锦绣前程一早被铺好，金光灿灿，晃着他的眼睛，揉着他的脚步。

他想跳出去，也很想知道自己是谁。

他望着钟弥，把问题抛了回去："那你知道我是谁吗？"

"我当然知道，沈弗峥哪。"钟弥好笑地说，又开动脑筋，"不会……像你们这种人，出国留学还需要隐姓埋名吧？"

"没有。"他说，"我一直用着你外公起的名字，跟她也是这么说的。"

"所以后来呢？"

他蹙眉，好像在思考如何讲后来的事。

"我以为她只知道我叫沈弗峥，但其实，她知道我爷爷是沈秉林。她知道的事很多，而我至今不知道她是怎么把电话打给我妈的。她说'谢谢'，我说'没关系'，我们就没关系了。"

钟弥咬着筷子，微微愕然，良久才说话："你……怪她吗？"

"没有，没什么好怪的，只是那时候忽然清醒了，即使换了一个国度，我也没办法摆脱我不喜欢的环境，与其讨厌，不如接受，好好地接受。"

说完，他很专注地看着钟弥。

"弥弥，对不能脱离的环境，你能做的是更多地掌握话语权。不要想着跑,那没用。"

话题仿佛从他身上落到了她身上。

他说的是他自己,又好像在提醒钟弥,她现在也正处于一个不能脱离的环境。

钟弥被他这样看着,后颈不禁有点儿僵,表情一时反应不过来,愣愣地好几次张口,最后只吐出单音:"我……我……"

沈弗峥耐心地问:"你不会?"

"我不会。"她跟着他念一样,小声答复。

那种无声的震撼感一时难以消化,她嗓子里咽着鲥鱼昂贵的鲜气,看着眼前的沈弗峥,她不明白他说的去掌握更多的话语权,所谓的话语权是什么?

沈弗峥摸了摸她的脸颊,柔声说:"没关系,我会教你。不会太辛苦的。"

钟弥几乎没有过脑子,脱口而出地问他:"那你那时候没人教,会觉得辛苦吗?"

他眼睫垂落一瞬,稍纵即逝的回忆神情像风一样无痕。

沈弗峥很久没说话,最后因为钟弥的视线长久追逐,他露出一个笑容,云淡风轻地说:"不太记得了。"

五月中,蒋雅的发小真提议攒局去粤市玩一趟,给钟弥发的消息里,除了说散散心,还说蒋雅和小鱼闹这么久了还没和好,就当大家做月老了。

钟弥说她这个月有毕业汇报演出,还有舞蹈班的课要上,时间分得碎,没办法出门旅游。

这局最后也没攒成,具体什么原因钟弥不清楚,圈里的人对蒋雅和小鱼隔三岔五闹别扭,仿佛也习以为常,默认金童玉女总会重归于好。

钟弥觉得虞千金这次挺认真的。

从行动上来说,小鱼已经从家里搬出来常住酒店里,跟蒋雅冷战,跟父母吵架,以此宣布,她现在的状态是与全世界为敌,并且默认钟弥是她的阵营里的。

四舍五入,沈弗峥也是她的阵营里的。

小鱼胆子大到什么程度？那天她喊钟弥去女士休闲俱乐部一块儿玩。

这地方乍一听古怪，钟弥没去过什么非要刻意标榜女士的休闲俱乐部，挎着包去了，发现里头"环肥燕瘦"一水的小哥哥。

虞千金嫌她大惊小怪："你大学没联谊过吗？正值青春的少男少女，交流交流感情而已。"

她往软包沙发上指了一圈，五六个男生，什么风格都有，好似一个韩系男团，纷纷挥手甜笑着跟钟弥打招呼。

只有角落里那个戴半框眼镜的人，皮相最清秀，举止也最木讷。其他人的飞吻、wink（指眨一只眼的动作）都结束了，他才把手抬起来，像胳膊断了似的勉强挥了一下。

钟弥被拉进去，问她："你现在在跟蒋雅吵架，就不怕蒋雅知道了？"

小鱼从镶珍珠的小香手包里掏出自己的手机，晃了晃，神秘一笑："他会知道的！"

接着她在那六个人里挑挑选选，其中五个都跟训练过一样专业，营业过猛，拍照比女生还会找角度，没有那种一日男友的感觉。

最后小鱼勾了勾手指，把角落里那个戴着半框眼镜的人喊过来跟她自拍。她先是嫌人家戴眼镜像理工男，有点儿愣，后又很满意，觉得这人愣得恰到好处，跟她很有情侣感。

去洗手间时，钟弥刷了刷朋友圈，并没有刷到小鱼的动态。

后来她才知道，小鱼那条朋友圈只对蒋雅开了权限。

钟弥懒得管他们了，真当是少男少女青春联谊玩了一下午。

晚上她跟沈弗峥吃饭，他问她怎么嗓子听起来有点儿哑，她才不禁心虚。

她总不能跟一个三十岁的熟男说，这是她跟一群二十五岁以下的少男唱歌唱出来的。

"小鱼今天约我出去玩，我们去唱歌了。"

沈弗峥这人看着温和，很少端架子，说话天然有种大家长的味道："小鱼和蒋雅都有点儿胡闹。要是太烦，你不用随着他们。"

钟弥"嗯"了一声，笑着换了话题说："明天毕业汇报演出，你下午去我的学校，记得穿正式一点儿哟。"

"你跟我一起？"

钟弥立马摇头："当然不，那多引人注目啊，结束了我偷偷去找你。"

沈弗峥停了筷子，细品两个字，嘴角轻扬："偷偷？"

这很有见不得光的地下情那种味道。

晚上洗完澡，沈弗峥没在房间里看到人，持一杯睡前酒，寻到衣帽间，才看到钟弥鹅黄的睡裙拖地，她正蹲在一身搭好的西装前。

带着隐藏射灯的岛台上摆了好几块表，显然是还没有敲定好的备选款式。

与他身形一致的人偶木架撑起的深灰西装的肩上，搭着一条月白配绀青的缎面领带，配色古意，温文尔雅，很适合他出席高校或者文化类的活动穿戴。

她比较着两双皮鞋，忙得像个小裁缝。

沈弗峥靠在门口，不出声地看着她忙。

直到她忽然察觉似的回头，瞋着穿着深灰丝质、领襟袖口都绣着暗金线条的睡袍，此刻正慵懒倚门的男人。

她一起身，拖地的羽毛裙摆便被身高撑起，暴露一双细瘦雪白的裸足："你什么时候来的？刚好，我有事要问你。"

沈弗峥端着剩下的一口酒，走进去问："什么事？"

钟弥举起几块手表："我不太懂手表，哪一块最贵？"

沈弗峥放下杯子，手指从那几块表上一一滑过，略想了想，挑中其一："这块。"

钟弥怀疑他自己也搞不清。

因为数量太多她又几乎没见过他戴，他最常戴的只有两块表，一块牛皮商务，一块银质休闲，都比较低调。

若不是他的表台琳琅满目，她还不晓得原来他有佳丽三千。

"你确定吗？"

沈弗峥将那块表抽出来，微微敛着眼皮，颔首说："确定。"

"去年三十岁生日，我妈送的。我还不至于不孝到这都不记得的程度。"

他忽然提到他去年的三十岁生日，别说礼物了，当时他们之间连联系都没有。

他生日那天，旁巍的助理来京舞，把那幅佛头青的牡丹图还给了她，那晚是京市十月末，冷风凛凛，好似吹散所有心热。

那一刻，她是真的觉得，她和沈弗峥之间再也不会有一丝一毫联系了。

想着沈弗峥说这个月还有一份礼物要补给她，钟弥一时不好意思："你生日，我什么也没送给你……"

她光着脚，两个人之间的身高差，让沈弗峥得一直低头跟她说话。她一垂眼睫，又像要藏住自己，沈弗峥看不清她，渐渐生起不舒服的感觉。

沈弗峥掐着她的腰，将人抱到岛台上坐着，自己站在她的两腿之间。终于换成他稍抬下颌，仰视她的角度。

她也藏不住自己，只能与他对视。

沈弗峥说："你送了。"

手指不小心碰到他放置在一边的高脚杯，暗红液体晃动，又从透明杯壁上一层层滑下，留下淡淡的绯色痕迹。

钟弥茫然不解："我送你什么了？"

一旁的落地镜子里，照出他倾身靠近的高大身影，钟弥手撑在冰凉的岛台上，脖颈下意识地往后挪了两寸，依然与他面孔对面孔。

她甚至能闻到他身上洗浴后潮湿的香气，清清冷冷，又很蛊惑人。

她有冲动，想去饮他刚刚剩下的半杯酒。

钟弥还未来得及动作，先听见他说。

"旁巍约你过来，你不肯，你不是送我一刀两断了吗？"

他将她说得好心狠一样。

钟弥手指头蜷缩了起来，在光滑的台面上蹭着。

台面的冰凉，皮肤的紧绷，全传递回了她的身体里。

"我不肯，最后不是也没断……"

沈弗峥撩起她耳边垂落的发丝，将碎发别至耳后，他的手指也就停在她的耳后那块温温的皮肤上，拇指落在她的脸颊边，轻轻地抚着。

他说："本心里你不肯，我是很想尊重你的，但没办法，我实在——太喜欢。"

那时候，他跟钟弥的聊天记录就寥寥几条，手指一滑，他就能看到她发给他的第一条信息，是一张夜色里的素颜自拍照。

他反反复复看,把这张由像素构成的图片看到了失真,最后发现自己不能接受这种失真结果。

本硕几年的哲学都白读了,空居于想象里的美,他越来越没有欣赏力,只会因为无法握在手里而逐渐烦躁。

大概商人做久了,他越来越流于俗气,讲究身体力行,越是喜欢的东西,越是要自己握在手里才满意。

这样他才踏实。

钟弥有预感今晚会在这里发生些什么事,但沈弗峥吻上来时,她仍然不自禁地心头发颤。

周围太亮了,她什么都看得清。

那身搭好的西装温润如玉,好似真是他人生里的一只提线木偶,替他在外行尽体面事。

而入夜,它便被静静地置于一旁,看着本尊天性解放,一席深色睡袍未敞开,不遮掩的欲念就已浸满眼。

那一身嫩芽似的鹅黄睡裙,薄丝裙边绣着轻盈羽毛,上剥下推,因没有分量,几下就被弄得不成形状。

五月夜空,云收雨霁,窗外月华正明。

钟弥抬了抬眼皮,亮如白昼的室内,她从镜子里看到了自己。

玻璃里射灯的光簇拥上来,她由他的白衬衫裹着护着,似一块天生地养的珍宝,也由他之手,初初经世。

沈弗峥系上睡袍出去了一趟,除了脖颈上有汗,看起来完全一丝不苟,风度翩翩。

他取来水,喂到钟弥嘴边。

钟弥缓了缓,给他派活儿。

"你不能把那个东西扔在这里的垃圾桶里,否则明天早上用人一收拾就知道了。"

沈先生很疑惑:"这是什么不能让人知道的事吗?"

钟弥嗔声:"你——"

这是衣帽间,就显得很不正经哪!

"别人就会知道我们在这里做了什么!"

沈先生声音淡淡地问:"做了什么?"

钟弥瞬间急红脸,再度噎声,最后干脆和他一样没羞没耻心,大声说:"爱啊!"

沈先生听懂了,点了点头,以示理解,纡尊降贵地去收拾,很体贴地拎起一个空空荡荡的垃圾袋,一本正经地问她:"那你希望别人知道我们在哪里做过?我现在去送。"

话音落地,钟弥抽出自己那条睡裙猛扔了过去。

力小了,要不是他伸手接住,睡裙能掉在地上。

"为老不尊!"

劳动节假期前,章女士就打电话过来问过,先问钟弥劳动节假期回不回州市,又问她毕业汇报演出需不需要家里人过去参加。

钟弥当时说:"妈妈你是不是忘了?我现在是课外舞蹈班的老师,小朋友放假就是我上班的时候啊,我当然回不去,我还要上班呢。"

尽职尽责的话,听得章女士欣慰又好笑,她说"还真忘了,我们弥弥现在是老师了"。

"那毕业需要家里人过去吗?"

那会儿,沈弗峥刚刚从楼上下来,抽开她对面的椅子入座。

钟弥将食指虚比在唇上,一个小动作就能叫沈先生收声静等的,整个京市翻过来,也找不到第二个人。

整个餐厅里的人,除了钟弥,像在演默剧,连用人上餐都尽量不发出一点儿声响。

钟弥说:"不用了,到时候你跟淑敏姨两头折腾也挺麻烦的,现在又是旅游旺季,戏馆应该很忙吧。"

通话结束,两个人开始用餐。

沈弗峥问钟弥:"怎么不让你妈妈过来?毕业好歹算件大事。"

"我妈妈不喜欢京市,我不想她为了我接受她不喜欢的行程。再说了,我外公说,事无大小,自己觉得重要才算重要,我觉得毕业就毕业嘛,也不是非要家人来见证才能拿到毕业证。"

"你外公倒是教了你不少道理。"

钟弥倏然一笑,探身靠近桌对面的人,神神秘秘地说:"我外公还说了,女子无才便是德。"

沈弗峥皱起眉。

印象里，章载年虽然岁数很大了，但从不是有朽气的人。

钟弥话音一转，接着讲："这话是男人说的，我外公说，男人的话不能信！"

沈弗峥失笑一声，说："你外公教你的倒都是硬道理。"

他说完，唇边的一点儿笑意也很快敛了，望着钟弥的眼神变得有些意味深长，声音也低了几分，淡淡地说，"你是真不信。"

这话似夸奖，又似感慨。

钟弥当时顾着吃完饭去上班，没细听，出门前，照旧抱住沈弗峥的脖子，甜甜地奉上一个面颊吻。

第十五章

柚子茶

毕业汇报演出这天,京市是个晴天。

毕业典礼在上午举行,一众校领导还要发表讲话,仪式一轮接一轮,钟弥作为学生,早上八点就要到校签到。

而作为嘉宾的沈弗峥,只需要在下午汇报演出时到场即可。

但这天他起得比钟弥早,洗漱停当,去床边喊刚刚按完闹钟继续睡的钟弥起来,不然待会儿时间又赶了,在路上巴巴急着,老林就差将轿跑开成低空飞机。

钟弥被人从被窝里捞起来,腰肢细软得像没骨头,摇摇晃晃坐不住,睡眼惺忪,眼没睁全,黏黏糊糊的声音,幽怨中暗含忌妒之意:"是不是年纪大了就会没觉啊,你起床怎么从来不痛苦?"

"很痛苦?"

"嗯……"钟弥跟一条软枝似的,往他怀里钻,靠在他的肩膀上继续闭着眼,仿佛无法睁眼面对清早的残酷人间。

沈弗峥掌心揉了揉她的脑袋:"昨天不是睡得很早?"

钟弥有大道理讲:"你不懂,就是因为睡得太舒服了,才想继续睡啊。我有一阵子睡眠差,一早醒了,想睡也睡不着。"

钟弥跟没睡醒似的,撒娇问他:"你能让这个世界上的时间为我暂停一个小时吗?我想再睡一个小时。"

时间停止,她说得跟动画片似的。

沈弗峥轻轻弯起嘴角,抚了抚她的背,说:"那要叫你失望了,我就是个普通人,没这么大的本事。"

钟弥理解,本来就是随口一说。

但沈弗峥接下来说的一句话,瞬间让她睡意散去大半。

他倾身去拿床头的手机,声音依旧稀松平常:"不过我可以给你们学校打个电话,问他们能不能把典礼往后延一个小时,这样你也可以再睡一个小时。"

钟弥睡神抽身一样,瞬间睁眼,动作迅速地按住沈弗峥刚碰到手机的手。

人是真的醒了,醒得透透的。

钟弥有点儿被吓到:"起来,起来,马上起来。"

说着自己就伸脚下床,去找拖鞋。

沈弗峥好笑地追问:"不痛苦了?"

钟弥抿唇摇头,样子乖乖的,在他的脸颊上亲了一下:"不痛苦,有你在,我不敢痛苦。"

说完她穿着拖鞋,嗒嗒地跋进了浴室。

逢毕业,京舞今天人多眼杂,钟弥不让老林送自己到学校,免得被人看见麻烦,半路找了个好打车的路口,叫老林停下车。

老林随口说道:"您要是学了驾照,平时自己开车也挺方便。"

钟弥拎起自己的包,笑着说:"我有驾照啊,大一就考了,但在京市买车太麻烦了,我以后走了,还得处理车子。"

老林拥有在丰宁巷那种逼仄路段都能七进七出毫发无伤的好车技,今天这脚刹车,却水平失常一样,叫钟弥在后座上猛然晃了晃。

她赶时间,也没在意,下车后挥手跟老林说"拜拜"。

老林就看着她身影纤细,穿着浅蓝半袖衬衫裙,小跑去路边,招下一辆出租车,很快连人带车消失在眼前。

车厢安静,似乎还回荡着钟弥刚刚用最寻常的语气说的那句"我以后走了,还得处理车子"。

就像她今天毕业,要去处理事宜一样,她处理完,一切就结束了。

沈弗峥待她太好,连旁观者都不自禁地入了戏,唱念做打,风花雪月,这故事一唱三叹仿佛永远不会落幕,可戏里的人始终清醒,记着一切都终有尽时。

老林一时不能理解。

这么年轻的一个小姑娘,在京市没房子、没户口,无根浮萍一样,遇过不公,也受过冷待,如今遇到沈弗峥那样可依的靠山,居然没有生根的念头。

有一天,她离开京市,会像处理一辆无法带走的车子一样,处理掉她和沈弗峥之间所有的牵连。

不只是震惊,老林是难以想象。

到底是谁在掌握这段关系?

钟弥昨晚本来说,等汇报演出结束偷偷去找沈弗峥,但今天有个小意外,她一个人还走不掉。

她本来只告诉小鱼她今天毕业,结果小鱼把这事儿在他们那个小圈子里散开了,初见还跟钟弥阴阳怪气,现在跟亲姐妹似的往群里撂话,说:"弥弥今天毕业,我叫人送了花去,你们也送吧。"

钟弥在后台收花收到手软。

最后她只能把花里夹的卡片收起来,把花送给系里的其他女生。

最后剩下妈妈、靳月、胡葭荔、小鱼的这四束花不好送人,也不方便拿走,钟弥只好打电话给沈弗峥,问能不能让老林来接她一趟,她手上的东西有点儿多。

汇报演出结束,后台水沸了一样,学生们忙着遇人就合影,人一时没散。

热热闹闹的声音里,钟弥卸着妆,听人说到沈弗峥。

那人说的自然不是他的名字,说的是:"今天台下坐在校长旁边的是什么领导啊,从来没见过,如果在我毕业后学校才来了这么年轻英俊的领导,我真的会生气。这比我毕业了,才有人给京舞捐新礼堂还让我生气!"

另一个女生说:"我刚刚已经去问过了,那不是学校领导,就是捐礼堂的那个大佬,今天受邀来观礼。你们是没看到校长、书记跟他说话的赔笑样子,真就是财神爷本爷坐台下。"

"他中途拿手机出来拍照了,年轻英俊就算了,来我们学校这种小地方观礼,还认真在看节目鼓掌,会对一些有素质的大佬产生好感。"

"你确定不是因为大佬颜值高?"

何曼琪没参与话题。

郑雯雯默认她如今在京市的上流社会混得如鱼得水，光鲜靓丽，已然跨越阶级，闻声用手肘戳了戳她："哎，那个大佬你认识吗？"

何曼琪停了一下，点了点头说："认识。"

她的确认识。

她看向旁边洗完脸回来的钟弥，因为钟弥她才认识。

郑雯雯以一种暗自艳羡的目光看着何曼琪，正想开口问何曼琪那个有钱男朋友今天怎么没来，却见何曼琪的视线停留在某处。郑雯雯擦掉眼皮上的亮片金粉，也望了过去。

何曼琪在看钟弥。

瞧见钟弥，郑雯雯来了一阵话欲："听说她现在在一个课外班当舞蹈老师。她也真的是，家里条件好就是不一样，能屈能伸。哎，你听说了吗？上学期钟弥去剧组给靳月当舞蹈替身了，那电影也快上映了吧，我当时还以为什么姐妹情深，靳月要带她进圈呢，估计靳月也舍不得吧，干吗平白给自己找竞争对手？大一那会儿她跟钟弥不就在撕谁是系里第一吗？现在她们还能和平共处了？对吧。"

一长串的话音落地，何曼琪迟迟没有回应。

郑雯雯自觉刚刚那番话里对靳月又或者钟弥的酸气过重，暴露了不好看的忌妒心，一时惴惴，一边追问何曼琪，一边将关系撇干净："对吧？反正我是听人这么说的。"

何曼琪看着钟弥在走神，根本没听清旁边的人在说什么，也并不关心郑雯雯在说什么。

何曼琪深知郑雯雯的心态跟她过去的类似。

所以在这样的人面前，她只展现自己好的一面，越往高处走，越发现真诚无用，人想显贵，离不开包装。

谁说别人的老公就不能是她的有钱男朋友呢？

她敷衍着郑雯雯说："对，我也听人这么说的。"

她自悟的心得，本来无坚不摧，可一看到钟弥就会像根基不牢的积木，摇摇欲坠。

这阵子她想着提升自我，蹭一个姐姐的关系，去什么珠宝学院听了两节课，才发现其中一个知识点——无烧宝石，钟弥大一就跟她们讲过。

好宝石毕竟少见，很多彩宝以人工加热，又叫优化处理，来提升色调和浓郁度。

有烧的彩宝看似艳丽璀璨，实则是在破坏宝石的收藏价值，只会让天然的"无烧宝石"显得更加稀有珍贵。

哪里有什么浴火重生，这不过是短效又廉价的脱胎换骨手段，经不住细看，更不值得收藏。

这道理，钟弥大一就在买手链时跟她们讲过。

可惜了，何曼琪是自己脱胎换骨后悟透的。

何曼琪正走神，身边的郑雯雯又用胳膊戳她，压低声音问着："那是谁啊？"

一个打扮体面的中年男人进来，抱起三束花，和钟弥一起朝外走去。

何曼琪也认得这个中年男人。

第一次是彭东新叫她去打听这人跟钟弥是什么关系，她问钟弥是不是亲戚，钟弥含糊地说"是"，那时候她也没怀疑。

可现在她知道，这人是今天台下那位沈先生的司机，年前那晚，沈先生问完自己话，他的司机还叫前台的人安排车送她回家。

那样的男人，混迹尖端又顺风顺水，平和到没有半点儿戾气给人，就像人不会跟路边偷饼渣的蚂蚁多计较一样。

他也应该没有多少爱才对。

就算他真的喜欢钟弥，也应该让钟弥活得束手束脚。

就像她那位叫她在外光鲜的"有钱男友"，有家底撑腰，即使戴着婚戒，那也是狐狸精们上赶着勾引的存在，说话自带一股优越俯视感。

这是她硬挤进光鲜世界里的代价。

何曼琪明白。

可她真的很好奇，钟弥为此付出了什么代价？

汇报演出结束已经快入夜。

夏季昼长，京市五月底的晚暮仍有一丝薄红余晖，毕业汇报演出结束，谢昔日相会，敬今朝离分，共襄盛举的晚会散场，牛鬼蛇神各奔前程。

礼堂门口的迎宾红毯被卷了起来，夜幕也随之降临。

老林将花放进车子后备厢。

钟弥钻进车里，很有兴趣地打量着此刻的沈弗峥。

"果然，你比人偶衣架好看。"

沈弗峥问她："刚刚我在台下，你没看？"

钟弥老实地摇头，笑着说："我不敢，我怕我一看到你会分心忘了动作。"

"我在看你。"他用手心贴钟弥的脸，她卸完妆只擦了乳液，此刻白净的皮肤似剥壳鸡蛋，摸起来滑滑软软的，散发着乳液里的植物淡香。

"好美。"

美和好看有区别，后者落实些，而前者，总有种不可捕捉的凛然感。

就比如，美可以用来形容遗憾。

老林拉开车门，打破这一刻将将要酝酿起的气氛。

钟弥在后座上正身坐好。

车子启动，驶出校园，将京舞题着龙飞凤舞的校名的南大门远远地丢在身后。

这是她的人生里的一场告别，她忽有感地扭头朝后看去。

沈弗峥问："舍不得？"

钟弥的眼神黯了黯，她以为她对这学校没多少感情，大学四年，风波低谷，也就这么过去了。

人永远不知道自己会怀念什么，除非真的失去。

她低声开口："也不是……"

好像舍与不舍，都已经过去了，她自知计较也无意义，从而抗拒让自己沉溺于这种尘埃落定的情绪里。

她换了话题："你说五月份要送我的礼物到底是什么啊？五月份就剩两天了。"

她的手被沈弗峥合在掌心里。

华灯初上，窗外微燥的晚风吹进来，填满车厢里的空间。

"今天太晚了，明天带你去看。"

钟弥心想，这是一个需要看的礼物。

她手里还抱着妈妈找花店送来的花，尤加利叶和蓝绣球装点着中央几枝色调浓郁的向日葵。妈妈对她的祝愿一向简单：向阳，快乐。

钟弥不过随口说了一句："你今天都没有送我花。"

"我送什么给你重要吗？你大概只喜欢我吧？"

这似一句情话。

钟弥脆脆的应："最喜欢你了。"

这句更像情话。

沈老板却不大满意，伸手轻捏了捏她的脸颊，声调淡淡，点评犀利："嘴甜心狠。"

次日早上钟弥睡了一个长觉。

沈弗峥往她身边一躺，她又跟一只受累的小猫一样，转身过来，蜷了蜷，手脚并用地往他怀里挤，只想躺进自己专属的窝。

她在被子下面一通乱动，终于调整好自己喜欢的睡姿，把另一只小腿往他身上放。

小腿无意间抻开了他的睡袍，经过某处，实实在在地被硌了一下。

呃……

她打算装作什么都没发生，继续把腿往他的腹肌上搁，却听见倒抽气的声音，很性感。

"一边说累一边乱撩，谁教的你？"

"谁撩你了？"钟弥咕哝，不承认自己刚刚的无心之失，仰面瞪他，抓着他的一只大手往被子里面塞，娇纵得不行，"这只腿也要按。"

沈弗峥暗自叹气。

说她百变奉迎，不如说她随心所欲。

心情好，她便唱花前月下"咿咿呀呀"的软调子；心情不好，便摇身一变枪棍都使得的刀马旦。哪个能招架？

他想想也觉得好笑，居然拿她一点儿办法都没有。

他掌温很热，由轻到重的力道，叫原本发酸的小腿很舒服，钟弥决定原谅他之前的不温柔行为，权当新情趣好了。

她将细细的手臂一横，抱着他，闭眼睡在他的胸口处，听他的心跳。

沈先生的劳工费不便宜，黑心资本家也从没有光出力不讨酬的道理，手上替她的小腿按摩着，亦要低头向她索吻。

钟弥喜欢这种事后温存的感觉，很配合、很投入。

可忽然，吻就停了。

她听见他无奈的声音，几乎贴着她的脸。

"你到底是有多不喜欢——"

钟弥睁大眼睛看着他。

他的声音停了。

下文迟迟不来,好像也不会来了。

她将这半句话自行理解成,是她刚刚在浴室说了气话,于是很是好脾气地哄着他说:"也没有很不喜欢这里啦,还是有点儿喜欢的。"

沈老板感觉荒谬地笑了笑。

反差感要命,表面温和的人,蔑然冷淡时最撩人心。

钟弥的呼吸都停了一下,心尖忍不住悸动,她悄悄抿住唇思考,觉得自己刚刚回答得好像不对,他说的话,也好像不是那个意思。

昨晚钟弥说明天就不在这里住了,真就是一时情急说的气话,沈弗峥后来应的那句"好,明天就不在这里住了"她也没有当真。

要不是第二天醒来,沈弗峥在她的手心里放了一把钥匙,估计这事儿她会在一夜之后忘得干干净净。

"不是说不想在这里住了吗?带你去看看你的新房子。"

这一觉,钟弥睡得很饱。

现在神思清明,小小的金属一放到她的掌心里,就像烫着她似的,她立马塞还给沈弗峥:"我不要!"

她能辨对错,晓得自己昨晚好像让他不大高兴了,此刻也肯认错,搂住沈弗峥的脖子说:"我不是不喜欢这里,非要搬出去的意思,只是我有时候会觉得,这个房子真的太大、太空了,但我也已经在努力喜欢了。我愿意陪你待在这里,你别生气好不好?"

"我没有生气,弥弥。"

沈弗峥声音温和,掌心隔着她披散的柔软长发一下下抚着她的后背,解释道:"连你想住在哪里这种事,如果我都不能成全,还要跟你生气的话,那我白长你这么多岁了。

"弥弥,我不会生你的气。即使以后你真做错了什么事,也不用害怕,我会帮你处理。你在我身边,我永远是你的同谋。"

钟弥趴在他的肩上,闻到了雪松琥珀调的须后水气息,那味道,本应该叫人清醒,可她愣愣地眨眼,只觉得刚从梦境里苏醒的一颗心脏又猛烈地跳动着，栽进另一个白日梦境里。

心间那股热气不知翻腾了几回，越是感受到沈弗峥对她的纵容，她越不许自己当一个恃宠而骄、无理取闹的人。

沈弗峥用面颊轻蹭失语状态的钟弥。

她耳朵被蹭得有点儿痒，歪歪脖子，唇瓣翕动，小声说："可是……我昨天晚上真的，让你不高兴了，我知道的。"

简简单单一句自我检讨的话，居然让她眼眶有泪意上涌。

她立马忍住，讨厌哭哭啼啼。

她以为自己装得天衣无缝，却不晓得此刻对望，在沈弗峥眼里的自己泪眼颤颤，淡淡的水汽似将破的冰花。

"别人不高兴，就是你做错了吗？不一定，弥弥。"

他用拇指一下下抚她紧绷的眼角，似知道她此刻的情绪，怕她太难受。

钟弥从他的手心里拿出那把钥匙，问："那这个是什么？"

"房子。"

钟弥摇头："我不要你送我房子。"

沈弗峥哄她："去看看，也许你喜欢呢？"

五月底，京市下午的阳光刺眼，车子开进常锡路，两排遮天法国梧桐树冠相依，形成一路浓荫，枝叶间渗下的光斑，碎金一样洒在两侧的方砖小道上。

钟弥望着窗外，心里已经有了预感。

之前他们路过这里，沈弗峥要指外公的旧居给她看，她知道那栋房子，但不想看。她没说之前来这里章女士触景生情的事，只说"反正也跟我没关系"。

下了车，沈弗峥陪她一同站在复古小楼前。

二楼阳台镶的是宝瓶柱的深棕栏杆，紧闭的数扇刻花玻璃窗，浓碧如幽湖深处的一片藻荇。

"现在是你的了，去看吧。"

钟弥以目光在小楼外的建筑细节上反复描摹，可能修缮过，二三十年过去了，这栋房子依旧是钟弥在家中的照片里看到的那样精致完好。

她捏着一把小小的钥匙，一时反应不过来："这……合法吗？"

这实在是超出她的认知。

沈弗峥说要送给她的礼物，是外公很多年前就被拍卖掉的房子。

沈弗峥的助理在一旁，还有一位陪同介绍的孙经理，也一早西装革履地候着他们过来。

此刻那两个人都笑了，说怎么会不合法，沈先生真金白银买回来的。

沈弗峥也轻弯了一下唇，对助理吩咐："把秦律师喊过来，带她看合同。"

钟弥闻声抓住沈弗峥的手，摇了摇头，窘然地低声说："不用了。"

他的助理已经走过来，听钟弥说不用，便朝她微微欠身："那钟小姐把钥匙给我，我来帮您开门吧。"

钟弥把钥匙交出去，眼看着在她的记忆里永远闭合的墨绿色双扇门，被人用一把小小的钥匙打开了。

好似梦境开启，在那扇门被打开的瞬间，她不自觉地往心口吸了一口气。

沈弗峥碰了碰她的肩："进去看吧，都打扫过了。"

等钟弥走进去，他的助理随之进去，将后门也打开了，一眼能看见日光照拂下的花园一角。

钟弥站在客厅中央，穿堂的夏日风轻轻拂过，她飞起的裙角一如妈妈在旧照片里飞扬的裙角。

这一刻仿佛时光倒流，她立于风中，环视四周。

客厅好几处陈设她都在照片里见过，照片因时间过久而褪色，她亲眼看到的颜色，像是吹开了一层薄灰，一切鲜亮，真实。

她终于可以来摸一摸这些旧照片里的回忆。

"这里跟以前一模一样吗？"

"这里没人住过，流拍后改成了私人会馆，偶尔宴客，第二任主人改动了一些。"那位孙经理说完，先是瞧见钟弥蹙眉，沈弗峥便向他投来一个眼神，仿佛怪他多嘴，惹她不开心。

于是，孙经理立马补上："不是很大的变动，钟小姐要是喜欢以前的样子，都可以改回去。"

钟弥去楼上参观完毕，走下楼梯。

那位孙经理说:"钟小姐,您要不要去后面的花园看看?花园跟过去几乎一模一样。"

钟弥跨过门槛,踏进后院,想说不可能一模一样,她妈妈养的白玫瑰早死了。

话只说了一半,她的声音,因为眼前的景象停在了喉咙里。

这栋小楼二十几年辗转,几度流拍,最后物归原主,一如往昔,妈妈的花谢了,沈弗峥重新替她养了半院子的白玫瑰。

钟弥走过去,摸了摸花坛里的泥。

新培的土,还松软潮湿,显然是不久前才被移植过来,这些娇嫩花苞迎风摇曳,郁郁盛放。

手指一触,她忽然觉得自己和这些花像。

她不曾在这里生长,却在最好的时候在这里开放。

沈弗峥在不远处的屋檐下看着她,她今天穿了一条无袖的白色长裙,日光炙热,晃人眼睛,她站在花丛里,就快要和那些花融为一体。

他忽然喊她:"弥弥。"

钟弥闻声朝他走来。

沈弗峥能从她的眼里看到她对这房子的喜欢,但她越是深刻地打量这里的角角落落,这喜欢之情越像一场镜花水月一样不真切。

人对自己拥有的东西,不必如此细看,仿佛要牢牢记住这里的每一个细节。

就像人们出门旅游,越是喜欢的地方,越是要拍照留念,因为知道再喜欢,也不可能永远在这里落脚,甚至一别后就不会再回来,所以才要用眼睛、用相纸去记录一切。

"弥弥,不喜欢这里吗?"沈弗峥按着她的肩问她。

钟弥点着头,目光仍不自禁地往周围看了看,最后才仰头将视线落回眼前的男人身上。她很感动地说:"喜欢,特别特别喜欢。"

他垂颈,靠近她,忽然问:"那为什么,是我对你还不够好吗?"

他的问题不明晰,但钟弥此刻知道他在问什么。早上床边的话题他们并没有聊完,当时她并不介意,甚至本心里不想把事情聊得那么开。

她确定自己爱这个人,也感觉得到这个人对她的爱,当下美好,如酒醉人,她十万分地沉浸其中,不想庸人自扰,考虑未来那些她无力左右的事情，逼迫自己清醒。

　　这世上，多的是无解的命题，她何必非要一味求解？无论哪种选择，她付出相应的代价就是了，得与失是计较不清的。

　　情这一字，本来讲的就是愿者上钩。

　　可他此刻问她：是我对你还不够好吗。

　　钟弥实在太歉疚，歉疚到一瞬间眼底盈泪。

　　她不住哽咽，无声地摇着头，努力让自己的声音正常，一开口，却还是沙哑的："没有，你对我很好。"

　　"那为什么呢？你不喜欢我吗？我给你的东西你都不喜欢吗？"

　　他的连问让钟弥情绪失控，她摇头一迭声地说不是："一开始，我就知道你不是适合我的人，但我太喜欢你了，不甘心就这么算了，总得为自己努力一把。我本来也想明白了，就是到你身边跟你谈一场恋爱而已，只要我不贪心，就不会痛苦，也不会让你为难。"

　　钟弥在说这些话时，眼泪像断线珍珠一样滑落，眼眶通红，薄薄的水渍蓄在眼底，清澈得让人一眼望得到底。

　　沈弗峥伸手替她去擦眼泪，她亦伸手，将他的掌心按在自己的脸颊上，好似害怕失去。

　　她仰头望着他说："可是你真的对我太好了，好到让我有了很多本不该有的期待，也好到让我拼命去劝自己知足。我不知道该怎么往前走，不想，也不敢站到被权衡的位置上去。我担心自己不够分量，也担心如果……如果你真给了我那么大的分量，我会配不上你为我做的牺牲，你已经，给我很多东西了……"

　　这些话似她自建堤坝困住的洪水，因惧于风波一直攒着，攒到满是裂隙，一朝决堤，汹涌到连她自己也被淹没。

　　钟弥的脑子完全是混乱的，她甚至不知道自己在说什么，就像小孩子忍了委屈回家哭诉，在温柔问她怎么了的家长面前，一开口就落泪，既难过崩溃，又踏实安心。

　　"我知道彭东新的事情是你叫盛澎去处理的，你说让我喜欢京市一点儿，因为你，我对这里真的有了留恋之情。我也知道，你送我的那双鞋，是适合我的尺码。"

　　钟弥伸手抱住沈弗峥的腰，将彼此之间的距离缩到最短，脸上未干的眼泪浸进他的衬衫里,她闻到了他身上熟悉的味道,仿佛清冷檀木,叫人心静安宁。

她轻轻敛了眼皮,声音在隐忍克制又湿热灼烧的一呼一吸间,终于低了下来:"如果以后有机会,我就为你穿,没有机会也没关系,我知道,你已经把最好的东西给我了。"

这话算违心吗?钟弥不知道。

我贪心渴求的,远比现在多,但同时别无所求。

沈弗峥听完这些话,手指摩挲着她耳边的碎发,微凉的穿堂风一阵阵地将她的裙摆吹起,她在他怀里,单薄得好似一页随时会从他的生命里被翻过去的纸。

他已经在这一页纸上写了很多字,一笔一画都是认真写的。

但原来,他付出的东西,还是不够分量。

她还是害怕自己会被轻飘飘地翻过去。

大概太难过了,刚刚又情绪崩溃说了那么一通话,钟弥的脖颈里都是汗。

沈弗峥任由她靠着抱着,将她颈后的头发拨开,没有手帕或纸巾,就用衬衣袖口给她擦汗,让凉风灌进来。

"舒服一点儿没有?"

钟弥闷闷地应了一声"嗯"。

沈弗峥用拇指抚她的脸,钟弥对这亲昵举动已然熟悉。

他喊她弥弥。

她有感应,那是一个需要承诺的时刻,她也感觉得到他不会吝啬。

可不知怎么的,她不想要他的承诺。

她不想做那种在爱里患得患失,非要紧抱着承诺做浮木,以未来的期待支撑自己往下走的女人。

她以前说过,不喜欢走夜路,哪怕这条道是去寻宝。

可如今她已经走上这条路了,就不能再胆小,总不能别人点一盏灯,她才肯往前挪一步。

点灯的人也会累。

她舍不得沈弗峥累,讨厌那种彼此受苦的爱情。

她更紧地拥住沈弗峥,打断他刚刚要说的话:"我会一直陪着你,直到这条路走到头。"

说完,钟弥踮起脚,温热唇瓣贴在他的嘴角,不似亲吻,似一种契印。

"沈弗峥,你带着我往前走吧。"

钟弥去洗了一把脸,出来时,沈弗峥的助理和那位孙经理都回去了。

客厅安安静静的,沈弗峥身形高大,站在靠墙的红棕斗柜前,手从复古的黄铜台灯罩里撤出来,去拽一旁的开关链。

灯光倏明。

钟弥擦干净手,看着他一挡一挡地调着光的背影问:"是坏掉了吗?"

沈弗峥转身:"灯泡松了,拧紧就好。"他走过来,拿过她手上刚擦过脸的湿纸巾,简单地拭了两下手指,垂着眉眼,柔声问,"还有什么想跟我说的吗?"

钟弥下意识地摇了摇头,忽然想,他这种什么事都好商量,说话永远不急不缓、条理清晰的性格,如果他坐到谈判桌边,对方到底会庆幸他态度温和,还是会不禁害怕这人深不可测?

"你对我太好,好得像假人,好像无论我要什么东西,你都会给我。"

他听了这话后问:"那需要我改变吗?"

钟弥摇头说:"不用,如果这是你习惯的方式,我也会喜欢。"

只是她偶尔会困惑。

这人看似爱意满满,但好像根本不会爱人,他只是在扮演一个很好的爱人角色。

就像刚刚在后院里,她说了那么多话,哭到崩溃,他是心疼的,她从他的表情里能看出来,但他没办法与她共情,这她也能看出来。

他只是希望她别再难过了。

就像他在他的堂妹那里是好兄长,在他的母亲那里是好儿子,他擅长扮演,也完全洞悉对方的需求,只要对他有利,他能叫所有人满意。

她想,自己唯一的不同之处,大概是沈弗峥在她面前从来不遮掩他对其他人的态度。他不怕叫她知道,这副好皮囊下伪善的利己本性。

沈弗峥认真地看着她，从她的话里找问题："什么叫我习惯的方式，你也会喜欢？"

"我觉得你已经很累了，我不想也成为让你累的那一部分存在。"

他露出淡淡的笑，似乎觉得这话太莫名其妙，又似乎是被戳中内心而心虚地掩饰，一如往常看起来那样云淡风轻："我平时在你面前很疲倦吗？"

"不是，我是觉得你很麻木。"

钟弥神情犹豫，不知道该不该讲。

好似一场风浪刚刚平息，他们要做的，应该是尽可能地去享受在这一刻的温馨宁静气氛，而不是再生波澜，抽丝剥茧地把那些平静之下的问题挑出来，摆到明面上。

但他看她的眼神永远纵容，好像她不管说什么都行，一步步哄着她把自己毫无保留地打开，像解压一份关于她自己的文件，无论里头弹出什么问题，弹出多少问题，他都能妥当解决。

他既不紧张，也不急迫，只是给足时间，等着钟弥在犹豫后开口。

"刚刚在后院里，你问我不喜欢你吗，你真的在意我喜不喜欢你吗？你好像不在意。你其实不会吃醋，也不计较我跟前男友的综艺节目，你大方慷慨，在我们的感情里，谁爱得多，谁付出得多，这些你通通不计较，也不需要我回报，你好像只在意我会不会离开，需要的是我一直陪着你，甚至有没有很爱你都不重要。"

话音落定。

钟弥的声音并不大，只是周遭安静，仅有复古的吊扇叶一圈圈缓慢打转的细微声响，就显得她的话字字清晰。

沈弗峥闻声，眼睫下敛又抬起，那两秒他在想什么，没人知道。

钟弥也只是内心忐忑。

他迈步朝她靠近，已经很近的距离再被缩短。钟弥朝后退，腰部抵到柜子上，再无退路，身形轻晃，便抬头直面他。

他一点儿没有恼火的迹象，只是在对视中，低下头问钟弥："那你会一直陪着我吗？"

钟弥想也没想地点头，又说："但是，我不可以和其他人一起陪着你。我没有办法和别人分享你，也不可以成为让我外公和妈妈失望的那种人。"

"我知道了。"沈弗峥淡声应着,俯身将钟弥轻轻拥住,过了一会儿又低声跟她说,"弥弥,每个人对爱的需求是不一样的。"

钟弥在他的怀里点头,着急地接话:"我知道,所以刚刚在后院里,我没说喜欢你,说的是,我会一直陪着你。我知道你需要的是什么。"

钟弥仰起头,纤细白皙的脖颈紧绷起的线条凛然,她笃定地看着他说:"认清你,陪着你,你也一直在这样引导我,不是吗?"

她就看着沈弗峥眼睛里的不可思议之色一点点放大,最后在扬唇绽放的一记浅笑中,被惊喜之色填满。

那种惊喜感像迷失山林的旅人对着山谷喊话有没有人,在最绝望时,得到最笃定的回答。

沈弗峥捧起她的脸,看着她,目光深远到有些失真,又似在透过她看别的什么东西。

"我对你外公的感情真的很复杂。"

钟弥问:"你之前说过,你对我外公不仅仅是尊重,还有什么?"

"厌恶。"

他的嘴里突然又决绝地蹦出来的一个词,叫人心惊肉跳。

钟弥微微张嘴,还没反应过来,又听到他用同样的声音说:"感恩。"

厌恶?感恩?

钟弥的大脑似接触不良的屏幕,跳了一瞬白光。

"我外公说,他只在你很小的时候教过你一年字。"

沈弗峥合眸,轻轻点了一下头。

"对,他只教了我一年字,甚至那时候太小,我每周和你外公见面的时间只有两个小时,那段时间的记忆我已经完全不记得了。我真的不记得了。"

钟弥从没有见过他露出这么迷茫的神情。

他像踩在浮木上,每一句话都无法落到实处,每一句话都需要犹豫:"又或者,我像背古诗一样,记了太多不属于我的东西,导致我真实的感受一点儿不剩了。"

沈秉林这个人猜忌心很重,对至亲骨肉都会提防。沈家走上权势巅峰那年，也是章载年离京那年，沈秉林三儿一女，好几个孙子、外孙，当时没一个养在他身边。

在位多年，他也就章载年这么一个至交亲信，他最信得过的人是章载年，最欣赏、最有愧的人也是章载年。

但毕竟路都是越走越窄的，大局里的取舍，往往不由人，哪怕至交亲信也有不能同行时。

沈秉林是怎么坐稳这位子的，知情之人不多，遑论敢说出来的人。

沈家人以为这件事不可提，只当世上再没有章载年这个人。

偏有不为人知的一线牵连，被沈弗峥的父母察觉——沈家司机悄悄去州市看望章载年，背后是沈秉林的意思。

那年沈弗峥六岁，章载年做启蒙老师曾教过沈弗峥写字。

于是沈弗峥的父母特意请来章载年早年的门生继续教沈弗峥书法，不为其他，只下死命令，叫沈弗峥务必摹一手像极了章载年的字。

他们要叫沈秉林知道，他的这个小孙子不忘章载年的教诲，在沈家这个利欲熏心的染缸里，唯独沈弗峥仰慕章老先生风骨，小小年纪，以身致学。

因人就是这样，越是薄情寡义处，越能戳痛肺腑。

这世间没有真正意义上心硬如铁的人。

沈老爷子当年对章载年的亏欠之情，日后都成了对沈弗峥的青眼。

章载年曾是他正身的镜子，被他亲手打碎了。

淌血的那个，早伤口愈合，且夕福祸只道寻常，不计较，看开了就看开了。

偏偏拿刀的那个，永远做着背刺挚友的噩梦，多少年，明面上的宽恕也讨来了，他担心人家不是诚心原谅自己，多少补救都不够。

他被困在里头，他的儿子、孙子全都得替他记着，要记着，又要装作不记得的样子。

谁若过分殷勤便是提醒这桩陈年旧事，事过留痕，永远不可能一笔勾销，全然不知又失了为人子孙为上分忧的孝道，讨不到老爷子的欢心。

沈家人是最难做的。

东施效颦那是没学好，学好了便是沈弗峥少年时便练就的一笔字，独拥青眼。

只是有些壳子一旦套上了，便不能卸下，从一笔字，到为人处世，二十多年，沈弗峥学这位已然记不清面目的章老先生，越学越像，青出于蓝。

沈老爷子很喜欢沈弗峥，沈弗峥自己也受益匪浅。

沈弗峥年长后，沈秉林年纪大了，身体和精神都越来越不济。

前不久，有一回沈秉林午睡起来，沈弗峥去看他，他恍恍惚惚地指着书房里那幅"饮冰肃事，怀火毕命"的字，说："承岁，你这字写得是真好啊。"

承岁，是章载年的字。

饮冰肃事，怀火毕命，通常讲的也是受命从政惶恐忧心，挂在这里倒也讽刺。

沈弗峥当时徐徐倒了杯清茶，将温润紫砂茶杯放到沈秉林的手心里，轻声说："爷爷，我是阿峥。"

沈秉林一瞬惊恐，手中的茶都洒出来一些，湿了指头。待瞧清面前的人，他又松了一口气，说"是阿峥哪"，然后安心饮茶。

沈秉林说他最近清减了一点儿，问他最近在忙什么。他答一点儿公事，他大伯去世后丢下的烂摊子，他毕竟年纪轻，接手这几年，镇不住那几位老臣，软钉子、硬钉子没少碰。

沈弗峥不急不躁，简单一提，言语里都是不要人操心的温和之意。

沈秉林却嗤之以鼻，年纪大了也不能完全消退那股子上位者的轻蔑威严气势："你就是脾气太好，哪里能由着那帮老油条耍横？"

他跟沈弗峥提了一个人，又叫老仆翻来一张名片。

"城南的事，这人现在能做主，叫他去替你忙。"

他看着沈弗峥，不由得叹气说："你啊你，多少年了，还是这么不晓得变通。"

那话像说沈弗峥，又像透过沈弗峥在说另外一个人。

沈秉林说他累了，还要再休息一会儿。

沈弗峥捏着那张名片起身，临出门前，朝墙上那幅字投去目光。

方窗外的阳光落在竹椅边，上头合眼的独权者如今也真的老态毕现，静躺着，似一截将入土的枯木。

沈弗峥带上门，嘴角浮出一丝蔑笑，笑意转瞬即逝。走廊被柱影一片片割成明暗相接的样子,明处暗处,他皆淡然走过。

这么多年,沈秉林以为自己养出了第二个章载年。

殊不知沈四公子松姿玉骨之下,仿章载年是假,摹沈秉林才是真。

旁人赞沈弗峥有章载年的风骨,青出于蓝,他常常自谦不如章老先生万中一分。若有朝一日,被人看透骨子里的贪婪伪善与沈秉林一脉相承,他当仁不让,敢认他本就是这样的人。

后院斜射进来的阳光,已经有了肉眼可见的衰弱势头,光区拉长,慢慢移至他们的脚边。

钟弥身后是柜子,身前是沈弗峥,此时进退不得。

她几乎只是在原地挪动了一下脚步:"你告诉我这些,不怕吓到我吗?"

他脸上没有一点儿担心之色,面孔靠近钟弥,亲昵的语调低成气音:"你不是说你知道我需要什么吗?那我就告诉你,我为什么需要。"

"那你一点儿都不担心我被吓到吗?"

"我觉得你胆子很大。"他先调侃了一句,又认真地说,"再者,我买下这栋房子,你住进来,我家里人不久就会知道我在外面做了什么事,就算我现在不告诉你,以后也会有别人来吓你,甚至是夸大其词地吓你。"

"你应该有知情权。你外公不告诉你这些事,是因为他觉得再无瓜葛不必旧事重提,而我告诉你,是因为我们之间不可能无瓜葛,你要一直陪着我。"

钟弥的手指还抓着他腰侧的衬衫,嘴上却故意说:"现在不能反悔了对吧?我要是反悔会有什么代价?"

沈弗峥不客气地捏了一下她的脸颊,见她蹙眉"啊"了一声,又用拇指替她抚痛。

钟弥又想歪点子开口:"可是我还是小孩子,小孩子反悔——"

接下来的话被他吻得全堵在了喉咙里。

这一吻漫长、缠绵得好似一种庆祝仪式,从行动上表明彼此贴近。

钟弥被吻得晕头转向,双眼迷蒙,踮起来去回应他的脚,重新落回地面上时,都觉得有点儿酸。

他捧着她的脸,连教导都温柔:"好好说话,就让你当小孩子,不好好说话——"声音移到她的耳边，也低下来，似在蛊惑她，"罚你生一个。"

钟弥耳边像炸了一个气球，她反应过来，拳头就招呼到他的肩上了："青天白日的，你胡说什么啊？！我……我不反悔，我这个人可讲信用了，我外公从小就教我，人无信，不可立。"

沈弗峥闻言，忽然有感："你外公是按他最喜欢的样子教的你，而我学了你外公很多年，有时候连我自己都分辨不清，我到底是像他，还是不像他。可看到你，我就觉得我像他，起码我们喜好一致。"

那种感觉很难形容，好似自以为游刃有余掌握在手的人生，其实是一条既定轨迹，他们会遇见，会爱上，都是命中注定。

去年夏，他在玲珑十二扇门口第一次看见钟弥的字，就觉得很有意思，仿佛被遥远的相似性当头击中。在我们毫不相干，甚至我不知道这个世界上有这样一个你的时候，我塑造我的一部分，就已经在塑造我对你的喜欢。

"你光是存在，就叫我迷恋。"

入夜，沈弗峥带着她去附近逛了逛。这里有一些旧居，不过大多是私产或者已改作工作室，平时不开放参观。倒是有家书店，这两年成了网红景点。

两个人过了两条街，就快走到裕和里了。

他问钟弥饿了没有，牵着她进了一家小院。

钟弥看见院子里支了两把巨大的咖啡色阳伞，伞下摆了几张胡桃木的桌椅，才晓得门口虽然连个招牌都没有，只挂着"裕和里29号"的牌子，里头实打实是一家私厨。

这一带都没什么高层建筑，日光无遮拦，西晒严重，五月末人站在露天环境下就能感觉到暑热。

院子里大概刚刚做过降温，玻璃房顶上吹来的风带着宜人的湿凉气，很能消乏。

不规则切割的木板随步履错落铺开，一条细长小道，其间填满了雪白的碎石子。

一只橘猫从花架上轻盈地跃下，从钟弥的脚前大摇大摆地走过，钟弥低头笑了笑,又看周遭的环境。

这里不像餐馆,就像谁家讲究的后院。

她来过裕和里好几次,参加品牌的沙龙聚会,或者跟盛澎、蒋雅他们去消遣赌两把,这地方的小洋楼给她的感觉一直都不太接地气,没有半点儿烟火气。

她问沈弗峥:"这地方还有人开餐厅哪?"

围着咖啡色围裙的服务生领他们入座,递上菜单。

钟弥翻开,那也不能算菜单了,牛皮本子上都是手写字,仅仅是告知厨房现在还剩什么食材,能提供什么样的做法,已用完的食材直接一条横杠带过,当日也不再补给,真喜欢的人可以明日预约,没有拿顾客当上帝的感觉,好像顾客爱来不来。

"以前没有。"沈弗峥喝着服务生端来的清茶,淡淡地说,"我小姨前几年搬过来了,嫌附近没什么好吃的东西,就自己开了一家,刚好她有不少朋友爱打麻将,结束了来这边吃饭也很方便。"

"你小姨?"

沈弗峥点头,似乎没瞧见钟弥眼里的震惊之色,自顾自地安排着事情:"你要是不怕闹,之后让盛澎给你开一个暖房派对,我让老林给你找了一个住家阿姨,是老林的远房亲戚,会做州市菜,平时她就陪你住,不然你一个人住我不放心。老林说你有驾照,这边不好打出租车,你之后上班可能不太方便,是给你安排司机,还是你自己开车?"

钟弥觉得脑袋内存不够用,本来还卡在上一个问题上,这里是他小姨的私人餐厅,一转眼,他自然而然地已经安排好她之后的生活。

她好像也不用动脑子,只需要回答是或不是、要或不要,那些看似麻烦又不好沟通的问题就通通迎刃而解。

钟弥开车的经验并不多,大多是在州市,州市的路况和京市的早晚高峰路况不能比:"我自己开车……"

沈弗峥接过话:"这个月还是让司机送,你自己开车,还要练练,不然你没开惯,上路容易不安全。"

钟弥想想也是,点了点头。

手上的菜单也浏览完了,她递给沈弗峥让他补充,他添了一道清淡的海带排骨汤。

餐中，沈弗峥说："之后你想要什么车，叫盛澎去买，他懂这个。"

钟弥失笑："盛澎在你这儿身份还挺时髦，除了鞍前马后，还是个买手。"

"术业有专攻。"

他说话太有艺术形，有时候细听她也分辨不清是贬低还是抬举。

夜色更深，路灯的光晕更浓郁。

钟弥说这里的后厨手作的蜂蜜柚子茶清新好喝，用完餐出来，麻绳编作提篮，沈弗峥手里提了一罐。

服务生送他们出门，提醒回去将蜂蜜柚子茶放在冰箱里，最好在三天内喝完。

沈弗峥想起一件事，说京郊那家园林私房菜的老板送她的鱼缸随时可以找人取回来，现在她有地方放了，可以想想要放在哪里。

想到那缸漂亮的鱼，又看到他手上提着的蜂蜜柚子茶，她牵着他的另一只手，忽然又感慨："我跟着你，像横行霸道，在京市成了个强盗，去哪儿都拿人家一点儿东西回来。这难道就是我的致富路吗？"

沈弗峥笑出声，觉得她这想法实在可爱。

"那你这致富路上最大的绊脚石是你自己，每次你不是都说不要不要，最后人家硬塞，苦苦求着你收下，你才说'好吧，谢谢'的吗？"

事实的确如此。

但钟弥还是被说得很不好意思，毕竟家里人教她的是，礼尚往来，处处都是人情，东西不能乱收。

"收的礼都是人情，以后都要还的，我怕给你添麻烦嘛。"

沈弗峥提了提手上的玻璃罐给她看，寓教于学："怕什么人情呢？我小姨总不可能让我亲手再做一罐还给她。"

他又提到他小姨，在钟弥心里这一部分还没过去，她虽然不想胡思乱想，但脑子里已经这样想过。

刚刚吃饭时，主厨端来汤，看样子和沈弗峥很熟，自然地搭话说了一句：沈先生很久没过来了，还是第一次带人过来吃饭。

沈弗峥直接明了，说：女朋友，住附近，以后可能常来。

她当时觉得，他这是让他小姨知情，也是变相通知他的家里人。

她今天第一次在他面前哭成那样，他或许不能理解她为什么难过，但她疑心自己没有分量,他就立马带着她踩到实处,让她晓得她被放在什么位置,让她知道自己有怎样的分量。

"那个私房菜馆的老板又不是你的亲戚,那个人……"钟弥不想说人坏话,但的确两次和那个老板见面都让她很不舒服,"太殷勤了。"

"你怕殷勤的人吗?"

钟弥摇了摇头,也说不上来。

可能只是她以前的生活圈子单一,她对人性的复杂面缺乏见识,也缺乏相对应的处理能力。

"你觉得殷勤的人,扭头对别人趾高气扬地摆起架子来,可能是你想象不到的高高在上样子。没有绝对殷勤的人,大多是需要殷勤的时候就殷勤一下。"

沈弗峥拎罐子的那只手抬起来,指给她看:"你看这个路灯一到晚上亮起来,有多少小飞虫往灯面上撞,趋光趋热,都是正常现象。

"多一重身份就多一重体验,人越往上走,越能看到下面人头攒动。

"这种人没什么好怕的,你就拿他当鱼缸里张嘴求食的鱼,手边有鱼食,你高兴了就丢一点儿进去,不高兴就让他们饿着吧。

"人情往来这种东西,这次不行,人家还会送下一次,你不可能靠拒绝杜绝所有。现在送礼的人比收礼的还要精,知道乱送礼吃力不讨好,还会得罪人。

"这些分寸让他们去拿捏好了。要是还不确定,你可以问我。以后只要你喜欢的东西,我们就大大方方地带回家,至于什么人情,难道没有你,我就没有这些人情往来了吗?有我处理,你不用烦心。"

钟弥想起不久前的一个夜晚。

他告诉自己,对不能脱离的环境,能做的事更多的是掌握话语权。

当时她惶惑万分,低声说不会。

沈弗峥说:"没关系,我会教你,不会太辛苦的。"

此时此刻,她忽然能悟到一点儿。

虽然她对这些事全然陌生,但的确谈不上辛苦,好似前路再坎坷,也有人为她填那些沟沟壑壑。

回家途中,路过一家快打烊的花店,钟弥停住了脚步。

"鲜花打折,我们买一点儿回去吧?"

她捋起裙摆，在铁皮花筒前挑了各色玫瑰。

店员将花打包时，钟弥讨来一截丝带，将自己披散的长发低低束起，用纸巾擦汗。

店员一边快速打包鲜花，一边跟钟弥说天太热，到六月更热。

钟弥应着声，隔着玻璃门，瞧着门口树下的男人的背影。

他在接电话，好像是他小姨打来的。

不知道家里有没有花瓶，钟弥顺手在花店的货架上又挑了两个西洋风的花瓶一起结账。

沈弗峥接完电话进来，抱起一大束潦草打包的鲜花，钟弥提着的纸袋里放着两只花瓶，彼此空余的手还要牵在一处，将最后一截回家的路走完。

回家休整了一会儿，钟弥把花运到门口的垃圾桶边，解开包装袋，准备修枝醒花。

沈弗峥拿着一杯冲兑好的蜂蜜柚子茶出来时，钟弥手上的剪子正"哐当"一声掉地，另一只手上，食指的指尖冒出一个小红点。

她又被花刺扎了。

沈弗峥走近，在她伸手前先捞起剪子："窃玉偷香风流事，色字当头一把刀，这事儿我现在常干，我来吧，你到旁边坐着。"

话说得一本正经，声调平平。

钟弥捧着玻璃杯，臀部挨到小凳子上才反应过来，这话耳熟，是她很久以前在州市说过的。

那也是一个夜风撩拨的夜晚。

她说的是花。

沈弗峥说的，不一定。

虽然他自己说这事儿他常干，窃玉偷香或有，但真操刀剪花的经验是零，学习能力倒是好，钟弥说怎么修，他很快就悟了。

原来不只运筹帷幄，做苦力活儿，沈老板也是一把好手。

钟弥吸着凉凉的一杯饮料。

舒爽的夜风吹拂，玫瑰香、柠檬味、柚子水，还有眼前的沈弗峥，都叫她觉得惬意。

忽而有车开过，车灯渐远，又叫她想起某个夜晚的记忆，她也是和沈弗峥一起待在路边。那会儿她连他的名字具体是哪三个字都不确定,她在路边等车时被胡葭荔那个渣男前男友骚扰。

沈弗峥开着一辆跟此时门口停着的一模一样的宝驹,给她解围,送她回家。

临别时他跟她说,以后找对象眼光好一点儿。

那时候,他的好心提醒里到底有没有私心呢?

钟弥从水桶里取出一枝除了刺的粉玫瑰,在手里转着。

"沈先生。"

他抬头看过来。

路灯在钟弥身后,柔光洒落,映在他的眼睛里特别好看,他这样没什么表情,冷冷淡淡时最似完美情人,因眼瞳似镜,任天地辽阔,也只小小地映着她。

钟弥不自禁地露出一点儿笑:"那回在州市,你叫我下次找对象眼光好一点儿,你觉得我这次选得怎么样?"

沈弗峥一时忍俊不禁,停了两秒,配合着点头评价:"还不错。"

钟弥绽开笑容,拿着花嗅,皱了皱鼻子说:"沈先生好谦虚啊。"

第十六章

老照片

钟弥在京市待了四年,关于京市的夏,记忆里总是炎热漫长又难挨。

六月底,舞蹈班的本期课程结束,钟弥递了辞职信,请几个相处半年关系还不错的同事吃了顿火锅。

今朝一别,大家有缘再会。

上周她去舞剧团试了角色,之后一整个七月都是忙碌有序地在排练。

偶尔练到脱力,她不顾形象地躺在地板上,放空的脑子里,插空会蹦出些许忧虑感,怎么到现在都没有人来找她?

随之她又会被自己脑补的扔支票场面逗到发笑。

"你看,弥弥都笑了!京舞女生宿舍7栋的空调真的就是老到不能用。"

另一个小组领舞的姐姐是钟弥的同校师姐,休息间隙,说着手机上刷来的消息,终于有人给京舞捐新礼堂了。

她便吐槽起在京舞读书那几年受的苦。

京舞有一部分女生宿舍上了年头,连空调都是老设备,制冷能力感人,每次训练回去,她们拖着凳子坐在空调出风口都感觉不到冷气,衣服浸汗像层皮粘在身上,难脱得要命。

钟弥被拍了拍,回过神,说自己还算幸运,入校分到的是新女生宿舍。

旁边有人外放视频。

今天是京舞新礼堂项目启动,有一个挺隆重的开工仪式,应该是京舞的学生拍了视频发上网。

视频点赞已经过万，评论区留言热火朝天，在校生着急新礼堂什么时候竣工，自己还能不能赶上新礼堂投入使用，毕业生则各种玩梗骂骂咧咧，怎么自己一毕业，母校就偷偷发展起来了。

有人刷着相关视频说："哇，这个资方老板好年轻哪。"

"还挺帅的，不觉得吗？西装革履还挺有味道。"

听到旁边人这么说，钟弥皱眉，还以为沈弗峥出席活动被拍到了。

挺新奇的，她还从没见过这人出现在什么媒体报道或者娱乐视频里。

她搜他的名字，倒是有一条词条，没图就算了，内容还短到毫无看头。

于是钟弥自己搜来视频看。

露天环境，看旁边的建筑，应该是在校图书馆前的小广场上，隔着屏幕她都能看到现场阳光烈到刺目，鼓起的风都燥热到令人表情狰狞。

鲜花红绸围拥的礼台后，西装革履的身影只短短现身两三秒，蹙眉鼓掌，是他的助理。

果然，沈老板嫌累。

这种西装扣子一扣就把人勒得特别笔挺的正装，她很少见他穿。

也难怪钟弥之前说自己的刻板印象，说到一年三百六十五天都有应付不完的正式场合时，他失笑说，想到他的助理。

这两个月，钟弥跟在他身边，见过不少人，发现那些客户经理也跟他的助理一个路子，一个个衣品似男模，才晓得打扮起来的人不一定就是绣花枕头，有些人，站在那些位置上，就是需要光鲜靓丽的盔甲。

当天晚上，钟弥回家一个人吃饭。用餐结束后，她和住家阿姨在客厅里看电视。

听到门口有行车响动，钟弥第一时间趴在沙发背上，准备欣赏开门的刹那，沈老板的今日着装。

软料的白衬衫，襟前开着两颗扣子，袖口随性地折起，露出一截修长有力的手臂线条，浅灰西裤中规中矩。

他一年四季几乎都是这种让人无记忆点的色系穿搭，低调，不出挑。

偏偏他身材底子好，又有一张俊脸，很难低调得起来。

可能身高腿长是他家的基因，她见过他的堂妹和表弟，也都是这一型的身材。

钟弥垂着手臂,懒懒地趴在沙发背上看着他。

"舞团好玩吗?排练累不累?"

沈弗峥换了拖鞋,走过来摸钟弥的脸。距离一近,钟弥闻到了淡淡的烟酒气,猜想他今晚的应酬大概是那种不好推掉又不太重要的,所以喝了点儿酒,但回来得又算很早。

钟弥还没来得及回答。

阿姨倒了绿豆汤来,递给沈弗峥说:"弥弥小姐今天累坏了,下午回来,我煮个绿豆汤的工夫,她就在沙发上睡着了,一觉睡到天黑才起来吃饭,说是跳舞,比干体力活儿还累呢。"

本来钟弥不想把实情说得这么细,怕沈弗峥对她的状态有意见,但阿姨先说了,她便无声。

沈弗峥的反应倒是出人意料:"看来你挺喜欢现在的工作。"

钟弥很惊喜,问他:"你怎么知道?"

沈弗峥喝了两口绿豆汤,照着钟弥的口味做的,他嫌太甜,也不说,只把瓷碗递给阿姨,对钟弥说:"你不喜欢的东西没办法叫你受苦,你比那金笼子里的鸟还娇贵,拴不得,困不得,一不舒服,立马就跑了。"

"当头一把刀,只有一个'色'字,没有忍的道理。"

他手指刚刚拿过冰镇的碗,此时如笔画游走,触在她光洁的额头上,清凉如冷玉,好似刻进了人的心里。

上个月从京郊被运回来的玻璃鱼缸就在他身后,偌大一个,自成了一扇生动屏风。钟弥叫人在角落配了冷光灯带,光线透水洒来,那些红蓝小鱼欢快游动,让人看得一清二楚。

沈弗峥上楼洗澡。

看完电视剧,钟弥跟阿姨说早点儿休息,自己也上了楼。

沈弗峥不在房间里,浴室的浴后水汽散得差不多了,置物台上放着他解下来的手表。

钟弥找去书房,跟他说今天舞团排练休息时的趣事,从开工仪式自然讲到他那位出席现场活动的能干助理,这种高温天气保持精英打扮也真是难为人了。

钟弥见过那助理不少次,每一次他出场都是无可挑剔的正装,时刻都是精英状态,衣品相当好。

书房也是新布置出来的，钟弥还没细看过，这会儿才有空欣赏墙上的挂画。那是她以前画的，她特意叫淑敏姨从州市给她寄过来的，当然没说是挂在男友的书房里，只说要送人。

钟弥问："他的年薪应该很高吧？但人一直紧绷着，会不会也很累呢？"

沈弗峥告诉她："培养品位，即培养偏见，那么迎合品位，就容易在偏见中得到共鸣。长期跟人打交道，需要输出观点的人，如果能让人相信他是独到的，那他工作起来会轻松很多，也会减少很多不必要的质疑声。"

钟弥细一想，觉得这话好有道理。

就像有些服务行业会规定着装，甚至发工作服，就是为了让顾客认可其专业度。

去金融街逛一圈，到处都是西装革履的精英，人家不发工作服，但行业内也会有默认的大致着装，没人会穿篮球裤、夹脚拖鞋去见客户。

钟弥横坐在他的腿上，他的电脑屏幕上所谓的机密文件吸引不到她的半分视线，她大概只好男色，视线都落在那张被屏幕冷光映照着轮廓的脸上。

纤细的手指尖抚着他眼下的皮肤上那道被金属镜框映下的浅浅灰线。

因她非要横在他与电脑之间，力争出一片可供晃腿的空间，皮椅被推远，他不好看屏幕上的财报数据，只得弯身从抽屉里取出一副很久不用的眼镜，端正地架在高挺的鼻梁上。

钟弥这才知道，原来他轻微近视。

她的指尖就快在他的脸上描出一副金属镜框的轮廓，她好奇地问："那你很少穿正装，不需要让别人相信你是独到的吗？"

脸毕竟不是纤维做的纸，会痒，这微微的痒意悄无声息地就能勾起下半身的绮思，手上还有事要做，他不得不抓住那只作祟如羽毛撩拨的手。

沈弗峥视线稍迟，从乏味生硬的屏幕上转向怀里这张不施粉黛也十足漂亮的小脸上。

"现在需要我亲自去沟通的人，很多已经到了返璞归真的年纪，你就是打扮成一朵花，他也不可能信你是独到的，打领带已经不管用了，得打太极。"

钟弥扑哧一声笑了出来。

大概是不习惯，沈弗峥用无名指将滑下的眼镜往鼻梁上推了一下，脸上一丝情绪纹路都没有，似乎他也不觉得自己有冷幽默的天赋。

钟弥不想过分打扰他，欲离开，一只脚已经蹬地："那你先工作吧，我回——"

他手臂无声地环过钟弥的小腹，不费力地往上一提，让她坐回原来的位置。

钟弥侧过头看他："干吗？"

"刚刚拿这副眼镜，我想起来，老林把我大学时期的一本相册也收拾过来了，你要不要看？"

还有这种好事？

钟弥乖乖地捧着手心，满脸期待之色："看哪，不过你又不爱拍照，应该没几张照片吧？"

"我大学时的室友很爱摄影，当时负责系里所有活动的拍摄工作，认真负责到令人发指，辩论、演讲、球赛，几乎我参加的活动，都有照片留下来。"

钟弥被他说得更期待了，相册到手，更迫不及待地想回房趴在柔软的床铺里一页页地慢慢翻看。

沈弗峥手臂圈住她，给的理由也十分充分："在这儿看，有你好奇的人，我还可以给你介绍。"

钟弥点了点头，觉得他细心又周到。

她刚翻开相册第一页，活动照里，七八个人，有男有女，各色皮肤，她立时心惊了一下，问了一个煞风景的问题："我……会不会，在这里面翻到你的前女友啊？"

他连一秒思考都没有，给了否定答复，提醒钟弥："这是我的大学相册。"

钟弥反应过来。

他是研究生那年分的手，想通了一些事，放弃读博，之后不久就毕业回国了。

这是大学相册。

钟弥一张张翻完照片，这本相册还挺颠覆她的想象的。

因为据沈弗峥跟她说的那些事,她一直以为,他十几岁的时候,在国内环境里活得很压抑、很不自由,之后不顾家里人反对,坚持跳出这个圈子去英国读了四年哲学。

但最终他没办法摆脱身份带来的影响,以一种主动认命的心态回国从商。

她以为他在英国那几年过得都很迷茫。

但就照片里这些定格的瞬间来看,那些时刻,那副年轻俊朗的皮相下,他的身上的忧郁和自信完全是理想中的哲人的样子——颓唐如积灰典籍,豁然似破晓天光。

单单隔着旧照片,就让人无限向往。

钟弥心头悸动,细细密密的情绪似春树在一点点抽芽,她想知道照片里他目光如炬时的发声、垂睫无言时的思考。

不知过了多久,忽地,靠近的声音温温热热地贴在钟弥的耳边,沈弗峥见她将里头的某张照片取出来看,问道:"喜欢这张?"

钟弥咬着唇,点了点头。

"照片里,你是二十岁?"

"嗯。"

在三十岁的沈弗峥面前,她为二十岁的沈弗峥怦然心动,有种微妙的出轨感觉。

她诚实地小声说:"你这张照片,穿白衬衫、戴金属边框眼镜太好看了,好斯文、好聪明的样子,清冷又性感。"

性感仿佛是什么禁词,出声一瞬就在她的脑子里烫了自己一下,她立马装作自然地转移话题:"这个是演讲吧?大概是在讲什么啊?你还记得吗?"

人越装自然,越容易错漏百出。

沈弗峥淡淡地回答:"如何克服自由意志的沉沦。"

"啊?"钟弥惊了一声,"都十年了,你记得这么清楚吗?"

男人的手臂环着她,骨节分明的手指进入了钟弥低垂在照片上的视线的范围。

他说不记得,手指停在照片上:"后面投屏上的英文不是写着吗?"

钟弥窘了窘,才发现那行醒目的黑色英文,尴尬得全身都绷紧,捏照片的手指关节都绷出小片白色,低声承认:"我没看到,我光顾着看你了。"

"那你倒是看我。"

她弓腰坐着,闻声扭过头,看到男人灰蓝浴衣的领口下,大片白皙皮肤袒露,脖颈上凸起的喉结似能感应视线一般滚动了一下。

她再往上看,是他正戴着与照片里类似的眼镜的脸庞,五官更成熟立体了,气质沉稳,散发着男性气息,三十岁的沈弗峥好像比二十岁时更性感。

对视中,他将碍事的眼镜摘了,咚的一声,随意地丢到桌上,手掌钳着钟弥的下巴,吻了下来。

钟弥从横坐被调整了姿势,两个人面对面更好接吻。

腰间的带子都没工夫分心解开,睡袍从领口轻易地被剥开,细细的两根吊带滑落,乱七八糟地堆在腰间。

他掐腰将她的身体抬起,又哄她坐下来,亲自示范什么是自由意志的沉沦。

钟弥手里捏着他二十岁时的青涩照片,三十岁的沈弗峥叫她欲生欲死。

八月份,钟弥回了一趟州市。

一是胡葭荔要订婚,二是她一整个夏天忙忙碌碌都没有回家。

章女士打电话说她找的工作一份比一份忙,现在连回老家做身旗袍的时间都挤不出来了,问她平时辛不辛苦。

好在章女士见到钟弥真人,还算满意,上下打量后,露出笑说:"本来以为你一个人在外面吃不好好吃,睡不好好睡,过年在家养起来的一点儿肉,到夏天肯定又瘦完了。"

她没想到,钟弥看着像过好了。

钟弥摸了摸自己的脸和腰,问是胖了吗?

淑敏姨替她把行李送到楼上,接着话说:"不胖!半点儿不胖!再长十斤肉才刚刚好。你们现在这些小姑娘,一个劲减肥,瘦成那样哪里好看了?年纪轻轻,皮包骨头,瞧着显苦相,有点儿肉才好看呢。"

肉眼不实,隔天上午钟弥跟着章女士一块儿出门,宝缎坊的老板拿皮尺环身一量，本子上记录的数据不会有假。

钟弥的三围比较去年夏天都往上增了些，腰围浮动最小。

长袍老板往肩上挂皮尺，又在本子上记了一笔，抬头冲钟弥笑："你这身材是越来越好了，我们店里的假人模特都不敢按你这三围做。"说完，他继续抻开软尺量其他数据，跟一旁看料子的章女士说，"你这基因好，女儿越养越漂亮。"

章女士也笑。她在老友面前一般不夸钟弥，但面相如春风，笑起来温柔，不是夸也是夸了："你是不知道她多叫人操心。"

长袍老板眨了眨眼，跟钟弥逗趣说："你妈妈前一阵子带你那个好朋友和她的对象来这儿做订婚服，听懂了没？她这是想操心了。"

章女士立马澄清："我可没有啊，这种事，随缘就好。"

店里学徒取来两件新款式旗袍往钟弥身前比量，跟她说这种改良的低领简化了盘扣设计，更方便搭项链珠宝。

钟弥一心二用，一面看落地镜里的自己，一面听章女士说话，听到章女士说随缘就好，本来想应和一句随缘就好，但没来得及开口，就听章女士又说到胡葭荔。

"你去年说她找了个什么小混混，别说她父母，我听了都替她急。她这次找的男朋友还挺好的，小伙子工作稳定，虽然大她几岁，但品貌瞧着都还不错，最重要的是家境相当，谈婚论嫁起来，两家都要省心不少。"

钟弥映在镜中的眉头蹙起。

学徒察言观色，说："这款不喜欢哪？"两手一换又问，"那这款呢？这款更古典，更有女人味一点儿。"

长袍老板应着章女士的话："现在谁家养了二十几年的闺女，那不都疼得跟眼珠子似的？父母嘴上说女儿喜欢就行，哪个忍心看女儿低嫁受苦？"

"做父母的当然怕女儿低嫁受苦，可太高攀了，也是要受罪的，最好还是家境相当，两家人都能说得上话，事事有商有量着来。"

章女士语调轻松，似随口一提。

话落在钟弥的耳朵里，却叫她轻松不起来，她深吸一口气，看见章女士走过来，拿着一块浅青的料子往她身上比，打量说："好像有点儿暗了？"

长袍老板提醒:"去年做得差不多就是这个颜色,花纹更俏些,今年就不做青的了吧,珍珠白和豆蔻紫都好看,弥弥皮肤白,这种又嫩又浅的淡色最抬气质。"

最后钟弥没选,照长袍老板的推荐,各做一身,款式也不同,珍珠白做气质古典,豆蔻紫做改良新式。

这趟回来,钟弥本来打算找个时间跟妈妈说自己恋爱的事,听听妈妈的意见,看要不要告诉外公。

可从宝缎坊回来,到参加完胡葭荔的订婚宴,好几次母女相对,钟弥都是张口无言。章女士问她怎么了,她最后也都扯了些无关紧要的话讲。

睡前辗转,她一合眼脑子里就胡思乱想,干脆起来找事做。

新旗袍送来了一件豆蔻紫,珍珠白那件重工,得到九月初才能寄去京市。

她换上新衣服,在镜前打量,忽地就想起去年这时,有一模一样的场景。

那时候她也曾夏夜难眠,为的是沈弗峥在宝缎坊的雨窗前夸她的一句"很好看"。

她嫌脚上指甲单调,便从抽屉里翻出一瓶淡紫的指甲油,人坐在椅子上,脚踩在桌沿,弯着腰,对着脚指甲一点点描色。

涂完一边,她捏着刷盖的手去滑自己放在一边的手机,把电话打给沈弗峥。

快十二点的时间,那头不知道是应酬场合,还是朋友聚会。电话一接通,比沈弗峥那句"还没睡?"声音更清晰的,是一个陌生的男声喊旁巍的声音。

"旁巍,那小明星你要是真喜欢就继续在外头养着,又不妨碍你跟彭东琳复婚。怎么?一个小情儿拎不清还敢跟你要名分?"

为着朋友,钟弥原本不畅快的心情又多蒙上一层灰雾。

旁巍是如何回答的,她没有听到,因沈弗峥起身,离开了原本聊天的环境。

有人在身后怨声留他:"沈老板,咱这儿正打着牌呢!"

"上头检查,你太吵了。"

"上头检查?阿姨啊?帮我跟阿姨问个好!"

沈弗峥说:"你声音这么大,阿姨已经听到了。"

电话里的妙龄少女钟弥没忍住笑,过一会儿停了,等他走到安静的地方,才嘟嘟嚷嚷地说:"我现在随便打个电话给你,都属于上头检查了吗?我才不管你呢。"

沈弗峥问:"不是检查,那得请您明示。"

钟弥将刷头插进指甲油瓶子里,跟他说了自己本来打算通知章女士,但最后放弃的事。

这种时候,她若措辞不慎,弄巧成拙,最后搞不好双方都会不开心。

钟弥低声解释着:"我想等更尘埃落定一点儿再告诉她。我怕她太担心我,不管我怎么解释,等我一走,她还是会在州市天天为我烦。"

"你考虑得很好。"

他的话太客观,客观到缺乏情绪。

隔着电话钟弥拿不准,索性不猜了,直接问:"你会不会觉得,我这样说是在给你压力?"

"我们这是在沟通,弥弥,不要乱想,问题被提出来,才更容易解决。你这样很好。"

微微刺鼻的指甲油胶味散掉了一些,钟弥轻轻往甲面上按,指甲油还没干透,留了浅浅的指纹,但她懒得管了。

她伏在自己的膝盖上,盯着一旁的手机屏幕上的名字,犹似见真人,说:"你总是夸我。"

"谁没有夸你?"

他声音温和,语气稍稍一扬,居然有种要找人算账的计较意思。

钟弥抿唇一想,才发觉自己就是一个在鼓励和夸奖环境中长大的人,或许早慧,也在家里循循善诱的温柔教导中知晓一些纸上谈兵的世故规则。

心思是清明的,但真叫她往浑水里蹚,待在逆境里磨砺,百忍成钢,根本不可能,她会立马跑的。

这种取舍,她做起来比谁都快。

而沈弗峥看她,比她自己看自己都准。他知道她需要什么,也知道她喜欢什么,时刻保护,偶尔指引。

她跟这样的人在一起怎么会不开心?她没有理由不开心。

也只有这样的男人才能叫她一次次清醒又深陷,叫她领教,爱是引颈受戮的枷锁,是不顾明朝的宿醉。

除了家人,也只有沈弗峥能让她不由自主地露出那种小女生偏要找碴的娇态:"那你也不能乱夸啊,说话要负责。那你跟我说的每句话都是真的吗?"

那边的人居然无声,在犹疑?

钟弥似逼供一样着急地问他:"你在想什么?"

他语气平平,又似乎被她逗出一点儿笑声,说:"我在想,我跟你说的每句话的确不能保证都是真的,你也是成年人,有时候也要学会分辨和质疑。"

分辨和质疑?

钟弥的脑子一瞬间负荷过重,她混沌思考了一会儿,没有分辨出任何东西,也不知道该质疑什么。

"我要分辨、质疑什么?你举个例子看看,作为交换,你举的这个例子,我不计较你为什么说假话,而且会重新考虑你的真实想法。"

"确定吗?"

"确定啊。"

钟弥做好了准备,等电话里安静了几秒,就听到颇有条理感的成熟男声说:"就比如——你这次回州市,我说你很久没回去了,这次回去多陪陪你外公和你妈妈。我的真实想法是,我希望你快点儿回来,希望你多陪陪我。"

话音落地,电话里陷入空前的沉默。

钟弥搭在桌沿的脚,圆润脚趾已经蜷缩紧绷。

过了许久,她多余解释了一句:"我们在一起那么长时间,我已经陪你很久了。"

"我知道这很无理,所以说了假话,"稍稍一停,他补充了一句,"但也希望你可以分辨、质疑。"

钟弥持续失语。

这一刻,她已经完全不记得不久前拨电话给沈弗峥时自己是什么心情,恋爱的魔力真不可思议,多巴胺分泌上头,什么烦恼都能被抛到脑后。

更有魔力的是沈弗峥。

他总能不声不响地就带动她沉浸到这段感情里。就好比此刻，他暗示想她，不过三言两语，钟弥的心就跟被小钩子吊起来一样，反而成了相思病更重的那个，恨不能今晚就飞回京市见他。

"给你买明天下午的机票，到时候让司机去接你，晚上我们一起吃饭，好吗？"

以前她只觉得这人像老狐狸，现在需要思考这是什么品种的男狐狸精，顶着虚假的稳重皮囊，好大的勾人本事。

钟弥深吸一口气，最后听到了自己不争气的声音："好。"

"突然改行程，跟妈妈和外公那边好交代吗？"

钟弥心情复杂地弯起唇，心想他又说假话了是吧？精致利己的黑心资本家，你会在乎我不好跟家里交代吗？

"好交代啊。"钟弥故意说得大大方方的，"我就说我遇见妖精了，失了心智，现在谁都别管我！"

沈弗峥失笑，低低顿顿的笑音，磨人耳朵。

"等你。"

钟弥硬是拔高主题："等我回去降妖除魔！"

他既应和又纵容："等你回来随你处置。"

司机在机场接到钟弥后，车子先往舞团开去。

九月份有惯例的外地演出，团里开大会前，通常以各个舞剧为单位的小组内部也会私下开个小会。

钟弥今年刚进来，很多事还不知情。

师姐在微信上临时通知，说看她的朋友圈她这几天回老家了，要是过不来也没关系，也没什么大事。

作为新人，钟弥更不敢搞特殊化，问了具体时间，回复自己已经落地京市，很快就可以赶过去，随即让司机改方向去舞团大楼。

去了她才知道，的确没什么大事，大家嫌团里订的食宿标准低。

钟弥本来以为组里开会讨论的是大家愿不愿意自己贴点儿经费，没想到只是通知，她们组人美心善的姐姐一力承担开销，按团里流程，大家还得填两张表交到财务那边。

大家鼓掌欢呼，填表。

半个小时后，钟弥又从舞团的后门出来了。

后街道连着附近一所小学，正是放学时间，人挤人，车挤车，熙来攘往。

高温将马路晒得热浪滚滚。

司机站在车门边，看到钟弥的身影，一时呆住，惊讶如此速战速决，跟钟弥说："刚刚林叔打电话过来，问咱们到哪儿了，我还说您临时有事改去了舞团。林叔问您这边什么时候结束，我还说恐怕要很久。"

这新司机也跟老林沾亲带故，年纪不大，也是当兵出身，跟钟弥说这话的时候，手上还傻愣愣地托着一份冒热气的小吃。

看样子他是真的觉得钟弥一时半会儿出不来。

钟弥拿手掌在眼前挡着日光，蹙眉往旁边看去，说没事。

司机已经腾出空手，慌忙给钟弥拉车门："这外头热，您赶紧上车。"

他作势就要往旁边的垃圾箱里扔手上的东西。

钟弥喊住他："哎！你在这儿等我一会儿，我去旁边买份冰。"

司机说要替钟弥去，钟弥对他笑了笑说不用。

"你不知道我爱吃什么口味。"

等钟弥买完冰沙回来，司机也将那份小食扫空，启动车子跟钟弥确认行程，说这时段，路上很可能堵车。

"林叔在电话里说沈先生这个会大概要开到六点半，咱们过去，也差不多。"

钟弥笑盈盈地点头。

车子没开多久，钟弥的手机响了，一通电话时间不长，钟弥说的话也少。

司机就看着那份抹茶味的大份冰沙，浇了奶油的尖顶只动了一小块缺口，其他部分，就在车程中静放在钟小姐的膝上一点点融化。

而钟小姐脸上一点儿笑也没有了。

他小心翼翼地看着车镜里的人："钟小姐，要听音乐吗？"

"不用了，谢谢。"

司机不敢再多试探，等绿灯时，给老林发去消息汇报，余下路程便安安静静地开车,把钟弥送进入夜的CBD,小小的车子,在高楼间缓缓停下。

下车前,钟弥把手里由冰成水的盒子递给他:"能帮我找个地方扔掉吗?"

沈弗峥不常在这里办公。

他作为董事,一年到头可能也就重要会议需要出席。

会议桌上也谈不了什么新鲜事,因真有什么新项目、新改革,在这件事能拿到会议桌上谈之前,大家早就私下以娱乐消遣之名碰面谈过。明面上的对垒,不过是私下出现了不同的利益拉锯战。

钟弥上了老林的车,没多久,另一侧车门就被人拉开了。

车外站着沈弗峥,烟灰衬衫,黑色西裤,深沉冷色很是疏离。

两个人的表情本来一个冷淡,一个低落,都透着麻木,车里车外,两个人对上眼,看了会儿,居然同时露出笑。

沈弗峥心情轻松不少,随意地将手里的几份文件往车椅后一扔,坐上来问她:"怎么瞧着不高兴?在舞团受人欺负了?"

钟弥摇了摇头:"不是。"

这个夏天好像太热,但她又过得太充实,有点儿未察觉。

"我养的小雀死掉了,也不知道是不是中暑。刚刚老戴还在电话里安慰我,说我已经养了好几年,用不用笼子关,它都是要死的。"

"我见过的那只?"

钟弥点头,"嗯"了一声。

她伸长手臂,伏在沈弗峥的肩上,闻到了他脖颈里带着夏日汗息的松木香。

他身上的严整气质有种天然的秩序性,好似内核稳定的强大机械,叫人信服的同时,也叫人安心。

钟弥靠着他,喃喃说:"感觉不是好兆头。"

他轻笑:"什么时候这么迷信了?"

钟弥反问他:"你一点儿都不迷信吗?"

"这要看你怎么定义迷信,哲学也会研究宗教,不仅有无神论,还有泛神论,连菩萨都有定义。"

钟弥头一回听说菩萨还有定义。

"菩萨怎么定义?"

他稍想了两秒:"致力于让他人觉悟的已觉悟者。"

听了这话后,钟弥若有所悟,凑近他跟前,温凉的手指尖往他的眉心点了一下。

"这是干什么?"

"你这儿缺颗红痣。"钟弥弯唇,一脸认真的表情,"男菩萨。"

沈弗峥微微一笑,握住她的手:"再夸也没用,你那小雀我可救不了,"他又看着钟弥问,"那是什么品种的鸟?有没有照片?我叫人给你找一只一样的来。"

钟弥不乐意:"没有一样的,这个世界上没有一模一样的东西!"

"那以后再有喜欢的鸟,就再养一只。"

钟弥点了点头,"嗯"了一声,这时候才问他刚刚开车门的时候好像也不太高兴。

他不似钟弥有倾诉欲,小孩子似的要人哄,只淡淡地说:"工作,叫人疲惫是正常的。"

钟弥看着他腕上的表。

越关键的齿轮,越要能包容其下无数小齿轮的进退咬合,将无常整合成有常,整个机械才能稳定持续地正确运作。

他又问钟弥明天要不要排练。

钟弥提醒他明天周六。

"我小姨约你晚上打麻将,你看你想不想去?"

她严重怀疑,要不是今天因为小雀去世自己心情不好,他小姨的这次邀约,她应该没机会听到。

沈老板是一视同仁的。

在谁能占用钟弥这件事上,她的家人要排在他后面,他的家人也是。

只有一种特殊情况,他体谅钟弥,才情愿说谎。

住去常锡路后,钟弥跟他小姨见过面,也吃过好几次饭。

他小姨年轻到超乎想象,不只是保养的缘故,实际年龄也是,因她只比沈弗峥大十二岁。

沈弗峥跟钟弥提过,他外婆去世得早,长姐如母,他小姨一直嫌他妈太管着她了，跟他妈妈不太亲近。

钟弥当时一点就通："所以你小姨跟你关系好？"

转而又想了想，钟弥不禁咋舌。

在人际关系方面，沈弗峥不知是神通广大，还是金子人人都喜欢，对能进入他的生活范畴的人，他都能处理好关系，叛逆的、古板的，不是对他心怀钦慕，就是对他青眼有加。

做人做到他这个份儿上，他被叫一声男菩萨也不算夸张了。

沈老板是真有本事。

钟弥第一次跟他小姨见面，就在裕和里29号的后院餐厅里。

钟弥喊慵懒又风情的何瑾阿姨，何瑾搂着自己的猫，睨来一眼，一边顺毛一边笑着说："叫小姨就好，小姨显年轻。"

钟弥便听话地改口叫了一声"小姨好"。

她又问钟弥多大。

钟弥说二十二岁。

她亲亲热热地拉住钟弥的手说："这才是应该叫我小姨的年纪啊！沈弗峥不行，我不让他喊。"

"他不喊您小姨吗？"

沈弗峥在旁边平静地解释，在没人认识的地方，都喊她姐姐。

何瑾补充："他小时候还不肯喊我姐姐，我就把他的书撕了。"

钟弥瞪大眼，声音完全不受控："啊？这么疯吗？——啊不是……"

何瑾娇娇地笑起来，分享经验："你以后就知道了，京市什么最多？疯子最多了，尤其是他们沈家，"她往沈弗峥身上一指，面露鄙夷、嫌弃之色，"没几个正常的。"

"与其看人疯，不如一起疯，大家都不正常才算公平哪，你说是不是？"

这话好有道理，但钟弥又不敢苟同。

看到这样的小姨，当时钟弥对沈弗峥的母亲更难以想象了。

吃完饭，钟弥先回家洗澡换了身衣服。

落地镜前，她一身浴后馥郁香，套上柔软的法式长裙，提起脖颈后的头发，伸手去找背后的细拉链。

沈弗峥从门口路过，便走到她身后，为她提起拉链，拉索丝滑，贴着她的后背的皮肤被拉到了顶。

钟弥放下头发，转过身来，沈弗峥的手顺势就搂在了她的腰上。

钟弥取了耳环戴上，微微偏着头说："你不用送我去了，路又不远。"

"路又不远，我送你，一会儿就回来了。"

她耳孔小，背对着镜子没法儿照，稍一着急，十根手指在耳垂旁边忙活，都寻不到关窍。

沈弗峥垂下脖颈，拨开她耳边的头发，替她将两粒珍珠耳环一一穿过去。

体贴服务最后换来钟弥的一记软巴掌，打在他的肩上。

"你少惯着我，我以后吃饭都要你喂到嘴边。"

被打的人反而低笑一声："也不是不能喂。"

于是他再收到钟弥一记瞪来的眼刀。

瞪完她转身出去，两手伸到脑后，快速地将头发松松散散地编到一侧，收尾的法式丝带系了一个单结。

想着人家三缺一正在等她，钟弥风风火火地下着楼梯，裙摆翻飞。

沈弗峥紧随其后，老父亲一般操心，偏偏声音又一本正经："包、手机，一样没拿，这是打算去空手套白狼？"

快走到楼下的钟弥才想起来自己丢三落四，又折身往上，"嗒嗒"走了两级台阶，去迎沈弗峥。

白净的脸上是被人调侃出来的笑，她从他手上接过东西，除了包和手机，还有一件薄薄的羊绒披肩。

他叫钟弥带着："久坐容易冷。"

他拿了车钥匙，几分钟后把钟弥送去裕和里，下车前嘱咐她："跟小姨玩开心点儿。"

钟弥下了车，隔着车窗跟他挥了挥手说："会开心的！沈老板这么大方，我跟小姨输了都算你的，只赢不输咯，谁会不开心？"

"快结束了打电话给我。"

"我自己走回去就好了，又不远。"

"太晚了，不安全。"

眼皮突如其来地跳了几下，她用手按了按，乖乖地跟沈弗峥说："好了，知道了。"

沈弗峥便看着她进院子里，裙角在铁艺门上荡了一下，随即消失。

听到动静，院里的那道门打开，何瑾家里的菲佣出来接钟弥。入户门前的客用鞋柜被打开，里头摆了三双高跟鞋，其中一双红底的CL尤其醒目，太高，看着也干练。

菲佣拿了一双全新的室内软拖放到钟弥的脚边，钟弥也弯身将鞋换了。

进去她才发现，除了何瑾，的确还有另外三个女人在。

看风格打扮也很分明，两个雍容富态一些的，是何瑾的牌友，另一个纤细挺拔穿天丝衬衫的，瞧着干练，那双红底CL是谁的，钟弥好像无须再思考。

穿天丝衬衫的那位闻声转头，居然是沈弗峥的前女友，那位谢律师。

两个人对上视线，只有钟弥吃惊，显然对方知道她会来。

钟弥稍听了几句对话，也不难猜，何瑾邀来的牌友，其中一位是她的律所的客户。

钟弥愣了愣，想着京市真小，这样也能遇到。

下一秒，何瑾转头看见她，微笑着招手说："过来啊，弥弥，就等着你了。"

钟弥走过去那几步，就听何瑾在介绍："漂亮吧？我之前说过的那个，我那大外甥的女朋友。"

"真漂亮！叫弥弥是吧，人漂亮名字也好听。"

何瑾接着夸她："今年刚毕业，现在在京市最好的舞团里，之后有好看的舞剧，我找弥弥拿票，请你们去看。"

钟弥应着话。

两个牌友阿姨，一个高兴地说："那好呀，咱们这些成天打麻将的人，也沾沾高雅东西。"

另一个人夸完钟弥，还要点一点钟弥背后那位说："你那外甥就好看，找的这个女朋友跟他真登对，眼光真好。"

何瑾抿着花茶笑说："年纪上来品位才上来了，以前的眼光不怎么样。"

钟弥打完招呼，刚刚坐下，闻言就提住了一口气，觉得何瑾这随口一句话，好像故意在扇人脸。

那位谢律师也不愧小鱼夸她狠角色，笑容云淡风轻，置身事外。

她合起膝上的文件，淡淡地笑着说："那钱太太您先打牌吧，我们先聊到这里，后续您找时间来我们事务所一趟就可以了，有问题我们再沟通。"

何瑾跟那位钱太太说，自己有份合同出问题了，还没来得及找律师看，搁置挺久。

"能不能叫你的律师帮我看看？"

钱太太自然一口答应。

何瑾指派菲佣拿出一大沓资料："对了，你叫什么名字来着？我忘了。"

"谢愉欣，欢愉的愉，欢欣的欣。"

"这么讨喜的名字，啧……"末了"啧"了一声，倒像是在说可惜了，何瑾笑了笑，将资料递过去，客套起来，"那就麻烦谢律师了。"

之后四个人在客厅里打牌，像完全忘了旁边沙发上还有个人在一页页地看合同资料。

钟弥没忘。她本来觉得自己最好不要管这件事，但心里总有一句不至于，两个人都分手那么久了，彼此也毫无交集了。

他的小姨何必再为难？

菲佣来添水时，钟弥状似无意地提醒了一句："你去看看谢律师要不要添点儿水，她在那边看了很久了。"

何瑾先是将目光投到钟弥身上，随后嘴巴微张，恍然说一会儿没注意，没想到都这么晚了，谢律师早点儿回家休息吧。

那位谢律师脸上能看出疲态，但她依然妥当地跟在场的人礼貌告辞。

中途几个人吃了顿夜宵，等楼下厨房送餐时，何瑾跟钟弥在一旁的水吧榨果汁。

刀片飞转，将水果卷成烂泥。

何瑾说："你年纪不大，心思倒是挺稳的。"

钟弥知道何瑾在说什么，也不绕弯子，坦白地说："我跟她没过节。"

"沈弗峥跟她有过节。"

钟弥皱眉，缓缓说："可他从没跟我说过前女友的坏话，只说好聚好散，而且我也觉得，他的上一段感情对他没有任何影响。"

倒不是钟弥自信，她亲眼见过沈弗峥坐在那位谢律师对面的样子，他的态度，用最熟悉的陌生人来形容都会觉得过分煽情了，不避讳，也没有情绪。

何瑾对她笑，像跟小孩子讲道理一样耐心："那你猜为什么会没有影响？"

"可能时间太久了？"

"时间久吗？"何瑾好像在思考，然后跟钟弥说，"我以前谈过一个穷画家，我姐姐不让我嫁，这都快二十年了吧，我结婚，离婚，再婚，又离婚，还是忘不掉。"

钟弥以为她这是在指沈弗峥也忘不掉。

但钟弥内心坚定，立马摇头说："他不会。"

之前话里有误会，可钟弥对误会的反应倒很叫人欣慰。

何瑾解释说："他不是那种受了情伤，然后看开了的人，是连他在英国那几年的所有经历都当作忘了。回国这十年，他脱胎换骨，以前的事就像是在另一个人身上发生的一样。他本来是可以不变成现在这种讨人厌的样子的。"

钟弥静了下来，玻璃杯子也滞在手心里。

"他在英国读大学，我去看他，他还跟他当时的室友带我一起去划船。船就停在波光粼粼的湖面上，他跟他的朋友翻着书找论证去说服对方，我不知道他们在说什么，但那种氛围特别好，虽然他家里人反对他继续待在英国，但我支持，我甚至鼓励他去闹，最坏也不过被停掉信用卡，我说'没关系，以后小姨养你'。

"之后，刚刚那个姓谢的女的追他，他们在一起了，他也没有告诉家里，因为也还交往不久。那年他读研，他爷爷、他爸爸都不希望他继续在英国深造，那一阵子经常打电话叫他毕业后就回来。可能她就是那个时候知道他身份不一般，觉得反正等沈弗峥回国了，异国恋也不会有结果，不知道是不是翻了沈弗峥的手机，最后居然把电话打给了我姐姐，说她是沈弗峥在英国的女朋友，可以帮忙劝他回国发展。

"这不重要。重要的是，她父亲当时好像是在国内因职务涉嫌经济犯罪，搞不好就要去坐牢，她希望我姐姐可以帮忙处理这事。"

荒腔

"我姐姐就说，处理完了就算完了。你能懂吗？"

钟弥握着冰凉的杯子，脑子里经过一场说复杂也不复杂的梳理，很多细节连了起来，有了因由，很多事此刻她再想想，也完全是新感受。

就比如，他的手机没有密码，会不会也是受这件事影响？又或者他从来就是没有的，曾经被人翻过了，也无所谓了。

钟弥低声说："所以他们是这样结束的……他是被结束的那个，所以对方最后跟他说的话是'谢谢'。"

那他除了说"没关系"，也没有更体面的话了。

那时候他不愿意回国，一定跟家里说了很多自己可以独立的话，甚至是吵，他会描述自己在英国生活状态很好、很理想，可以摆脱家里，在另一个国度做他自己。

他应该也曾以为只要坚持就可以。

他还有说以后养他的小姨支持他。

可就像努力抓住绳子谋求出路的人，最后他没有气尽力竭，是绳子断了，连挣扎的余地都不剩。

他家里人当时是什么态度，已经不得而知，但钟弥可以想象。

如果他还不愿意回国，他们只需要说：你以为你能独立，你能做自己，最后还不是要靠着家里？你到哪里还不是姓沈？还不都有人冲着这个姓利用你现在所嗤之以鼻的东西？

他好像……也没有话反驳了。

"我以为她是很喜欢沈弗峥的。"

钟弥怅然出声。

何瑾笑了笑："或许吧，她可能自己现在想想都这么觉得，这种不择手段往上爬的女人，都有一种通病。她们谈利益的时候，感情既是一文不值又可以论斤算账；再谈起感情，也不会愧疚，只觉得自己是有不得已的苦衷。"

说完何瑾揽着钟弥的肩："这种事估计沈弗峥也不会告诉你，他现在越活越没意思，我就是跟你一说，你也别太放在心上，反正事情都过去了。钱太太在喊了，继续打牌吧。"

牌局散场已经早上五点多，夏季天光已经亮起，清早的街道寂静。

钟弥手臂上挂着披肩，站在路边，远远看着那辆眼熟的车子开近。

见人下车，她扑哧一声笑了。

穿着睡衣开车的沈老板太有味道，头发蓬松，脚上居然还是一双室内拖鞋。

还好路近，没交警检查。

他走近牵她，问她在笑什么："打牌到现在不困？"

被他这么一说，钟弥真来瞌睡一样，立马掩嘴打哈欠，懒劲一上来，人就跟被抽了骨头似的往他身上靠。

他穿着睡衣，也叫钟弥闻到像被窝一样温暖的香味。

沈弗峥手臂环着她，怕她软绵绵的站不住，像携着一个人形挂件，慢着步子往副驾驶座走，说："回去睡觉。"

这一觉睡到下午，钟弥起来时，难得沈弗峥还在家。

盛澎也在客厅里，沙发上还坐着一个陌生男人，男人西装革履的打扮，一见钟弥立马客气地询问起来："这位是沈太太？"

盛澎看向沈弗峥，他的四哥不仅没有解释的意思，还将目光饶有兴致地落在钟弥身上，似乎在看她解不解释。

钟弥跟沈弗峥四目相对，眼神稍动，示意沈弗峥去介绍。

那位客人没有第一时间得到回答，此时已经出现表情变化，担心自己认错人，闹了笑话，又委婉改了话问："这位是？"

眼风无形交战，钟弥终是输了一股不动如山的定力，扬起一丝再虚假不过的微笑，大明星出场一般，冲客厅的三个男人挥手："你们好，我是沈太太。"

她说完裙角翩翩，转去餐厅吃饭。

钟弥一走，客人更蒙了，不知道是还是不是，不解的目光投向盛澎："真是沈太太？"

他没听说过沈弗峥结婚这种传言，但这种级别的大佬很多私生活低调，哪怕跟演娱乐圈沾边了，事情都是不可能见报的。

别说沈弗峥结了婚，就是结了再离，除开圈子里，其他人跟他们交集甚少，不知情也很正常。

盛澎也算是人精了，只思忖了一下，便笑着提起一口长气，回答说："她说是，就是。"

说完他看向对面的沈弗峥："四哥，你说对吧？"

沈弗峥扬起嘴角，很有意思地看着盛澎说："你爸隔三岔五还在我面前说你不开窍，你这脑子，都快开窍成筛子了吧？"

餐厅那边传来保姆的声音，问弥弥小姐想吃点儿什么东西。

那客人这下明白了，这人不是沈太太胜似沈太太。

那位客人是盛澎介绍过来见沈弗峥的，聊完事就走了。

沈弗峥进餐厅时，钟弥正在吃饭，一荤一素两样菜，烧鹅和油麦菜。

不知道是熬夜加上睡过头，导致食欲不好，还是心情不好，她低眉戳了戳米饭，再拣几粒往嘴里塞，瞧着恹恹的。

小份的烧鹅被片得整整齐齐的，看缺处，只被人夹走一块。

沈弗峥坐到她对面，问她叹什么气。

钟弥抬起眼皮。

毕竟熬了大夜，补觉睡到自然醒也能看出来双眼微肿，细瞧还有一些红血丝，她就这么望着人，憔悴中自带一股楚楚可怜劲儿。

"我后悔刚刚说的话。"

"什么话？"沈弗峥一时没反应过来。

"说我是沈太太。以后万一我当不成，那多丢人？希望这个人口风严一点儿，别出去乱说。"

原来是这句话。沈弗峥面色不显。

钟弥埋头塞米，忽地听见对面的人说："那就当吧，免得你丢人。"

"嗯？"这下换钟弥反应不过来了。

她好像还没睡醒一样，发蒙地睁着眼睛："你说什么？"

沈弗峥像在询问基本信息，淡然地问她："你家的户口本在你身边吗？"

"不在。"

对面的男人闻言垂睫，思考片刻后说："那有点儿麻烦。"

在厨房煮汤的阿姨这时走出来问："弥弥小姐，汤好了，要不要盛一碗来？"

钟弥没转动视线，依然看着沈弗峥，跟阿姨说先不用了，又这么望了他一会儿，生锈的脑子终于跟转过弯来一样："等等——我想问一下，我刚刚要是说户口本在身边，是不是……"

她看着沈弗峥的眼睛，最后问题都不用问了，再大的事，也不过深吸一口气就能释怀。

"好吧，算我错失一次跟你结婚的机会。那我等第二次。"

沈弗峥笑了，故意说："你是什么宠儿吗？错失机会马上就有下一次。"

"那有没有，还不是看你吗？！"钟弥拿他的话问他，"我可以是宠儿吗？"

沈弗峥敛眼，盯着她那碗快凉了都没动多少的米饭，柔声催她："多吃饭。"

钟弥将两者联系到一起："多吃饭就可以吗？跟你结婚的门槛这么低吗？好没有成就感哪。"

"你想要多难？我可以安排。"

所有玩笑就开到这里，钟弥认真起来："我其实更想知道真实的难度大概是怎样的？我本来以为，你家里人知道我们在一起以后，不久就会有人来找我，但没有。我一开始还瞎猜过，会不会这代表不反对，后来我再想了想，这其实只是不在意。"

就像燃料有限，预估到会在安全范围内烧完，就没有人会去扑火。

这样很多此一举。

他们已经太熟悉彼此，甚至都用不上问句。

沈弗峥平静地说："这件事如果太难，你会放弃。"

钟弥低声回答："如果必须付出超负荷的代价，那就算有结果，感情最后也会随之变质，我不想看到爱被磨灭，连好的回忆都不剩。这样再想想结果，好像也就……不重要了。"

她说的都是实话，可实话不好听。

钟弥说完觉得后悔，太伤好气氛，可转瞬又觉得，没什么好后悔的。

她对自己的需求不撒谎，才会让彼此更轻松，这轻松是恒定的，不管是轻松地在一起，还是轻松地分开。

只是光想想分开，她就会难受。

她恨沈弗峥不是真菩萨，不然她现在就要诚心祈愿。

沈弗峥就看她丰富的小表情轮番上演，随后淡淡地牵了牵嘴角："我答应过你，不会太难的。给我一点儿时间。"

荒腔

"菩萨显灵啦!"

钟弥举臂欢呼,连厨房的阿姨都吓了一跳。

钟弥跑过去,横坐在沈弗峥的腿上,手臂抱着他的脖子,殷勤到刻意:"大慈大悲的男菩萨,请问您需要什么样的供奉?"

"不好讲。"

钟弥本来要催他说一说,又听到"不好讲"后面,他斯斯文文地补了一句。

"有伤风化,讲出来造孽。"

钟弥因自己秒懂陷入沉默状态,脸皮和耳根不知不觉地就红了。她趴在沈弗峥的肩上,小声嘀咕:"你当不成男菩萨,破色戒要负全责。"

"你这么说话,菩萨就是戴助听器,也听不见你在许什么愿。"

钟弥的脸更红了:"我才没有许愿!"

沈弗峥跟她商量:"那我许一个愿行不行?"

"你许啊。"

再过不久,沈弗峥满三十一岁,不太年轻了,也不算老,有副英俊皮相,气质出尘,此时一叹气,便跌进红尘里,成了一个老父亲。

"赶紧吃饭,几岁了?一边吃饭一边玩,真要人把饭喂到嘴边?"

钟弥从他的腿上跳下去,乖乖地回到自己的位子上,捧起碗吃了一口,米都凉了,刚皱眉,对面的沈弗峥已经冲厨房的人说:"许阿姨,给她碗里添点儿热汤。"

钟弥拿着勺子吃汤泡饭。

不知道是不是说了很多话,也真玩了一会儿,身体里残余的睡意散透,机能恢复,这会儿被鲜美鱼汤一刺激味蕾,她真觉得胃口大开了。

她吃得快,扒着最后几粒米,拖着软软的声音问沈弗峥:"你会不会觉得我特别贪心,既想要,又要轻松地拿,所有好事都要占?"

她将万千愁思抛过去,他只用淡淡一句话,便毫无遗漏地接住了。

"不然怎么当宠儿?"

那一瞬间的开心冲击,简直像蹬着彩云飞上天,蜜糖般的情绪像烟花炸开,好几秒,钟弥才反应过来,捧着脸,随后绽开一个笑,整个人都像飘起来似的。

他的话还没结束。

思考了一会儿,他又说:"我喜欢你既贪心,又总不满意的样子,很难搞,又很真实,而且很矛盾,我总觉得你已经很懂事了,如果你受委屈,那就是我不对。"

这些话,挑不出一个形容,是恋爱里的女孩子会喜欢的,可组在一起出奇效,居然比甜言蜜语还好听。

钟弥问:"那我以后乖乖的,你是不是就会觉得没意思了?"

大约是八岁半的代沟功劳,跟钟弥说话,沈弗峥经常会有一种既新鲜又费劲的感觉。

原来小姑娘的思维是这么转的。

他收下这份甜蜜负担,如实回答:"我考虑不到那时候会不会觉得没意思。"

钟弥追问:"那你考虑什么?"

沈弗峥想了想说:"我考虑——想让你乖乖听话,我得去庙里烧多少香、拜多少佛。"

声音停了下来,他又觉得,烧多少香、拜多少佛都不管用:"你哪里会乖乖听话。"

一个小时候不想学剥螃蟹就敢张口撒谎说自己海鲜过敏的小姑娘,长大了有什么道理会乖乖听话?

钟弥将空碗放到一边,透过复古玻璃窗,看着外边近黄昏的浓郁日光。

倏然,钟弥收回视线转头,眼眸灿灿地邀请他:"我们上楼吧,我吃饱了。"

沈弗峥问她:"上楼做什么?"

钟弥直接起身过去,拉着他的手往楼上去,大大方方地冲他笑:"造个孽。"

夏昼长,黄昏像一场电影,一帧一帧彤云流转,橘辉变迁,暮色四合时,黑暗重重顶上来,在混沌里洒满星光。

卧室里,精疲力竭的一场电影也放到了尾声。

本来滚动演员表,只需要显示男、女主角就可以了,偏偏有电话在这时打进来,添上了何瑜的名字。

沈弗峥拿起手机,往卧室外走去,手在身后轻轻合上房门。

他按下接通键，那边的声音立马传来。

"我现在在你小姨这边，把那小姑娘带来见我，我看看是什么天仙下凡，能惹得你犯浑，你还带着你小姨一块儿陪你疯。"

刚入夜的京市暗了下来，给人一种终于能松一口气的感觉，沈弗峥俯身趴在栏杆上，看着街道上零星的几个路人，像散步，像归家，瞧着很闲适。

刚经历一场情事，他还没来得及洗澡，身上松松地套着沾染气味的睡衣，皮肤上有黏糊感，但脑子很干净，像淋过一场春雨，前所未有地轻松。

所以即使面对质问，他此刻也能语调平静地对着电话说："她是真可爱，小姨才会喜欢她。"

"你喜欢的东西，哪一样你小姨不喜欢？她一贯是闭着眼睛支持你！"

何瑜不是轻易动气的人，教沈弗峥面善心狠这么多年，自然是自己已经做到十成十。

沈弗峥轻声问："那你为什么不能支持我？"

"那是章载年唯一的外孙女，我都想不到，你是怎么找上这么个人的！"

"你想不到？我对章老先生的孺慕之情不是你一点点教出来的？他的掌上明珠，我也视若珍宝，你应该像小时候那样夸我才对，我学到了精髓。"

"沈弗峥，你疯了？"

被骂疯了的人，声音冷静至极又不失条理："我是真喜欢。我现在给你的建议是，不要着急表态，事关章老先生，要先看看爷爷的反应。第一个拿这件事去爷爷那儿怂恿他反对的人，不会有好下场，无论爷爷，还是我，您懂的。"

谁第一个瞧轻了章载年，沈秉林即使本心里也有反对意见，也会对这个人心生不悦，往日那些对章载年的尊重样子，不过是做给他瞧的戏。

而沈弗峥不悦，自然是因为钟弥。

何瑜冷静下来，却不由得感慨说："这两年我越来越有种感觉，我不是你的母亲，是你在沈家的一个股东，即使心不在一起，力也要往一处使。"

"是吗？我以前也曾这样怀疑过，我不是你的儿子，只是你用来讨欢心的工具。"

隔着电话，不知怎么的，何瑜却跟看到沈弗峥说这句话时冷漠的表情似的，心头不适地猛跳了一下，将她原本准备说的话通通压在了喉咙里。

听筒里安静了几秒。

他有一段特别渴望把道理跟人争个明白的年纪，但已经过去了，过去很多年了，他现在已经不在这种无意义的事情上浪费时间。

所谓道理，说尽了，也不过是一面经风就倒的纸墙，只有绝对的强权，才能使人绝对顺从。

或许他慢慢成了他曾经最不喜欢、最不能理解的那种人。

但还好，他也从不回头看。

他缓下声音，又用那种一贯温和的语气说："不过我很快就不这样想了，我们是一家人，所有利益都是我们共同分得的，这样的合作关系里不可能有受害者，要往好处想，这是互相成就。"

冠冕堂皇的话，被他说得嘲讽意味十足。

这话不说绝的体面，何瑜听来，只觉得心更冷。

在这沉默气氛里，沈弗峥能感觉到何瑜复杂的情绪。

母慈子孝的戏，两个人演久了，演得像真的一样，现在戏崩了，另一方的确很难唱。

最后沈弗峥疲于应付，留下一句称不上安慰的安慰话："我们之间还是有母子之情的，前提是大家得互相尊重一些。"

房间里，再次有开门的响动。

钟弥迷迷糊糊地转过身来，床边只开了一盏很暗的夜灯，门被打开，外头偏厅明亮的光勾勒出他的身影，几秒后，门再被合上。

他又融进卧室旖旎的暗光中。

她躺在枕上的睡颜柔软，清傲的眼睛本该像提防人的小野鹿，却在他走近时，流露出更亲昵的神态。

"是跟谁打电话呀？不会你晚上还要出门应酬吧？"

沈弗峥重新躺回她身边，低声说："不出去，今晚陪你，等你再睡一会儿，带你出去吃饭，刚刚不是说想吃螃蟹吗？"

提到螃蟹，钟弥忽有奇思妙想，不着急闭眼睡觉了，仰起小脸问他："你猜猜我现在是什么？"

"漂亮的小猫。"

钟弥失望一叹："你这个人，好没想象力啊！"

沈弗峥问她："那你是什么？"

钟弥两只手托着自己的下巴说："我现在是发酵的葡萄。"

她愿意改变自己，为绝配付出代价。

钟弥抱住他，往他怀里钻，咕哝说着："我喜欢京市，最喜欢你，你是我喜欢这座城市的全部理由。"

"都是真话？"

钟弥在他胸前仰头，露出一丝俏皮甜笑，翻他曾经的语录回复："你也是成年人，有些话要自己学会分辨和质疑。"

第十七章

珍珠白

九月份，钟弥跟着舞团去外地演出。

她再回来时，京市最好的秋天已经过去，常锡路到裕和里一带的法国梧桐，树叶缤纷飘落，每天都有环卫工人沿街清扫。

听到楼下有声音，她正收拾行李箱里带回来的衣服，手里还抓着薄衫就小跑到阳台上，朝下看去。

导游穿着颜色醒目的马甲，带着一小队游客刚刚过去。

钟弥目光静静地停住，脑子里不由得浮现因艺考培训第一次来京市，跟妈妈坐出租车路过这里的场景。

许阿姨上楼，敲了敲房门说，上周钟弥有个快递，是咖啡店的人送过来的。

钟弥想起是什么，隔着门回复："我待会儿自己拆。"

那是从州市寄过来的那件重工的珍珠白旗袍，她当然不会留常锡路的地址，否则淑敏姨一看地址就知道了，肯定大事不妙。

包括之前那次让淑敏姨寄书房的画，钟弥也是叫寄去咖啡店的。

东西到了，店员会帮忙送来这边。

她在电话里跟淑敏姨说的是："我平时工作忙，寄去家里我不一定在，寄去我的公寓楼下的咖啡店，那儿我有熟人。"

谁能想到，一句话里，她撒了三个谎。

她也数不清跟沈弗峥在一起后，自己跟家里人说了多少谎了。

将旗袍取出来，挂进衣帽间，钟弥手指抚着领口处的刺绣，想着天气渐冷，今年估计没机会穿了，这旗袍只能这么不见光地被挂在这里。

由此，她想到了自己。

她还没跟家里坦白。

要是章女士知道实情，会不会也像她忧心这旗袍一样，忧心她只能不见光地住在这里？

钟弥也预想过跟妈妈坦白的场景，就现在的情况而言，她发现自己无论怎么解释，都会表现得像一个被恋爱冲昏脑袋、不顾后果的小姑娘。

妈妈，他喜欢我，他答应过我，他怎么样……

这样只会让妈妈更担心。

即使她不想承认也必须承认，除开沈弗峥，她手里没有一张能打的牌，她也不具备主动去找他的家里人对话的能力。

钟弥也好像就明白了，靳月曾经在自己面前崩溃流泪的心情。小麻雀落进水里，不被呛死都是好事，拿什么去争？

九月初，靳月参加路演活动，跟钟弥在同一座城市，本来两个人想约着见一面，但最终因时间凑不到一块儿，只能改约回京市再见。

那次聊天，靳月说她不想拍戏了，之后打算歇个半年再考虑未来的事。

当时看着屏幕上的"未来"两个字，钟弥不知道这里头还包不包括旁巍。

京市的局势变幻，她从不参与，但也隐隐从沈弗峥那儿听到一些风声。自去年冬天旁老爷子去世后，旁家的情况一直很不好，如今更糟。

说完自己的近况，靳月又问她："你和沈先生还好吗？"

"还好吗？"要怎么定义？钟弥想了一会儿，说挺好的。

有时候恋爱就像一场豪赌，越讲不定的东西，越看运势，她要有点儿必胜决心。

中秋这天，钟弥上午自己开车去了一趟酒店。

节假日路上堵，她从后视镜看后面的车流情况，也看到了镜中的自己。

一身亚麻色的无袖连体装，戴着墨镜，偏中性的打扮配她在外一贯懒得笑的冷脸，出奇地搭，显得这姑娘有个性。

要是她换身仙气飘飘的裙子，效果立马不一样，遇五个熟人三个要问：弥弥，今天心情不好啊？

好像她不笑，就天生带着清愁。

为了不让人多想，她每每都要硬挤出一点儿笑来，解释自己没事，搞不好还要随口撒个小谎：可能是昨天没睡好吧。

好像只有沈弗峥能分辨她真实的状态。

昨天吃晚饭，钟弥没吃几口就撇开碗，趴在桌子边，阿姨诚惶诚恐地来问是不是今天的菜做得不好。

钟弥那会儿连话都不想说，担心阿姨乱想，本来要解释，对面用餐的沈弗峥先开了口。

"不关你的事。"他又问钟弥："这大半个月在外地饮食作息都搞坏了吧？"

钟弥点点头，人更懒了。

他嘱咐阿姨之后注意安排饮食，替钟弥养养胃，便不再说话，自顾自地斯文用餐，半点儿声响不出。

餐厅安安静静的。

钟弥不照镜子都能察觉自己一定看着又累又丧气，像一摊软泥附在桌边，看着对面的沈弗峥，不知道看了多久，忽然出声笑了笑。

他抬头看了过来。

钟弥说："还好你不太迷信。"

之前她看新闻，有个港城商人严格约束太太，不能被媒体拍到打扮随意，更不能被拍到愁眉苦脸的样子，否则要怨坏了风水财运，一度闹到分居，成了港城笑柄。

钟弥讲给他听。

他轻轻一笑，叫钟弥趁这几天天气还好多出去转转，换换心情。

靳月还没回来，钟弥一个人出去逛了一趟街，中秋这天，小鱼打电话约她。

虞千金和家里闹僵，过节也不回去了。

钟弥也数不清这半年来虞千金跟家里闹僵了多少次，总之人还住在酒店里，跟蒋雅的联系越来越淡，两个人再没像以前那样人尽皆知地大吵过。

蒋雅忙着工作应酬。

小鱼也有事忙。

之前在俱乐部那个戴半框眼镜的理工男，经常出现在她身边，陪她逛街，替她拎包。

钟弥都知道的事，蒋雅不可能不知道。

她不晓得这两个人现在到底是什么情况，今天跟小鱼见面也不打算问。

将车子开到酒店的地下停车场后，钟弥给小鱼发消息，说自己不上去找她了，在大厅里等，叫她赶紧收拾好下来，别磨磨蹭蹭的。

钟弥没想到自己刚进大厅，就遇上了一个人。

应该是刚刚见完客户，谢愉欣一身职业套裙，手里提着Birkin30，那么难买的金棕色包，在她手里不过是一只随便塞放文件的袋子。

她踩着细高跟鞋，优雅大方地站在钟弥面前，微微笑着说好巧："能请钟小姐喝杯咖啡吗？上次你在裕和里替我解围，我还没来得及谢你。"

那不过是一句话的事。

钟弥手里捏着墨镜腿，稍耸肩说："不用客气。"

对方没有就此算了，反而露出一丝苦笑说："钟小姐可能觉得这是一件很小的事吧，你别看我瞧着还算光鲜体面，但京市壁垒森严，不是穿什么衣服、拎什么包就能证明自己是什么人的，别人稍用点儿力，就能压得你喘不过气来。那天的情况，我也不是第一次遇见，就让我请你喝杯咖啡吧，也不会耽误太久。"

三言两语，钟弥便被架到了一个不好拒绝的位置上。

最后随她坐到靠窗的咖啡座上，钟弥要了拿铁，她要了一杯美式。

在咖啡上来之前，两个人只简单聊了聊京市的天气差、路上堵之类无关痛痒的话题。

或许是职业缘故，谢愉欣非常擅长与人沟通，即使在彼此略显尴尬的身份关系里，她也能尽量让钟弥不感到别扭。

"沈弗峥"这三个字好像是一块未落的巨石，悬于两个人之间，每一句无关他的对话，都好像在为他的出场做铺垫。

钟弥有这样的感觉。

终于谢愉欣说完英国和国内的大学差异后，以一句"如果不是家里出事，我在英国那几年应该也会过得挺好的"将先前所有零散的铺垫扫开，切入主题。

她说她认识沈弗峥的时候还在读本科。

"我是特别笨的那种人,高考复读了一年才考上京大,入校的专业不是我自己喜欢的,大二我们学校跟英国那边有交换生项目,我才申请过去。"

钟弥不置可否。

但她觉得,这不叫笨,这应该是要强,而且是执行力很惊人的要强——对当下不满意,就立马争取去改变未来。

"我跟他同岁,但他那时候已经在准备读研究生了。"

她父亲出事前夕,沈弗峥被催促回国,那种频繁的催促争吵有点儿不合常理,她疑心渐重,最后在他跟他小姨的聊天记录里猜想得到证实——他姓的沈,是谁的沈。

她的男朋友居然是沈秉林的孙子。

她后来无数次后悔,为什么当时会因为受不住这种震惊的冲击,跟她妈妈说了沈弗峥的真实身份。

她本来计划得很好,打算一直装作不知情,在沈弗峥面前好好表现,彼此多相似、多投契,冷静理智,清醒思考,他们完全是一种人。

她要让沈弗峥知道,她不是那种庸俗缠绵的伴侣,而是沈弗峥最需要的那种soulmate(知己),因她清楚,以他那样的家世,以后要站在他身边的必然是能独当一面的女人,而她会努力朝这个方向去做。

"我们算是和平分手。"谢愉欣淡淡地说。

一模一样的话,钟弥第二次听。

第一次是沈弗峥在沛山那晚告诉她的。

两次的心情截然不同。

就像你被人扎了一刀,你捂着伤处,止住血,礼貌地说没事了,拿刀的那个人一句"对不起"没有,居然也说没事了。

怎么就没事了?

这是什么和平分手?单方面和平吗?

既然对方已经摆出时过境迁、开诚布公的姿态,那钟弥也就撇开顾忌,想问就问,毕竟搭台唱戏,也讲究一来一回。

钟弥问了一个自己一直很好奇的细节:"所以你是怎么联系上他妈妈

的呢？"

谢愉欣提起杯子的动作微微一滞，片刻后她又自然地将其送到唇边做掩饰，模棱两可地说："有一次，在他那里看到的。"

钟弥半点儿面子没给："看到，是指未经允许，翻别人的手机吗？你当时就已经在学法律了对吧？"

对面的人脸色顿住，陷入无声状态。

时至今日，多少年过去，她都没觉得自己有错。

身不由己罢了，换谁来都会身不由己的。

谢愉欣看着钟弥，觉得她实在是年轻，所以才会问这种既令人尴尬又很幼稚的问题。

她很快调整好情绪，嘴角依旧有一丝淡笑，轻声朝对面的人抛出问题："有些事，人就是没有办法。如果你是我，你的家人出事，你又会怎么做？"

她好像笃定这是一个无解的难题。

不是她做不好，是任何人都做不好，而对面这个年轻的小姑娘会在张口无声中恼羞成怒，发现自己也无能为力。

这也是她问这个问题的作用。

"就直接跟他说啊。"钟弥抛出这句话，表情不带一点儿思考。

"外公和妈妈是我最重要的亲人，也是世上最爱我的人，我跟他在一起，对他坦诚，他不会不知道家人对我的意义。我会跟他说，他实在有难处，我会理解，他肯为我奔波，我会诚心谢他。"

谢愉欣闻言怔住。

这么多年，她才恍然明白，沈弗峥当时看她的眼神原来是失望。

他既看不出来她将家人看得多重，又明白了一直以来她将他当作什么。

她当年也像钟弥这般大，可钟弥现在懂的道理，她不懂。

她不甘心，也没有办法接受。

八月底在裕和里那次偶遇，那晚她在何瑾家落了东西，清早回去取，看见沈弗峥开车来接路边的钟弥。

她缓下车速，靠边停了车，几乎不敢认前面的男人是沈弗峥。

他是一个哪怕在工作场合衣着打扮都比旁人多一分从容的男人，也无须用装饰去显身份。

可谢愉欣也没见过他这样随意居家的样子,他穿着一身浅灰的衬衫款睡衣,身形高大修长,手臂搂着贴在他怀里撒娇的小姑娘,脸上的笑很温柔。

他陌生到她从没见过。

她拨开久远的记忆,去想他在英国时的状态,也不如那一刻。

十年前,他太年轻,哪怕同样温和,不如现在沉稳,同样孤高,也欠缺一份自洽感。

因他自身变得成熟稳重,让那画面里浸满他对一个小姑娘的宠爱纵容。

她想着他的今非昔比,也不觉得自己忌妒钟弥,见车子开走,不过淡淡一笑,想着人与人不同,不过是钟弥命好,出现在沈弗峥三十岁的时候。

她一直将过去失去的一切与变故都归功于命运,才得以问心无愧地往下走。

如今突然有人告诉她,没有命运,一切都是她的选择。

近午时的咖啡座没什么人,充满可可香的空间里,流淌着舒缓的钢琴曲。

她看钟弥的目光,忽生狠厉之气,仿佛清水下的浊泥瞬间翻涌,激着她失态出声。

"你有没有想过,沈弗峥不会永远这么爱你?以他的家庭——"

钟弥知道她想说什么,只平淡打断她的话,反问回去:"那沈弗峥会考虑我会不会永远爱他吗?"

谢愉欣微微怔住。

"他的爱或许很宝贵,但我的爱也不是轻易能得到的,为什么要想当然地觉得,只有我该担惊受怕?他是个大活人,又不是我偷骗来的东西,我没必要朝不保夕地守着他,胡思乱想。"

钟弥很疑惑地看着谢愉欣说,"你把自己看得那么低,又默认他是一个没有感情的人,这很奇怪。"

说完,钟弥更笃定了,点了一下头:"你真的很奇怪。

"你把自己摆到受害者的位置,自己预判自己没有好结果,然后就心安理得地去伤害对方。或许你觉得那是你手不由己，但沈弗峥呢？你连知情权都没有给他，就在他的人生里大刀阔斧地行事，这么多年，你真的……从来都没想过，这样的'手不由己'也很无耻吗？"

谢愉欣被钟弥一番语调平平的话说得手脚不住地发麻发冷。

她觉得钟弥才是奇怪的那个。

她拎起包，不住冷笑，仿佛这笑容是最后的盔甲，朝钟弥丢下一句："你太年轻、太天真了！"

"或许他就喜欢我这样。"钟弥目送着她的背影，高跟鞋踩得再如履平地，也多少有点儿落荒而逃的意思。

刚刚被说年轻天真，钟弥也没否认。

没什么好否认的，她才刚刚大学毕业，年轻天真都是她该有的特质。

她应该珍惜每个阶段不同的自己，去享受人生，而不是因为他人随意的一句批评话语，就当作耻辱一样着急地丢了自己的特质。

沈弗峥曾跟她说，受制于他人的眼光，会很难做真正的自己。

他教得好。

钟弥觉得自己学得也不赖。

小鱼从酒店房间里打扮得俏丽可人地下楼，钟弥还坐在咖啡座上，喝着那杯还剩大半的拿铁。

虞千金裹着橘粉色羊皮裙的臀部还没挨到钟弥对面的丝绒沙发，抱怨声就先一步脱口而出："你喝的什么啊，怎么也不给我点一杯啊？"

"拿铁，你也要？"

钟弥懒得看她，朝不远处的服务生招手。

虞千金放下包包，翻出粉饼盒。

可能有点儿良心，知道钟弥在楼下等她，这次她没磨蹭，但化妆仓促，导致她这会儿疑心自己的妆没有定好，又照着镜子检查了一遍。脸上的妆没事，就是眼睛有点儿浮肿。

她打断跟服务生点单的钟弥："我不喝拿铁，给我杯冰美式吧，我这眼睛好肿，影响我今日份的美貌。"

钟弥听她碎碎念完。

啪一声，将粉饼镜子合上后，小鱼手肘往桌面上一支，凑近看着钟弥:"我感觉你瘦了。"

钟弥说:"打工没有不辛苦的,你要是想瘦,也找份活儿干吧。"

小鱼敏感地用手轻掩自己的脸颊,担心道:"你什么意思啊?我胖了?我跟你说不可能!绝对只是水肿了,我最近运动量挺大的,不可能变胖。"

"你运动什么了?"钟弥随口问了一句,心想:你在朋友圈发的日常,不是白天逛街就是晚上蹦迪,这就是你说的运动?

不料小鱼没提逛街、蹦迪,也不知道在想什么,面色渐渐有点儿不自然,又用那种习惯性地挥手打哈哈的动作说:"哎呀,反正就是没少动嘛。哎,你这个月去外地演出,应该怪累的吧?"

关系好了,两个人之间还是这种一言不合开怼的模式。

钟弥拿眼风扫她:"干吗?你要犒劳我啊?"

虞千金大方应下:"OK(好)啊!今天逛街吃饭都是我请客!"

"行。"钟弥说。

车子开上路后,钟弥才恍然想起一件事:"你不是前几天还在朋友圈说,身上快没钱了?"

小鱼在副驾驶座上咕哝了一句。

钟弥正按喇叭,没听清,转头问:"你刚刚说什么?"

小鱼重复了一遍,声音依旧不大:"蒋雅的卡。"

钟弥多看了她两眼,觉得她这态度实在是说不出的奇怪。

她跟家里闹僵身上缺钱,蒋雅给她卡,这事儿要是放一年前,那时候钟弥刚认识她,虞千金大概会把卡秀到别人的脸上,朝全世界宣布,这是她那青梅竹马的未婚夫蒋雅给的卡,她虞曦就是恋爱中被宠爱的小公主,跟蒋雅青梅竹马天生一对,大家尽情羡慕吧。

而不是像现在这样,"蒋雅的卡"这四个字都被她说出心虚感来。

过了会儿,钟弥问:"小鱼,你跟蒋雅以后会结婚吗?"

"我们怎么可能不结婚?都是早就定好的。"小鱼连语气都变了。

以前她回答这种问题,不会声音低低的,分神抠着手指,而是兴高采烈地说:"当然,我们青梅竹马,以后一定会结婚的。"

可能是也察觉了自己的变化,小鱼扬起一丝轻松的笑来掩饰情绪,把问题抛给钟弥:"哎,就你们这个舞团,你干到明年能当首席吗?"

钟弥用无语的目光斜睨副驾驶座上的人一眼。

小鱼问:"什么意思?很难?"

钟弥说:"你要不也找份工作干干吧。"

小鱼扬起声音:"哎,我这是关心你的前途啊,还有你之后的感情道路是否顺利。"

"这有什么关系?"

"当上首席代表你有个更体面的身份哪!"

钟弥想了想,这话没错,但这点儿体面好像也没用。

"你学设计的,比我还早毕业一年,一直不事生产,吃喝玩乐,更没有体面的工作身份,蒋雅的妈妈挑剔过你吗?你不是一直说你的禾之阿姨拿你当亲女儿一样?"

小鱼被一语点醒。

钟弥继续说:"有些东西,有就是有,没有就是没有,人为能改变的部分特别少,几乎不能改变。

"我本来就没有什么扬名立万的梦想,也没有太大的事业心,或许在你看来,我现在的工作还不够体面,但我现在得到的,也是我十来岁学跳舞,我妈妈花了很多精力,陪我一步一步走出来的人生,即使荣光渺小,我也永远不会以它为耻。"

小鱼面露恍然之色:"原来你是这样想的啊,怪不得四哥之前那么说。你们岁数差这么多,居然没代沟,他还挺了解你的。"

"沈弗峥?他之前跟你说什么了?"

小鱼抿唇,本来这件事她不打算告诉钟弥,禾之阿姨说话不好听,她若转述给钟弥听,不管讲得多委婉,都有点儿朋友泼冷水的感觉。

今天听钟弥说了刚刚那番话,她恍然觉得,有些话,只有心思敏感的人听了才会难过,那些内心强大的人,不是什么难听话都配在她那里成为一盆凉水的。

沈弗峥行事太高调,又是送房子,又是叫盛澎邀圈子里的人给钟弥开暖房派对,完全不避讳,现在谁不知道沈四公子身边多了这么一位正当红的人物?

沈家人自然也早就知情。

蒋雅的母亲沈禾之,有一次在小聚会上被一位阿姨问到这件事,那位阿姨可能是想探沈家人在这件事上的态度。

沈禾之淡声嗤笑，拂着杯中多余的茶沫说："一时新鲜罢了。"

小鱼还做不到为了钟弥跟长辈顶嘴，只小声说："其实那个女孩子挺好的，人很漂亮，念的学校也很厉害，现在在京市的舞剧团里工作，不像我，学历都是水出来的……"

沈禾之轻哼了一声，一时把话说狠了："空会点儿花架子讨男人喜欢，不入流，上得了什么台面？"

小鱼有点儿被吓到，便不再说话了。

之后沈弗月七夕结婚，小鱼参加婚礼，在巴厘岛遇见了沈弗峥。

她没说沈禾之的话，只是趁闲聊跟沈弗峥提议："四哥，你多关心一下弥弥的工作啊。"

沈弗峥问钟弥的工作怎么了。

她当时扭扭捏捏好半天才说："嗯……就是你那么有本事，帮帮弥弥，去他们团里打个招呼啊，投点儿小钱什么的，这对你来说应该很简单吧……"

沈弗峥又问她："这是弥弥跟你说的？"

她立马摇头，连说不是，只是自己忽然想到，随口一说的。

沈弗峥跟她说，这件事对他来说的确不难，但没有什么意义。

"怎么会没有意义？"

"她不喜欢这种特殊规则，不用强加给她，我只需要保证不会有不好的特殊规则在她身上发生就可以了。"

小鱼当时着急地说："那这样弥弥以后的路会很难走。"

沈弗峥说："她摔倒了，我可以扶她起来，但不能剥夺她体会摔倒的权利。"

钟弥听小鱼转述，不仅没有小鱼之前担心的被泼冷水后一蹶不振的样子，心情反而更好了。

"他真这么说的？"

不能剥夺她体会摔倒的权利……啧，她一边开车一边已经开始脑补沈弗峥说这句话时的神态。

在沈弗月的婚礼上？

那他应该穿得很正式。

这是八月底的事了,那时候她刚回州市。

小鱼点头说"对啊",又不解地问:"我有时候挺恨铁不成钢的,说你'咸鱼'吧,你还挺务实,起码比我勤快多了,但你跟人谈恋爱怎么一点儿力也不使啊?你是不是从没想过以后的事啊?"

这不是一个好回答的问题,也把原本轻松的聊天氛围弄得有点儿沉重。

车子停在红灯前。

钟弥看着前方倒数的数字,过了一会儿,在踩下油门那一瞬,出声说:"没有人上了赌桌是不想赢的,但输赢并不在我。"

国庆节期间沈弗峥出差,在外地参加一个经济峰会,规模很大,那几天社交平台上随便刷一刷就能看到一些相关的官媒报道这个峰会。

钟弥也忙,国庆节假期舞团的演出剧目排得很满,她早上四点就要起来,带着瞌睡在后台做妆造,一边打哈欠,一边刷手机解乏。

团里的化妆老师替她盘着头发,好奇一问:"弥弥,你对经济金融也感兴趣啊?"

钟弥手指在屏幕上一滑,说就是随便看看。

大概是万能的大数据作用,下一条依旧是带着相关词条的现场视频,是被单独截出来的一条专家发言,讲到未来可能实施的房产政策,有很多专业名词,钟弥也听不懂。

她只能窥得现场人很多,隔着屏幕,想着这些照片里有沈弗峥的存在,感觉很神奇,好似一个清晰具象的人,隐没进芸芸众生里。

这么长时间以来,钟弥一直没弄清楚一件事,也一直在和自己对话。

结果是否重要?

不晓得是想明白了,还是心境变了,以前她总觉得好结果不过是锦上添花。

可这一刻,在天光未启的时分,在喧闹拥挤的后台里,她看着一张普普通通的媒体照片,忽然就觉得,有一个结果太重要了。

他人见众生时,唯我见你。

晚间演出一直到深夜,钟弥他们谢幕时,台下也是人山人海,座无虚席。

表演结束,所有舞蹈演员在台上合影留念,几十个人,各种各样的造型,舞台妆浓到几乎改变了人的五官,挤在同一张照片里,每个人的脸几乎只有芝麻粒大小。

钟弥问摄影老师要来图,发给沈弗峥。

"你猜我是哪个?"

凌晨时分,他估计早就入睡了。

钟弥第二天早上起床后才看见他完全正确的回复。

"二排左三。"

沈弗峥回京市那天下雨降温,钟弥休假窝在楼上染一幅国画的底图。许阿姨家里有事,钟弥做主放假,让她安心回家。

所以楼下门铃被按响时,钟弥反应迅速,咚一声将毛笔丢进洗笔筒里,也不管一手深深浅浅的颜色。

"来了!来了!"

她光着脚飞奔下楼,白色的纱裙裙摆在她不知情的情况下拖进摊开的颜料盒里,后又浸了水,数种艳彩晕染融合,自己作了一幅画。

门一开,雨后湿漉漉的水汽和西装革履的沈弗峥,分别占据她的呼吸和视线。

"欢迎回家。"钟弥微笑着说。

老林把沈弗峥的行李箱送到门边就走了,很识趣,连声招呼都没打。

沈弗峥进门,微微伸开手臂,面上淡笑着:"除了这句话,没有一点儿仪式吗?"

钟弥也笑,冲他摊开自己的十根手指展示:"很脏哪。"

得他眼神示意没有关系后,钟弥立马放下顾虑,轻盈一跳,手臂搂着他的脖子,双腿勾着他的腰。

沈弗峥想去托她的臀下,手掌捞到一截半干半湿的裙尾,扯来眼下一看,姹紫嫣红。

钟弥也扭头,看见自己身后那截彩色尾巴,"啊"了一声疑惑地问:"什么时候弄的?"

沈弗峥问:"你刚刚在家里干什么?"

"画画。"

客厅沙发上还有几页打印出来的菜谱，写着所需材料和烹饪步骤。

这个月沈弗峥生日，钟弥本来打算亲自下厨，刚好许阿姨走了，她可以肆无忌惮地使用厨房，但几次热油放菜进锅，都把她吓得不轻。

她只能放弃硬立也立不起来的贤惠厨娘人设。

琴棋书画里，她最拿得出手的就是书画，于是操起老本行，打算再送一幅画给沈弗峥。

本来自己还嫌送画毫无新意。

沈弗峥脱了西装，里头是一件挺括的白衬衫，神情倒很满意，一边低头折着袖口，一边说，叫她慢慢画。

"以后可以每年生日都送画，攒够了，可以找个特殊点儿的日子，给你办个人画展。"

她因为"以后"和"每年"这两个词，一时走了神。

沈弗峥拿起那几张打印纸，走到钟弥面前轻声问："怎么了？不喜欢办画展？"

当然不是，但她也没把刚刚走神时的真实想法说出来，只顺着这个对未来暗藏憧憬之情的话题继续讲："你一年就过一次生日，那我得画到多少岁才能办画展哪？"

"你要是需要，我一年也可以多过几次生日，每天都过生日也不是不行。"

钟弥努了努嘴："那我还不得画累死了。"

沈弗峥闻言一叹，露出无奈地笑："你啊，长大一岁，越来越难伺候了。"

钟弥以此为荣："我会慢慢进步的！"

沈弗峥问她，这几天许阿姨不在，她都吃的什么。钟弥像被罚站的小学生移到厨房门口，朝垃圾桶旁边指了指，那里放着两份吃完没扔的外卖盒。

不等沈弗峥有意见，她先抱怨起来，转移他的注意力："我现在懂了，你小姨要在后院开私人餐厅不是没有原因的，这边真的没有什么好吃的外卖！"

沈弗峥问："那你怎么不去那边吃？"

他看了看盒子上印着韩文的炸鸡字样，稍皱起眉。

"太远了。"钟弥说。

沈弗峥一副拿她没办法的样子。

想想两条街的距离也算不上太远,钟弥立马改口,把锅甩得干干净净:"还不是都怪你!之前我说我自己走过去,你非要送我,一次两次的,送完还要接。好了吧!现在我一步路也不能走了!你好好想想吧,我会吃这些垃圾食品是谁的责任。"

沈弗峥就盯着她,看她拿出一副理直气壮的架势,说尽歪理,说完还一脸正义讨伐的表情。

可惜话太离谱,连她自己也快忍不住要笑。

沈弗峥便用手一把掐住她的脸颊,摆出黑心资本家高冷算账的态度:"别笑,你再忍一会儿,我就真的谴责自己。"

脸太酸,钟弥笑着掰他的手。跟他在一起这么久,她也早就学精了,抗议说:"谁要你谴责自己啊?这对我毫无好处!"

闹了一会儿,沈弗峥问她想要什么好处。

钟弥眼眸惊喜地亮起,好似她甩出去再烂的"黑锅",沈老板也背背。

这很难叫人不开心。

"你刚刚看我打印的菜谱,你是不是会做饭?"

钟弥目光充满期待之意。

那盈盈目光,仿佛她看什么人都能将对方塑造成一座无所不能的高山。

沈弗峥停了一会儿。

在短短的时间内,他思考了甚多问题,想了如何作假、作假被发现的概率、作假被发现的后果,以及维持作假结果需要付出怎样的代价等。

最终他选择如实回答:"不会。"

钟弥不死心:"那你刚刚在想什么?"

"在想我上一次下厨房是在英国,一个英国朋友教我做炸鱼薯条。"

"炸鱼薯条?"

因为一份垃圾食品而起的无中生有的惩罚,被惩罚的人付出的代价是自己再做一份垃圾食品。

从超市购来食材到炸物出锅,沈弗峥看了教程视频,确保十来年后,依然能完成这份英国最具代表性的食物。

钟弥赏脸地吃掉了大半薯条。

沈弗峥已经很久不吃这种油炸食品，本来也没有下嘴的打算，钟弥用两根手指拈起薯条，殷勤地送到了他的嘴边。

"是真的很好吃，我没有乱夸你，不信你自己尝尝。"

许阿姨不在，但使用完的厨房还需要收拾，钟弥难得欣赏到这个不食烟火的男人垂眼洗盘子的模样。

她也没闲着，去他旁边陪同，一边削水果，一边和他聊天，从他堂妹沈弗月的婚礼，说到那天小鱼转述给她的话。

"小鱼问我是不是没想过以后的事。"

到这句话，沈弗峥转过头来看着她，手掌仍置于水流中。

"我说，没有人上了赌桌是不想赢的，但输赢并不在我。"

小鱼当时便不再问了，大概觉得这个话题沉重。

而此时沈弗峥问她："那什么在你？"

钟弥放下切水果的小刀，从沈弗峥身后抱住他的腰："愿意输多少，这在我。"

"别人权衡利弊，我偏不及时止损，满盘皆输又怎么样？输就输，我现在不在乎。我又不是输不起，怕什么山穷水尽？"

她贴在他的后背上，闻得到他的衬衫上贴着皮肤的香气，却看不到他此刻的表情。

他没有说话，钟弥只能感觉到他不快不慢的手臂动作。他在哗哗淌着的水流里，把最后一个小碗冲干净了，搁置在一边，随后直起背，抽来旁边的纸巾准备擦手。

话说完也没多久，可太安静了，好似将时间拉长，她也不知道沈弗峥此刻在想什么，他是觉得她在说大话吗？

于是钟弥又嘀嘀咕咕地补了一句："就算山穷水尽了又怎么样？我回州市接我妈的戏馆。"

听见她闷着情绪的声音，沈弗峥弯起嘴角，把身后像考拉一样抱着他的钟弥拉到自己眼前来，替她轻轻接了一句："然后呢？找个人嫁了？"

钟弥气得两腮微鼓地瞪着他："我一定要嫁人吗？我好好赚钱，以后四十岁照样包养小白脸。"

141

他望她时，面上总是这种纵容神情，仿佛随她捅破天，他也替她撑着。

"你这志向还挺大。"他淡淡地说，"也挺难。"

钟弥以为他是说她不行，表情都要变了，又听见一句带着思考和商量意味的话。

"等你四十岁，我很难当小白脸，老一点儿的行不行？老一点儿的，其实也挺有味道。"

心境一落一起好似坐过山车，钟弥实在绷不住笑，把脸转到一边，昂着下巴，傲娇道："我考虑考虑吧。"

他用手去扳钟弥的脸，俯身折颈，凑近看着她："笑就笑，躲什么躲？"

钟弥被困在他和水池之间，想躲也没处躲，抿嘴忍笑，攥着拳打在他的肩上。

"你下次说话能不能说快点儿哪？！烦死了，你下次再这样，就罚你再做一次炸鱼薯条！"

那晚一切结束还没到平时的入睡时间，钟弥洗完澡，穿上睡裙，系上睡袍，去书房继续画画。

脚步声进来时，她正专心在纸上一点点晕色调色，没回头，只轻声问了一句："你今晚要办公吗？"

沈弗峥没回答这个问题，出声问："怎么又光着脚？"

背对着他，光听声音，她都能想象他出声时一定皱着眉。

钟弥回头笑，脚心在地板上踩了踩，现编了一条歪理："好像……这样搞创作比较接地气。"

沈弗峥失笑，摇了摇头。

他出去一趟，再回来时，手里多了一双厚袜子。

钟弥一只手翘着尖端潮湿的毛笔，另一只手捏着一个调色的平碟，垂眼看着原本高大的男人单膝蹲在她身前，一只一只地帮她穿上袜子。

他语重心长地对她说："都秋天了，少接点儿地气，多了容易生病气。"

脚趾在柔软的毛绒袜子里灵活地动了动，钟弥眼含笑意，长长地

"哦"了一声。

沈弗峥问她画的什么。

虽然她还没画完,但色调已经定好,景物形态也能瞧出七八分,只差一点儿添色晕染的细节。

钟弥说:"水塘边,两只野鸭子。"

沈弗峥正在看她的画,闻言眼波淡淡地转去看她,语气平平地问:"你画的鸳鸯知道你在背后这么骂人吗?"

四目相对,钟弥陷入沉默之中,一时不知他说的鸳鸯到底是指画里的两只,还是指此刻画外的两个。

片刻后,她努力忍住尴尬感,强行扭转情势说:"这不重要!这不是爱情主题,野鸭子只是动静结合的一部分内容罢了,主要说的是春末夏初的好时光,万物怡然,要享受当下。"

沈弗峥又将目光从钟弥的脸上移回画纸上,看了两眼,再收回,面上多了两分忍笑的假镇定表情,点了一下头说:"你说什么就是什么。"

这小楼的书房原本是相连的两间,外间用来办公,里间宽敞数倍,原本摆了茶台,也用作陈列东西,邀客来品茶鉴字画。

现在她和沈弗峥都没有在二楼会客的需要,于是这里便做了画室。

空出许多地方,钟弥有一次在吃饭时随口问他:"你不是喜欢花瓶吗?要不要摆一些花瓶过来?"

沈弗峥说不用,不想在这里摆那种易碎的东西。

钟弥没多想,他不想摆易碎的东西,之后她就自己去淘了两个铜制的仙鹤灯架回来摆着。

两个长腿修颈的鹤形灯架,本来一模一样,她折了一条小香的丝巾,露出山茶花的图案,绑在其中一只鹤的脑袋上,那鹤立时优雅淑女起来,做了雌雄分别。

沈弗峥往外走时,顺手在鹤首上的丝巾上摸了一下,想起什么转头问钟弥:"你的衣帽间里挂的那件白色旗袍好像还没见你穿过。"

钟弥思想偏斜,警铃大作,露出有点儿怪怪的疑惧表情:"现在啊?"

意识到她在担忧什么,沈弗峥沉默良久说:"我真的不知道,我在你心里是这种人面兽心的形象。"

钟弥反应过来是自己多想了，一时窘然，声音越说越低："不好意思……其实你不是，我只是自己觉得……你可能会喜欢那种……"

最后一句话沈弗峥完全没听到。

他皱眉看向钟弥。

钟弥又把话题转到衣服上："那件旗袍有点儿太正式了，感觉不适合日常穿，所以我还没穿过。"

当时她只是随口一说，没想到很快就有了一个需要打扮得正式的场合。

在穿衣镜前换上本该寸寸合体的旗袍，钟弥捏着腰身的一点儿空余，才真实感受到这两个月自己真瘦了一些。

他们去的地方是乾华馆，沈弗峥经常去那儿应酬，钟弥对名字不陌生，倒是第一次去。

对这种社交宴会，钟弥完全不紧张，不问也清楚那种随便说错一句话都要命的场合，沈弗峥不会带她去受罪。

因他每次要带她外出，问的都是"要不要去玩？"，好似纸醉金迷的名利场，不过是她肯赏脸体验一下的游乐园。

车子路过裕和里时，钟弥看着窗外，忽然想到之前见那位谢律师，从她嘴里听来的一句话。

——以他那样的家世，以后要站在他身边的必然是能独当一面的女人。

真的吗？

她怎样才算独当一面呢？

那晚刚入场，钟弥就在宴会上瞧见一个熟面孔，单纯眼熟，彼此没有交集，但要说一点儿交集也无，也不尽然，她跟对方也说过一两句话。

在州市她问："这位姐姐，都会玩什么啊？"

她与那位女明星隔着人群对视，第一眼就认出对方，彼此面上也都露出一丝怔然后的惊讶表情，但很快便各自融入不同的社交聊天中。

钟弥好几次分心观察，能看出来那位女明星和今天宴会的主人的关系不一般，有影视圈客人过去道贺，他便举着酒杯替女明星做一番引见。

沈弗峥问钟弥分神在瞧什么，钟弥摇了摇头。

直到她陪在沈弗峥身边，站在宴会主人面前，与对方还有那位女明星碰杯，抿酒时，钟弥偷偷瞧了一下沈弗峥。

他好像是真的不记得，刚刚喊他"沈总"的女明星，一年多前在州市那次晚宴结束后，盛装打扮得敲过他的车窗。

钟弥不禁多想。

会不会这样的事，他在外没少遇到过，频繁到他已经不记脸了？

即使强装镇定，那位女明星今晚也表现得不自然。

她刚刚得知沈弗峥的身份。她身边的男人一身年岁泡出来的老资历，大腹便便，能言善道，非常会恭维人，讲三分点七分，把沈四公子说得高不可攀。

那位女明星便微愕住，随后打量钟弥的眼光非常复杂。

钟弥觉得自己是练出来了。

放半年前，非善意的揣测目光，还会让她很不舒服，她会不自禁地带入去猜对方在怎么想她。

那种感觉，像烂柿子长毛一样让人难受。

她现在也会猜，但只是往好笑的地方想。对方一定觉得她很厉害吧？这么长时间了，她还能陪在沈先生身边，身傍奇术？功夫了得？

宴会到了尾声，有人送来一只会说话的鹦鹉，鹦鹉张口就是一句"弥弥发财"。

旁边立马有人捧场："沈先生，您看这鹦鹉跟弥弥小姐真是有缘。"

送鹦鹉的人先是尴尬了一瞬，随即应和。

钟弥一时没搞清楚状况。

但她也晓得，自己只是客，而且还是临时决定跟沈弗峥一块儿过来的，不可能有人费心为她准备一只会说"弥弥发财"的鹦鹉。

忽然被捧做主角，她面上不显，目光却悄悄去打量周遭的人。

最后她在那位冷眼瞧她的女明星脸上发现端倪，转瞬想到，对方的名字的最后一个字是"茗"，鹦鹉发音没有后鼻音，或许也没被教好，"茗茗"读出来与"弥弥"类似。

这鹦鹉本来应该是投他人所好。

可此时，已经有人借着缘分一说叫她收下，她细想了想，这也真是好长一段缘分。

大概还记着前段时间钟弥失去了心爱的小雀，沈弗峥问她："喜欢吗?"

撇开周围的声音,钟弥弯下身去看那只在横架上被拴住爪子的鹦鹉,小家伙很卖力地冲她喊着"弥弥发财",一声比一声高。

钟弥歪一下头,它居然也跟着动视线。

她这才笑了。

她目前还是很难做到像沈弗峥说的那样,只要喜欢什么东西,就大大方方地带回家。

好在沈老板面子比天大,能得沈弗峥的人情的机会,谁肯放过?盛情难却,连宴会主人都不顾女伴难看的脸色叫钟弥一定收下这鹦鹉。

沈弗峥和钟弥从乾华馆出来时,那只鹦鹉已经被装进精致的笼子里,盖上布套,放在车上。

上车后,钟弥弯身,用手指挑开一截布,不知是不是训练所致,一见光,那小鹦鹉就着急地出声讨好。

"弥弥发财,弥弥发财——"

钟弥弯起嘴角,也不由得感慨:"沈先生真有本事,能叫人割爱。"

一旁微微扯松领带的男人动作一顿,借车内的一片暗光,他垂睫看向她清冷的侧颜。

"能叫你开心,才算我的本事。"

钟弥扭头看着他,原本那点儿淡淡的笑,终是情真意切地染至眼角眉梢。

珍珠白的旗袍外,钟弥搭了一件鼠灰色的披肩,进卧室后,披肩落在床尾,流苏半拖在地上。

复古的刻花玻璃,即使白天也没有能见度,遑论靡靡之夜,室内还没有开主灯。

外头起了降温的风,但室内在升温。

沈弗峥扯来床上的毯子裹在她的后背上,轻声问她今晚在乾华馆的洗手间里是不是碰上彭东琳了。

钟弥一瞬睁开眼,好似终于从刚刚万花筒一样的热带丛林里跳回真实运转的世界。

沈弗峥又问:"说话了吗?"

钟弥想到在洗手间里偶遇彭东琳的场景,旁巍的前妻,之前她们只在社交场合匆匆见过一面,当时盛澎跟钟弥介绍过,两个人没交集。

她如实地点了点头:"说了。"随后又补了一句,"她说了,我没说。"

"她说什么了?"

"她说——"钟弥回忆着,"'京市这地方,财神爷大手一挥,天上就会掉馅饼,小姑娘们当自己鸿运泼天,觅得良缘,实际上呢?那是鱼钩上诱人的香饵,鱼上了不属于自己的岸,能有什么好下场?钟小姐有空不妨劝劝你那位朋友,千万别拿你当榜样,可不是人人都有你这样好运的。'"

钟弥没反应过来,因她还从没有跟这种气场慑人的职业女强人如此对话的经验。

随后彭东琳便笑,也放软声音,出口的话依旧句句带刺:"你混得比你朋友好,她还不敢这样招摇过市,不过沈家最近也很乱。钟小姐,要珍惜好日子啊。"

说完,彭东琳冲净泡沫,甩了甩手,抽纸擦干手,提着包出去了。

钟弥也往池子里甩了甩手上的水渍,当时望着镜子想:彭东琳跟彭东瑞果然是亲姐弟,一个提醒她以后多的是下坡路,一个暗示她以后没有好日子。

钟弥撇了撇嘴,故意跟沈弗峥装惨卖弱,细声说:"旁先生的前妻好厉害啊,我都分不清她在夸我还是骂我。"

沈弗峥也故意接话说:"夸你呢,夸你厉害。"

钟弥便装不下去了,伸手想掐他做惩罚,偏偏遇上后背紧实的肌肉,还有事后未干的薄汗,从这块地方换到那块地方,怎么也掐不起肉来,没法儿叫他痛。

她反而被他严肃批评:"别乱摸。"

钟弥瞬间怄住一口气,谁乱摸了?!

这是未完成的惩罚好吗?!

裹在嬉闹里的严肃话题并没有随便翻篇,过了一会儿,沈弗峥亲了亲她的耳朵。

钟弥觉得痒,往他怀里躲。

他手臂拢着宽大的毯子,钟弥衣不蔽体地在里面稍稍一动,柔软的织物便摩挲光洁皮肤，给她供暖，也好似另类的保护她的胎衣。

"鱼上岸，大多没有好结果。如果你想，你也可以提醒一下你的朋友，旁巍送她出国，对她来说未必不是一件好事。"

后面的话，钟弥都听得很恍惚了，只记着那句"鱼上岸，大多没有好结果"。

沈弗峥低下头，看着钟弥微微仰首看来的眼睛，眼波明净，似一截被风吹凉的软绸，清清冷冷柔柔。

他的影子映在其中，他也看透了她的心思。

她肯依赖他的时刻，都叫他的心软成了一摊水，轻轻地吻，短暂地印在她的额头上。

"只有不够的本事，没有绝对的位置。是你的话，平岸也能变深池。"

钟弥没说话。

一双纤细雪白的手臂从深蓝的毯子里伸出来，越过肩，环过颈，紧紧抱住身前的人，好似一尾小鱼跃进深池。

他是她的归宿。

第十八章

未知数

钟弥从宴会上带回的鹦鹉被挂在客厅窗边,天气好,许阿姨会把鸟架挪到后院里,可惜整个十月,京市并没有什么好天,阵阵阴风接淋漓湿雨。

好几次外出,钟弥在高楼间仰头,天色都灰得厚重压抑。

那只鹦鹉平时不怎么聒噪。

钟弥一回来逗逗它,给它喂点儿食,它就跟来劲似的疯叫"弥弥发财"。

钟弥用手指头轻戳了戳它的小脑袋,说这鹦鹉完蛋,掉钱眼里了,一身铜臭,俗。

许阿姨笑着说:"这小鹦鹉认主,灵着呢。"

钟弥天天听着吉利话,也拦不住坏消息登门。

十月末,沈弗峥生日才过去两天,钟弥画的那幅蓝紫色调的《水塘野鸭》,被装裱好送来了常锡路这边。

她从小跟外公那些书画打交道,笔下功夫不敢说一等一的精,但多少养刁了一双眼睛。

楼下会客厅里的挂画,有好几幅是上一任主人布置私人会馆留下的,既中又洋,钟弥嫌杂乱花哨。

这晚闲着无事,她便喊来许阿姨帮忙,该撤的撤,该换的换。

挂那幅《水塘野鸭》时,她跟许阿姨各踩着一只凳子往墙上将画调正位置。

忽地,钟弥眼皮一跳,像进灰眯了眼似的难受。她眨了眨眼,一时没踩稳,扭了脚。

许阿姨慌了神,连忙扶着钟弥去旁边的沙发上坐下。钟弥按了按脚踝说没大事。

许阿姨不放心,去拿冰袋,回来手上不仅拿着冰袋,还有钟弥正振动的手机。

电话是警局打来的。

钟弥听到靳月失踪的消息时,脚踝正被许阿姨按上冰袋,一股寒意蹿起,贯穿身体似的将她整个人惊麻了。

警方调了监控视频,说靳月最后见的人可能是钟弥,之后靳月外出,就再没有回家。

靳月的母亲超过24小时联系不上人,到警局报了案,并说靳月最近精神状况不太好,还在她的卧室里发现了安眠药。

钟弥去警局配合调查。

"上一次和靳月见面,是两天前,是我男朋友过生日,我邀请她过来玩。"

钟弥如是回答,但事实并非如此。

从沈弗峥那儿了解到如今旁、彭两家的情势,钟弥虽然没有去劝靳月,但也知道这种时候靳月不适合抛头露面。

九月份新电影路演过半,靳月的工作室就发了公告,说江近月女士因个人身体不适,不得已提前结束路演行程。

她精神状况不好,继续面对镜头,万一被人捕风捉影,对她没好处。

之后靳月没有通告,也没外出。难得她主动问起沈弗峥的生日,钟弥不可能拒绝她过来。

当时钟弥想,她可能只是想过来在生日宴会上见见旁巍。

此刻钟弥脑子乱掉一样坐在警局的白炽灯下,想着先前偶遇彭东琳,对方说的那句"你混得比你朋友好,她还不敢这样招摇过市",不晓得靳月这次失踪,是不是有人把她出席沈弗峥的生日宴会理解成一种招摇过市行为?

靳月的妈妈就在一旁,一直在跟女警哭诉,从靳月七八岁学舞多能吃苦,讲到自己前几年生了一场大病,靳月学校、医院两头跑,最后不读书了给她缴手术费。

她说得语无伦次，信息量又很大。

靳月的经纪人也赶了过来，过硬的职业素养让她显得太麻木不仁，她冷静劝着靳月的母亲："阿姨，不要在这里说这些，说这些没用，月月好歹是个公众人物，你在外面说这些会影响她以后的发展。"

靳月的妈妈情绪受激，哀哀哭着："她是我的女儿！她现在都不跟我说实话，你们到底带着她在干什么？！我这条命不要了，我不活了，你把我的女儿还给我！"

钟弥听得难受，坐在她对面的警察还在问见面当天靳月是否有什么异常表现，她沉默回忆，正要开口，警察提醒她："你的手机响了。"

钟弥拿起手机一看，是妈妈打来的电话。

妈妈一般不会这么晚给她打电话，此刻六神无主，又横生担心，钟弥想也没想地接起电话问："妈妈，怎么了？"

"跟你淑敏姨在收拾衣服，州市最近天气冷了，京市应该更冷吧，你去年那几件厚外套要不要寄——"

警局里的闹声，章女士听到了，话也停了。

靳月的母亲还在求女警，说："你们是警察，一定要帮我找到我的女儿。"

章女士问："这么晚了，怎么会在警局里啊？"

钟弥哽住声音，斟酌着，缓缓地说："我……我的一个朋友出了一点儿事，我过来配合问个话。"

"那你没事吧弥弥？"

脚踝生痛，心乱如麻，钟弥垂着头，只低声说："我没事，妈妈。"

一阵突如其来的鼻酸感涌上，视线也随之模糊，眼前如蒙着一层厚厚水汽，她难受得突然，不知是因为靳月的妈妈凄然的哭声，还是因此刻自己的妈妈在电话里温柔的关心。

"弥弥，你有事要跟妈妈说。"

她光是从鼻腔里挤出一个"嗯"字，胸口仿佛就刮过一阵海啸般的巨浪，巨浪腾起，落下，压得潮湿的呼吸越发不顺。

章女士没再继续问，只说让钟弥今晚回家后记得给她发一条信息。

电话挂了，手机很快又响起，这次是沈弗峥打来的电话。

"我马上就去，不想说话就在那儿坐着喝点儿热水，律师会去处理此事。"

"嗯。"

刚刚她跟妈妈通电话还能坚持在眼眶里打转的眼泪，这一刻失重地坠在桌面上，吧嗒一声溅开一朵泪花。

钟弥没拿手机的那只手攥成拳，用力抵在桌上，来回几下，擦去小小的水渍。

电话里的男人察觉她声音异常："哭了？"

钟弥本来打算不认，到嘴边的"没有"却怎么也发不出声，抵在桌上的手指越发用力到关节发白，最后她低低地又"嗯"了一声。

"我在路上了，不要怕。"

两个人从警局出来后，天色暗得似一张陈旧墨布，黑透了。老樟树下蹿起冷风，辨不清方向，人往空旷的路面上一站，四面八方都涌着寒气。

老林见她瘦伶伶地站着，长发被风吹着，按了双闪。

钟弥循光，迷茫地看过向车子时，一身黑色风衣的沈弗峥正下车。

她是想迎上去的，但脚步好似被冻僵在原地，只是傻傻地看着，那道身影走过来，用手臂和胸膛拥住自己。

如山如塔的身体阻绝了这世间的风波，叫她在这波澜四起的一夜，终有一刻敢合上眼，松下一口久悬不落的气。

律师简单交代一番就走了。

钟弥被沈弗峥揽着，刚上车后座，后头仓促地停了一辆车，下来一个脚步匆忙的中年男人。男人一身西装打扮，身材高大，微微发福，看不出是哪条道上的。

那人先跟老林说了话，等后座车窗降下，便满脸堆笑地跟沈弗峥道歉，说今晚唐突了钟小姐。

"钟小姐没受惊吧？"

沈弗峥同他客套了两句。

人走后，车窗还开着。

钟弥瞧见夜色里，那人上了一辆黑色雅阁。

钟弥没见过这人，受他这句唐突，也很莫名其妙，但大抵知道是托沈先生的面子，不然谁晓得钟小姐是谁？

收回视线,她用力按上车窗。

此刻情绪上来了,钟弥很讨厌这些明里暗里的所谓规则。不久前律师过来,跟她说:沈先生在外面,钟小姐可以先回去了。

钟弥着急地说:"我觉得这个事跟彭东琳有关,她之前——"

律师连忙笑着截过话,看钟弥的眼神里,既有尊重,又有一丝觉得她太天真的尴尬:"钟小姐,有些事还是不要猜,让我来处理吧。"

坐在车中,沈弗峥看向警局,问她刚刚在里头是不是也这么气势足。

钟弥瞬间耷拉下细颈,像被雨淋得半湿,缩在墙角的小猫。

她哪里有气势,知道靳月失踪,整个人都六神无主了。

旁巍的前妻她见过,是一个狠角色。

她担心是自己邀请靳月来沈弗峥的生日宴会的事成了导火索,此刻陷入了慌乱自责的情绪里。

沈弗峥一捧起她的脸,她就没忍住,掉下一滴眼泪来。

面颊温温潮潮的,她低着头,想用手背去擦眼泪。

沈弗峥先一步触上她的脸,拇指指腹轻轻拭去她的眼泪,随后手臂一收,将她搂到怀里,轻轻拍了几下安慰着,说会叫人去打听,旁巍也已经去找彭家人沟通,靳月不会出事的。

过了一会儿,沈弗峥问她:"今天怎么不第一时间给我打电话?"

"一下急忘了。"

钟弥往他的颈窝里钻,冰凉的脸颊贴着他滚烫的肌肤。

"许阿姨说你扭到脚了,把脚抬上来我看看。"

钟弥摇了摇头,此时只想这么抱着他,一刻也不想分开:"现在不痛了。"

车厢里暗,他眼睛里蕴着温玉似的,既深又亮,下颌蹭蹭她,手掌轻轻拍着她的背,好似她是什么易碎的宝贝,叫他捧在手心里,怎么护都嫌不够周全。

那一晚人仰马翻的折腾场景,好似只是钟弥的脑海中的一场幻觉,翻篇翻得太轻巧。

仿佛所有人都不去计较了,不管是不想计较,还是无力计较。

江近月工作室对外发出了退圈声明,还是换汤不换药的说辞——个人身体原因。

随后江近月的个人微博被注销。

一个凭空用财力堆出的光鲜艺名，也一朝凭空消失，好似她又从江近月做回了靳月自己。

钟弥不知道这其中具体发生了什么，再次见到靳月时，靳月像生了场大病又痊愈一样，笑起来，叫钟弥恍惚感觉提前见到了冬天的日光，温暖又虚弱。

在钟弥的咖啡店里，靳月很平静地抬手挥了挥，示意位置，身边还带着一个穿呢绒背心裙的小姑娘。

小姑娘挖着店里配着咖啡一起卖的小蛋糕，靳月用纸巾给她擦嘴角的奶油，不让她再继续吃。

"你爸爸说这种蛋糕你只能吃一半，吃多了长蛀牙。"

小姑娘有点儿不乐意，噘了噘嘴说："姐姐，我要喊你阿姨吗？你跟爸爸是不是一对？"

靳月怔然，只低落出声说："你爸爸是很好的人。"

而她配不上这样的好。

"可是舅舅说，爸爸狼心狗肺——"

靳月一下捂住小姑娘的嘴："你不要信！你爸爸很好的！"

小姑娘一双大眼睛无辜地眨了眨，待靳月松开手，小姑娘委屈巴巴地小声说："我说爸爸不是，舅舅也会骂我……"

这个时间段，店里不忙。

钟弥喊了店员姐姐带萍萍去一边玩。钟弥知道旁巍在之前那段婚姻里领养了一个小姑娘，沈弗峥的车钥匙上还挂着这个小姑娘绑的儿童餐小玩具。

但见钟弥还是第一次见。

小姑娘漂亮可爱，也很有礼貌，讲话甜甜的，慢慢地，"谢谢"常挂嘴边，就是眼睛总是大大地睁着，瞧着有点儿惶恐不安。

钟弥问靳月还好吗？

她说还好。

钟弥点了点头。

两个人都默契地没有提及未来，慢慢聊到刚上大学那会儿，形体老师在练功房里带着她们憧憬未来，炽烈阳光扑窗而入，落在每个人身上，好似真的下一刻她们就要去大舞台上发光发热。

刚入学不久，大家还在宿舍里夜聊，还说以后要去州市拜佛。

靳月笑了笑说："我都不记得我当时想许什么愿了。"

毕业后，钟弥没有再关注京舞相关的人和事，同靳月一聊才知道，徐凝入狱了。

听到徐凝这名字，钟弥愣了足足半分钟才反应过来，是那位本事了得的学姐。

徐凝大一带急需用钱的靳月做礼仪模特，扣过她的薪水，后来跟彭东新混到一个圈子里，把何曼琪介绍了过去。

之后何曼琪越走越偏，也难说没有这位学姐的功劳。

徐凝入狱的原因，也与她的老本行相关，涉嫌不正当交易。

靳月往咖啡里放了糖，慢慢搅拌着。

"弥弥，你看，人可真奇怪。我们讲着人生最好不过平淡，又希望日子生出点儿恰到好处的波澜，可这世间波澜，哪里有什么恰到好处的？总是一波三折，要人身家性命。"

钟弥不知道靳月此刻所感慨的，是他人还是自己，也不知道要说什么话，是劝她还是安慰，细想想都很多余。

纵独醒，也敬这世俗万般不清明，何况自己也未必醒着。

和靳月吃完晚饭，钟弥在路口与她们分别，转身去找自己的车，仰头见一轮寒月。

那月，淡得像指印留下的半截灰尘，擦一擦就没了。

她拿手机导航时，才恍然已经十一月了。

今日立冬。

州市有习俗，很多人家这一天会酿黄酒，卜岁又叫拜冬，章女士这一天通常会去庙里敬香。

妈妈应该会为她求平安吧。

警局那夜之后，章女士没再打电话来问，钟弥却总心有不安，频繁想起妈妈，觉得这事儿没有过去。

十一月中，钟弥接到了妈妈的电话。

章女士说她来京市见一位朋友，本来想着钟弥忙，没打算告诉她自己这次的行程，在去机场的路上，忽然还是想打个电话给钟弥，叫她一个人在这边要好好照顾自己。

钟弥接到电话后就往机场赶去,想见妈妈一面。

章女士会一个人来京市见朋友,这太突然,也太奇怪。

刚入冬的京市已足够冷,路上行人已经裹上厚衣,灰沉沉的天色如一层扯不开的发霉旧絮。

那天是小鱼和蒋骓对外宣布和好,特意办的派对,两个人登对地站在一起,举杯叫来客玩得开心。

钟弥从宴会里出来,穿着水蓝色的缎面长裙,细吊带,窄裙身,白色的廓形西装套在裙子外面,一副华灯璀璨里出来的明艳打扮。

整个机场,人潮匆匆,往南往北。

她白得发光,露肤度与季节不适配,踩着纤细如薄冰的高跟鞋奔于其中,裙袂飘飘,长发飞舞,路人频频回头望她,美得像在拍电影。

那天为配裙子,钟弥戴了一条项链,链子很细,贝壳形状的链坠上嵌着一颗蓝宝石。

蓝宝石小而纯净,如一粒沧海遗珠。

想到妈妈懂珠宝,最识货,怕被看出端倪,见面前,钟弥将项链摘了,放在白色西装的衣兜里。

母女见面,章清姝怕钟弥感冒,把自己的手臂上搭着的厚外套给她穿,一摸钟弥冰凉的手,又说要去买两杯热饮。

钟弥说她去买。

折起钟弥那件白色西装前,章清姝下意识地探了探口袋,摸到了那条链子。

红蓝宝石的密度都大于钻石,同样的克拉数,会比钻石小得多,而链坠上这颗蓝宝石,瞧着只精致不豪奢,却也绝对昂贵。

钟弥在外,章清姝不管着她花钱,几千的鞋子、上万的包,平时也随她买,可给钟弥的那张卡,还买不下这样一颗蓝宝石。

其实今天看见钟弥,章清姝远远就看出女儿的不同,这不同,是从里到外的。以前在州市,钟弥连旗袍都不肯穿,嫌打扮起来麻烦,现在窄裙、高跟鞋,驾驭得游刃有余,应该是有人改变了她。

即使没有这一趟会老友的行程,章清姝也猜到女儿的生活大概因什么翻天覆地,只是结果更叫人震惊一些罢了。

钟弥买了热饮回来说:"怎么来京市也不跟我说,走的时候才告诉我啊?"

章清姝笑了笑:"妈妈又不是来找你玩的,妈妈有自己的朋友和生活。"话音一转,她又说,"就像你,也有你的生活。"

钟弥心头泛起酸堵情绪:"可你都来了,好歹告诉我一声,是什么朋友啊?"

"妈妈的朋友你又不认识,我们之前不是说好了吗?可以不完全交代自己的生活,但一定,一定要自己照顾好自己。"

热饮杯子里的暖湿气,熏得钟弥眼睛泛潮,她忽然有预感,妈妈已经知道些什么了。

她为自己的隐瞒行为歉疚,也为让妈妈这样担心自责。

章清姝见她眼睛红了,便笑着问她:"现在在这里过得开心吗?"

钟弥点了点头,喉咙发堵地说开心。

她忍不住哭,上前抱住妈妈,像小孩子那样淌着眼泪,道歉似的小声说:"妈妈,我谈恋爱了,一直没告诉你。"

章清姝抚她单薄发抖的背,没问她跟谁恋爱,也没问为什么一直不告诉家里人,只问:"你很喜欢他,是不是?"

钟弥哭得更凶,"嗯"了一声。

"他对你好不好?"

"他对我很好。"

章清姝扶着她的脸,给她擦眼泪:"化了妆,再哭就不好看了。他对你很好,你又很喜欢他,干吗要哭呢?"

钟弥吸了吸鼻子:"我没告诉你和外公。"

"恋爱是两个人的事,我和你外公不需要参与,我们只是希望你在任何一段感情里,不要受伤,要开心。你是大人了,知道你自己在做什么,对不对?"

钟弥点了点头。

"那就没关系了,就算错了也没关系的,弥弥。"

章清姝放下饮料,从随身的包包里拿出一个长盒子,打开复古的锁扣,给钟弥看,黑丝绒上躺着一条满钻的红宝石项链。

"你现在穿这么漂亮的裙子,也要有漂亮的首饰,这是妈妈以前戴的项链,现在给你。"章清姝把盒子放到女儿的手心里,"要是之后需要花钱,不好意思跟家里说,你也可以把它卖了。"

钟弥不肯收。

她认得这条项链,妈妈十八岁成人礼的相片里,就戴着这条红宝石项链,这是妈妈最贵重的珠宝。

"我不要,你的项链你留着自己戴嘛,你不用给我,我有的。"

章清姝温柔地笑着说:"妈妈已经老了,用不上了,给弥弥戴吧。需要的时候就卖了,不要舍不得,这些东西,除了价值本身,没有其他意义了,远远没有你珍贵,知道了吗?"

钟弥红着眼眶,点头应下。

章清姝摸了摸她的脸,嘴角带笑,目光柔而深远。

"虽然以前总说你长大了,但其实在妈妈心里,你一直是小孩子,我和你外公必须时刻爱护你、引导你,现在妈妈真的觉得,我们弥弥长大了。这世界上还有人像我和你外公那样爱着你,妈妈为你担心,也为你开心。

"希望你永远这样勇敢、自由、快乐。"

老同学聚会后,章清姝见了蒋闻,地点是蒋闻定的,约在京市西郊。

她四五年没来京,状态似乎和上一次陪女儿来艺考培训一模一样,换了个地方,平日再稳定规律的作息也通通作废,怎么也睡不好。

这一趟,不只是为弥弥,章清姝也来看望大病初愈的老友。

人到中年,衰老病痛纷至沓来,仿佛也悬悬立于生死之间了。

好多年缺席的同学会,老友邀请她留京几天去聚聚,她第一次参加,也知道自己参加,蒋闻没有不来的道理。

蒋闻会过来是意料之中的事。

她从席上旁人的调侃话语中得知,三年一次的同学会,他竟然也是第一次来。

"老蒋同志日理万机,可不是咱们现在这些平头百姓随便能见的。"

蒋闻入座,先自罚了一杯酒。

二三十年过去了,对这些人来说,成家立业都已经是遥远的事,结婚早的人如今有的都已经抱上了孙子,讲情分,双方都肯记着才叫情分,否则几件陈年旧事又有什么好谈起的？

语笑喧阗，没人计较蒋闻之前不赏光，只将桌上气氛抬得更热闹。

快散席时，蒋闻接电话回来，在走廊上遇上了章清姝。她一身杏白高领羊绒裙，平肩修颈，隔多少年月，依旧如一枝独放枝头的玉兰。

好似所有人都会被扯搅进庸碌日子里渐渐衰老，唯她停在薄雾清晨中，永远不败。

蒋闻自然同她搭话："你这趟来京，是为你女儿吧？"

"你见过她？"

章清姝淡淡的微笑叫蒋闻恍神，他顿了一下说："叫弥弥是吧，没见过本人，见过照片，你女儿和你长得很像。"

"是吧，旁人都这么说，只是性子不太像我，从小给她外公惯坏了，她爱胡闹，不过我们为人父母，就是要为孩子操心的。"

一番话，震起数重难平的情绪。

蒋闻不禁想她如她女儿一般大的二十来岁时的情景，若是章载年也肯惯坏她，若是她也爱胡闹，若当年的自己再坚持一些，或许今日结果会很不同。

愁肠方起，又绝在一句"我们为人父母"上。

人生一旦如列车分轨，便回不了头，也再无相汇之时。

蒋闻挤出一丝笑，应和着说："是啊，为人父母是要为孩子操心的。"

人到中年，他走到今天这个位置，已经少有人能叫他露出这样不自然的仓皇神态。

见宴厅里的人出来了，不宜在此逗留多聊，蒋闻快速拿出随身的小本子，写下茶室地址撕下递出："沈家的事在这儿不好讲，明天找个时间，单独聊吧。"

章清姝婉拒了朋友送她回去的好意，说自己下榻的酒店就在附近，路不远，就当饭后消食，走回去就好了。

她走到稍僻静的路段时，身边停下一辆黑色轿车，车后座上的玻璃窗降下。

章清姝站在路边，望着车内的蒋闻。

后者似有话在喉，几番吞咽，最后出了声，毫末关心克制成京市快人冬的天气，不该暖了，否则太反常，也不合时宜。

"你……明天可能下雨，出门记得带伞。"

章清姝"哦"了一声，也客套地提醒他快些回家，路上注意安全。

次日一早真下了小雨。

茶室的经理端着茶水来到窗边，同今天的第一位也是最后一位客人说："今天天气不好，不然在这个位置能远远看见一部分沣山公园的景貌。蒋先生有空，经常来这边一坐就是一个下午。"

沣山公园，那是章清姝三十多年前去过的地方了。

年少时，她跟蒋闻，还有其他几个早已分散天涯的朋友一起去沣山秋游，他那时是丢三落四的少爷性格，顾头不顾尾，便当忘了带，水壶也是空的。

她性子细致，饮料、零食都同他分享。

最争强好胜的人，下棋时偏偏喜欢看她赢。她执白子，文文静静地攻城略地，满盘皆输的人笑嘻嘻地凑到跟前，说欣赏更像痴迷，夸她好聪明。

无忧无虑的年少时光，什么都是真的，是真的喜欢，最后也是真的分散。

早间落了小雨，又似没全落下来，浮在空气里，阴沉潮湿。

蒋闻沾着雨气姗姗来迟。

聊天中，提起他们少时去沣山的小事，他桩桩件件记着，神情很怀念，仿佛珍藏于木匣之中的珍宝，不忍叫它碰半点儿灰，一朝取出：你看，我保存得这样好。

而对面的人只是淡笑着说："人上了年纪，以前的事都不太记得了。"

看着她这样笑，蒋闻反而再也笑不出来了，低了低眉眼说："清姝，对不起。"

她等的就是这句亏欠。

人人都有亏欠。

章载年之于她，也曾说过亏欠，墨守成规，断送了女儿的姻缘。他上了年纪后自省，一世为人清正，何尝不是为人父的失职。

章清姝劝他不要这样想。

她不怪父亲，也从不后悔。

只是如今她为人父母，不愿做一个对孩子有亏欠的母亲。

为了女儿，她没有什么好放不下的，哪怕是来见一个本不该见的人。

"弥弥这二十来年，看似在无忧无虑的环境中长大，其实身上背负了很多我和她外公添给她的枷锁，她从来没敢坚定地去喜欢什么。小时候她喜欢画国画，却不得不学舞蹈，十几岁时也想过去拍电影，怕给外公添麻烦，半点儿意向不敢表露，不敢为自己争取。她没有怨气，也从来不跟我们说。

"她大概是没有安全感，总觉得自己什么也抓不住，性子被养懒了，索性就做流水，到哪处，是哪处。"

她说她的女儿没有安全感，索性做了流水，这话叫蒋闻听了痛心。她自己当年何尝不是这样？他没办法给她安全感，叫她流向了别处。

好在沈禾之那位侄子，跟当年的他不一样。

他叫章清姝不用太担心，沈弗峥很爱护她的女儿，沈家人现在知情，也没人说什么。沈弗峥的父母都是体面人，即使心里有意见，也不会做出那些私下为难的事。

沈家最近有意接触孙家，孙家那位读博回来的千金，最近跟沈家女眷有不少接触。

这件事要怎么发展，还要往后看。

蒋闻说自己也算是钟弥的叔叔，会看着照料，有消息也会叫人通知章清姝。

章清姝露出感念的微笑。

蒋闻望向窗外，沣山隐在雨雾中，他想起了一件事。

"你以前喜欢在那儿弹琵琶的凉亭，那片荷塘现在被扩建得更大了，特别漂亮。你今年来得不是时候，不然能去看看，你还记不记得？以前每年秋天我们都爱去那儿玩，我帮你抱着琴，你每次跟那些老头下棋都能赢到买冰棍的钱。"

高楼窗外，沉沉雾霭早就覆盖京都，物是人非，她还能记得什么呢？她也不该记得了。

章清姝捏起案上凉透的一杯茶，忽而想起一阕词。

故山犹负平生约。

今年冬天京市雪下得迟，到十二月才落了初雪。

雪势汹汹，一夜过去，推门见白。

昌平园照惯例开戏，帖子被送至各家。

这阵子沈弗峥为旁巍的事忙得许久都没有回老宅，何瑜特意打电话来提醒他不要缺席。

拿不准沈弗峥的态度，何瑜只温和地提醒："头天各家长辈都在，你爷爷那样看重你，这种场合，你也要稳重些。"

他跟何瑜是母子，亦是同类，听得懂话外音。不知是不是跟钟弥在一块儿待久了的缘故，他有时候也会像她那样，烦一些拐弯抹角的言行。

此刻他便直接点破："不用担心，人家不乐意去。"

下雪听戏是什么老皇历，年轻人根本不喜欢，再者，她家里就是开戏馆的，什么戏她没有听过？

昨天小鱼来常锡路玩，来看钟弥那只会说话的小鹦鹉，没见着。

钟弥之前在沈弗峥面前说过两回那鹦鹉俗，说那鹦鹉像他，一身铜臭，天天嚷嚷着发财。

沈弗峥叫人找了一个驯鸟师来，说那再教教别的话。

训练鹦鹉需要安静的环境，还要尽量阻隔其他声音对鹦鹉的影响，最近天气冷，鹦鹉被送去了驯鸟师那儿，好几天没接回来了。

小鱼说："你跟四哥也真的绝无仅有，怎么养只鹦鹉都给你俩养出一种送孩子去补习的感觉啊？"

钟弥一想，笑了，还真有点儿像。

之后何瑾牌瘾犯了，打电话问钟弥在不在家，三缺一又喊来盛澎当牌搭子。

外头落雪，牌刚打完四圈。

盛澎混着牌，一看窗外头纷纷扬扬的雪花，说："得，过两天昌平园就得热闹起来了。"

钟弥一问才知道还有这么个惯例。

何瑾一针见血，不屑道："就那些老头爱摆谱，年年拖着一群人作陪，说是听戏，有几个听？昌平园弄得跟相亲角似的，好姻缘一桩没有，年年都能凑出一两对烂鸳鸯，也是奇了。"

盛澎笑得肩发抖。他比沈弗峥小，沈弗峥的小姨，他一口一个姐姐喊得顺口："好姐姐，咱可不敢这么乱说。"

"谁家有对东风啊，把我的牌绑得这么死？"何瑾先看着牌面发愁，干脆拆了一对，果然下方的小鱼摊开一对东风。

轮到何瑾对面的钟弥抓牌。

何瑾扬起声音，拾起盛澎的话："怎么不能说了？我那第一个死老公不就是在昌平园见着的？我就是受害者，受害者还不能发声了？"

盛澎连忙说："能，能，能。"

小鱼想起一对烂鸳鸯来佐证："小姨说得没错啊，沈家那个烂到根的二哥，娶了蒋雅的堂姐，有私生子不说，他现在还在外面养了好几个女人呢，那个姐姐现在可可怜了。"

小鱼嘴上没把门，一说就说多。

"她之前喜欢四哥来着的，禾之阿姨还给她做过媒，可没想到——"

钟弥听得津津有味，小鱼声音一停，钟弥追问："没想到什么啊？"

小鱼小声说："后来她嫁给沈二哥了。"

钟弥问："你不是说她喜欢沈弗峥吗？蒋雅的妈妈替她做媒，怎么没有成呢？"

小鱼毕竟对沈家的事了解不多，年纪又轻，看不出门道，一时不知道怎么解释。

何瑾接过话，答着："她喜欢有什么用？沈弗峥又不喜欢她。你别看我那大外甥在外瞧着挺两袖清风的，多的是女人想往他身上扑。"

何瑾打出一张牌，笑眯眯地看向旁边的盛澎："是吧？"

盛澎抹了抹额，一时尴笑："这……我不清楚啊，四哥他……"

何瑾哼笑了一声："少装傻了。"

小鱼想到之前围在蒋雅身边的女人，没少让她跟蒋雅闹矛盾。

虽然她已经不再像以前那样耿耿于怀，但坏的回忆浮现依旧叫人不高兴，她迁怒到盛澎身上，嗤笑一声说："你们男人，互相包庇，没一个好东西！"

盛澎跟钟弥对上目光，只差指天誓日："不可能！我拿我的清白担保，四哥挺会拒绝人的。"

钟弥笑："你拿你的清白一担保，这事儿忽然有点儿耐人寻味了。"

盛澎就差哭出来："好姐姐们，我大冷天过来陪你们打麻将，你们也可怜可怜我行不行？别套我的话了行不行？害了我，对你们也没有好处啊。"

小鱼就此换了话题，问钟弥昌平园开戏她会不会和沈弗峥一起去。

钟弥随口问着："他一定会去吗？我看他最近挺忙的。"

何瑾说："那是当然，他现在可是整个沈家的门面，沈老爷子如今还会出席的地方他必然陪同，沈老爷子没法出席的场合，他更是要做沈家的代表。"

"老大早夭，老二不成器，老三倒是有本事、有手段，跟沈弗峥不是一个路子的，加之这些年他都不在京市，也不是在老爷子身边养大的，到底输了一大截。弗月嫁出去了，蒋雅太年轻，以后沈家还不是要靠沈弗峥撑着？"

钟弥感觉这些话，小姨是故意说给她听的。

话绕了回去，又说到最初蒋雅的堂姐钟情沈弗峥，沈禾之做媒也不成的事。

"大家心知肚明罢了，那位堂姐不差，但沈弗峥能配更好的人。当时如果沈弗峥愿意，这事儿估计也能成，但他不愿意，把这红绳牵给了老二家那个不成器的，也顺理成章。他那个小姑姑瞧着很有本事，实际上也做不了沈弗峥的主，除非沈老爷子亲自开口给他指派婚事，否则就是月老下凡也不好使。"

钟弥这才恍然，怪不得他会三十岁还没定下来。

原来是他家里人太放心他，笃定他最懂权衡利弊，一定会选对自己最有利的婚姻，连蒋雅的堂姐他也是瞧不上的。

那现在呢？

大家觉得他是贪图一时新鲜，色令智昏？

沈家是不是人人这样想沈弗峥，钟弥不知道，但有人的确是这样想沈弗峥的。

昌平园开戏，沈弗峥的二叔沈兴之回不来，他的夫人携着大儿子沈弗良一家三口踏雪回京，一是看望老爷子，二是活络与京市这边的亲友的关系。

沈兴之回京任职的消息已经隐隐有了眉目，这一年，他们跟京市的人来往密切，尤其是和沈弗峥联络颇多。

沈弗峥进了昌平园，遇见带着儿子的沈弗良。

何瑜私下瞧不上这外头野路子生的小孩儿，但不妨碍这小孩儿嘴甜又机灵。

他跟沈弗峥见面的次数一只手数得过来，他却能远远认出人来，脆生生地喊着："四叔好。"

连沈弗良都感慨，轻拍了拍他的小脑袋说："你这眼睛可真尖，我都没看着。"

把小孩儿打发给保姆后，沈弗良抽出两支烟，两个人客气一番，还是由沈弗良给沈弗峥点了火。

沈弗良将自己咬的这根烟也拢掌点着，吸吐出浓浓一口烟气，摆足了过来人的姿态，拿夹烟那只手朝另一侧走廊指了指。

已嫁作人妇的蒋小姐正劝着跟自己毫无血缘关系的儿子，雪还没化，这院子里不能踢球。年纪小也不影响欺软怕硬的本性，他将球狠狠地砸到蒋小姐身上，扭头跑了。

沈弗良说："这道理按说你也懂，你总要娶个知书达理的人进来，叫家里人舒服。让你舒服的人，养在外头不就行了？你何必搞得家里不安生？"

整个沈家，混账事做得最多的就是沈弗良，此刻他说起最光耀门楣的沈弗峥，除了男人之间的心照不宣，还隐隐有种风水轮流转的沾沾自喜的感觉。

他现在是有妻有子叫人安心的那个。

沈弗良的烟，沈弗峥抽不惯。

这一年沈弗峥的烟瘾也小了很多，此刻嗓子微哑，他弹了弹烟灰，目光望向一侧用人进出的小厅，不以为意地问："里头在聊我？"

"小姑姑跟我妈说你外头那个呢。"沈弗良狭促一笑，问，"真那么漂亮吗？有机会也让我见见。"

沈弗峥说："不急，以后有的是机会见。我先过去一趟。"

沈弗峥走过去时，里头的人正聊到他最近帮旁巍的事。

他二伯母不常在京，纳闷地问着："我只记着阿峥和旁家那个高中是同学，没想到阿峥都出国读了那么多年书，还能惦记这份旧情，怎么非要捞旁巍一把？"

沈禾之笑了。

沈弗峥听着声音，沿着窗往门口走去。

"旧情这东西，有没有不清楚，新关系倒是有一桩。"

他在门口站定，见到说话的沈禾之露出讥讽的一丝笑，说沈弗峥和旁巍不只是旧情甚笃。

"现在两个人逛着同一个窑子呢。旁、彭两家闹了这么久，旁巍都没复婚，不也是为着外头养的小狐狸精？钟弥跟那个小狐狸精是同学，一个学校出来的。"

一旁有个跟沈禾之交情好的阿姨啧了啧，露出一丝鄙夷神态说："我说句不当讲的，章载年半生清誉，何至于此？好好一个外孙女怎么被教得攀龙附凤，清流不像清流，倒有扬州瘦马之嫌。"

沈禾之笑了笑，可能觉得她比喻精妙，那笑意来不及化作言语，先听到门外传来声音。

"这位阿姨怎么称呼？"

那声音清冷，好似外头积雪的寒意一瞬涌了进来。

众人都抬目看去，瞧见方才提到的沈四公子如松如柏，立在门外。

沈禾之拾起淡笑，介绍说这是那位孙千金的婶婶。

沈弗峥点头致意，淡淡地感叹道："还好只是婶婶，要是孙小姐的母亲，我得纳闷我妈把这位孙小姐夸得这样好，是谁教出来的？难不成是孙小姐自己出淤泥而不染？"

他神情温和，言辞斯文，细听去却比骂人难听。

那位婶婶立即变了脸色。

沈禾之压着不悦情绪提醒："阿峥，这里的都是你的长辈。"

知礼识节的沈四公子怎么能让长辈下不来台？

沈弗峥再度淡淡地开口："长辈之上还有长辈，章老先生是爷爷的挚友，沈家人人敬重章老先生，我更是从小仰慕章老先生的风骨，这位阿姨刚刚的一番话，岂不是骂遍了整个沈家人？小姑姑难道不与爷爷同心，居然没有察觉自己提醒错了人？还是需要爷爷亲自来提醒你一句，章老先生也是你的长辈？"

一番话说得沈禾之脸色青白，沈弗峥冷冷淡淡地与她对着目光，没有半分要找台阶给长辈下的意思。

形势僵持，沈弗峥的二伯母只好出来打圆场："阿峥，你妈妈跟你大伯母去餐厅那边了，好像是有事要找你。"

沈弗峥从小厅里出来，周身气压很沉，蒋雅路过看见，都只张了张嘴没敢喊住他。

今年跨年夜的活动定在城郊新开的度假酒店里，小鱼那些无业游民提前几天就去了，钟弥等舞团休假，当天下午才坐车过去。

上周开始排新剧目，又有演出，钟弥这阵子忙得分身乏术，跨年活动这帮人如果又在什么酒吧夜场热闹，钟弥不会奉陪。

这回她肯过来，只是纯粹想泡个温泉放松放松。

但她没想到，连温泉水都没碰上，就连人带行李回了市里。

坐了两个小时的车过来，钟弥挺累，在酒店房间里一觉睡到快晚上九点，准备去泡个汤。

小鱼来敲门，一脸着急的样子，说有事要回一趟市里。

"弥弥，你陪我一起去，不然我之后不好解释。"

她们去的地方是城南那一带的酒吧街，见的人钟弥也还认得，是之前陪小鱼逛街拎包的男生。男生依旧模样清俊，瞧着像喝了不少酒，头颈烧红，吐过又清醒了。

钟弥深吸了一口气，血压在上升，明白了小鱼之前说"不好解释"是什么意思。这哪里是不好解释，这压根是不能为人知好吗？

那斯斯文文的男生看着不像嗜酒烂醉的性格，此刻醉到眼睛通红，在小鱼说"我不是跟你说了算了吗？你还想怎么样？"之后，死死抓着小鱼的手，固执地低声说："是你先招惹我的。"

"我说了给你钱，你又不要，你到底要什么啊？"

那男生问她，不能再像以前那样吗？

小鱼变了脸色，急起来："你是不是在发疯？我有未婚夫啊！"

那男生浅浅弯唇，比小鱼淡定得多，或许有酒意缘故，倒真显得什么都不在乎了。

"你不是一直都有吗？你还不是来招惹我了。"

小鱼别开头，看着路上来往的车辆，霓虹灯的灯光映在她的眼睛里，似被夜风掀过的灰烬堆，其下隐隐有未灭的星火。

可等她想够了,她转过头来,眼底又什么都不剩了。

"柏述,我再跟你说一遍,我跟蒋雅以后是要结婚的。"

"你不喜欢他。"

小鱼荒谬地笑了笑:"我跟他青梅竹马,我喜欢他很多年,全世界的人都知道我喜欢他!"

对方依旧镇定,一句"你喜欢我"让小鱼的笑容顷刻消失,她与他对视,脸上是一种怨他拎不清的无声愤怒表情。

钟弥站在五米外,原本顶着跨年夜的寒风,裹着自己身上的厚大衣,在瞧见那两个人相拥的一刻,挪出一只手捂住自己的脸,低下了头,默默转过身去。

现在他们是在干什么?

她是装作不知道、没看见,还是过去提醒一下小鱼?

这是活生生的三角恋吗?

小鱼背着人都干了些什么事?好好的"傻白甜"什么时候转型成渣女了?

脑袋乱成一锅粥,钟弥觉得这场合自己不适合多待,给小鱼发去一条信息,先一步离开了。

跨年夜,遍京市什么娱乐场所附近都不好停车,钟弥给司机发了定位,叫他过来接。

她在街口望着路灯发呆,心里还在为小鱼的事发愁,忽然听见一声"弥弥"。寒风把声音吹得变了调,她以为是司机,不由得纳闷沈弗峥给她安排的司机从来不敢这么喊她。

哪怕是老林,也要称她"弥弥小姐"。

她转过头,来人果然与司机不相干。

来人加快了步子,面上带笑,走近时就已经在说话:"刚刚远远看到侧脸觉得像你,没想到真是你。"

钟弥也没想到再次见到周霖,会在京市跨年夜车来车往的路口。

她对这张脸不陌生,毕竟之前追完了那档综艺节目,屏幕里那张总是高冷思考的脸落于现实中,因笑意充沛,倒多了几分生动气息。

钟弥多少有点儿尴尬,但没表现出来,只像遇见老同学那样随口寒暄着:"好巧啊,你也在京市?"

"回国创业，京市机会比较多，不过起步也蛮困难的。之前有朋友介绍，我还去报名参加了一档综艺节目。"

钟弥点了点头，说自己看过。

"你在网上的呼声还挺高的，很多网友希望你参加第二季节目。"

"那个，其实也是有剧本的，我不是很喜欢录节目，参加那个节目也是为了认识点儿人，以后好拉投资。我还是比较喜欢研究技术。"

"挺好的。"钟弥礼貌地笑了笑。

他朝身后金碧辉煌的酒店指去："今晚在这儿应酬，喝了酒，刚刚等代驾看到你了。对了，弥弥，你现在要去哪儿啊？我待会儿送你吧？"

"不用了。"

周霖坚持："不麻烦的，我只是送你一下，没别的意思。是不是之前在州市那次，我有点儿吓到你了？其实不是，我只是当时听到徐子熠在追你，一下没控制住情绪。"

听完他的一串话，钟弥抿了抿唇，朝一旁指去："不是怕麻烦你，我那个……车已经来了。"

而且车子来了已经有一会儿了。

她跟周霖在路口说的这几句话，那司机候在车门边，大概也什么都听去了。

周霖转身朝钟弥所指的方向看去。

一辆挂着京A牌照的S级奔驰商务车停在路口。

钟弥快上车时，周霖赶过来问："这是你男朋友吗？"

司机反应比钟弥快，一句"我只是钟小姐的司机"，好似也答了钟小姐的男朋友另有其人。

车窗外的周霖脸色似被风吹愣住了。

司机说："钟小姐，风太大，我把车窗先关上了。"

"哦。"钟弥唇瓣微动，顾着看手机里小鱼发来的一大段解释的话，在车窗闭合前，同周霖挥了挥手说："再见啊。"

解释不重要，毕竟钟弥已经亲眼见到了那样的画面。

小鱼希望钟弥可以帮她保密。

"我以后不会再见他了。"

看着屏幕上这句话，作为朋友，钟弥不需要这种保证，这话倒像是小鱼自己在提醒自己。

司机启动车子，问钟弥现在去哪儿："是回常锡路吗，钟小姐？"

钟弥退出微信页面，屏幕上此刻显示的时间，不只跳进新的一天，也是新的一年。

钟弥问沈弗峥今晚的去向。

如今她才知道，老林绝不是随随便便给她安排一个司机，刚刚一句话击退她的前男友，现在又一副寡言粗笨的样子，憨笑着跟钟弥说："沈先生的行程我怎么会知道啊？"

钟弥怀疑他们这些司机上岗前都做过专业培训，当然不是指拿到驾照，而是如何当一个好司机：该说话的时候，要懂人情世故很会说话；不该说话的时候，要当一个闷头开车的质朴司机，不多嘴多舌。

显然他尽得老林真传。

钟弥透过后视镜瞅了他一眼，也不点破："你不是经常跟老林汇报吗？叫他跟你汇报一回不行吗？"

司机忍住尴尬的笑，红灯前，拿起手机说："好，我听钟小姐的。"

之后车子一路往城南开去。

车子进了园区，车前灯破开森森夜色，钟弥想起去年的新年第一天，也是在这里和沈弗峥度过的。

当时瞧着如煌煌孤岛的别墅，不过一年，车子驶近时居然已经能叫她觉得灯火可亲。

她没提前打电话过来，又是凌晨，慧姨见到她很是意外，问她吃晚饭没有。

钟弥脱去外套说："吃了，沈弗峥休息了吗？"

她里头是两件套的针织裙，短短的红色V领上衣，嵌珍珠纽扣，白色羊绒包臀鱼尾裙，她侧弯下身体换拖鞋时，曲线毕露。

腰间露出一截肌肤，红白相衬间，如细腻通透的羊脂玉。

"没有，蒋先生才刚刚走了，沈先生现在应该在书房里，刚刚打电话下来，要一壶茶。"

钟弥神经敏感地顿住："谁？蒋先生？蒋雅刚刚才走？"

慧姨回答："对，今晚蒋先生跟沈先生一块儿应酬回来的，沈先生瞧着没事，蒋先生倒是喝了不少酒，用了一点儿夜宵，聊了得有一个多小时，刚走没多久。"

钟弥知道蒋雅现在到了沈弗峥手下做事，有大家长风范的继承者，懂一荣俱荣的道理，提拔自家表弟也是情理之中的事。

小鱼害人，连累钟弥现在听到蒋雅的名字都跟着心虚起来。

好似这表兄弟两个在外忙于应酬，而她俩，一个去见了不该见的人，一个偶遇了前男友，偷情指数拉满。

慧姨瞧钟弥走神，轻声问："钟小姐，怎么了？"

钟弥思绪归位，摇了摇头，从慧姨手上稳稳接来茶盘："他在书房里是吧？这个就让我来送吧。"

上了楼，她先是按这里的用人的规矩，敲了两下门，无须说话，只等里头传来一句声音低沉平淡的"进来"，才将门把按下去，轻步进入。

那画面极富冲击力，叫钟弥模仿用人放轻放缓的步子都当场顿了一下。

主灯未开，倾垂的灯杆似一弯暗月，辅在他的身旁，碧绿的灯罩束缚住扩散的灯光，不许它们张牙舞爪，光亮被圈在窄窄一处，划出清晰的明暗界线。

沈弗峥穿着黑色睡袍，轻靠在皮椅里，情绪寡淡的面庞上，眼帘半落，浓睫投下灰影，似假寐，又像在想事情，修长的手指夹着烟一离开，浓白烟气便自唇边徐徐逸出，缭绕着，扩散开，被灯光照作有形。

他并不关注有人进来了，甚至一个眼神都没有移过来。

钟弥走近桌边，捏着嗓子说："沈先生，你要的茶。"

他没夹烟的那只手随意挥了一下，示意她可以走了。

茶盘落在桌角，下一秒，他挥起的手被人大胆地握住。

沈弗峥转过目光，那一瞬的眼神威仪又冷漠，吓得钟弥心脏都漏跳了一拍。

见到是她后，他稍有惊讶，表情幅度几乎没变，只是眉眼松了些，眼神便如寒冰化水一般柔了下来，反握住钟弥刚刚要松开的手，将人往自己身前拉近，另一只手自然地去够桌上的烟灰缸，烟头落进去，在两下动作间被摁灭。

他蹬开桌椅间的距离，方便钟弥坐到他的腿上。

钟弥在看那只烟灰缸，里头一长一短两个烟头，叫她有点儿恍神。

自从她说了自己的父亲因肺病去世，希望沈弗峥健康可以陪她久一点儿的话后，他不曾表态说过什么，可她细想，他好像就再没有当着她的面抽过烟。

钟弥看着那点儿烟灰。

后知后觉的感动情绪，似乎比当时就许下承诺更戳心一些。

"不是去和小鱼她们泡温泉了？"

钟弥没跟他撒谎，只将小鱼的部分省去，讲了自己偶遇前男友的事。

说完她拿起他放在一旁的烟盒，抽出一根来，抿在红唇间，四处转头，却寻不到打火机，目光对上沈弗峥，惹他笑了笑。

沈弗峥稍稍侧弯身，从抽屉里取出一盒长梗火柴，取一根擦燃，另一只手掌笼着火，替她送火。

火苗吻上烟草的瞬间，他们的眼神都静然地落在那一处。

一点儿暖光，映着两个人凑近的脸。

沈弗峥捏着火柴梗，甩一下，灭了火，将残余的木梗丢进烟灰缸里，火柴盒也被抛到了桌上。

钟弥的神情做实验一样认真，她掐着烟吸了一口，朝他脸上吐烟。

唇红，烟白，故作风情的性感没踩到点子上，她演得太用力，嘟着嘴，反倒显得像吹肥皂泡一样俏皮可爱。

钟弥问："抽这个有什么作用？"

她玩得起劲，沈弗峥微微偏着头，手臂搂着她的腰，手指划着她腰间的皮肤，那块被风吹过，凉凉的，而他的掌心滚烫。

"放松。"

"很有效吗？"她又吸了一口烟，吐出来，嘀咕怎么自己吐出来的烟都是散的。

"不如你。"

钟弥睨了他一眼。

那一眼，可比她故意吐烟风情多了，她的手指捏着烟身，海绵滤嘴被不会抽烟的人含得潮湿，她取出来，送到会抽的人唇上，被他咬住。

钟弥看见他的喉结滚动了一下，烟头忽明乍暗，烟草燃掉一截，她眼睛微眯，仿佛被那火星烫到一般，又不只眼睛，喉咙也干。

两个人共享着这一支烟。

她其实不大喜欢烟味，靠在他的肩上，看他不疾不徐地吸吐着烟，性感消沉，也不觉得厌烦，有种彼此一起沉沦的错觉，这种氛围使然的下坠感异常美妙。

钟弥今天没泡到温泉。

沈弗峥问她，之前说不喜欢跟她妈妈去日本看樱花，去日本泡温泉愿意吗？

月中他有一趟去日本的商旅，也大概是年前唯一能挪出来陪钟弥的一段时间。

"沈先生一句话，上刀山下火海，我都肯啦。"

他扬起嘴角，淡淡的笑让人分不清是不是调侃，青烟缭绕后的深沉眉眼慵懒至极，那种成熟男人的从容欲念，由骨子里散发出来，连一点儿细微表情都有无形的牵引力，叫人移不开视线。

"见了前男友，回来就开始跟我说这种甜言蜜语？"

钟弥凑近问："你是真的介意吗？"又苦恼地说，"我有时候看不懂你。"

沈弗峥捏着烟蒂往烟灰缸里伸："看懂是为了应对，你需要应对我吗？我不是早就任凭你驱使了？"

钟弥抿住笑意，手肘搭在他的肩上，眼睛迎着光，亮亮地望着他："我有那么厉害吗？"

"你可太厉害了。"

话音刚落，钟弥俯身堵上他的唇，烟草气息苦涩，她蹙着眉心，却伸出舌吻得更深，渴望从他这里讨一份苦尽甘来。

他一侧手臂还伸着，搁置在烟灰缸里摁灭烟头，最后一丝热焰好似不是在他的指尖下消失，而是钻进了身体里，试图燎原。

钟弥是纵火者。

那夜沈弗峥说她厉害，钟弥只当作情话听，直到从日本商旅回来，近年关，舞团放假，她去那边取东西，再次见到周霖。

"我在这边等你好几天了，总想着要谢谢你。"

"谢我？"钟弥不明白。

周霖说他拿到一笔投资，对方是一家很有名的投资公司，深耕电子研发领域,像他这样才具雏形的学生研发团队,就是方案写成花,也根本递不进对方的眼皮子底下,更别说对方带着研发资金亲自找上门来。

这简直是天方夜谭。

朋友说天上掉馅饼要好好把握,周霖觉得京市没有白捡的馅饼,所以去问了原因。

对方说因为他跟钟弥认识。

"沈董的助理亲自打了电话来,说你们很有潜质,年轻人,好好加油,这样的贵人,可是很难遇的。"

他要是觉得这话讽刺,那是不识抬举。

从天而降的馅饼,他自然要拍拍灰,感恩戴德地收下。

周霖看着钟弥,脸上挤出的一丝笑意也不似上次见面时那样热切纯然。

"你现在可真厉害啊,怪不得连徐子熠也看不上。"

钟弥闻言,表情变得复杂,转瞬一想,简直想为沈董鼓掌。

这人好有心机啊。

他要是吃醋了,看谁不顺眼了,连个正面交锋的机会都吝于赏赐,甚至不会跟钟弥说一句坏话,多提一句都是在钟弥那儿给对方搏戏份,这种事他不会做的。

他居高临下惯了,只是叫助理打个电话,就能凑起一场怎么演都好看的戏。

周霖不来找钟弥,便是见好就收,日后也会知难而退;他沉不住气来找钟弥,那更有意思,能叫钟弥自己瞧清,不成熟的男人有多幼稚——把自以为是的自尊看得比命重,明明是得利一方,也要摆一副忍辱吞垢的姿态,为自己的自尊讨个公道。

她难道就没自尊了?

"我不太懂投资,我男朋友生意上的事我也不爱管,不过我知道他经常做慈善,好像是不会拿刀架在对方的脖子上,叫对方必须收钱的。那个投资公司叫什么名字,我回头帮你问问吧。"

周霖顿时表情难堪,既有羞耻又带着愧疚。

"弥弥,我不是那个意思。"

钟弥语气平静地问:"那你是什么意思呢?"

周霖支吾片刻，吐声道："我是觉得他很不尊重人。他平时也这样对你吗？"

钟弥想了想说："好像是这样的，他很喜欢砸钱。"

周霖正要开口，钟弥先一步，接着话说："不过我跟你不太一样，如果我不喜欢就拒绝，喜欢我就开开心心地拿着，拿了好处又说别人不尊重人，我……我不太理解这样的做法。"

周霖目瞪口呆许久，愣愣地说："我没想到，你现在变成这样了。高中的时候，我还以为你和别的女孩子不一样。"

钟弥知道他说的不一样是指什么。

那会儿徐子熠有富家子弟的光环，又很会花心思打扮，在校人气颇高，而周霖埋头学习，似乎只有成绩出彩，很多女孩子喜欢徐子熠，也会让周霖意识到自己和对方的差距。

但唯独钟弥不同。

女孩子里最光彩耀人的钟弥，偏偏选了他，这大概曾给过他很大的自信和鼓励。

他不仅觉得钟弥不是那种爱慕虚荣的女孩子，也理所当然地觉得钟弥要一直远离钱财，保持在他心里"白月光"一样的人设。

钟弥继续说："你有点儿偏激了，别人谈什么恋爱不是由你评判的。每个人在不同阶段，谈恋爱的方式都会不同。我男朋友很忙，你觉得他那样的人怎么谈恋爱才叫尊重人？发现情敌就去宣示主权，他最好跟对方约一架，用拳头说话？他不能粗暴砸钱，是要把人民币折成星星、纸鹤，放到玻璃罐子里才算表达用心吗？"

周霖神情微变，意识到自己特意来找钟弥不过是忍不下一时意气的幼稚行为。

不肯承认的方式是反问。

"那他以后会娶你吗？"

这句话，仿佛是什么百试不爽的撒手锏。

钟弥真的想笑。

沈弗峥的前女友，她自己的前男友，怎么人人都觉得，她一定会在这个问题面前崩溃失态，痛哭流涕才合理？

"你为什么不问问我想不想嫁给他？万一我不愿意呢？你一边说他不

尊重我,一边默认我是男人的附属品,这是你尊重我的方式吗?"

说完,钟弥真笑了一下,不再看他哑口无言又急于解释的表情,拎着包从他身边擦过。

坐在车上,钟弥想,沈弗峥可真可怕啊。

她千万不能被他那副温润公子的外表蒙骗,一个人能站至高位,怎么可能只是凭一张好皮相?

他连性格温和的样子也是假的。

最好的杀伐气是兵不血刃,他早就过了事事亲力亲为的阶段。

亏她在日本泡温泉,玩得最开心的那两天,还在心里悄悄担心过他在他家里的处境会不会越来越难,腹背受敌,还要这么高调地带她出门玩,而她又帮不上什么忙。

她现在想想,谁敢反对他们的事,他会不会让对方好过也是未知数。

第十九章

素与艳

周霖来找自己的事,钟弥没跟沈弗峥说,倒是放进心里,时不时就拿出来想一想。

"吃醋"这两个字落在沈弗峥身上太肤浅,她总觉得有一种更恰当的解释,只是一时想不到。

京市落雪的深夜,钟弥在城南别墅里等沈弗峥回来。她知道他今晚是跟谁吃饭,除他父母,还有孙家的人。

自昌平园开戏后,他跟那位孙小姐便算正式见过面了,之后两家所有来往都可默认成是一种变相的撮合行为。

沈弗峥和他父母能成为一家人不是没有道理的,各自执着,又互相应付,给足体面。

今年冬天,钟弥往城南跑了不少次,现在很喜欢他负二楼那间摆满瓷器的玻璃房子,喜欢闭着眼躺在那张豇豆红的躺椅上。

她偶尔有种幻觉,觉得自己也是其中的一个花瓶,是没有情绪的静物。

沈弗峥是什么时候进来的,钟弥完全没察觉。

"怎么忽然这么喜欢待在这里?"

听到声音,她才睁开眼。

钟弥望着他。

他脱了西装外套,白衬衫外是一件深灰的修身小马甲,腰线勒得很窄,宽肩长腿,光在那儿站着身形就十足有压迫感,幸而一侧手上提了一盒三个装的蛋挞,平添几分地气。

"沈先生今天好帅啊,你见父母需要穿这么正式吗?"

"有外人在,总要礼貌一点儿。"说着,他走到钟弥身前来,屈膝蹲下,递上暖色的纸盒,"快点儿吃吧,要凉了。"

今天晚饭吃得早,钟弥忽然想吃这家的蛋挞,问沈弗峥什么时候回来,要是没过打烊时间,路过饼店能不能带一盒回来给她当夜宵。

酥皮松脆,咬一口掉渣,钟弥用另一只掌心接住,余光里是一个斗彩抱月瓶。她呆了一下,为时已晚地问沈弗峥:"这里是可以吃夜宵的地方吗?"

沈弗峥微仰首,在她嘴角揩去一小粒酥皮渣,之后拇指就停在钟弥的唇边,触感温热,目光扫过周遭那些冷冰冰的昂贵瓷器,说:"随你了。"

钟弥便得寸进尺:"有点儿噎,我还想要一杯蜜桃汁。"

沈弗峥望她一眼,起身替她打电话,叫厨房那边的人榨一杯蜜桃汁送过来。

慧姨回他:"沈夫人刚到客厅。"

距离近,钟弥既听到了电话里的内容,也完全看清了沈弗峥的表情变化——仅仅是放松的眼帘微微抬起。

"叫她等我一会儿。"

钟弥心想,看来他今天晚上虽然故意打扮得"礼貌",但也干了一些不太礼貌的事,惹得沈夫人这么晚了还要亲自登门来教育他。

慧姨又说:"沈夫人说想见一见钟小姐。"

刚吃完一整个蛋挞,听到这句话,钟弥鼓着腮,更噎了。她艰难地将一口食物吞下去,舔了舔唇,也后悔了,早知道就不吃了。

第一次见何瑜,钟弥穿着毛衣伞裙,都没将打扮换得更隆重一些,而沈弗峥上楼摘了表,脱了小马甲,动作利落,折起衬衫袖口,走过表台,挑出了最贵的一块戴在腕上。

那块表,钟弥有印象,是他三十岁时,他妈妈送他的生日礼物。

钟弥抱着蜜桃汁,嘬着吸管,靠在衣帽间门边猜测,他戴那块表的样子像是拿上什么称手的兵器,待会儿的会面,应该会速战速决。

做女人活到何瑜这个年纪,所谓保养好,绝不仅仅是面上少些皱纹,富家太太一身的优渥松弛气息才是精髓。

钟弥素面朝天地走进会客厅,在何瑜抬眼看来的第一眼,露出一个得宜微笑,道了一句:"沈夫人,晚上好。"

这个称呼在何瑜的意料之外。

她稍一想,也是情理之中。

能叫她那个嘲讽遍京市大半名流的亲妹妹一再赞赏的小姑娘,绝不是什么逢迎讨好的谄媚之辈。

何瑜也露出两分场面上的笑意:"果然很漂亮,你妈妈当年就是京市出名的大美人,你们这一家子的气质,真是一脉相承。"

沈弗峥带着钟弥入座。

用人送来泡好的茶,很快退下。他提起紫砂壶,将茶徐徐斟进小杯里,眼睫垂落,掩住眸中情绪,对何瑜说:"这么晚不睡你的美容觉,特意来我这儿夸人?"

真正懂博弈的人,个个微表情都练得出神入化,即使带着笑意看人,想叫人自惭形秽、坐立难安也不是什么难事。

"怎么?你金屋藏娇,还不许钟小姐见人了?"她轻声嗔怪,先是打趣自己儿子一句,又将目光转向钟弥,温和好似家中一位女性长辈在同钟弥说贴心话:"钟小姐是畏生怕见人吗?这倒也不是缺点,不见人也挺好的,场面上的事就该由场面上的人做,你年纪小,何苦来受这份罪?"

这一刻,钟弥想起了许多人。

给她标价的何曼琪、京郊私房菜馆的中年老板、说她年轻天真的谢律师、默认她高攀不起的周霖、阴阳怪气地说她以后好日子无多的彭家姐弟……这些人,放到沈弗峥的母亲面前,通通太低级了。

能把"你上不得台面,不适合进门"说得这么温柔可亲,实在是一种叫人望尘莫及的本事。

沈弗峥戴表那只手,捏着茶杯送到何瑜面前。

"妈,喝茶。"

何瑜瞧见那块表了,也晓得那是什么意思,她看着钟弥还如春风一般的目光,却在与沈弗峥对视时,阴沉了一瞬。

沈弗峥也给钟弥倒了一杯茶,话却是提醒何瑜的:"这茶要趁热喝,不然,凉了,再添水,就不是这个味道了。"

何瑜面色不显,捏茶杯的手背却立时绷起青筋。

她在袅袅茶香里酝酿着声音,开口时话依旧软中藏刺:"你有时候的喜好,真叫人看不透,你爷爷、你爸爸,没有一个是色令智昏的。"

沈弗峥与何瑜对视,声音平静地说:"色令智昏没有好下场,我们家有这样的基因,是好事。"

何瑜反问他:"好事?你还知道这是好事?我跟你爸至今还没做什么叫你为难的事吧?好好一顿饭,你不能圆圆满满地吃完吗?你非要提前走,叫双方都很难堪,这都不像你会做出来的事!"

"我说了,饼店要打烊。"

他淡淡一句话,叫何瑜差点儿失态。

钟弥倏然睁大双眼,明明已经喝了半杯蜜桃汁,此刻居然又觉得蛋挞噎在嗓子里。

她把沈弗峥给她倒的那杯茶捧起来喝。

沈弗峥很是无奈:"我要是兴师动众地叫老夫妻俩开了几十年的饼店不打烊,传到你耳朵里,这不也是一桩混账事?"

何瑜真被他激怒了,像不认识一样看着自己的儿子:"你还知道你现在做的是混账事?孰轻孰重,还需要别人来提醒你?"

沈弗峥克制下厌烦的情绪,拇指、食指捏了捏眉心:"不管我怎么做,你现在都不会满意,所以我建议你,最好不要再管我的事,这很伤母子情分。"

最后一句话,他说得格外重。

说完,她看了钟弥一眼。

她乖巧无声的样子实在可爱,连对面还坐着他母亲也无所谓,沈弗峥直接上手轻轻捏了一下钟弥的脸,又转去跟何瑜说:"想见的人你今晚也见了,弥弥就是个什么都不懂的小孩子,你非要说些拐弯抹角的话吓她做什么?你对她好一点儿,以后才好常相见。"

他已经敢睁眼说钟弥是什么都不懂的小孩子了,言下之意,事事都会替她担着。

再多说也无益,何瑜肺腑沉气,垂眼望着手中已经凉掉的茶,终是饮下苦涩滋味,起身说时间太晚先回去了。

钟弥起身,开口说了今夜会面的第二句话:"沈夫人,再见。"

听到外头慧姨送走人的声音,钟弥放下捏玩的小杯,拉起沈弗峥的手,说她还有两个蛋挞没吃。

沈弗峥被她拽着手掌,轻轻一笑,钟弥扭过头,斜眼看他,问他笑什么。

"所以你刚刚一直没说话,是在惦记你那两个蛋挞吗?"

钟弥很认真地说:"你刚刚跟你妈妈说茶凉了不好喝,我才一下想起来,蛋挞凉了酥皮就不酥了。而且我没有什么要说的,我跟你妈妈又无冤无仇,是你不听话她今天晚上才会过来的,然后你坚持不听话,你们不欢而散了,从头到尾,又不关我的事。"

沈弗峥忍俊不禁:"你倒是把自己撇得挺干净。"

钟弥装傻卖乖,软软地撒娇说:"什么啊,听不懂,人家就是一个什么都不懂的小孩子。"

她故意缓慢地眨眼,一脸刻意的纯真表情,哪里像小孩子,活脱脱一个小狐狸模样。

下了负二楼,她快步进去,检查自己的蛋挞还酥不酥,拈起一个来,咬一口还不算失望。

她跟沈弗峥提要求,想在这张软软的躺椅旁边放一张小台子。

"你不如在这儿放一张床。"

钟弥以为这是他不同意的反讽话,便开始讲放一张小台子的好处,这样以后在这里喝下午茶也很方便,不至于还要把蛋挞盒子放在自己的腿上。

"我很认真的。"钟弥说。

沈弗峥踱步似逛私人展,看向她,英俊眉宇间稍有纳闷之色:"我也没开玩笑。"

放一张床?

放一张床……

他居然说他没开玩笑,钟弥陷入无话可说的沉默状态,过了会儿,扭过头,在这张软皮躺椅上用手按了几下,似丈量宽度。

背后传来沈弗峥平淡无波的声音:"两个人会很挤。"

钟弥掌心发麻,缓慢而用力地攥住拳。从没有哪一个瞬间,她如此感慨自己和沈弗峥天造地设。

他怎么什么都知道?!

钟弥问他:"你建这个玻璃房子的时候,没想过会有今天这个场景吧?"

他回答,很多事情无法预知。

"那你当时是为什么而建呢?"

他没回答,反而问钟弥:"为什么最近很喜欢待在这里?"

钟弥手里捏着剩下的半个蛋挞,望望四周,像在感受一样慢慢移动目光,说:"待在这里,可以锻炼克制。"

沈弗峥脚步一顿,与钟弥之间隔着数重透明玻璃,空旷的环境将声音拉得深沉:"克制什么?"

"一种将当前所有美好平静通通毁灭的冲动。"

沈弗峥没有说话。

他的身形和脸庞都被错落陈设的瓷瓶遮掩,叫钟弥看不清他此刻的表情。

钟弥将剩下的蛋挞吃完,人很满足,想起不久前的一件事跟他说。

她之前有一天下午居然在这张软椅上躺着睡着了,做了一个梦,梦里她拿着一根棒球棍,把这里的瓶子隔着玻璃通通打碎了,一地狼藉。

看见他走过来,钟弥开玩笑地问他,如果梦是真的,她真把这些瓶子都打碎了怎么办?

他缓缓倾身靠近钟弥,说:"那你就得留在这儿陪着我。"

钟弥懵懂地看着他,不知道这两者之间有什么联系。

沈弗峥用手指去碰钟弥的脸,温热指尖从眉梢慢慢滑到眼角。

不可否认,这是一张很漂亮的脸,但漂亮这点儿特质,在她身上实在不值一提。

何瑜说他色令智昏,也实在好笑。

他不承认自己色令智昏。

生存法则一旦定下来,根深蒂固,不容更改,一个伪善利己的人,即使一时被情爱冲昏头脑,也终有冷静下来权衡利弊的时刻。

一个少年时就戴着镣铐与面具舞蹈,一路靠着自我束缚走上权力巅峰的人,比那些旁观者清楚,他为了此时握在手里的东西付出过什么代价。

本能会让他选最有利的那个结果,连他自己也不能左右。

这样的人怎么可能色令智昏?

如今这副壳子，他已经能浑然天成地轻松驾驭。

早几年，他不如现在自洽。

每当他觉得无比厌烦，觉得难以忍受时，他就会待在这个布满昂贵瓷器的玻璃房子里，提醒自己稍动即乱，以此来克制自己，让自己继续套在这个壳子里，静下心去学习识人博弈，保持所拥有的一切，保持沈家的平衡关系，在无数次权力更迭里，一步步走到制衡的位置上去。

所有人都觉得，他躺在这张软椅上，是他最平静的时刻。

只有钟弥无意道破，那是他最暴躁易怒，最想毁掉一切的时候。

后来他很少情绪化了。

上一次他闭眼躺在这张椅子上，算一算，是前年八月份。

人一旦没有了情绪，就容易觉得日子无味，他忽然很累，也很困惑，不明白如此顺应人生意义是什么。

章载年在他很小的时候教过他一年字，小时候他问过，章老先生以后都不来了吗？父母将章载年离京背后的权力更迭省去，告诉小小年纪的他，这是一种顺应。

之后父母又请来新老师，教他写字，并告诉他，这是他的人生机遇里的顺应。

因这个世界有既定规则，他只有顺应才能过得好。

他十几岁时，沈秉林就夸他有章载年的风骨，大概学到骨子里了，连他自己都分辨不清了。

那些年，他不喜欢自己，也非常抗拒见章载年。

这位老先生于他的人生的意义，不能一言概之。

年少时，他一度厌恶至极，觉得是章载年这个人的存在，才引得他不能回头地走向人生的歧路，他每往前挪一步，都是这个人在无形中牵引他。

是这个人起了沈弗峥这个名字。

是章载年毁了沈弗峥，也是章载年成就了沈弗峥。

前年八月，沈弗峥躺在这间玻璃房子里一夜也没有想通，天亮打电话叫盛澎过来，叫盛澎备礼，隔天去了州市。

他想去看看曾经顺应的人，如今过着怎样的生活。

他会遇见钟弥，完全是个意外。

那次州市一行,他为的是解惑,后来想想,她的出现,也的确叫他的人生从此拨云见日。

章载年跟他说,人这一生,许多迷津不可自渡。

他是不可自渡,钟弥可渡。

好似这三十年的沉疴,都是为了遇见她不药而愈。

章载年曾在他的人生里创造了诸多问题,也同样,为他创造了答案。

年前小鱼来了一趟州市,钟弥陪她去陵阳山拜佛。

佛前的蒲团,钟弥陪着章清姝跪过无数次,没一次正经许过愿望。

能成之事,她不必求佛,力所不及,求佛也无用。

在山上,钟弥接到了淑敏姨打来的电话,问她京市来的朋友今天要不要在家里吃饭,钟弥说待会儿问问。

钟弥走回佛殿外,看见小鱼正持香叩拜下去,背影虔诚,不知道小鱼此刻心中在求什么。

起了风,宝鼎香灰弥散,呛人鼻息,眯人眼睛,有一瞬视线模糊,钟弥目光静止。

俯瞰红尘的菩萨,供人遥遥敬慕,看不清是应该的。

有些欲望,人自己都讲不出,欲壑难填,进香匍跪,不过是借神佛之眼窥一窥。

下山时,小鱼在缆车上跟钟弥讲了一些她离京这周发生的事,话题落到了她自己和蒋骓身上,神情也平淡。

钟弥随口搭着话:"蒋骓最近应该挺忙的吧?"

"忙嘛,应该的。"

钟弥愣了愣,缆车下移带来的视野突变,似不可分辨的记忆倒流,恍惚间记不起过去那个因为蒋骓工作忙、应酬多,不管什么女的出现在蒋骓身边,哪怕是钟弥,都能被拎出来叫她同蒋骓大吵大闹的小鱼是什么模样了。

小鱼的声音太淡:"禾之阿姨现在跟四哥闹得不愉快,四哥就得更看重蒋骓一点儿。感情是感情,利益是利益,大家族所谓的一团和气就是这么复杂。"说完小鱼叹了一声气,转头冲钟弥露出一个略显疲惫的微笑,"弥弥,你有时候会不会也觉得很累啊?"

钟弥觉得还好。

寻常门户里也有三姑六婆这些烦人的交际，人情社会，所有亲友来往的底层逻辑其实都类似。

但她能瞧出来，小鱼累了。

爱这种东西，真的一点儿道理也不讲，既缱绻又狠毒：有爱就会包容，就算真的身负枷锁，苦中作乐也肯为对方咽下；可如果不爱了，一点儿纸屑落肩头，也嫌沉重。

回程路上，车窗外南方的冬景萧索。

钟弥和小鱼各自想着心事。

钟弥忽然想打电话给沈弗峥，问他把鹦鹉送去驯鸟师那儿，学的是什么话。

鹦鹉学话太慢，到开春，钟弥也没能听见"弥弥发财"的后半句是什么。沈弗峥也不告诉她，只从背后抱着她，贴着她的耳朵说："不着急，以后日子那么长，你总能听到。"

春光里，许阿姨找来花匠给常锡路的院子里培土，埋下新的花种，方砖路上的法国梧桐也抽出了嫩绿新芽。

枝繁叶茂的世界，一派岁月静好的表象之下藏着涌动暗流，沈家不安宁，开年后，沈弗峥各种饭局应酬胜过以往。

钟弥也听到一点儿消息。

先前因为帮旁巍，沈弗峥已经惹得众人不快，最近他做的一些决策，也招来不少非议。

导火索是他一直未定的婚事。

沈秉林没表态，不知道是不是在拿这件事考验沈弗峥，于是沈家人便也不敢将事情摊到明面上来讲，议论纷纷，各方压力最后都压在沈弗峥身上。

他们不敢拿沈四公子怎么样，可人人都晓得盛家父子是沈弗峥的左膀右臂，攘外安内这对父子没少替沈弗峥出力。州市的项目正是需要钱的时候，有人暗地里做文章，为难盛澎父子，跟直接逼沈弗峥就范无异。

护不住心腹的主子会失去多少人心，彼此心知肚明，沈弗峥不是不认色令智昏吗？那便让你取舍，让你证明。

偏偏沈秉林这时候外出休养了，好似真的置身事外，要看沈弗峥会在这件事上怎么运作。

蒋雅说沈弗峥难,盛澎也说沈弗峥难,连人在国外的沈弗月都把电话打到了钟弥这里,半是安慰半是愤懑:"小姑姑那么爱管人姻缘,干脆下辈子去当月老!独女了不起啊,都已经在沈家横行霸道半辈子了,还不够吗?就跟他们耗,四哥倒了,沈家没有第二个沈弗峥可以顶上去,到时候谁也别想捞到好。我四哥最近还好吧?"

"还好。"

钟弥其实更想说,他挺好的。

沈弗峥这人虽有一副君子皮囊,但绝不是经不住风浪的人,比那些担心他的人瞧着平静得多。

这些日子,他白天经常陪钟弥待在常锡路写写画画,好似办画展的事马上就要提上议程,比他家里那些腥风血雨都紧要。

其间,旁巍给他送来了一块玉,被刻作闲章,蘸红泥印在书画角落,古朴篆字,方方正正地落着"弥弥雅鉴"。

她对这小玩意儿爱不释手,头一个拿沈弗峥开刀,抓着他的手,似幼稚孩童在他的小臂上印,笑嘻嘻地说"我鉴赏完了"。

特制的印泥,印记过了好几天才洗掉。

沈弗峥晚上出门应酬,也很正常。他一贯克制,饮酒止步尽兴,绝不贪杯嗜醉。

不喜欢事情失去掌控的人,更不会让自己失去掌控。

钟弥有时候从舞团回来,晚上很累,就先睡。

沈弗峥时而体贴,时而烦人,非要把钟弥闹醒。钟弥是有起床气的,他像玩橡皮泥一样摸她的脸,钟弥梦中被扰,啪,一巴掌打在他的手上。

响声太大,她自己醒了,便瞧见夜灯旁的男人一边解衬衣袖口一边瞧瞧自己发红的手背,垂着视线,带笑望着钟弥说:"你打人还挺疼。"

钟弥怔怔地眨着眼,分不清梦里梦外一样,只下意识地朝他伸出两只雪白胳膊,要他来抱。

沈弗峥便不顾半敞的衬衣,俯身将她抱起来,坐在床边陪着睡醒的她。两个人身上都烫,一个是被窝里的暖香,一个是应酬完的酒热,贴在一处,像两种虚浮之物不真实地融合。

有时候钟弥也跟着老林一起去接沈弗峥。

那天入夜下过小雨,从乾华馆回来,车子在路口停下,他喝得有点儿多,坐车不大舒服,钟弥便和他牵着手走一段路,散步回去。

路沿两侧的坑洼处,积水反光,她脚底惊破小小一片倒影,望着眼前柔黄路灯灯光寂静延伸的古老长街,不知怎的忽来了诗性。

"夜阑似觉归仙阙,走马章台,踏碎满街月。"

晶晶亮亮的小水洼无数,在灯下倒真像满街月色。

沈弗峥失笑,说她很有本事,两句词骂遍了刚刚一屋子的人。

四月初,沈弗峥带着钟弥去了一趟南市。

这个节骨眼上,因为钟弥随口一句京市春天没意思,隔天他就让她收拾行李南下,带她出门玩。

小鱼知情后下巴都险些掉到地上,委婉建议,要不四哥进圈拍戏吧,这种爱美人不爱江山的戏,大家爱看。

钟弥去玩了,沈弗峥没有。

他到了南市,应酬只增不减。他二叔沈兴之一家都在南市,沈兴之的大儿子沈弗良不成器,小儿子沈弗禹却跟他走的是同一路子。

老爷子的爱重或许是沈弗峥沾了章载年的光,但一枝独秀,也同样是众矢之的,这些年能在失衡的大环境里一路稳稳走过来,同沈家内外都搞好关系,绝对是沈弗峥自己的本事。

拘于身份,这些年沈兴之很多事是沈弗峥派人私下在替沈兴之打点。沈弗峥在为人处世上一贯没的挑,即使是在老爷子偏心的情况下,沈兴之都非常满意这个侄子,沈弗峥不缺眼界格局,进退有度。

京市的事都已经传到沈兴之的耳朵里来了,他也没见沈弗峥跟家里人明面上闹翻,不怕撕破脸皮,也不轻易撕破脸皮。

这既是魄力,也是气度。

只凭这点,沈弗峥就没辜负沈老爷子这么多年的亲手栽培。

沈兴之推心置腹,在书房里跟沈弗峥聊了一个下午,也不说是劝,末了只拿沈弗良的事点一点沈弗峥。

"结了婚,该养的还不是在外头养着,只要场面上的事好看了,其他的,大家睁一只眼闭一只眼也就过去了。"

沈弗峥对蒋雅的堂姐的印象不深,此刻却不禁有点儿可怜她,好看的是别人的场面,闭的是她的那只眼。

想到蒋小姐在中午吃饭时郁郁寡欢的样子,沈弗峥无法想象钟弥日后落到这种境地里的模样,仅是想象,都会生起一股冷冷的躁郁情绪,无法忍受那样的表情出现在钟弥的脸上,不合适,也不合理。

她家两代人精精细细地把她养得玲珑剔透,绝不是盼望着有个男人一边说爱她,一边毁了她。

沈兴之见沈弗峥一时没说话,也晓得这个侄子只是瞧着温和,实际上软壳子下头藏着雷霆手腕,从没人能替他拿主意,便不再多说,只叫他放心。

"外头的那点儿事,二伯能替你去打声招呼,家里的事,还是要你自己处理,总不好一直闹得这么难看。章家是你爷爷的心病,也是你小姑姑的心病,你要好好想想。"

钟弥对南市不熟,下午跟沈弗良的太太一起逛街,身边还带着沈弗良的儿子,七八岁的小男孩儿正是淘气不服管的时候。

蒋小姐一次次温声哄他,小少爷变本加厉,甚至直接说:"你又不是我妈!"

钟弥在旁边瞧着都替蒋小姐难受。

后妈难当,钟弥以为蒋小姐会恨沈弗良。

没想到叫保姆带他去挑玩具,两个人终于轻省地坐在咖啡厅一角时,提及沈弗良,蒋小姐居然说:"他其实挺好的,没打过我,也没骂过我,他儿子欺负我,他有时候也会管教。至于他在外头的事,看开了也就那样吧,也没什么好在意的,比他还恶劣的男人多的是。"

钟弥听得心惊不已,仿佛看见一只在温水里快被煮死了的青蛙。原来人心如死灰久了,真的会觉得抱着一堆灰烬也是温热的。

也是这一刻,钟弥忽然意识到一直以来沈弗峥把她保护得有多好。他从没有把她放到那些钝刀子割肉的处境里,磨着她一点点地忍耐,一点点地妥协。

他的小姨、他的属下、他的朋友,每一个被安排到她身边来的人,都是真心对她好的。

他一直在捂她的眼睛,不叫她知道她如今所处的世界本来就没有公平而言,该教的道理他会教她,不必看的血腥场面,他一直护在她身前。

她所感受到的平等对待,是他垫了无数偏爱在她的脚下。

实在没心情多逛,钟弥喝完下午茶就回去了,在酒店里睡了一觉,然后去浴室泡澡。

她靠在浴缸里发着呆,没听到外头有人回来的响动。

她也猜不到沈弗峥会这么早回来。

等从浴室里吹干头发,穿着柔软的浴袍出来,瞧见沙发背上放着沈弗峥今早穿出门的外套,她才意识到他回来了。

钟弥去自己的行李箱里翻出一样东西,攥在手心里,在套间的书房里找到了沈弗峥。

将门推开一条缝隙,她扒在门边,只露出一双被浴室热气熏过的眼睛:"可以进去吗?"

沈弗峥的思绪被打断。

窗外刚刚白昼入夜,高层酒店俯视一片中心区灯火。

他转过头,没说话,只朝钟弥伸出手。

钟弥走过去,将自己握成拳的手抵在他的掌心上,另一只手扶着他的肩,刚洗完澡,浴袍下的身体馨香软滑地蹭到他的身上来。

沈弗峥注意到她一直握着的手,等摊开,东西便到了他的手心里。

那是一条满钻的红宝石项链。

她面对面坐在他的腿上,与他一同看着项链说:"这上面嵌的宝石都是真的,给你。"

他瞧着红宝石项链问:"哪儿来的?"

"我妈妈给我的。"

他晃了晃项链:"那你就随便给我?"

"我没有随便,我……我想了很久的。"钟弥手指抚上他的眉心,那里有一道小小的愁山。

他平时表情淡,心烦也不显,只是心事重时就会下意识地皱着眉。

她都看在眼里。

钟弥越说越小声:"我不想你烦。我听盛澎说他爸缺钱,我不知道缺多少,可以把这个卖了……"

他垂眼看着手心,不懂女人的首饰,但好东西见多了也有分辨能力。

"这东西不便宜。"

"便宜就不给你了！"她好有道理地说。

这是他们家最贵的东西，她连戴都没有戴过一次，怕弄坏了。

沈弗峥故意逗她："那我拿去卖了，你舍得？"

钟弥微微一抬下巴说："当然舍得，为我心悦之人，万金不足重。"

小姑娘的情话，三分霸道七分烂漫，叫谁听了都要心软。

沈弗峥从摊开的掌心里寻出项链的头尾，两手提着，环过她纤细白皙的脖颈，扣上，静瞧着这串艳丽宝光覆在她精致白皙的锁骨上。

这就该是她的。

沈弗峥抚了抚她的头发，同她说："你的东西，不要给别人。"

钟弥知道他家里意图撮合他和孙小姐的事，因他一直态度冷淡，她也从没提过，彼此都不在意的事，没有谈论的必要。

这会儿也不是没有安全感，她只是故意跟他撒娇："那别人非要呢？不只是项链，就比如——"

她还没来得及说一个"你"字，他平静地打断她的话："不给。"

钟弥展颜一笑，抱住他的脖子说："那我真不给了。"

她咬他的脖子，留了个牙印。沈弗峥偏了偏视线，敛下眼看她在自己的身上胡闹。

钟弥仰着头："你现在盖过我的私章，就是我的了！"

她刚洗完澡，穿着酒店的浴袍，长发只用一条丝带松松地绑着，白净似栀子花瓣的面庞下方，脖颈间一串光影璀璨的红宝石。

素与艳，在她身上矛盾地融合。

她露齿一笑，更是漂亮得晃人眼。

沈弗峥捏着她的下巴，瞧够了，便低首吻她。

他吻得不投入，因为心思不集中，断断续续，像在刻意撩拨。

自己还是一块冰，徒惹钟弥难耐沸腾。

余光里是她颈间的红晕，他在想上次回老宅，何瑜送了他一尊玉佛，提醒他这阵子戾气太重，也是时候该收敛一些了。

他对弦外之音充耳不闻，专心欣赏匣子里的玉器。那玉佛，种老色正，难得眉间落了一点不大不小的鸡血红。

在这件事上，何瑜已经没有脾气，也不想和儿子真闹到离心的地步，只问他:"那小姑娘到底哪里好,惹得你这样发疯?"

沈弗峥垂着眼,手指触在玉佛的眉心上。

他跟何瑜说,她那样的性格,不管喜欢谁,对方都会因为她而感到快乐。

他不一样。

"只有跟她在一起,我这一生才会好过。"

吧嗒一声,盒子被盖上。

东西收了,现在不知道堆在仓库的哪个角落。

钟弥没有察觉他在分心,只觉得沈弗峥在故意使坏,撩人得厉害,有点儿喜欢,又有点儿不满,嘴唇追上去,轻咬他的下唇,拳也打在他的肩上,低声抱怨:"做不做啊?烦死了。"

沈弗峥笑了,胸腔微震。

钟弥意识到自己性急,唰的一下红了脸颊、耳根,扭开了脸,下一秒又被一只大手扳回来,她正要说话,又被一个深吻结结实实地堵住话语。

他一边吻,一边摸到桌上的窗帘遥控器。

嘀的一声,似某种提醒,钟弥忽地腾空,被他抱到书桌上。

长发本来被她绑作低马尾,沈弗峥俯身,扯落绑系的结,钟弥顺着捋头发的力,脖颈更深地朝后仰去。

到末尾,乌黑长发一瞬间披散开来。

她跪坐着,抓过他手上的发带,解开发带的结,长长一条拖在手心两侧,递到他面前。

"可以蒙眼睛吗?"

三指宽的发带堪堪遮住沈弗峥的眉眼。

视力消失,放大了其余感官能力,他能察觉,她一边亲吻他,一边解着他的衬衫的纽扣。

他看似被动,实则暗暗掌控全局。

她转身伏跪,膝盖磕到桌面,发出一声轻响。

他看不到,但能想象纤细的上身如韧草压低,腰部塌陷的样子。

因他被蒙着眼,所有冒失举动都脱离低俗,似在温柔探索。

面对面时,沈弗峥依然看不见。

他听她的声音,似扯散滚落的珠玉,隐隐猜测她在书桌上,大概手肘后撑,离他有一段距离。

她系的是活结,情到浓处时,暗红的发带松开,往下掉落,搭在他高挺的鼻梁上。

沈弗峥视线骤然清明,瞧见她上半身浴袍脱离肩头,脸庞情态动人,在他的动作里蹙紧眉仰起脖子,雪颈间,一串赤焰宝石灼光明艳,欲念流动,胜过眉间那一点红。

南市一行,打乱了钟弥之后的计划。

本来她带足行李,准备陪沈弗峥在南市待几天,之后就回州市参加表姐的婚礼。

对表姨一家,她一直没什么好感,之前偷卖字画的事,更是叫钟弥厌从心生,能少来往则少来往。

过年回家,钟弥听淑敏姨说了,表姐同那位新对象刚订婚不久,又因男方订了婚还在外不检点,险些再度闹黄婚事。

是表姨掂量对方彩礼给得足,一再劝着表姐忍了下来。

当时钟弥听了这事还纳闷:"还没结婚就在外面乱来了,这要怎么劝哪?"

淑敏姨不掩鄙夷之意地说道:"你那位表姨有本事,拿你外公的话劝的。"

外公常说过"守静容人,天地自宽",难为表姨还牢记在心,拿去训导表姐,说有钱男人在外头拈花惹草,常事罢了,兜里没钱的男人都有吃喝嫖赌的,跟男人计较这些,纯粹给自己添堵。

"你要多想想,守静容人,天地自宽。"表姨搬出这几个字,掰碎了同表姐讲,章老先生的话还能有假?守得住寂寞,容得下旁人,这才是大智慧!

钟弥闻言心情复杂,一时觉得好笑至极,一时又觉得歪曲理解,简直糟蹋了外公的话。

淑敏姨是见过大世面的人,当时就断言,只要钱给够了,这事再闹也黄不了。

果真,年后钟弥便好几次刷到这位表姐的朋友圈,一次次都是日记一般长的小作文,从去看婚礼酒店,写到试婚纱、买戒指,点点滴滴抠出细节,一再强调这男人有多爱她。

要不是早知道男方的品行,钟弥真会以为她找到了一个二十四孝好老公。

不知是出于什么未雨绸缪的心态,章清姝打电话来问四月表姐的婚礼钟弥回不回来参加,放以前,钟弥是懒得去,现在总想着这些奇葩的亲戚来往,日后也免不了,多看多学也算是历练,便答应了会回去参加。

她说变卦也就变卦。

沈弗峥都没把她往水深火热里推,她自己何苦上赶着受罪?

于是,在南市玩够了,她同沈弗峥又一起回了京市。

到四月中下旬,钟弥生日,她才回了州市。大学四年,算一算,她已经很久没有和家人一起过生日了。

收拾行李时,她心事重重,折衣服的动作慢了下来,忽然有点儿感慨时机不对。

沈弗峥这阵子太忙,沈兴之出手用自己的关系替沈弗峥活络局面,很多事还需要沈弗峥回京市自己去办,连白天都有人往家里送文件,等着他晚上回来处理。

钟弥实在没办法在他忙到分身乏术的时候提:"你要不要陪我一起回州市过生日,顺便见见我外公?"

被宠大的孩子再聪明也没城府,明面上演得再风平浪静,实际心里藏不住事儿,尤其到晚上,脑子闲不下来,一胡思乱想,人就睡不好。

她枕在沈弗峥的一侧胳膊上,本来两手微微叠着搭在他的肩上,心一躁,手脚也静不下来。

被窝里的腿往他的腿上架,她先是把手臂伸开横在他的胸口上,体形差叫她这么抱他很费力,于是手往下挪,在胸下停了一下,又到肋骨处停一下,再往下,搂住他的腰。

腰够窄了,只是心烦的人难静,好像怎么换姿势都觉得睡得不舒服。

钟弥只顾着自己烦心,动个不停,没察觉枕边人蹙了蹙眉,有醒来的兆头。她的胳膊正要动,下一秒,手腕被一只大手精准地捉住。

他说话的时候才睁开眼,带着睡意的气声,低沉似暗暗发酵的陈酒:"再往下伸就别睡了。"

钟弥愣了愣,抬头解释:"我不是要……"

她发现不好解释。

但她也挺无辜的，顺了顺自己的长发，把脑袋靠回原位，枕着他的胳膊，手和脚依然不肯离开他半分："我只是睡不着。"

夜灯昏暗，房间里的陈设好似烛光浓郁的油画，线条模糊，阴影深重。

沈弗峥也合上眼："睡不着就这么缠人？你怎么不骑到我身上来睡？"

过分失眠，醒也是糊涂，钟弥居然没反应过来其中调侃批评的意味，一下又抬起头，发梢扫进他的肩窝，认真地问："可以吗？"

沈弗峥眼皮微颤，沉默了两秒，叹出一口气，直接抓住钟弥的胳膊，帮她环上自己的肩膀，让她翻身趴在自己身上。

钟弥本来也不是多期待的，但他这样一妥协一纵容，像软管里的甜浆一被按，糖浆立刻往外冒，叫人忍不住翘起嘴角来。

钟弥的枕头，由他的胳膊换成了他的胸口。

她正以他的心跳数羊，忽又听到他的声音，他问她怎么今晚睡不着了？

"我明天下午回家，要在州市待三天。"

他轻应了一声："嗯。"

"会不会等我回来，你就结婚了？"

沈弗峥再度睁开眼，平静表情不再，眸子里满是匪夷所思之色："你刚刚做噩梦了是吗？"

他这样理解钟弥的失眠。

钟弥诚恳地回答："不是，我就是自己在瞎想。"

沈弗峥眉头皱得更深，他习惯按条理办事，认为一切都有迹可循，一通深思，没分析出结果，但也得到了一个答案。

"这跟许阿姨前几天看的电视剧有点儿像？"

沈弗峥豁然开朗，匪夷所思的表情换到了钟弥的脸上："这你也记得？"

"我的记性没那么差。"

男主角不得已忽然和女配角结婚，女主角大着肚子出现在婚礼现场，泪流满面，痛不欲生。

电视前的许阿姨愤慨至极，大骂负心汉，跟钟弥聊起，钟弥也频频应和。

许阿姨情绪上头、智囊附体,说男主角要是之前不怎么做,又怎么做才好,这样那样给男主角出了一堆主意,最后总结,要是按她说的这么做,他跟女主角就不会是现在这个样子。

钟弥竖起大拇指,说许阿姨说的都是资深狗血剧观众掌握的高着,句句在理。

"但是吧,按你这么做,这电视剧不可能放到三十多集,男女爱情,分分合合才好看。"

许阿姨住在常锡路照顾钟弥的起居这么久,同老林又是远房亲戚,知道钟弥和沈弗峥之间的情况,立时换上忧心表情说:"弥弥小姐,什么分分合合?咱不说这些不吉利的话,你跟沈先生一定好好的。"

她说着目光往门口移去,起身说:"沈先生回来了,我马上去做饭。"

当时钟弥以为他刚回来,现在想想可能他在那儿站了挺久,把她和许阿姨的对话都听了去,所以才会记得这么清楚。

钟弥睡在他身上,胳膊缠胳膊,沈弗峥不方便动,掌心拍了拍她。

"去把床头灯打开。"

钟弥问干吗。

"你明天不是要回家?本来你的生日礼物打算等你从州市回来再给你,刚好你现在睡不着,提前给你吧。"

钟弥意外:"还有生日礼物?你这阵子不是很忙?"

"很忙也不至于一份礼物都不能准备。"

钟弥从他身上爬起来,去开了灯,见沈弗峥起身出去一趟,可能去了书房,回来时手里多了一份厚厚的文件。

他将文件递给钟弥:"有空就把名字签了。"

钟弥随便翻开一页,合同上的黑字密密麻麻,看得人头晕,"股权转让"这四个字又叫混沌大脑骤然清明。

她坐在床沿,直接问:"是股份吗?"

"嗯。"

她哗哗地往后翻文件,小声念着:"是多少啊,这上面有吗?"

她还没找到具体数字,沈弗峥已经报给她听。

"两亿。"

想到盛澎之前说他爸缺钱,她还傻乎乎地把妈妈的项链给沈弗峥,沈弗峥没收,这才过多久?说明沈弗峥当时缺的,可能根本不止这一点儿。

钟弥愣住,许久都没有声音。

"我第一次生日你送了我一套房,第二次生日送两亿的股份,明年你要送我什么?飞机?岛吗?"

她说这番话的表情,虚得像在做一个不真切的梦。

可她此刻就住在这个房子里头,手里切切实实地拿着合同。

沈弗峥将合同抽出来,搁置在床头。

他坐到她身边说:"是什么都不要紧,弥弥,不用把这些庸俗的东西掺进感情里来。"

这是什么话?那她是怎么得到这些庸俗的东西的?难道不是他掺进来的?

"我会慢慢变老。"

钟弥正在想他送自己股份的原因,忽然听到他低低说了这么一句话,怔了一下,立时抢话说:"你要是老了,我早就不行了,我们是差八九岁,又不是差八九十岁。你不要指望我,我不行的,我什么都不行的。我从小数学就不好,一算账就头疼,对钱生钱没有概念,也不懂规划——"

她害怕到碎碎念的样子叫沈弗峥不禁发笑,他按住钟弥的肩,柔声喊停她说:"弥弥,你等我把话说完。"

钟弥停住话声,看着他。

沈弗峥的表情是平静的,不急不缓的音调像孤月悬于黑夜一样清晰,从容得仿佛长长久久,永永远远他都会是这样的。

"我的意思是,我会慢慢变老,现在是我精力最好的时候,我不会永远都像现在这么爱你,希望那种不可避免的落差,还有其他的东西填补,让你很久以后想想,会觉得虽然沈弗峥这个人很无聊,但日子还是有点儿意思的。"

钟弥怔了一下,倏然想到一件久远又无关的事。她曾思考"吃醋"这个词落在沈弗峥身上不合适,应该有更恰当的形容词,但一直没想到。

此刻她终于悟透,也觉得不可思议。

这样一个八风不动的人,拥有极强的掌控欲,对安全感的需求也不是正常人能理解的，看似练出大得大失都不喜不悲的脱俗境界，其实是假的，那是他不在乎的东西。

他真正想抓住的东西，松开一点儿都不行。

不仅不能松开，他还要不停地加固维护，才会觉得安心。

他其实不会爱人。

这种不会，不是主观意愿，像是功能缺失一样，对他来说，吃醋是一种过分复杂的情绪。

就好比一个小朋友因漫天的星星闪闪亮亮而欢欣，你非要跟他说天体之间的不同之处，这光多少年才能到达地球，这些都太复杂了。

星星很亮，他很喜欢，希望一直都这样，就这么简单。

钟弥握住他的手，拇指在他的手背凸起的青筋上抚了抚，看着他的眼睛说："我一点儿都不觉得你无聊。"

他轻弯起嘴角："怎么不问我'不会永远都这么爱你'这句？"

"这不是实话吗？我以后也不会像现在这样爱你啊，如果我三十几岁了，还完全维持二十几岁时和你相处的模式，可能我也不会喜欢吧。我们一直不变，那我们两个才会很无聊，期待对方像一成不变的机器那样提供情绪价值，这也不合理。"

沈弗峥捏了捏她的胳膊，手臂一伸，把人揽到怀里来。

他第一次在州市遇见她，离别那天下雨，小姑娘的心动根本藏不住，眼神、举止都露出了马脚。

她在一窗浓密夏雨前，信口胡诌他命犯孤星，送他辟邪的小桃木无事牌，问他："你是不是觉得我很新鲜？"

拿"新鲜"这两个字形容一个女孩子，字面意思听着难免不当，流于轻浮。

他当时答："你这话也很新鲜。"

如今他踏踏实实地把人抱在怀里，想亲就低头亲，也终于能说当日的答案："你真的很新鲜。"

她就像春末夏初，夜雨停歇的早晨，推窗闻到的第一口换季的清新空气，整个世界都变了一样新鲜。

睡到半夜，起床开灯，看合同，又说了好一会儿话，钟弥终于来瞌睡了。

沈弗峥熄了灯,在她身边躺下。

钟弥忽然出声:"我有个问题想问你。"

"什么?"

黑暗里,彼此体温相贴,她的声音近在咫尺:"你说你不会永远像现在这样爱我,但你会永远百分百地爱我,对吧?"

"嗯。"

带着睡意的这一声回应,听来格外敷衍。

钟弥不满意,晃了晃他,亲手教他:"我知道你不说假话,但你这样回听着特别像假话。你要复述一下。"

她刚刚用手掌撑开一点儿距离,沈弗峥手臂一勾,又将彼此拉近,侧躺的姿势,他手臂一环便能将人紧紧困在怀里。

他低头,话音低缓,似吻她的额头:"永远爱你。"

我对爱可能会疲倦,对你不会。

钟弥回州市过生日时,沈弗峥也有一场意外会面。

他跟孙毓静少年时就认识,仅仅通晓姓名却无交集那种认识,毕竟京市的圈子就这么大。

但沈弗峥读书早,中间又去英国读了本硕,等他回国发展时,孙毓静正好去法国读艺术了。

虽然两家人见面时非说他们之间缘分匪浅,两个人都在欧洲留过学,但其实可以说他们没缘到极致,无形中一直错开,在国外连个照面都没打过。

孙小姐出身名门,也是有傲气的人,沈弗峥一直态度冷淡敷衍,她也只是遵循场面上的礼貌,私下没有任何纠缠举动。

她会主动找来,也叫沈弗峥意外。

她说之前几次见面,餐桌边都有双方长辈,彼此还没有深入了解过,想找个机会跟他单独聊聊。

"婚姻毕竟是大事,如果我们对彼此都不了解,很难说合不合适。"

话里有种不好猜的暗示。

沈弗峥也懒得猜,抽出会议前的半个小时,在一家咖啡店里与孙毓静见面。

相比于彭东琳这种在生意场上跟男人厮杀也不逊色的女强人，这位孙家小姐更深谙贤内助之道，婉婉有仪，又不失精明手段。

沈家长辈都满意的联姻对象，怎么会是等闲之辈？

但今天一见，她还是叫沈弗峥刮目相看了。

沈弗峥如何宠爱一个小姑娘的事，无须特意打听，这些日子孙毓静也有所耳闻。

那个叫钟弥的小姑娘也不是半点儿长处都没有的花瓶，章载年的外孙女这身份都没拿到明面上来显摆，孙毓静打听了才知道，小姑娘既能在马路边配合小朋友跳舞，穿上得体裙装，也能站在沈弗峥身边举杯宴京市名流，"宠辱不惊"这四个字算是在她身上活了。

不怪沈弗峥喜欢她。

位高权重之人，放着百花齐放的戏码不看，非要豪掷千金捧一枝独秀，这自然就成了脍炙人口的饭后谈资。

豪门逸事多少年翻不出新花样，连孙毓静自己的父亲都在外有个不为人知的私生女，那又怎么样呢？见不得光就是见不得光，她从小就懂，什么该争什么不该争。

他们本就八竿子打不着的留学经历，也很难提供什么有意思的话题，从学校讲到专业，再讲到京市，两个人同处一个圈子，圈内八卦也都各自听过。

她先不说钟弥，讲起旁巍，说去年昌平园听戏那回见到了他的女儿萍萍，小姑娘真是可爱，好好一个家庭可惜了。

"我听我婶婶说，旁先生身边有个小明星。我倒不觉得全是那个小明星的错，彭东琳把人逼得太紧，其实只要大家各司其职，互不干涉，萍萍未必不能有一个完整的家庭，现在倒是可惜了。"

沈弗峥听懂了她的意思，淡淡地笑了笑："孙小姐见解独特。"

孙毓静端起咖啡浅浅地呷了一口，脊背挺直，有种胜券在握的优雅感，放下杯子，微笑道："联姻是对双方都有益的合作方式，你有心爱之人，和你有一位得力的沈太太，这并不矛盾。沈四公子一直不肯给彼此进一步发展的机会，是觉得我善妒，不能容人吗？"

"孙小姐出身清流显贵，自然气度非凡。"沈弗峥看着她眼里盈盈的神采，稍顿片响，又淡淡地说道，"我那位心爱之人，不敌孙小姐半分，非常之——善妒,不能容人。"

  他语气不紧不慢,却足够让孙毓静的脸色天覆地翻,前一句里的"清流显贵"也仿佛瞬间有了不动声色的嘲讽意味。

  哪个正常女人会在婚前就这么慷慨大度,让丈夫放心养情人?

  沈弗峥稍露一丝头痛表情:"她的东西,别人要是碰了,她就不要了。"

第二十章

当宠儿

到五月,京市俨然入夏。

沈秉林从外地休养回来,不晓得是灵山秀水可医陈疾,还是满意沈家如今平息下来的现状,瞧着精神矍铄。

晚上一大家子人和和气气地围桌吃饭,时不时厨房又添一道热菜过来。

蒋骓坐下首,热气腾腾的盘子从他这儿堆上去,水陆毕陈的珍馐,人人执筷却无食欲,都心不在焉地在油盐里拣些味道,装装样子,静静等着老爷子发话。

酒过三巡,菜过五味,沈秉林终于出声了,说的倒不是坐他身旁的沈弗峥,而是隔着桌子,看向对面的蒋骓。

"你跟那个叫小鱼的丫头,订婚有好些年了吧?"

蒋骓愣了愣,没想到会扯上自己。

他虽然姓蒋,但沈禾之在这点上倒是不顾及他爸蒋闻的感受,强势到底,不许他脱了沈家的营帐。在外,很少有人说他是蒋闻的公子,都称他是沈家的表少爷。

但实际上,沈秉林对他不怎么上心。

或许是蒋骓成年时,从高位上退下来的外公上了年纪,心力不济,也或许是他教养出来的沈四公子已然出类拔萃,再没更好的苗子能叫他再亲手去栽培。

在这个家里,沈弗峥是能把一碗水端平的人,哪怕和沈禾之闹得不愉快,也不会薄待她的儿子。

但沈秉林不是，他一贯偏心得众目昭彰。

几十年云谲波诡，为他殉道者不计其数，他唯独记一个两袖清风的章载年。

他的孙辈里，他最喜欢的也是有几分像章载年的沈弗峥。

提到小鱼，蒋骓眸色微沉，怀疑厨房今天没把鱼腹处理干净，好生生一块鲜嫩鱼肉，回味居然发苦发腥。

旁边的沈禾之乐见老爷子惦记蒋骓，殷勤地替沈秉林布了菜，笑着说："十八岁成人礼一并定的婚，是好些年了。"

沈秉林略略回忆说："那小姑娘瞧着很讨喜，与你也般配，能定下来就该定下来了，省得家里操心。"

蒋骓听明白了，这是拿他点沈弗峥呢。

他都能听明白的事，在场不会有人不懂的。沈禾之立即应着，话里有话："小鱼和蒋骓都是懂事的好孩子，门当户对，我们也没什么可操心的。"

沈秉林微微点头，说小鱼的父亲就这两年还要往上走，以后的确能帮上蒋骓不少，好马要配好鞍，才走得快，走得远。

"红顶商人做到这个份儿上，很可以了。"

桌上刚刚热络起来的谈兴，还没来得及往沈弗峥身上引去，沈秉林的这句话就好似一根针，敏感地刺破了热胀的水泡。

红顶商人，小鱼的父亲是，章载年曾经也是。

饭后，先是沈弗峥的父亲沈承之和沈禾之兄妹俩去了老爷子的书房一趟。

蒋骓和沈弗峥在偏厅里下棋，蒋骓已经连输两局，心不静，隔着庭院里映着葳蕤花木的寥寥灯火，往另一侧去往书房必经的走廊上看人出来没有。

等沈弗峥落子，蒋骓回头一看，棋面死局已定。

他攥着手心里两颗快要生热的黑子，目光从回天乏术的棋局上转移到执白子的沈弗峥身上，对面的人一派平静，似夜里无波的井。

稍后，廊上有人影走动。

门口有人来唤，老爷子叫沈弗峥过去一趟。

桌上两盏未动的茶，看样子刚刚书房里聊天的内容不太轻松，他的父亲和小姑姑连水都没喝一口。

那幅"饮冰肃事,怀火毕命"挂在书桌前,沈秉林穿着一件黄玉色的绸料唐装,手中运了一笔饱墨,在案前写字。

地上弃了两张长卷,可能刚刚沈承之兄妹俩来时,他便如此。

怪道两个人连茶都没敢喝一口,一言不当,叫老爷子笔墨搁置,便是错处。

沈弗峥经过那两张废卷,猜想它们的由来,走近了,喊了一声"爷爷"。

沈秉林没抬头,只出声,叫沈弗峥过去看看这幅字怎么样。

"遒丽有余,灵动不足,像——"

沈弗峥略思忖时,沈秉林侧看过来,沈弗峥便迎着那种浮于表面的敦雅目光,领教其中无须狂澜作配的深沉之意,毫无怯惧之色,点评的话声淡淡续上:"像被囚住拳爪的老鹤。"

沈秉林闻言开怀,笑容深长却有些意味不明,手背敲了敲桌面,说道:"人总是要老的,可你父亲、你姑姑,他们的拳爪离老还远着哪。你从小,我就教你,兴旺离不开一个'和'字,这'和'字里有半个'利'字,利来利往才是最长久稳定的和气,手里的线要多,这幕布后的皮影小人才能舞得好看。你这次做得很好,用你二伯来制衡你父亲,你二伯明年回京任职,你以后的路还会更好走。

"只是为了个丫头,跟家里人闹得这么不愉快,不像你了,你父亲和你姑姑对你的意见都很大。"

这是沈秉林第一次提及钟弥,其中态度沈弗峥拿捏不准,但也不是很在乎。沈秉林拎着三尺熟宣,将自己满意的字晾到一旁。

一截长长的香灰在首端积重坠落,小小星火一瞬明灭,幽幽檀香中,沈弗峥的话音亦如一缕轻烟,却同样有经久不散的意味。

"她叫钟弥。佩缤纷其繁饰兮,芳菲菲其弥章的'弥'。"

"你姑姑提过几次,我记着了。"

沈秉林背着光,在另一张书案上看木料,嗓音辨不出情绪,"她说这个丫头很有本事,不是个能受屈的主儿。"

爷孙俩看似互不相干、各做各事,话始终牵连着。

金丝楠木的镇纸被推开,沈弗峥沉腕运笔,写的和说的全然不同,也未见墨尖有半刻停顿。

"章老先生把她教养得很好,如果她到我身边来,却要受委屈,我担不住您这些年夸我的这句青出于蓝,我会有愧。"

静默片刻,突兀有声响起。

"好一句'有愧'!"

沈秉林哼笑一声,转过身来,目光锐利地打量着沈弗峥,表情似笑非笑,让人觉不出是失望还是满意:"学了这么多年章载年,还是学不成,骨子里还是沈秉林。"

为欲成之事,可以不择手段,背刺挚友,损伤亲人,在所不惜。

沈弗峥离开书房时,案上留着八个字,"饮冰肃事,怀火毕命",遥遥呼应墙上那张字。

他摹得太像。

可这八个字不是章载年教他的,是他在沈秉林跟前一笔一笔练出来的。

沈禾之在偏厅里看见沈弗峥从廊上走来,一盏盏夜灯辟出光明,就会反衬黑暗,明暗交织出一股深沉涌流,静默淌过,他从容走于其间,列松如翠,郎艳独绝。

这些年,浸着沈秉林的权势,溢着章载年的风骨,泼天富贵里,唯沈家四公子独显一股清冷气韵,濯濯其华,多叫人满意。

沈秉林分明也不属意钟弥,言语间却还是不愿出面当这个拂孙子意的人。

他以梁屋作比,沈家是屋,沈弗峥如今是那根不可或缺的梁柱,他能为沈家撑着体面荣华才最紧要,至于这梁面上他要刻什么图,是沈家的事,但跟梁塌了比较,却也不是什么要紧事。

"就算不看门第,可钟弥是什么人?章载年当年低调离京,事情才平息,钟弥进了沈家,难保不会有人旧事重提,父亲难道——"

笔尖一顿,洇开难看黑点。

沈秉林森然抬眼,截断话,问沈禾之:"什么事值得重提?"

沈禾之当即禁了声。

一旁的沈承之在收到妹妹的眼神后,仓促地开口解围:"只怕这件事章家那边也不会同意。"

哗的一声，一张废卷被拂落，如此轻的声响，居然也能叫人冷汗涔涔，心惊不已。

沈秉林没作声，铺开新纸。

沈承之一回想，这么多年，沈家人年年去州市看望章载年，明面上的和气已经讨来了，为什么章家会不同意此事？因这是一方为心安强求，一方顺应妥协的结果。

真和气，这么多年章载年怎么也没有回京？

老先生骨子里清傲，从没有一刻低头。

沈承之便知道自己也失言了，连忙补救说："倒也不是说钟弥不好，只是孙家小姐更合适一些，对阿峥的未来也有助力。他该娶一个体面得力的妻子，叫家里安心，才不枉父亲这么多年对他教导栽培。"

书房内良久无声，沈秉林搁了笔，一抬头便是墙上鸾漂凤泊，不衫不履的书法，挂在那儿很多年了，那是一个笔正心正的人留下的墨宝。

他缓缓说道："体面、得力……"

叹息之间，人仿佛骤然衰老，失了仅剩的锐气，轻飘飘一张纸，又落了地。兄妹俩刚对视，就听沈秉林低声说，累了，让他们先回去。

"叫阿峥过来。"

沈禾之捧起杯盏，今年多雨，南地的春茶尝着苦涩，她看着庭院内沈弗峥愈近的身影，心内冷嗤一声。这么多年沈弗峥一枝独秀，如今当真是世无其二了。

她本该没什么怨言的。

她的儿子受沈弗峥照拂，沈弗峥在维系家族内的关系平衡上，没有错处供人指摘。

错就错在沈弗峥自己轻贱，她牵红线到蒋雅的堂姐那儿，沈弗峥都瞧不上。沈禾之虽恼过，但也只当这位光耀门楣的侄子目无下尘，心气甚高。

她细算了算，的确是蒋雅的堂姐高攀。

可章清妹的女儿又何德何能？

当年章家人离京，昔日门当户对的青梅竹马一朝不堪配，她才同蒋闻结了婚。

虽然婚后蒋闻待她一直冷淡,但这"不堪配"三个字,永远叫她思之快意,她永永远远胜章清姝一头。

章清姝这辈子都不配再与她相提并论。

如今章清姝的女儿要飞上枝头变凤凰?

她决不允许。

既然老爷子不肯表明态度,那就让章家人来表明态度。当年章载年也不是非离京不可,是他傲骨难折,才断送了章清姝和蒋闻的姻缘。

章家人宁折不弯,是低不下头的。

隔天,她就叫人备车去了一趟州市。这么多年,礼往这儿送,没被收过,她自己倒是第一次过来。

正值五月,车开不进巷子里,只能步行,一路槐花如雪,沈禾之却深深皱着眉头,嫌这浓郁花香太粗俗乡野。

两进的小院子,随处可见墙瓦修补的痕迹,任人怎么吹捧独树风骨,到底是凡夫俗子,章家没落了就是没落了。

院子里,花草倒都一派精心照料的葱郁样子。

蒋闻说过,章载年除了擅书擅画,也喜欢侍弄花草,尤爱养兰。兰者,纤弱不失筋骨,暗香盈盈,品性脱俗。

当时她以为是借花思人,如今一看,倒是真的。

一个手脚麻利的老仆出来迎她,态度不冷不热地说着:"老先生最近身体不好,刚刚午睡醒来,要缓一会儿,您先请到偏厅里喝杯茶。"

糙木茶案上,却置一杯九窨一提的茉莉银针,耗时费力的复杂工序亦表明昂贵价格。

沈禾之望着杯子,淡淡笑容里藏着些许讥讽之意。章载年到底是假清高,离了京,封了笔,还不是要摆门庭若市的谱。

"这么好的茉莉银针,市面上怕是难找吧?老先生身体不好,倒是为难他常见客了。"

蒲伯将茶盒放回原位,背身整理着柜子,淡淡答着:"不怎么见客了,今年就开春沈四公子来看望,老先生见过,这茶也是沈四公子带来的。老先生不爱喝花茶,我们弥弥小姐倒是喜欢,平时家里女亲朋过来,就让泡这个茶。"

听到提到沈弗峥,茶香浓得沈禾之眉心一跳,她装作自然地放下杯子，问道："我那个侄子常来吗？"

"前年第一回来，之后年节来看望过几次，人不来，也叫人送礼来。"

沈禾之蔑然地翘起嘴角，怕是沈弗峥对他自己的父亲也没有这份孝心，为着个小妖精，倒真是着了迷。

"阿蒲。"

外头的人喊了一声，老仆连忙应声出去，再进来，手边搀着章载年。

他不像沈秉林那样老了、衰了，威严仍在。

章载年年轻时就是没架子的人，看人总有三分温笑，从容如暮春晚风，垂垂老矣也有一股子蕴藉自华的气度。

他瞧着茶案前的人，眯眼辨了辨，好像过去的事情许多已不记得似的，好半天才说："是禾之啊。"

沈禾之几乎在这一声里软了手脚，时光飞转到年少时，她为了见蒋闻，不得已去常锡路找章清姝，因蒋闻总是跟着章清姝跑，两个人形影不离。

但她跟章清姝不交好，磨不开面子去敲门，经常在门口犹犹豫豫时，碰见下班的章载年，提着一兜子水果，那时候他笑起来脸上还没有这么多皱纹，很是温润英俊。

"是禾之啊。"他走近问，"怎么不进去？"

她接过章载年递来的苹果或者橘子，捏在手里，掐来掐去，大小姐的架子将她撑得不发一言。

章载年对小辈总是友善宽容，便揽着她的肩，笑着说，进去跟清姝他们一块儿玩吧。

再坐下来的时候，沈禾之脑子是空白的，只见对面的章载年嘴唇在动。

"好多年没见过你了。"

这趟过来要说什么话，沈禾之一早想清楚了，此时却思绪尽乱，由着本心地从蒋闻谈起。

"您当年离京不久，我就和蒋闻结了婚，不好意思来见您。"

章载年和蔼地笑了笑："各有姻缘，都是好事。"

最后在叙旧般的聊天里，她依然把这趟过来想说的事说完了。

"当年如果不是因为您离京,如今跟蒋闻在一起的应该是清姝,到底是门第之别把他们分开了,最后我才能跟蒋闻结婚,如今看着小辈们像是要重蹈覆辙,我很不忍心。

"您当年要是肯磨开些面子,继续留在京市发展,今时今日也不会是这样的章家,您的外孙女未必不是阿峥的良配。如今云泥之别,倒叫人很为难了。

"阿峥的父母很满意孙家千金,前阵子这孙小姐还找上阿峥,说肯让阿峥把弥弥养在外头,这……实在荒唐,也太侮辱人了。弥弥应该也没跟你们说,小姑娘一个人在京市无依无靠,也没什么法子,实在是叫人心疼。"

话点到为止,天擦黑时,沈禾之从巷子里出来了。

而章载年坐在晚饭桌边,依然眉头紧锁,提不起食欲。

见菜都快凉了,老先生还没动筷,蒲伯提醒了一句。

章载年心思深重地说:"想到清姝了,是我的傲气毁了她的姻缘。"

蒲伯连忙劝着:"您千万别这么想,后来清姝小姐不也嫁给合心意的人了?清姝小姐也说过,她不后悔。"

"后悔又当如何?悔也无用。"章载年神情越发落寞,低声说,"可现在弥弥,不该的……"

他想起上个月钟弥回州市过生日,他夸她这趟回来像长大了,在桌前练字都比以往静多了。

钟弥抬头,心事重重地露出一个笑:"人嘛,总会长大的。"

章载年也笑,说着:"是长大了,有心事也不跟外公说了。"

钟弥放下笔,亲昵地抱住他的胳膊说:"如果有好事,我就告诉你!"

"那不是好事就不告诉了?"

钟弥花儿一样笑起来,撒着娇,逗他乐:"怎么会没有好事?!我昨天吹蜡烛都许愿了,满陵阳山的菩萨都听到了!现在正在施法呢!"

章载年笑容慈爱,搭着她的手背轻拍,说"好,好,好,外公等着你的好消息"。

五月中旬,京市过午的阳光已见盛夏燥烈势头,越过舞团大楼下的檐阴，灼日烘烤人，钟弥加快步子，往停车场走去。

刚刚联排结束，她回到化妆间，手机里躺着一通章清姝的未接来电。浸满卸妆水的棉片敷上一侧的眼皮，她拿另一侧的视线瞄着回拨电话过去的手机。

几声嘟声响过后，屏幕上显示由零开始跳升的通话时间，钟弥戴着蓝牙耳机，说自己刚刚在排练，才看到手机。

"有什么事吗，妈妈？"

棉片卸下一片浓彩，她换了一张新的，往另一边眼皮上盖。

安静两秒后，章清姝柔和的声音从电话里传来："你外公来京市了，年纪大了，可能也是太久没出过远门，人刚到，准备去酒店，心脏病突然犯了。"

卸妆水倒多了，手下按力一重，液体渗进眼缝，辣得整个颅内神经绷紧，钟弥忍痛睁开眼，连忙问："外公现在怎么样了？"

"没大碍了，就是人还没醒。"

妈妈的声音不急不缓，仿佛在跟钟弥说不用担心。

外公心脏有问题不是一天两天了，之前在州市也有被送医抢救的情况，这种病除了注意饮食，最重要的就是平时静养，多多保重身体。

钟弥实在不明白："好端端的外公怎么非要往京市跑？现在天气又热起来了。"

天热很不适宜出门，更别提来京市，这么舟车劳顿。

章清姝微微提气却没说话，钟弥隐隐听到些模糊的对话声，猜想可能是此刻旁边有人，不方便说话，便改问了其他情况："就你和外公两个人来京市了吗？"

话出口，钟弥就开始难受。外公忽然发病，妈妈一个人该多手忙脚乱。钟弥想问"怎么也不提前跟我说一声？"，却也有预感，大概是有什么不提前告诉她的原因。

章清姝似乎知道她的心情，温声安抚道："蒲伯和你淑敏姨，还有淑敏姨的儿子都一起过来了，开的家里那辆七座车，你外公平时吃的药，什么都带齐了。外公刚有症状我们就来医院了，现在情况算好。有人来看望，你外公还没醒，就……都在这儿等着。你过来吧，到这儿妈妈下去接你。"

钟弥眸中闪过一丝荒谬之色，笑不成笑："有人去看望？"

这才多久？连钟弥都是刚刚才接到妈妈的通知。

章清姝简单解释，提了一个人，外公以前的门生。

钟弥知道这个人。

外公只教过沈弗峥一年字，而这个人才是沈弗峥真正意义上的书法老师，与沈家来往密切，现任书协主席，人很朴素随和，风雨不改，年年都会去州市看望外公。

今天章清姝他们将章载年就近送医才知道，那人的太太是这医院的副院长。

"弥弥，事情都是瞒不住的。"

章清姝这话像一句提醒，钟弥立时了然，外公是知道自己和沈弗峥的事了。

"妈妈……"

"见面再说吧，"章清姝问她是不是自己开车过去，叮嘱她，"慢点儿开车，不着急，没什么可着急的。"

刚才钟弥跟妈妈通话时，有其他电话切入的提示音，是沈弗峥打过来的。

沈家已经有人去了医院，沈弗峥不可能不知道这事。

他本来是准备跟钟弥说外公的情况，得知她知情，已经开车在路上，便说："不用担心，我问过外公的情况了，还算好，你自己开车要慢一点儿。"

钟弥心里一暖："你怎么跟我妈似的？"

"我跟阿姨都一样担心你，这不是很正常吗？"

钟弥心说：是你跟我妈一样都拿我当小孩儿吧。

沈弗峥说他在城郊，赶去医院估计很迟，叫钟弥有事随时跟他联系。

钟弥到了医院，见到了章清姝。

外公血压高，每年入夏到秋天，最容易心脏不舒服。

按说章清姝不应该同意外公来京，即使外公说出的理由是钟弥来京读书四年，入学到毕业，他从没有来见证过一次，如今他的外孙女在京市最好的舞团跳舞，再不去瞧瞧，以后身体更差，只怕更没有机会了。

"蒲伯悄悄告诉我，前几天沈家的小姑姑来了一趟，跟你外公说了，你跟那位沈四公子在一起,沈家人那边的态度不太好,可能……外公是担心你吧。"

章清姝声调低低的,听钟弥自责地说"外公肯定是担心我了",又长长一叹说:"也可能是他自己心里有遗憾。"

钟弥看向妈妈。

章清姝亦与她对视:"一直都没告诉你,其实我说要跟你爸爸结婚的时候,你外公也是不同意的,不是你淑敏姨以前跟你开玩笑说的,嫌你爸爸没文化,你外公是担心我在用自己的婚姻气他。"

"外公为什么会这样担心?"

"因为你外公当年离京,我虽然没说什么,心里是怪他的……多少,舍不得吧,青梅竹马的玩伴,生活了二十多年的地方,明明也有机会留下来,他不肯要,所以我们所有人都要跟着他回到州市,去面对以后完全未知的生活。"

钟弥懂了,外公虽然也没说什么,但知道女儿在怨他。

所以这么多年,祖孙三代人在饭桌边,总是靠钟弥一个人将两头热闹起来,父女俩很少单独相处,说话也不多。

章清姝忽然眼里盈泪,眼泪掉落到面颊上,她又很快地低头抹去。她怕钟弥担心,随即弯起一个淡淡的笑容。

"对你外公,我很懊悔一件事。"

她跟钟弥的父亲结婚时,章载年曾问她是不是真的想好了,嫁给这样的人,以后的日子可能会过得有些辛苦。

章清姝跟他说:"我想好了。我知道我要嫁给什么样的男人,我很满意。"

章载年劝她不要赌气。

她便说自己没有,想得很清楚,说他没读过书,所以不懂那些一尘不染的大仁大义,也不会冠冕堂皇地趋附权势,他满心满眼地爱她,让她觉得她很重要。

冠冕堂皇的是青梅竹马,一尘不染的又是谁呢?

这话刺痛了沉默的章载年。

即使女儿的婚后生活顺遂,年纪大了,每每思及,他也很难忘记作为父亲曾经的失职。

这不可解，他不可能穿越时光去替女儿争取或许会截然不同的未来，因一切都已是定局。

　　如今，他想去弥补遗憾。

　　虽然早就释怀，也说过无数次自己从不后悔，章清姝却知道，那或许也是父亲的心结。他有心出力也不可能改变她的人生，但钟弥的人生才刚刚开始，作为外公，他想将外孙女的路铺得平一些。

　　这一生，旁人的盛赞如耸峙高台，将他架得很高，甚至剥夺了一些他作为人的私欲，溢美之词何尝不是受困之枷？

　　背负一生的东西，到晚年他肯放下来，不做光风霁月的章载年，单纯去当一个弥补缺憾的父亲，当一个忧心忡忡的外公，或许也是一种圆满。

　　所以章清姝没多问，便答应同他一起来京市看看钟弥。

　　听完妈妈的话，钟弥急糊涂了，一时绕不过弯来，不明白既然沈禾之说现在沈家人的态度不好，为什么沈禾之会着急地找上外公，说什么心疼她跟沈弗峥不是良配这种话。

　　到底是故人，章清姝对沈禾之的脾性有几分了解，浅浅一笑说："可能是所谓沈家人的态度不好，并不是什么阻力，你那个男朋友有本事不听她的话，甚至不听沈家人的意见，她着急了，希望你外公可以出面阻止你们在一起吧。"

　　外公为什么会出面阻止他们在一起呢？

　　齐大非偶，一世清高的章载年，不许自己的外孙女因攀高枝而受到轻视，宁愿断情，也要守住颜面。

　　沈禾之打的是这个算盘。

　　可惜，章载年不仅没有劝阻，反而为外孙女回了京。

　　钟弥顿觉心内滋味复杂，外公将她看得比什么都重。

　　她随着妈妈上楼，问外公现在的情况："医生有没有说外公什么时候才能醒？"

　　"没说，还要看情况，多休息也好，你外公很久没出门，或许也是累到了。等你外公醒了，你千万不要在他面前说自责的话，知道了吗？"

　　钟弥点了点头。

　　她明白，她如果自责，外公也不会好受。

　　"那外公这趟过来是打算做什么？他是要见什么人吗？"

母女俩出了电梯，遥遥见到病房外站了几个衣着体面的人，钟弥认出了蒋雅的父亲，蒋闻正一脸心焦表情地同穿着白大褂的医生说话。

章清姝敛了敛眸，对钟弥说："不重要了，反正现在该见的不该见的人他都要见了。"

章清姝问她这阵子在京市过得好不好。

钟弥捏了捏她的手："你不会真信了别人的话，觉得你的女儿在京市含辱忍垢吧？"

章清姝听蒋闻派来的人说过钟弥在京市的情况，沈家这边的压力沈弗峥都是一个人在处理，他把钟弥保护得很好，没有人去影响她的生活。

得知沈禾之来州市，章清姝更确定了，如果情况真的不好，已经能影响钟弥，沈禾之不会舍近求远地来州市煽风点火。

但看不到钟弥，章清姝也无法完全放下心。

她明白感情里的事，冷暖自知，旁人看起来的爱护有加，有时候不一定是全貌，有些心酸委屈藏在细节里，无法与人说。

她担心自己的女儿偷偷难过。

章清姝不说自己担心，只摸摸女儿的头发，淡笑着说："那倒没有，你啊，一早被你外公惯坏了，吃不了苦，只是你那男朋友的小姑姑实在是……"

钟弥也叫她别担心："我不管她的。"

不只是沈禾之一个，那次跟沈弗峥从南市回来，钟弥就想通了一件事，像蒋小姐那样人人满意的婚姻有什么意义？

人人满意是因为处处迁就。

所以蒋小姐活得像个傀儡，还要不断自己洗脑自己，才能继续忍下去。

"我不会轻易把自己放到受害者的位置上，花时间去感受那些恶意中伤。别人随便说一句难听话，我就立马去委屈、去愤怒，那我也太好欺负了吧。我还有自己的事情要做，总不能别人一说我，我就停下来哭一会儿，那我会走得很慢很累。"

那样，她就不能和沈弗峥并肩了。

紧紧牵着她的手的沈弗峥，慢慢地也会觉得很累。

最后他们都会在这样的感情里疲倦。

那些有意见的人，难道在意的真是她家世不够好吗？出身平平的女孩子那么多，怎么不见他们挨个儿去指点？他们在意的是这样的她，居然可以站在沈弗峥身边。

"妈妈，我不是受害者，我是赢家。"

章清姝目光里渐渐有湿润的欣慰之意，她看了眼前的钟弥一会儿，粲然一笑说："上次你回家，你外公说你瞧着像长大了，我还没看出来，现在看，你是真的长大了，看来你那个男朋友不只对你好，也教了你不少道理。"

这话不是沈弗峥教的，但确实是钟弥在他身上学到的。

他本硕读哲学，回国从商这十来年，怎么可能处处是坦途顺境。沈家内系旁支一大帮人，哪一个是好应付的？纵然有他爷爷的偏爱，这些人对从零开始的沈四公子难道没有苛责指点？

蒋雅现在才走到哪儿，还是有沈弗峥帮扶才不至于焦头烂额，如此，他还是会把情绪带到生活里，多多少少影响了他和小鱼。

钟弥才懂，沈弗峥为什么会是情绪少见的人，或许那些情绪也曾出现过，但他走到今天这个位置，那些不适宜的东西早就被摒弃掉了。

他甚至不会去纠结父母待他是否有真心。有时候这黑心资本家是真的很容易知足，该父慈子孝时，演好自己的角色，齿轮该转时就转一下，很简单轻省，他也不再多求。

这样的人，心里居然还有一点儿温热爱意，简直像个奇迹。

天黑时，沈弗峥过来了。

五月的天气，医院走廊的冷光源下他穿着白色衬衫、黑色西裤，从电梯那儿径直朝钟弥走来。

"外公醒了吗？"

钟弥说刚醒。

沈弗峥跟章清姝打招呼，喊了一句"阿姨好"，在场还有不少沈家的人，连沈禾之都拎着包到场，见沈弗峥来了，也说起话来。

章清姝便只朝沈弗峥轻轻点头示意了一下。

钟弥低声说："你爷爷刚刚来了，在里面。"

医生说章载年需要静养，病房里不宜人多，沈家人便退了出来，外公也叫钟弥和章清姝去外面等,两个老人单独说话。

钟弥又说:"你爷爷是跟着你小姑姑一起来的。"

沈弗峥"嗯"了一声,知道这件事。

蒋闻先前在文化部,跟沈弗峥的书法老师交情匪浅。

前年去州市,盛澎曾经纳闷文化部和书法协会举办的百年艺展,钟弥的外公的名字怎么排得比孙家、旁家那几位都靠前,事必有因,哪怕章载年已经封笔离京,其中依旧有撇不开的人情世故。

章老先生入院的消息一传出来,蒋闻第一时间赶来医院,沈禾之则是第一时间奔回了沈家。

再同沈秉林一起来医院时,她只站在沈秉林身后。旁人再虚情假意到了都会问一句老先生现在怎么样,唯她不敢说话。

现在两个阔别二三十年没见面的老人在病房里说什么,众人不知道。

病房外头这一帮沈家人,心慌意乱,如坐针毡,真忧心的有蒋闻,其余不忧心的也装作一副惶惶关切的样子,毕竟沈老爷子已经亲自到了。

而与章载年有着血缘关系的钟弥和章清姝只是平静等候。

一向情绪寡淡的沈弗峥,瞧着反而和她们更像一家人。

彼此之间泾渭分明。

舞团里联排到下午,钟弥今天没顾得上吃中饭,这会儿肚子轻轻叫了两声,只有近旁的人听到了。

章清姝转头,视线自然地在沈弗峥身上落了一瞬,再看向钟弥,劝着说:"外公已经醒了,你们俩去附近吃个饭再来吧,就这么等也不知要等到什么时候。"

钟弥本来不愿意,外公醒了,她刚刚只在门口看了一眼,还没来得及跟外公说上话。

章清姝拍了拍她的肩膀:"你待会儿饿着肚子在外公跟前,叫他知道了,他又要担心你在外面不好好吃饭了。"

钟弥这才答应。

沈弗峥说:"那您也要吃饭,需要点儿什么,我安排人送来。"

章清姝冲他微笑:"我随便吃点儿东西就好了,不用太麻烦,你们去吃吧。"

两个人进了电梯,密闭的空间叫人憋闷,钟弥看着电梯的金属门,模糊不清地映着自己和沈弗峥的影子。

忽而,她的肩膀上环来一只手,头顶上方传来声音。

"可以不用那么撑着了。"

钟弥先是鼻翼一酸,接着默默地朝他转过身子,将脸埋到他的肩下。

沈弗峥收回手臂,掌心轻轻地一下下抚着钟弥单薄的背,哄着:"外公没事了,其他事也不会有,我在呢。"

刚刚身边有妈妈,对面有沈禾之,钟弥看见外公的病容,一瞬间湿了眼睛又强行将泪忍了回去,怕妈妈要分心来安慰她,也不想在外人,尤其是在沈禾之面前露出弱态。

她以为自己装得很好,没想到早被人看透了。

想说的话很多,这一刻却堵在喉口,连呼吸都苦涩,钟弥往他身上蹭了蹭,想汲取他身上令人安心的气息。

电梯很快到楼下,有人在门口等着。

钟弥被沈弗峥牵出去,到了无人处,他停下来,知道钟弥刚刚想说话但被电梯到楼层的声音打断,便轻声问她:"在这儿说,还是去车上?"

医院是一个与生老病死紧紧相连的地方,哪怕深夜,灯火通明处依旧可见病人和医护人员进出来往,没有人的眉头是舒展的。

凭一点儿路灯的光,钟弥看向沈弗峥。

他也皱着眉,为她皱眉。

钟弥将他抱住,侧脸贴在他的胸前:"没什么想说的,外公没事就好了。"

沈弗峥摸着她的后颈的头发。

他目光放远,看着大厅玻璃外急匆匆驶来的一辆救护车,这种时候,应和一句"没事就好"好像就可以了。被推下车的病人半个身子鲜血淋漓,情况比预想的还糟糕,一行人朝急救室冲去。

沉默片刻后,沈弗峥出了声:"跟我也不能说实话吗?就算是无理取闹也没关系,现在这里只有我,在我面前,你不用那么懂事。"

她仿佛不能说话,只能以沉默维持坚不可摧的状态,稍有响动,那些忍下去的委屈情绪也仿佛有了宣泄的出口。

"我觉得我也没做错什么,但是让外公这样担心,还让他犯病进了医院。我看到他躺在那里,好难受。我不知道要怪谁,可是我真的好生气。

如果今天外公因为来京市有什么闪失，我真的不知道该怎么办。"

她没有哭，泪花在眼眶里宁死不屈地打转，那神态比落泪还叫人心疼。

沈弗峥放低声音问她，为什么会不知道怎么办？

眼泪一落，钟弥快速去抹，没抹掉，将水渍分成两道，视线一明，好像也立时没了顾忌，咬牙切齿地模样，凶狠里又见几分稚气可爱："因为杀人犯法！"

沈弗峥用手指擦她眼下的泪痕，人倒是笑了，浅浅一抹弧，注视钟弥的眼睛被灯光映得清冷又好看，像皎皎白月映在酒碗里的影，连声音也似酒一般醇。

"还说不知道怪谁，这不是怪得挺准的？"

钟弥没忍住，破涕为笑。

她也习惯了，反正在这个人面前，她无论怎么装最后都会被看透，也根本装不下去。

"我当然要怪她！要不是她，外公今天就不会来京市，也不会住院。"说完，钟弥也露出很讲理的苦恼表情，"可是，她也没有无中生有，顶多……顶多是添油加醋了，我跟你在一起是事实，什么我被养在外面，也的确是孙小姐说的话，只是你小姑姑没有告诉外公，你当时就拒绝了，尽拣那些难听的话跟我外公讲，惹我外公担心我。我就算找她吵也不知道要吵什么，好像真吵起来，我也不占理。"

"真这么生气吗？"

"嗯！"钟弥肯定又赌气地点头。

沈弗峥问她："那你想怎么办？"

钟弥目光先是游移，最后眼皮一抬，望着沈弗峥，拖着声音问："你刚刚说无理取闹也没关系，是真的吗？"

沈弗峥眉角稍动，淡淡地说："你说。"

"我刚刚在走廊上看着你小姑姑，脑子里其实想了很多事。"

"想了什么？"

"想她'好心'跟我外公说的那些话，她不是说心疼我不是你的良配，担心我高攀不起，会受委屈吗？那我要跟你结婚，不只结婚，我还要她来当证婚人，让她来见证我的幸福，好让她放下她的那些'心疼'和

'担心'。"

钟弥说完就一副解气的样子。

沈弗峥很意外："你要我的小姑姑来当证婚人？"

"不行吗？"钟弥故意这样说。

整个沈家，反对动作最大的就是沈禾之，他们不过只是恋爱，沈家人还只是态度不明，她就已经坐立难安到要亲自去州市找章家人来反对此事，可以说在棒打鸳鸯这件事上，她已经出了全力。

这样的人，让她来证婚，说那些花好月圆、白头偕老的话？

钟弥虽然气急了才这么想，但也知道这很离谱。

沈弗峥思忖片刻，缓缓地说道："是有点儿无理取闹——"

钟弥正要解释自己只是随便说说，却听他接着说：

"但也不是不可以。"

"啊？"钟弥呆住，嘴巴有些合不上，"这……也可以吗？"

这对沈禾之来说，不是比死了还难受？

"你愿意嫁给我，我自然要给你一个你满意的婚礼。你希望谁来证婚，我就去请。"

钟弥也不知道话题是怎么忽然就跳到了商量结婚上，只是她还清醒，也知道现实："你小姑姑她不会愿意的吧？"

"又不是你跟她结婚，你管她愿不愿意呢？"

钟弥一时没听懂。

沈弗峥捧起她的脸，拇指抚着她眼下不久前被眼泪润湿的一小片皮肤。

他真的很见不得她掉眼泪。

这世上没有真正的感同身受，她的情绪在他的感观里是数倍放大的，看她开心是，看她难过也是。

他声音低低地说："你只需要管你愿不愿意的那部分，你想清楚，然后告诉我，至于其他人，他们愿不愿意能左右什么？只要你愿意，那些人不管真心还是假意，明面上不都要笑着来鼓掌道贺，说'新婚快乐'？"

至于沈禾之来证婚，不需要给她愿意来的理由，只要有她不得不来的条件就可以了。

这也不是多么难的事。

听懂意思后,钟弥久久张口无言,好似被惊住。

沈弗峥按住钟弥的肩膀,忽然说:"弥弥,很抱歉。"

眼皮一跳,钟弥回神了,又好似跌进了新的懵懂境地里。

她的表情动了一下:"干吗道歉?"

"一般人结婚,双方亲友应该都会真心送上祝福吧?这点我很难为你做到,可能我们结婚之后,这种情况也很难改变。"

他把话说得诚恳。

钟弥也知道他所言属实。

她没有因此不开心,反而心里平添力量,好似于无边汪洋中攀上一只孤舟,这只舟是她的全部,这只舟视她亦然。

至于四周那些可能永远不会消失的浪涛声,只要有这舟在,她就不会害怕了。

"我不需要那些人的真心,"钟弥的手掌按上他的胸口,"我只要这颗。"

她踮起脚,手臂拥住他,声音格外认真动听:"沈弗峥,我愿意嫁给你。"

这一抱突如其来,话更是,沈弗峥手臂悬空顿了两秒,才慢慢收拢,搂住挂在自己身上的人。

他不由得轻轻弯起嘴角,不知道要不要提醒钟弥,她这台词有点儿快了,他还没问她愿不愿意。

不过只要她愿意,其他的都不要紧。

紧接着,钟弥的肚子咕咕叫了两声,她得先祭五脏庙,再去拜月老。

医院门口都是些快餐店,两个人沿街走着,找了一家面馆,在靠窗位入座。

餐上得很快,热气腾腾。

沈弗峥忽然问她:"你刚刚说愿意嫁给我,不是只为了让我小姑姑来证婚吧?"

米白色的手工面条浸了红油,被两根筷子挑到嘴边,钟弥动作一滞,面条滑回汤碗里,筷子尖空空荡荡的。

她眨了眨眼:"当然不是啊,你怎么会这么想?"

"只是问问。"

钟弥说:"我怎么可能是因为她?我当然是因为你。"

沈弗峥也挑起面,脸上略略带点儿笑:"因为我什么?"

钟弥想了想,筷子头干脆戳进汤碗里,细数着:"当然是因为你玉树临风、腰缠万贯、满腹经纶、高情远致、德才兼备——"

钟弥一口气吊着,卡词了。

沈弗峥眸淡如水,毫不认为夸张,反而出言鼓励:"你再说几个,我很久没被人这么夸过了。"

好半天,钟弥憋出一个:"老谋深算……老谋深算,有没有什么好听一点儿的近义词?"

上次她这么费劲地想词,还是高中写八百字作文的时候。

沈弗峥笑了一下,没再为难她,抬了抬下颌:"吃面吧。"

钟弥怕他不信,又补了一句:"我现在是真心实意地想嫁给你的!"

他说"嗯",应得很敷衍。

两个人快吃完面时,沈弗峥的手机响起,他看了一眼屏幕,起身对钟弥说:"我去接个电话,你多等我一会儿。"

"哦。"

钟弥当时没在意,后来等了很久人都没回来。钟弥托腮,起了疑。

他走之前说"多等我一会儿",还没接通电话呢,怎么就知道这个电话一定会打很久?

吃完的面碗已经被收走了,钟弥坐在窗边等着,目光一掠,忽然在马路对面远远地看见沈弗峥,他出尘地站在等绿灯的人群里,却与其他人一样,面带焦急之色地等着数字跳减。

钟弥看着,更纳闷了。

他不是去接电话吗?怎么接到马路对面去了?

等他从路对面过来,钟弥才知道,他刚刚出去那么久,不是接电话,也没有人给他打电话。

是他自己按了电话声音,起身说要出去接电话。

实际上,他跑遍了附近的几条街。

天公不作美,也是情理之中,医院附近想找一家金光灿灿的珠宝店,实在是不切实际。

跑远了，沈弗峥也只在一家超市和火烧店中间，寻到一家银器换新修补的铺子，没正经招牌，店又小又旧，店主是个戴助听器的老伯。

有人站在铺子前说话，老伯需要把戴助听器的那侧耳朵靠过去，重新问一句：“你要什么？”

沈弗峥说：“有戒指卖吗？”

老伯停了手上活计，说有，随即又觉得买卖成不了，继续低头敲银条，清脆响声里混着老迈的声音：“都是旧款式啦，你们年轻人现在都不喜欢，好几年没卖出去一个了。”

“我想看看。”

清脆的响声又停了，老伯眯起眼朝新新旧旧贴了好几层胶带才稳住架构的玻璃柜台外看去，对面是个穿着白衬衫、高大英俊的男人。

人瞧着稳重，但气息不稳，像是从哪儿一路疾跑过来的。

老伯当然也不会知道眼前这个衣着光鲜的男人，刚刚在夜色下的人潮里寻了好几条街，找珠宝店无果，最后无意间瞥见铺子门口用木板支着的"银器"两个字，才跑过来，停下脚步。

如果今天沈弗峥进的是珠宝店，他会很干脆地说，把你们店里最贵的钻戒拿给我，然后结账走人。

可老伯在柜子里翻出一只扁扁的榉木匣子，一打开，绒布上面，用红绳系着固定，十几个银戒指，花纹古朴到让人一眼就能看出年代感。

老伯问他：“你要哪个？”

他一下就不知道怎么选了。

老伯见他不语，当又是一个不喜欢这种老戒指的年轻人，正要合上木匣，只听那个年轻人问他：“我要是结婚，选哪个合适？”

老伯重新打量他，神情换了，好心地说：“银戒指太便宜了，小姑娘不会喜欢的，你去挑挑别的吧。”

他很认真地看着那些戒指，也很认真地说：“我那个小姑娘，不会介意的。”

于是，沈弗峥带回来一枚银戒指，不算空手而归。

"刚刚吃面的时候，你说你是真心实意地想嫁给我，我总觉得起码得有个戒指，才能回你一句，我也是真心实意地想娶你。”

他将戒指拿出来，给钟弥戴上。

221

古朴的银戒指圈在她纤细白皙的手指上,老伯说这个戒指好:卷草纹,意绵延,一生美满。

两个人回到医院时,走廊上那些沈家人正准备走。

病房里走出来一位老者,钟弥虽没见过沈弗峥的爷爷,但看其他人簇拥着老者,一副诚惶诚恐的态度,不难猜到对方的身份。

沈秉林也瞧见了从电梯那儿走过来的两个年轻人。

小姑娘站在他最爱重的孙子身边,一双乌瞳不卑不亢地望过来。亲缘之间有一种讲不清的相似感,小姑娘那股子无声无息地清傲劲儿,像极了章载年。

一行人要回去,章清姝和蒲伯也从病房里出来送。

碰了面,不打招呼是失了礼数,章清姝对钟弥说:"还没见过吧,这位是沈爷爷。"

"沈爷爷好。"

钟弥乖巧地喊了一声,又看向旁边那些中年人,前前后后七八个人,沈弗峥的母亲没来,但钟弥猜他的父亲应该在其中。

她正分辨,章清姝也有意替她介绍。

沈秉林笑了笑,很是和蔼地先出了声:"不认得吧?"

钟弥点了点头。

"以后慢慢认,不着急,太晚了,不打扰你外公休息了,等你外公出院,叫阿峥带你来家里玩。"

一旦无法放松,久而久之,人就会像拧紧的发条,即使笑也不显松弛,一喜一怒都如齿轮"咔嗒咔嗒"的转动声,叫人不寒而栗。

这是沈秉林给钟弥的最初印象。

这种不动声色的威严气场过于压迫,钟弥即使硬撑着,都难免露了怯。

她一时不知这话该怎么应。

万一对方只是客套说说,她欢喜答应显得小家子气;若对方是诚心邀请,她一口回绝也很不礼貌。

她正发愣,沈弗峥很自然地揽上她的肩头,话是对他爷爷说的:"弥弥的外公还需要静养,出院总得吃顿像样的饭,这事由我来安排吧。"

沈秉林满意地颔首，说："你办事我是放心的。"

沈家人走了，只留下了沈弗峥。

病房里，淑敏姨支起床边的小桌伺候着章载年吃完饭，章载年摆了摆手，叫他们也去吃。

沈弗峥去了医生办公室了解章载年的情况。

此刻，摆满鲜花果篮的床头前，只剩钟弥爷孙俩。

钟弥拿着一只苹果洗净了削皮。她是心血来潮，但干不来这种细巧的活儿，苹果被削成有棱有角的许多面。削到大半，她没拿稳，苹果脱手掉在地上，骨碌碌地滚出老远。

钟弥气恼地叹了一口气。

章载年反而开怀笑了，说："好了，好了，就当外公吃到了。"

钟弥抽了一张纸，将湿漉漉的水果刀两面擦了擦，刀刃折回去，喃喃说："果篮里就不能配一个刨子吗？诚心难为人。"

章载年伸出手，摸了摸她低垂着的脑袋，温柔地说："难为我们弥弥了。"

话里有话。

钟弥抬起来的眼忽地一刺一刺地泛酸，她看着外公，摇摇头说："我没有觉得难。万事再难，不过'情愿'二字，这话是外公教的，我做的事都是我情愿的，我只是不想让你和妈妈担心。"

她还记得章女士说的话，不要在外公面前自责。

可钟弥忍不住。

章载年说："不关我们弥弥的事，这一趟，是外公自己想来的。"

钟弥眼睛一红，泪眼蒙眬更像个小孩子："骗人！"

"真的。"章载年把钟弥拉到跟前，一边给她擦掉下的眼泪，一边说，"外公担心陵阳山的菩萨不灵。"

钟弥愣住，只听外公说着："你从小跟着你妈妈拜佛就没诚心，蒲团都被你烧出过三个洞，你过生日许愿还要求菩萨，菩萨哪里能把你这小浑蛋的事儿放在心上？外公等你的好消息要等到猴年马月？外公当然要来看看你，我们弥弥哪里能吃苦，外公可舍不得。"

钟弥靠着外公，眼泪一道道地从鼻梁上横淌过去，心里酸得要命，嘴里却要说俏皮话："我知道了，陵阳山的菩萨不灵，外公才是活菩萨。"

章载年笑了笑，用手轻轻地拍着她。

　　钟弥把戴着戒指的那只手五指伸开："你看，你一来，我真的就有好消息了。"

　　章载年看了看那银戒指，欣慰地说道："只要你喜欢就好。"

　　妈妈也这么说，甚至都不多问关于沈弗峥的事，好似真如去年初冬钟弥去机场送她，章女士说的：恋爱是两个人的事，我和你外公不需要参与，我们只是希望你在任何一段感情里，不要受伤，要开心。

　　"外公，你都不问问他怎么样吗？"

　　"一个人棋风磊落，再坏也坏不到哪里去。"

　　话刚说完，病房门被敲响，两秒后沈弗峥推门进来，先是低头看着拦在脚边的一颗氧化苹果，是钟弥刚刚忘了捡的。

　　他捡起苹果来看了一眼，皮也没削完，扔进垃圾桶里问："这是怎么回事？"

　　钟弥如实说："我不会用刀子削苹果。"

　　能者多劳，于是这活儿就落到了沈弗峥头上。

　　钟弥坐在外公的床边，看着沈弗峥修长的手指一边拿着通红的苹果，一边别着锋利的刀刃，一圈圈削出一条薄薄的果皮。

　　灯影照美人，贤惠的美人更是加分。

　　章载年瞧着自己的外孙女，心情如水底轻轻浮动的细沙，面庞又微微带笑，没有一刻比此刻更清楚，他的弥弥是真长大了。

　　沈弗峥将苹果切下，分了两半递给章载年和钟弥，对章载年说他现在的身体状况算好，但最好在京市多待一阵子再休养休养。

　　"之后住的地方我已经帮您和阿姨都安排好了，刚刚听弥弥那位淑敏姨说现在住的酒店不能做饭，不大方便，我那里有厨房，也有人照料，您跟阿姨有什么事就吩咐我好了。"

　　章载年点了点头说："劳烦你上心了。"

　　沈弗峥看了一眼身边的钟弥，对章载年愈加恭敬："应该的，爱屋及乌，您对我是，我对您也是。"

　　话不殷勤，倒是十足真心。

　　章载年再点头，神情里多了些放心的意思。

章载年这趟来京住院，沈家众人不仅看清楚了在这件事上沈秉林的态度，也看清楚了沈弗峥要跟钟弥在一起的决心。

　　老先生出院养好身体后，去了舞团看外孙女的剧目表演，沈家人通通出席作陪。

　　沈秉林和章载年坐一排，各自身边是沈弗峥和章清姝，其余人坐在后面一排。

　　那也是钟弥第一次担任主舞位置，国风水墨的意境，从天拖垂的软绸上是笔走龙蛇的书法，一重一重，光影照出黑白颜色。

　　到高潮部分，她破开重重桎梏，如蝶破茧，腾空一跃，双臂似挽风，一身飘逸素裙，在四面八方涌起的大风里舒展旋转，仿佛化作一张风中的韧纸，单薄不屈地舞动。

　　直到所有追光收回，最后，独独一束光落在她身上，舞蹈结束，时间也如静止一般。

　　稍停了几秒，台下由零星掌声牵引，继而掌声如雷。

　　钟弥看向台下，远远地看到了沈弗峥、外公、妈妈、淑敏姨、蒲伯，还有靳月和小鱼她们，都在台下为她鼓掌。

　　她大学期间无数次登台表演，每次妈妈打电话来问要不要家里人过去，她都很懂事地说不用了，自己一个人可以。

　　靳月和小鱼今天是沈弗峥安排来的，钟弥事先都不知道。他好像明白她那些年一个人孤孤单单地站在舞台灯光里，看着台下一人不识的落寞心情，于是将缺憾一次性弥补。

　　她的家人，她的朋友，她的爱人，此刻都在。

　　表演结束，沈弗峥到后台，捧着一束鲜花过来拥抱钟弥，在她耳边说她好美。

　　钟弥说："我刚刚看你了。"

　　他第一次看钟弥在舞台上跳舞，是在京舞的旧礼堂里，多少隆重场合亲自登门相邀也请不来沈先生到场，那场毕业汇报演出，他盛装出席，为台上的钟弥鼓掌。

　　那时候钟弥虽然同他恋爱，但总患得患失没安全感，仿佛这人是镜花水月一样只可看不可得的稀罕物。

　　那时钟弥说，她不敢往台下看他，怕自己会心慌忘了动作。

现在被他抱着,他问,现在不怕忘了动作?

她摇了摇头:"看到你,我才觉得好安心。"

察觉她的依赖,沈弗峥弯起嘴角,轻轻抚她的背,对她说:"我二叔今天也特意过来了,晚点儿可能要一起吃饭,到时候我介绍给你认识。"

"很多人吗?"

他声音淡,话里却有一股激将之意:"怎么,害怕啊?"

钟弥一副不上心的样子,说:"没什么好怕的,我记着呢,会说就说,不会说就看着你笑。"等他来说。

沈弗峥叫她不用担心:"爷爷和外公都在,没人敢为难你。"

"那要是他们不在呢?"

"那不是还有我吗?"

钟弥笑起来:"我的救兵这么多吗?"

沈弗峥捏了捏她的脸,眼含淡淡笑意地望着她说,这不就是她想要的?是谁之前嚷着要当宠儿,现在满意了吗?

钟弥傲娇地抬起下巴,慢吞吞地吐出三个字:"还不赖。"

她是天生适合当宠儿的人,旁人无论对她再好,好似都是她应得的。她是玲珑剔透的容器,装得下世间所有盛情。

如果谁非要去细究这不合理,会很伤脑筋,就比如沈禾之。

上洗手间回来的沈禾之,在走廊上遇上了离席的沈弗峥。

这一阵子她在沈家已经算安分老实,章载年无大碍,她居心不良地往州市跑的那一趟,误打误撞也算成全了沈、章两家明面上关系破冰。也是为着一点儿面子,沈秉林只私下动过怒气,也没再把之前的事拿出来计较。

人人都会看风向,晓得什么时候该做什么事。

可这风向越是往章家、往钟弥那边飘,她心里越是像积下一口吐不出来的恶气。

她很明白,造成今天这样的情况,是因为章载年吗?不是,章载年只不过是为他的外孙女锦上添花。

所有人都将钟弥高高捧起的局面,是沈弗峥一手造就的。

沈禾之在席上没有喝几杯酒,此刻跟沈弗峥说话也全然清醒。

"你现在对钟弥是一时迷恋昏了头,分不清利弊了。老先生徒有声

荒腔

名,对你以后的事业没有任何帮助,你把她捧得这么高,德不配位,日后她只会频频出错,影响你,影响沈家。"

走廊柔和的灯光,照在沈弗峥平静的面容之上,那种平静里带着绸缪意味,隐隐泛起冷意。

随即眉心聚拢,沈弗峥问了一个很跳脱的问题:"当年,你跟小姑父也是这么说的吗?"

沈禾之霎时变了脸色。

心虚了一块,她便要用声音与气势去补:"如果没有我,没有沈家,他会有今天?"

"这么多年,在沈家饭桌边我从没见小姑父高兴过,也是因为有了今天吧?也不知道他后不后悔。"

沈弗峥冷淡的声音,只将话意衬得更加讽刺。

沈禾之气到说不出话。

沈弗峥露出些许困惑表情:"弥弥就是个小孩子,小姑姑为什么总要这么挑剔她?"

关于钟弥的不好不足,沈禾之自然张口就能说出数条来,可她面前的沈弗峥并没有给她出声的机会。

他脸上那层困惑之色,仿佛如一丝淡白雾气,转眼就散了。

他根本不需要旁人来解答,神情依旧由那副温润公子的壳子拘着,如水般淡漠,话音却字字有力,强硬得不容辩驳:"她不会,我会教;她出错,我会管。在这个家里,没有人可以越过我去指点她,更何况,连我妈都没做的事,小姑姑这么越俎代庖不合适吧?"

"如果长者都这么爱为难小辈,那么蒋雅以后的处境也不会太好,小姑姑不担心吗?"

沈禾之瞪大了眼。

她听得懂弦外之音,沈弗峥不惜用为难蒋雅的法子来提醒她对钟弥客气些,荒谬之余,一口气提上来,便下不去,乱息如奔马在她的胸口里猛撞,她震惊道:"你居然拿一个外人这么比较?"

"一时失言,"沈弗峥盯着她,淡淡地说道,"一个外人,的确不能和我未来的太太相比。"

沈禾之舌干喉苦,周身发冷发麻仿佛血液逆行。利来利往敲着算盘的人,对下才盛气凌人,对上她比谁都拎得清轻重。

蒋雅以后还要靠沈弗峥提拔。

她不能为了一点儿私人怨气,毁了儿子的前途。

沈弗峥也没再说话,仿佛给足时间让她自己想通。

总是用一堆道理逼别人权衡的人,终有遭反噬的一天,也要权衡取舍。

见她有冷静下来的意思,沈弗峥也缓了声音,露出一丝浅笑:"爷爷一直说,家族兴盛,要靠众人齐心,我们同姓着一个'沈'字,我怎么会为难小姑姑呢?"

沈禾之既麻木,又有些后怕。

她一贯知道这个侄子有本事,只是这本事从没落到她身上来,今天初初领教,已然胆寒。

"你想怎么样?"

"自然是帮小姑姑一把。"沈弗峥平淡地说道,"弥弥以后是我的太太,免不了要处理一些沈家的人际关系,怎么好让人知道,小姑姑和我的太太不睦?万一被有心人揣测去,只怕会以为是我跟小姑姑关系不好,我太太只是随我,这影响对小姑姑、对蒋雅都实在不利,小姑姑比我清楚,京市这圈子不大,却多的是见风使舵的人。"

蒋雅瞧着身边的沈禾之,觉得去了一趟洗手间回来,他妈有些不对劲,一言不发,又似藏着一肚子话。

而此刻宴席场面上,沈弗峥正做中间人,带着钟弥和沈兴之说话。

沈兴之很客气地说着钟弥上次去南市,也没跟沈弗峥一块儿去家里坐坐,下次有空再过去玩。

"你跟钟弥关系看起来不错。"

沈禾之之前大力反对沈弗峥和钟弥的事,沈家尽人皆知。

忽然被这么一问,蒋雅将目光转过去,以为他妈这是把刺挑到自己身上来了,要他也跟钟弥划清界限。

蒋雅立时厌烦和不耐烦了。

"小鱼和弥弥常在一块儿玩,我跟弥弥接触得倒不算多,四哥现在把中科的股份都转给弥弥了,她不管事,以后倒实打实是我的上司。"

他如此说完，沈禾之的表情更古怪了。

蒋雅冷淡地丢下一句话，算是提醒自己的妈不要再伸手干涉："我跟弥弥关系好，对我没坏处。"

这场宴席一散，章载年和章清姝也回了州市。

酷暑当头，钟弥在京市的生活迎来全新的平静。

每个月中，沈弗峥都会带她回沈家老宅吃一次饭，他在车上握着她的手说，就算以后他们结了婚，也差不多是这样，该应付的人应付一下，不会太辛苦。

他一向说到做到，承诺不会太辛苦的事，绝不会让钟弥操心疲累。

只是有时候，这人说话也不说全。

早知道生日那次他让她签字的文件，导致她之后需要以董事的身份去出席一些重要会议，钟弥才不会看都不看，就唰唰把自己的名字签上去。

钟弥起初怨言颇多："我以为你只是给我钱，收就收了吧，毕竟做人头等大忌，就是别跟钱过不去。没想到！你是骗我多打一份工！"

沈弗峥蹙起眉心，问她："做人头等大忌，就是别跟钱过不去，这话也是你外公教的？"

钟弥耸肩回答："不是啊，这话是盛澎的口头禅。"

沈弗峥失笑，怪不得听着耳熟。

钟弥一巴掌拍在他的肩上，鼓腮道："你还笑！你个没有良心的黑心资本家！连女朋友的劳动力都要压榨，还笑，你还是不是人哪？"

单是那份合同，钟弥都看不懂，隔行如隔山，真叫她去学那些管理、决策的事务，光想想就开始脑子疼了，但要是直接摆烂说不学，又显得她毫无上进心。

沈弗峥看着她愁眉苦脸的样子，只觉好笑，捏了捏她的手说："用不着你费心，到时候我会安排助理陪你，他会替你说话，你只需要去走个过场就好了。"

"真这么简单吗？"钟弥眼睛亮了一下，又半信半疑，"那干吗费这么大劲让我去走过场？"

"一个人的威严，往往不在于他有多少能力，而在于他有多少话语权。"

能力使其出众，而话语权才能使人臣服。

钟弥被一语点透。

她想起很久很久以前的一个夜晚,在酒店房间里,她懵懵懂懂地吃着多刺鲜美的鲥鱼,沈弗峥告诉她,对不能脱离的环境,能做的事更多的是掌握话语权。

当时钟弥不明白其中的意思,沈弗峥摸了摸她的脸说没关系,他会教她,不会太辛苦的。

他说的每个字,都在时光里慢慢兑现。

得知自己不用费劲多打一份工,钟弥笑着凑过去,在他的脸上亲了一下,转起自己的裙摆,往衣帽间跑,声音透着兴高采烈之意,像要去参加什么好玩的活动。

"我好像没有职业正装,我要穿那种粗呢的套装裙子,把头发绾起来,化淡妆,涂红唇,踩尖头细高跟鞋,拎铂金包,开会的时候把自己打扮成年轻又时髦的女高管的样子!"

日子好像一碗化了蜜的水,既清透又有甜味。

唯一的苦恼大概是钟弥养的那只小鹦鹉还没毕业。

驯鸟师说它之前说"弥弥发财"就音调不准,声拖得太长,又委婉地说这小鹦鹉不算太聪明,既要学新词,又要矫正口音,所以前前后后教了大半年。

八月底,胡葭荔结婚,钟弥回了州市。

跟沈弗峥打电话时,她还在惦记这件事,叫他来州市前别忘了把鹦鹉接回家。

夏末天气,近傍晚下了一场大雨。

馥华堂下午的戏散场,迎着返晴的薄薄霞光,客人陆陆续续地离开,老戴招呼人,照例放下二楼的风帘。

雨后潮晦的风穿堂而过,风帘下的玉坠叮当作响。

钟弥在楼上休息喝茶,忽听楼下老戴的声音在喊她,说有人找。

她一袭水蓝色的正绢旗袍,娉娉走出,雪白手臂往乌木栏杆上一搭,朝下看去。

来人穿着一件白衬衫,长身玉立。

钟弥的观感亦如两年前第一次见他,也是八月,也是在戏馆,风帘翠幕后惊鸿一瞥,只觉得这人穿白色衬衣很正。

与初见时相比,彼此换了站位。

她在楼上,他在楼下,他身后亦是一个晦雨返晴的傍晚,他逆着光,手上提着紫竹鸟笼,鸟笼里头是一只翅羽鲜亮的小鹦鹉。

两个人对视一笑间,他将手中的鸟笼稍稍提起。

那小鹦鹉立刻殷切地叫起来,而她也终于听到"弥弥发财"的后半句——

"弥弥发财,弥弥开心。"

第二十一章

青梅酒

钟弥回州市是参加胡葭荔的婚礼,回来之前象征性地问过沈弗峥,想他是不会来的。

"我闺密结婚,我要回州市当伴娘,你要跟我一起去吗?"

当时她在衣帽间里收拾衣服,背对着走进来的高大男人,心思全在一件礼裙难打理的羽毛上。

她想着人长大成熟的标志就是断舍离,要知道什么才是适合自己的东西,以后少买这些中看不中用的衣服和鞋子,徒有其表,买回来大概率也不会穿。

思绪如这蓬松浮羽,骤然一震。

因沈弗峥居然轻声答应,还问她:"我过去,穿什么衣服有讲究吗?"

钟弥怀里抱着裙子,扭身看向他:"盛澎不是说你最近很忙?"

他语气淡淡,眉眼低着,自顾自地解着手表说:"什么时候不忙?事情总要拣重要的做。"

听他这么说,把跟自己有关的事放在重要位置,钟弥心里倒是高兴,踮着脚,跳舞似的旋到他身边说:"其实我闺密结婚,你去不去倒也不是很重要。"

她是伴娘,按州市的习俗,前天晚上就要去陪新娘,天不亮化妆师就会上门来做新娘造型。

而沈弗峥以她的男友的身份前去,大概坐女方亲友那桌,除了婚宴,两个人路径不同,大概也没法碰面。

人生地不熟，她硬把他喊去，沈老板又是一副惹眼长相，到时候有什么热情阿姨见他孤零零一个人，去问他婚恋情况，家里有没有车子、房子，想当红娘牵姻缘线，那画面，钟弥想想有点儿于心不忍。

如此一想，钟弥当下拍板："还是不了吧，你包个厚点儿的红包就好了，人就不用去了。"

问问题的是她，定结论的也是她。

沈弗峥也不说她，只是笑，闭了下眼算作点头，似个听话的下属："听你安排。"

钟弥踮起脚，在他的下颌上亲了一下。隔壁浴室有哗哗的放水声传来，她正打算替他解衬衣扣子，腰被掐起，人离了地。

软皮的室内拖鞋从脚尖上啪的一声掉落，她被沈弗峥抱到了岛台上。

城南别墅是沈弗峥回国后买下的第一处住所，隔年装修完，这张岛台就设计好了，落在别墅里头。

直到钟弥住过来，沈弗峥才品味到最初设计师讲的人性化设计。

钟弥坐上去，或坐或躺，这个高度来配他，的确很人性。

灯光也好，明明是来衬衣饰的明亮光线，她不着寸缕时更显艳光动人了。

这也导致钟弥对坐上这张岛台已经PTSD（创伤后应激障碍）了，只要她被他抱着，臀部稍落上去，脑子里就像有人按了禁片开关，画面直奔限制级。

她扭了一下，想下来，催了沈弗峥一句："你不是要洗澡了？我去帮你看看水。"

沈弗峥自顾自地问着："你闺密结婚就你一个伴娘吗？"

大概是在这台子上骂他的次数太多，什么为老不尊，什么人面兽心，通通骂过，这种一坐一站的相依姿态，他一本正经跟她聊起天，钟弥还有些不适应，微微愣了一下才回答。

"四个。"

沈弗峥："伴郎也是四个吗？"

钟弥"嗯"了一声。

他忽然对州市的婚嫁习俗展现出浓厚兴趣，面面俱到地问及细节，最后颇为不满地跟钟弥说："新娘新郎结婚，为什么要伴郎伴娘做那么多游戏？"

从小到大钟弥在州市参加的婚礼几乎都是这样的流程，她没觉得哪里有问题。

"热闹嘛，而且新娘的裙子那么重，一个妆少说化了两三个小时，行动都不自如了，怎么可能胡来啊？"

沈弗峥微蹙起眉："所以伴娘就负责去跟人胡来？"

钟弥哭笑不得，在他的肩上打了一拳："什么胡来啊，你这人怎么——"

这瞧着斯文正派，说话不清不楚带点儿叫人琢磨的颜色，又像斯文败类。

尤其此刻，他衬衣松开了几颗扣子，衣冠不整自带一股靡丽氛围，喉结微动，欲气浓得似射灯的光直直照来。

钟弥咽了咽口水，叫他放心："大家都有分寸的，只是图个高兴。你这么大度的人，不会连做点儿趣味游戏这种事都计较吧？"

他反问："我大度吗？"

关于他大度与否，实是个不太好回答的问题，有时候沈老板肚里能撑船，有时候……不好讲。

钟弥慢慢地说违心话："挺大度的。"

他眉宇稍动，没再接话，反而看向钟弥一直抱在怀里的一条裙子。钟弥也想将话题翻过，便由这裙子起了一个头。

她说自己有点儿大手大脚，一时喜欢说买就买，衣服和鞋子买回家搁在橱柜里放一放，热情冷却，就再也提不起兴趣，好多衣服一次都没穿过。

"我妈妈以前就说过我这样不好，倒不是介意我花钱，就是这样喜新厌旧不太好，我自己也注意了，有点儿难改。"

沈弗峥点了点头，望着她已然布满检讨意味的无辜眼神，缓缓地说着："你这兴趣说来就来、说没就没的毛病，的确不太好。"

章女士说过，现在沈弗峥又说。

尤其跟沈弗峥在一起后，消费一再升级，但买回来的东西也不见得多有用，钟弥觉得是要改改了。

沈弗峥其实很喜欢她买一堆东西回来，购物纸袋堆满衣帽间地面。

她在穿衣镜前铺了一张杏白的长毛毯子,有时候洗完澡找明天出门穿的衣服,一找就来了试衣搭配的兴趣,穿穿拍拍。

沈弗峥靠在门边,轻晃一杯红酒,将杯沿凑到唇边,醇美的酒淌入喉,目光却是淌过去瞧她的。

她也会兴致勃勃地问他的意见:这样好看吗?那样好看吗?哪样更好看?

他回答问题完全不走心,心思都在她身上,实在分不到那些衣服配饰上,去细品它们之间的搭配合不合适。

照他看来,她怎样都是好看的。

他会耐心地陪她很久,但女孩子弄起裙子、项链总像忘记时间一样没完没了,有时他会淡淡笑着,提醒镜子前的钟弥:"弥弥小姐欣赏够了吗?什么时候轮到我欣赏?"

沈老板对漂亮的裙子、满钻的项链通通不感兴趣。

他酷爱欣赏的,只有她。

衣饰不过都是外物,沈弗峥捏了捏她的脸说:"东西有用无用,只要钱花出去,叫你开心过,这就是它最大、最好的用处,何必纠结这些?只要你对人,不是这种说不要就不要的性子就可以了。"

听懂他的言外之意,钟弥没忍住弯起嘴角。对人?他是指对他吗?

漂亮的羽毛裙子被放到一边,两臂郑重地搭在他的肩上,她清了清嗓子才开口。

"东西都是死的,看久才容易腻嘛,沈老板花样百出,我怎么会没兴趣?"

两个人近在咫尺,四目相对之间碰起的火花似黏稠的蜜糖,他声音轻,带有天然的冷淡感,一字一字念着"花样百出",比钟弥故意起的绵软调勾人,更有暗暗的焰火。

钟弥感觉他俯身靠近一些,有吻落下的趋势,心领神会地即将闭眼,就见沈弗峥停在她的唇前寸许处,吐出两个字。

"抱紧。"

钟弥眼神迷蒙了一瞬,也不待她反应,沈弗峥直接托着她的臀将人抱起。忽然腾空的危险感,自动叫她收拢双臂,抱紧了沈弗峥。

"干吗?"她看向那张空荡荡、搭着一条裙子的岛台,视线转回,问他，"不在这里吗？"

几步之间，他们已经挪去了浴室门口。

里头水声哗哗响，热气弥漫。

"你说的花样百出，我总不能沽名钓誉。"

虽然在年纪上小了八岁，但钟弥很多时候自信认为自己跟沈弗峥彼此契合，感情里，他们是进退间默契十足的同伙。

但又有一些时候，钟弥觉得自己再多长一个脑子也玩不过他，时不时还自己挖坑给自己跳。就比如，她在浴室里的大半夜都在后悔，她为什么要说花样百出？

不仅怪自己，她也要谴责沈弗峥。

三十几岁的男人，这么不稳重吗？一点儿都经不住夸，一句花样百出他就要身体力行地弄到大半夜？还有没有天理王法？

饶是钟弥练舞多年，从浴室里出来时也腿筋酥软，经不住他这么折腾。她刚刚跪在半满浴缸里，久到膝盖发麻，温热水波受他冲撞，一浪一浪覆在钟弥梅印斑斑的背部肌肤上，里外的热气双重作用，熏得她浑身粉红。

她双膝不稳，在水下频频发软，他屡次扶她，谆谆教导，像个良师。

她先是发了小脾气，后来换成软声央求。大概经验多了，他把她拿捏得很死，晓得她的承受能力，她的手段通通没用，彼此尽兴才出来。

钟弥被抱到床上时，已是深夜，身上穿着柔软浴袍，湿漉漉的长发被洗净，只用毛巾擦干水分，枕头上铺了厚实的浴巾，她侧着脸，趴着睡，在床头柔光里闭着眼。

过了一会儿，脚步声渐近，呼呼响起的暖风吹进脖子里，她懒得睁眼，似只小懒猫一般躺在隔着毛巾的枕面上。

浴后的面庞粉嫩，她能感觉到脸上的一丝发被捋开，一只大手熟练地从她的后颈撩她的发根，热风钻进来，丝丝缕缕将湿发吹散，湿热水汽在强风里挥散，满天香气馥郁又潮湿。

等头发被吹得七分干，钟弥才慢慢睁开眼，虽然刚刚没睡着，但闭眼十来分钟也算休息了，此时眼眸水润清明，静静望着调低风速的沈弗峥。

他动作没停地问她："很吵吗？"

钟弥摇摇头，被他的手掌按住不让乱动。

"小心头发卷到后面去。"

钟弥瓮声瓮气地随口说:"头发好长,洗也麻烦,吹也麻烦,想去剪掉。"

"很美,麻烦一点儿也值了,不过你想剪就去剪吧,你们小姑娘大概都喜欢尝试新鲜。"

他在深夜床边露出的浅笑,像灯光照进通透玉石里,温润明亮,又自有沉淀下的厚重感。

他绝对算不上什么新鲜事物。

但他实在太诱人了。

钟弥清楚自己扛不住这种诱惑吸引力。

吹完头发,沈弗峥将吹风机送回去,再回来躺在她身边。

室内的灯被关掉,钟弥要枕他的手臂,一点点蠕动进他怀里。他摸到她搭在他的胸前的手,送至唇边亲了亲,又在黑暗里摸了摸她的手指尖。

他抽出胳膊,跟钟弥说,起来一下。

随即,一侧的床头灯又被打开了。

钟弥稍稍有点儿不适应光线,眯着眼问:"怎么了?"

他下床,去钟弥的梳妆台上拿了一小瓶润肤油回来,淡淡的橘子香飘出。

她的手指在浴缸里泡太久,手指尖的皮肤起皱了。

头发是他吹的,睡衣是他换的,躺尸到现在,钟弥还没察觉,自己在手上擦了一点儿润肤油,边抹匀,边俏俏地瞪他一眼说:"都怪你啊!"

他也应,说"怪我",但脸上的表情分明是知错不改,下次还敢错的意思。

第二天早上,半阴半晴的天气,单单隔一层白纱,让人分辨不出时间是否已近中午。

钟弥被迫醒来只觉得没睡够。

她猛地把人推开,用手背挡着脸。他试图去拿她的胳膊,钟弥抵死不让,趁机还打了他两下。不看他,光听声音钟弥都知道在自己上方的男人大约面上有笑。

他手臂一伸,把钟弥卷到怀里抱住,跟她说要是困就再睡一觉,反正是下午的车。

钟弥在他怀里招呼些根本没有伤害力的拳脚，赌气似的说："我下午就要走了，你早上一起来还这样！你还是不是人？！"

她这一觉睡得很沉，要是没有行程的闹钟打扰，她起码会睡到中饭时间才起来。

他今天有重要会议，衣着正式，难得往衬衫领口系一条灰蓝的缎面领带，一边打着领带，一边来床边。

钟弥一下睁眼，又要抬手打他，被他攥住手吻了吻。

沈弗峥翘着嘴角，把她的手放回被面上，在她的额头上吻了一下。

钟弥闭着眼，闻到他下颌位置松木琥珀的须后水气息，有种清冷的淡香。

"你回家要带的东西，我叫人准备好了，已经放到车上，要是真累，你就多睡一会儿，晚一点儿回也没关系。"

钟弥终于能正正经经地跟他说句话："你怎么不自己之后带过去？"

"你的是你的，我的是我的，心意不一样。"

钟弥如实告诉他："我以前没这样的心意，会不会很奇怪？"

她回家就是回家，虽然平时回去也会给家里人带点儿礼物，但不会这样大包小裹礼盒提着，如此隆重。

"不奇怪。"

她以前没有，是因为没有他，现在有，也是因为他，外公、妈妈那样的长辈不像她是个没睡醒的小傻瓜，自然知道这隆重的礼是谁的心意。

你的是你的，我的是我的，但是彼此心知肚明，心意都是谁的。

钟弥慢一拍才绕过了弯儿，立马在心里想他家里人不让他继续进修哲学也不无道理，老天赏饭的生意人，他不从商谁从商？

"知道了，你去上班吧。"

沈弗峥来之前，今年夏天，钟弥在宝缎坊新做的旗袍刚送到。她在楼上休息室里换衣，听到楼下老戴喊人的动静，系好最后一粒盘扣，就出来了。

把鹦鹉笼子交给老戴，钟弥手往后背着，在沈弗峥面前站定，问他："怎么样？"

他第一次见钟弥穿旗袍，是在宝缎坊的雨窗边。

记忆里的画面似一张淡墨洇湿的纸，淡青天色里，瓦檐淅沥滴水，他捏着一杯无芽无梗的六安瓜片，站在她身后几步之外，静默欣赏着亭亭玉立的小姑娘穿着一身白底青花的旗袍对镜自照的模样。

镜中的视线被她捕捉。

猝然对视，她先慌乱一瞬，目光闪避开。

他倒也没有表面看起来那样全然无情绪，面色不显，手指却不自禁地捏紧了茶温未散的葵口杯，手指筋骨紧贴着的，是一片突如其来的灼烫温度。

钟弥之后的反应也出乎他意料。小姑娘初初碰面时情怯害羞，他见过，以往的处理经验是，等对方像一枝欲放花苞再怯生生朝他瞧来，他只露长辈似的温和疏离表情，多少天雷地火，也能顺其自然地翻篇。

做生意靠的是有来有往，暧昧同样也是。

他很擅长避免这些不必要的麻烦。

偏偏钟弥完全不按常理出牌，也不是什么怯生生的小姑娘。

文殊兰的旗袍将她身形裹得纤细又不失曼妙，刚刚那一瞬她沉睫低眉的窘迫样子，好似只是他从镜子里窥见的幻觉。

她大大方方地转身，由虚到实，不仅直面他，还将精致的下颌扬起。

姣好面庞略带挑衅意味。

她问他："沈先生觉得怎么样？"

他从来不用这样直接的目光一寸寸打量女性，她还小他那样多，年纪小是真的，很漂亮也是真的，她张扬得简直不像章载年的外孙女。

两方目光忽然很像无形对线。

他看她，叫她闪避一回，她不服输，也要以相同的目光逼视回来，最好叫他也落下风，闪避一回。

这样恶趣味也是人生头一次，趋于有趣的心理，他偏不肯让着她。

她敢挑衅，他就以目光做炽焰，不露声色地移动，寸寸撩拨，装作大大方方地欣赏，从玲珑腰肢看到无瑕脸庞，赏尽春色。

她的次第开花，比窗台上那枝火红的唐菖蒲更美更艳。

可能她也没见过这样的男人，明明皮囊斯文，目光偏偏落俗地去打量人，故意叫人觉出一丝轻浮气质，像什么斯文败类，偏偏细究也挑不出错处。

钟弥一时面色又有异动,挑衅神色渐渐淡去,耳根有些绯色的羞恼颜色透出。

沈弗峥察觉,立即适可而止,稍稍敛目便又自成一派端方君子,淡声应她的话,说:"很好看。"

他大概不知道,那时他的三个字就叫她事后辗转回味过,故意流露的轻浮气被暴雨冲去,只剩那种暧昧滋生的灼热感,像温火慢焙的玉米粒,悄然累积,不确定什么时候就要蹦出一朵花来。

现在钟弥穿着一身水蓝色新旗袍,在他面前站定,沈弗峥才算真正意义上大大方方地欣赏,说的话也与两年前相同:"很好看。"

有关宝缎坊的记忆,两个人同样印象深刻,钟弥也记着,这会儿皱了皱挺翘的鼻子,挑剔他:"说话好没新意啊。"

"我要是说'很一般',新意倒是有了,不是实话,不适合说。"

他这个解释倒是很有新意。

钟弥别着脸,露出一点儿笑,被沈弗峥瞧见,他用手臂揽着她,柔声哄着说:"好了,一见面就要为难我?"

钟弥往他身前贴,敷衍地抱了抱他,仰着头说:"谁为难你啦?沈先生这么大一个老板,这点儿小考验算得了什么?"

说完,她招呼跑堂的小哥上杯茶,叫沈弗峥在楼下等一等。

"我妈妈知道你要来,下午的戏一散场,她就跟淑敏姨一块儿回家准备晚饭了。你等我一下,这旗袍穿得我不自在,我去把衣服换了,然后——"

说话间,钟弥走出几步远,回头弯唇,冲他笑了笑,眉梢带着一股机灵气:"领你回家。"

一字一顿,她咬字清晰地冲他说着。

跑堂小哥只见过沈弗峥一面,也是两年前了。

可能沈弗峥这种长相、气质的人,哪怕刻意低调,光华内敛也算是一种记忆点。小哥端来茶,一眼认出人来:"沈先生?"

前两天他听淑敏姨说弥弥在京市找了男朋友,但没想到是曾经那位让他眼前一亮的沈先生。

沈弗峥也想起来了。

那次小哥引他上了二楼雅座，他一抬头就看见钟弥的小雀笼挂在那儿。此刻，他按记忆去找位置，发现老戴刚刚把鹦鹉笼子挂在了缺失的地方。

钟弥很快回来，换了身衣服，单肩的白色背心，裹了层细窄的黑边，同色的字母刺绣，指甲盖大小，很是精致，下穿一条宽松的高腰长裤，细腰长腿，显得身材比例好到有些离谱。

她手里提着装旗袍的袋子走近，袋子被沈弗峥接到了手上去。

见她一副脑袋空空的样子往四周看，沈弗峥了然。她这模样，是想不起来自己忘拿什么东西了。

手机在她手上，他便习惯性地问："充电器？耳机？"

钟弥恍然，转身再跑上楼一趟："充电器忘记拔了，再等我一下！"

对钟弥丢三落四的小毛病，沈弗峥已然习以为常。

她好像有两套记忆系统，陪他在外应酬参加晚宴，哪怕只是在餐厅里偶遇什么人来打招呼，沈弗峥简单介绍一句，她都会记着。

她对人几乎过目不忘。

连平日听小鱼、盛澎他们聊圈内八卦消息，她都能把事情自动整理归纳，记着谁跟谁私下不睦，谁跟谁又有裙带关系。

社交场合同谁来往她都落落大方，进退有度，但是涉及一些生活里的小事，就总记不好。

上个月末，沈弗峥睡前替她找一件不知道放到哪儿去的裙子，跟她说及她的记性这件事，钟弥也认真参与分析，沈弗峥说的她都认。

最后她得出一个惊人结论，先是问沈弗峥："你知道这代表什么吗？"

沈弗峥替她把裙子熨平，用衣架撑起来，挂到显眼位置，方便她明天换衣，随口答道："说明你骨骼清奇，是个奇人。"

他开玩笑，钟弥也不笑，反而走到他身边来，神情认真又严肃，又因这不合时宜的认真严肃神情，显出几分好笑可爱来，拿腔拿调地分析。

"这说明我不适合做这些琐碎小事，不适合给人当老婆处理内务，我擅长做一些探子、间谍类的事，"现代没有这种职业，她拖着音，想了想对照，又说，"就——秘书、助理之类的？"

沈弗峥在衣柜前转过头，垂下视线看她，在一时不知道接什么话地沉默两秒后,选择说:"这话别在我的助理面前说。"

钟弥隐隐有些得意:"干吗啊?他还怕我抢他的工作啊?"

"倒不是这个。"沈弗峥一本正经地解释,"弥弥,你要理解有的人工作不只为了钱吗?也有很大一部分是为了获得一种自我价值的认可感——我能做别人做不了的事,这是我的独到之处。这是有门槛的,如果谁都能当这个助理的话,他可能就不会觉得自己很了不起了。"

钟弥当时望着他,起初一副云里雾里的表情,最后豁然开朗,恼羞成怒,狠狠地在他的胸口砸了一拳。

"你就是说,我干不了助理呗!"

沈弗峥握住她打人的拳头,就按在自己的心脏上方,笑着说:"你这种听不懂老板的潜台词的性格,的确不太适合吃助理这碗饭。"

钟弥更气了,气到要把自己的手抽回来,不给他握着。

她越挣,沈弗峥越不放,好像她又气又急又忍不住笑的样子十分有意思。他的另一只手臂一勾,身子贴身子,把人带到了跟前。

"来,我给你理一下思路,你说不适合给人当老婆处理内务,适合当助理之类的,我说你不适合当助理,那你适合当什么呢?"

钟弥微微一愣。

思绪是骤然清晰的,人是死活不认的。

她故作镇定,自以为不露一丝马脚,提起一口气,双眸灼灼地看着沈弗峥,言之凿凿地说:"那我也给你理一下思路。我说我不适合给人当老婆处理内务,适合当助理,你暗示我,我不适合给人当助理,但我装作听不懂暗示的样子,那你觉得,我又在暗示什么呢?"

她能暗示什么呢?

她不适合也不想当给人处理内务的老婆。

沈弗峥看着她头头是道的模样,像看一只跟着老狐狸一步步学坏的小狐狸。他弯起嘴角,屈着手指轻轻刮她的鼻尖。

"真聪明。"

钟弥便笑起来,他一句夸赞的话胜过万千奖励。

她搂着他的腰,侧脸轻轻蹭着他身上居家服的柔软料子,用一种俏皮的挑拣口吻说:"沈太太我还是要当的,但是给人处理内务的老婆,这种定位不适合我。"

沈弗峥摇了摇头，哭笑不得，拎起刚才那件已经被熨至平整无皱褶的裙子给她看，淡淡地笑说："已经领教了。"

连她自己的裙子，都要他来帮忙找，帮忙熨。

未来的沈太太如果处理内务，要几个人跟在一旁心惊胆战？这实在天方夜谭。

听他这样回答，钟弥假装手里攥着话筒，把握紧的拳头往上递，临时充当采访记者："领教之后，沈先生感觉如何？"

每次她胡闹起来，他配合她，总是认真又入戏。

此刻，他轻轻扶住她的拳，好似那里真有一支话筒，稍稍低头，郑重其事地回答："目前感觉良好。"

钟弥再度提问："那你对未来的沈太太有什么期待吗？"

他没有思考，直接回答没有。

钟弥蹙起眉，娇娇地哼着抗议："你要诚实！你说嘛，我不会怪你挑剔我什么的，我保证不会！"

沈弗峥无奈地笑了笑，说真的没有。

"我已经挑剔过了。我挑剔了很久很久，才找到你的。"

他没有什么可挑剔的了。

大概率她反馈给他的，都在他的期待范围内。

"到目前为止，我还没有为你做过妥协，不轻松的一直是环境，你的存在没有给过我压力。你是清晰的，明朗的，是我一直在追求的那部分东西。"

在认识钟弥之前，他对伴侣的要求很模糊，好像这样那样的，都行也都不行。

说实话，假设没有钟弥，此刻的沈弗峥是在沈禾之的撮合下早早跟蒋小姐顺其自然地结了婚，还是跟更门当户对的孙千金珠联璧合，都说不准。

回国后他一直单身，为了应付人，才拿工作忙当借口。

实际上就是他对感情不热衷，和一个异性频繁来往，大脑收到这种提案，会第一时间反应，没有兴趣。

工作再忙也不可能不吃饭、不睡觉，现在他也明白了，再轰轰烈烈的感情，最后也是归于一日三餐，昼起夜眠。

日子永远庸常，让庸常不再庸常的，是陪他过日子的人。

在外人看来，他所拥有的东西太多。

可他所拥有的每一样东西，无论他情愿与否、珍惜与否，都实在来之不易，旁人看见的游刃有余背后，是不可与人言的牺牲和妥协。

他年岁渐长，涉世渐深，世故是磨砺棱角的利器，怨气也终会化作一股屈服命理的豁然。

他唯一能说的，大概还有憾。

他渴望以真正的自己获得真正的轻松。

章老先生来京后，沈秉林的态度沈家尽人皆知，起码没有人再敢在明面上发出异声。

沈弗月跟钟弥接触不多，说到底也没有什么深厚感情，只是乐见自家一贯横行霸道的小姑娘吃瘪，所以在这件事上摇旗呐喊得比谁都卖力。

她不在国内，都为沈弗峥高兴，说四哥总算苦尽甘来。

他当时心念过"苦尽甘来"四个字，总觉得这样的词落在钟弥身上不合适。

如果将人生比作一张拼图，每一块落在合适的位置上，他都反复试过，直到正确，再如此重复去拼下一块。每一次正确地嵌入拼图都可以称作苦尽甘来，唯独最后一块不是。

它天生就是正确的，是无须试验比较的，是有且仅有的唯一。

最后一块拼图，永远是最轻松、最圆满的存在。

钟弥之于他，就像最后那一块尘埃落定的拼图。

听完他的话，钟弥望着他的眼神像熔化的糖粒，亮晶晶又透着盈盈甜意。

她问沈弗峥："那我呢？我需要怎么做？"

他说："你不需要做什么。"话音落地，又像老师一样给了她一些提醒，"你可能需要学会利用我，尽可能地去做你自己，任何长久的感情都不可能违背人性。人是趋利的，所有人，包括你和我，但人趋利的方式不一定都正确，就像有些牺牲，本质上也是趋利，但你要明白，投桃报李不是一定能顺利完成置换。"

钟弥听得一知半解，懵懵懂懂地冒出一个突兀的问题："那我利用你，不是跟你的前女友没有区别了？"

他骨相并不凌厉，面庞看起来却始终缺温情，寻常那种不及眼底的一丝淡笑，会让人觉得愈发遥远。

可他手心滚烫，搂着钟弥的腰，姿态亲昵，是毫无隔阂的状态。

"利用就是利用，利用需要有什么区别吗？"

他说这话的样子稍显冷血和冷静。

钟弥想起曾经和那位谢律师在咖啡座的交谈内容。她曾经替沈弗峥难受，觉得很不齿的利用行为，他自己说出来反倒云淡风轻。

她忽然不明白了，是他现在已经完全不介意前女友曾经利用他的事了？他完全不放在心上，还鼓励现女友尽可能地利用他？

沈弗峥用一番话点醒她："其实我从来没有变过。二十岁的时候，我渴望留在一个乌托邦里，家人也好，前女友也好，如果有人要破坏它，我会不顾一切地去维护，毫不犹豫地远离他们。"

他捧着钟弥的脸，目光柔软地望着她，轻声细语地说，"现在我有了一个新的'乌托邦'，如果有人要破坏她，我还是会不顾一切地去维护，懂了吗？"

钟弥点了点头，听懂了。利用本身是一种无情绪的行为，就像用工具去挪石头。

他作为工具的持有者，用他的工具，最后挪的石头却挡住了他的路，这种利用行为当然令人不齿。但用他的工具帮他清除石头，这种利用行为对彼此都有利，她没有拘泥畏缩的必要。

他又夸她，真聪明。

钟弥再度笑起来，笑容却与先前不同，先前只是高兴，现在多了一种与他更贴近的慰藉。

"谢谢你当我的靠山，当我的底气。"

他将唇轻轻抵在钟弥的额头上，吻了两下："我的荣幸。"

额上温热，闭眼那一瞬，钟弥又在心里添了一句——谢谢你爱我。

是钟弥自己说，沈太太她还是要当的。

她负责提，沈弗峥负责完成。

当晚关灯后，没多久就想清楚一些成为沈太太的步骤，沈弗峥低着声音问贴在自己怀里睡的人下次回州市大概是什么时候。

"下个月吧。"

即使知道不会受到反对，他也需要正式和钟弥一起去跟她的妈妈和外公提这件事。

沈弗峥思索着，跟她沟通届时去州市有什么风俗习惯需要注意，带过去的见面礼有什么讲究，先订婚后结婚，所有步骤都不能缺，订婚是希望安排在哪里。

夜很深，灯俱灭，沈弗峥没有困意，这样舒适的睡眠环境，大脑运作起来，人如加班一样毫不懈怠，事事想到周全。

可惜，未来的沈太太不上心，说着说着，"嗯"一声"啊"一声地应着，最后再未应声地睡着了。

沈弗峥也不和未来的沈太太计较，未来的沈太太年纪小，还敲得一手退堂鼓，鸣金收兵，说退就退，他领教过，没准说结婚也就是一时兴起，就跟说着玩似的。

他年纪大，得赶紧当真。

他在她睡着的脸蛋上轻轻捏了一把当解恨，这一下差点儿没把人惹起来，她哼哼唧唧很是不满地往他怀里钻。

沈弗峥被她枕着一只手臂，另一只手臂隔着被子掖了掖她那边的被子，顺带拍了拍她哄着，望她好眠。

之后好几次在吃饭时，两个人零零散散地把事情聊完。

八月份钟弥回州市参加胡葭荔的婚礼。她自己先跟家里提一提，让长辈们有个心理准备，之后沈弗峥处理完手头的事，再携礼登门，由他正式跟章女士和外公提这件事。

这才有了今晚这顿连章女士都亲自下厨的饭。

戏馆离钟弥家不远，晚饭时间也还尚早。

刚下过一场大雨，降了温，空气湿润，傍晚悠然的风里饱浸着一股青草泥土的气息。

他们没开车，钟弥带着沈弗峥步行往家走着。

看到一点儿显眼的东西，她就扭过头跟沈弗峥介绍，当然不是什么历史遗迹，只是关于她少女时期成长的点点滴滴。

她想说，他也很认真地在听。

很少见地，她好几次提到了她的父亲。

在一起这么长时间,沈弗峥很少听到她说关于她父亲的事,但也不是她不说,他就全无所知。

他知道,她父亲在当地曾是个颇有名气的京剧武生,州市大兴文化旅游,前几年还给她父亲做了非常漂亮的网上词条介绍,展示了很多台前幕后的影像资料。

从《长坂坡》的赵云,演到《界牌关》的罗通,多是跨马持刀、威风凛凛的名将,却也应了诗中言:美人名将,不见白头。

他英年早逝。

钟弥刚读初中时,父亲就因肺病去世,按网上的介绍算,刚过四十岁。

"我刚读初中,学校总有男生要送我回家,拒绝也拒绝不掉,他们就在后面一直跟着我,有时候还会跟我说话。我爸爸知道了就每天来接我回家,我们也是走这条路。

"后来有一天,他忽然就不来了。他住院了,家里人也没有瞒我。

"再后来,他再也不能来接我回家了。

"有一天放学,有个男生又跟在我身后,我回头看着他,忽然就控制不住地哭了。我爸爸去世那天我都没有哭成那样。因为他临终前跟我说,让我以后坚强一点儿,要代替他照顾好我妈妈,不要让妈妈操心。"

她说这话时,眼瞳微湿,像铅云厚重落不下雨的阴天,嘴角却略有一丝笑,似云层里漏出的一缕光线,透着怀念之意。

沈弗峥闻言,牵她的那只手握得更紧了一些。

他想起章载年曾在轻松的聊天里,提及他的外孙女不大文静,在州市读书时就像小男孩儿一样脾气烈,野得很。

但她对她的妈妈、对她的外公总是一副乖巧懂事的模样,甚至为了逗外公开心,故意多跟外公撒娇,说话都夹着稚气的声音,甜甜糯糯的。

或许是太早就没有了依靠,她除了坚强别无可选,敛华半生的外公、与人为善的母亲,让她不得不成为这个家里有尖刺、有棱角,可以强硬对外的那个人。

转弯进了一段路,小碎砖换成了青石板,钟弥自然地将话题带过,好似没有什么值得伤感,也无须刻意酝酿伤感情绪,立马说起这条路来。

"你第一次送我回家,是晚上,这条路刚修,路灯还没装上,往里走车不好开了,我也不好意思麻烦你,说就送到这里,你坚持要送我到家,你还记得吗?"

沈弗峥说记得。

每每再想起那一夜的情况,他都暗幸曾经的坚持,从始至终,再黑的路,他也不曾叫她一个人走过。

要不是傍晚回家路上跟钟弥见物说物地闲聊,在吃饭时听到淑敏姨说起钟弥曾经单枪匹马,上门问人要账的事,沈弗峥应和的笑容,可能会更自然妥帖一些。

章清姝说:"弥弥有时候性子犟,一下就认死理,气头上她是听不进人说话的。"

谈婚论嫁,难免谈及双方性格磨合的问题,女方家长大多会这么娇宠着提一提女孩子性格不好,期望男方日后能多体谅。

沈弗月结婚前,他的大伯母曾扶着眼泪说自己的女儿一贯强势傲气,经常爱发火,希望未来的女婿多多理解包容。

当时沈弗月的未婚夫满心诚意地说会的。

同样的语境落到沈弗峥身上,又在此刻,他暗里五味杂陈,面上是温和的笑,看向章清姝说:"我尽量不让她生气。"

钟弥一副笑嘻嘻的样子,很是骄傲显摆,将气氛活络得更好。

"怎么样?我找的这个对象会说话吧?他都不说让着我,说不让我生气。"

章载年很捧场:"我们弥弥会找,打小眼光就好。"

章清姝也面带笑容,有松有紧地往后带了带话,对沈弗峥说:"她要是要性子胡来,你也别太惯着她。"

章清姝按下起身的淑敏姨,自己挨个儿给桌边的人盛汤,将汤碗放到沈弗峥手边时,话也新起了:"对了,你家里那边是怎么打算的?"

沈弗峥扶着汤碗,从容回答道:"主要是看弥弥是什么想法。我母亲信佛,知道阿姨也信佛,这次过来还特意叫我捎带了一件金镶玉的舍利塔,聊表心意。她听说陵阳山是地藏王菩萨的道场,是有名的佛山,想拜托阿姨帮忙去求一个订婚的吉日。"

章清姝听懂了,神色也舒展开一些。

她自己信佛,都有相熟的大师,随手能送金镶玉舍利塔的沈夫人,已有能给金玉器物开光的寺庙，怎么还会需要拜托别人去求吉日？

言外之意，这是两家商量着来的事，沈家愿意给足诚意，迁就女方的意思。

章清姝应了下来："好，下月初我去寺里问一问。"

"那就麻烦阿姨了。"

章清姝弯起唇："不麻烦，只要你跟弥弥能好，怎样都不麻烦。"

沈弗峥继续说有关订婚的事。

"国庆节到元旦节这段时间，弥弥舞团的工作都不少，考虑到弥弥的想法，她希望以后的婚礼能从简一些，尽量只邀请双方的重要亲友，所以订婚宴就得往隆重一点儿办。

"毕竟是件喜事，总得有个正式些的场合，告知一下，那规格就不可能小。

"弥弥没有操办这些事的经验，我们都有工作，也没有那么多的精力事事亲力亲为，我跟弥弥商量了，她也同意，由我大伯母来帮我们操持订婚宴。

"我大伯母刚嫁女儿不久，男方是华裔，在国外举办过婚礼，我们家在京市也另办过一场，我大伯母对这些婚嫁流程比较熟悉，而且也是有女儿的人，心也细，更能为弥弥着想。

"年前看看阿姨还有没有时间，再来京市一趟，我安排我妈和我大伯母跟您再见一面，我们就流程仪式的事，再详细地聊一聊。"

这一番话，已经把事情安排得周到无虞。

章清姝很满意。

章载年似乎对沈弗峥那位孀居的大伯母有印象，点头夸着："你大伯母是个做事很稳妥的人，丧夫失子，她这些年也过得很不容易。"

沈弗峥应着话："我爷爷也这样说。我堂妹娇纵任性，跟我爷爷闹了好几次脾气，我大伯母一直自愧没有教好她。我大伯在世时，她也是个很能干的女人，这些年倒畏着手脚，什么事也不敢揽去做了，订婚的事交给我大伯母，我爷爷也很满意。"

沈弗峥刚刚说这事是跟钟弥商量出来的，实际上，钟弥还不太懂沈家的弯弯绕绕，更想不到叫他大伯母来操持这点。

主要也是她没来得及动脑子想，沈弗峥就已经安排好了。

听后，她也觉得这样好，点头答应。

他负责安排，她负责拍板，这便算他们之间的商量了。

他大伯母乐意，他爷爷也满意，钟弥当时多嘴了一问："那你妈妈满意吗？"

这怎么说呢？如果何瑜在沈弗峥和钟弥的婚事上欣然又积极，这事儿也不会落到大伯母手里。

沈弗峥不打算做硬撮合钟弥和他妈笑颜相对的和事佬，他自己就是勋贵人家和睦联姻的产物，深知这种和睦充其量锦上添花，意义不大。

何瑜没有好态度，那他就配合她的态度，将事情转交给大伯母，也是对何瑜的暗暗敲打举动：没有我这方的低头，只有因你而起的生分，你希望这样，那就可以这样。

何瑜自然不希望这样。

她到底是沈弗峥的母亲，她的儿子出类拔萃，以前叫她那样顺心自得，她没必要为一件他已经铁了心去做的事，再跟他生出嫌隙，想通了，认清了，态度说改也就改了。

于是沈弗峥这趟来州市，她特意叫人送了一尊开过光的舍利塔过来。

她跟沈禾之不同，她同章家人无冤无仇，反而有几分真心钦佩章老先生，先前叫她耿耿于怀的，一是沈老爷子态度不明，如今已然清楚。

二便是一点儿为人母的不甘情绪，她总想着沈弗峥应该配个门当户对的人。

她对钟弥这个人从没有意见，钟弥漂亮聪明，她都见识过的，她那个亲妹妹也没少在她耳边念叨钟弥的好。

她想开了便好了。

这终归是沈弗峥的一桩喜事，沈弗峥的父亲也劝她，现在悦然接纳才是最有利的，老爷子不反对，沈家没人能反对，反对也没有用，没有必要再因为板上钉钉的事，跟儿子闹得不愉快。

那尊金镶玉的舍利塔没到州市之前，钟弥就在京市见过，由何瑾送来常锡路。人还没进门，喜鹊一样的声音先到，说"你这未来婆婆这回是真大方了"。

未来婆婆示好的礼物刚一送来，沈弗峥的大伯母也将电话打来，旁敲侧击地问着，这事儿现在还用不用她来办。

人在领导位子上坐久了，普普通通的话都能说出不普通的味道来，沈弗峥叫大伯母放心去办："弥弥跟阿月聊过，由大伯母来操心这件事，我和弥弥才能放心。"

何瑜来办，或者让章女士来办，都不太好。

这种双方不尴不尬的关系里，必须有中间人事情才好做。

在钟弥家这顿饭吃到天擦黑才结束。

章载年要回丰宁巷休息，这事儿以往都是章清姝做，因不放心女儿开车，现在这活儿被沈弗峥揽去。

沈弗峥跟钟弥是从宝缎坊步行过来的，随后就叫老林把车子开到钟弥家小楼门口，这会儿正好送外公回去。

老林有在丰宁巷七进七出的本事，但考虑到老人家身体不好，窄窄巷路，起起停停，这么坐在车里容易不舒服，车子便在巷子口就停下了。

沈弗峥扶着章载年下车。

章载年对外说封笔了，这些年自己写写画画没停下，眼睛还好使，路灯灯光里，瞧见了沈弗峥这辆黑色A6的车牌。

"前几回没注意看，你这车牌倒是巧，是弥弥的生日。"

沈弗峥也跟着看了一眼车牌数字，扬起唇说："那就总算对了。"

进巷子的路，路灯老旧，照明的范围有限，老林拿手电筒映开一片光区，沈弗峥扶着章载年，放慢步子，慢慢往家走，说着这车牌的由来。

他第一次来州市看望老先生，还不是这个车牌，但走的那天下雨，分别时，钟弥就胡诌了一句，说这车牌是她的生日。

章载年笑笑说，这是自己那个外孙女能干出来的事。

"我就说，那我跟你有缘。缘分自然是真的，那这车牌生日也不能是假的，托了我一个朋友帮忙留意，换上没几天，弥弥还不知道。"

"难为你记着，事事肯惯着她。"章载年说着，拍了两下沈弗峥扶自己的胳膊。

"我读书早，又大弥弥许多岁，要是叫她不开心，太像仗着年纪在欺负她，您跟阿姨怎么能放心把她交给我？弥弥还是小孩子，但我不小了，我清楚，我是仗着她对我那点儿喜欢，才勉强叫您跟阿姨接受我，本心里，您跟阿姨都不愿意她嫁到我们家这样的环境里来。我做不到从沈家跳出去，只能厚着脸皮跟您保证，我会对弥弥好，尽我所能地让她快乐自由。我真的非常爱她。"

这样的话，在钟弥面前，沈弗峥都没有说过，他从来不是一个喜欢把爱和喜欢挂在嘴边的人。

在这条只闻虫鸣蛙叫的巷子里，隐隐可听见其他住户紧闭的门窗里传来声音，零碎对话、碗盆磕碰、老人咳嗽、新闻声响，好似徐徐经过一路人间至味的烟火气。

在他厌恶过、敬仰过、感恩过的老先生面前，他摹其风骨多年，仿他的字能仿得别无二致，如今也似照镜子一般坦露心声。

外公也是非常爱钟弥的人。

他能体会到最后这短短一句话里的诚意和分量。

"我跟她妈妈很难不担心她。你别看她瞧着有一肚子小聪明，人机灵得很，实际上弥弥这孩子性格很单纯，她心里一藏事就睡不好觉，打小就这样，性子也拧，有麻烦事从不跟我和她妈妈说。她很会体谅人的，我跟她妈妈能帮她的不多，只盼着她以后能快快乐乐的。"

章载年心脏不好，边走路边说这么长一段话，气息有点儿不稳，声音放缓了，低声说："虽然担心她，但我们也相信弥弥的眼光。她年纪虽然小，但在家里我跟她妈妈一贯尊重她的意见，她愿意的事，我们不反对，也希望你们在一起都开开心心的。"

他说完，家也就在不远处了。

蒲伯在门口等着，看见手电劈开的亮光，映得灯后的人瞧不清，远远便迎上来，连忙问道："今儿高兴，可没沾酒吧？"

章载年笑说："哪里还敢沾那个，弥弥怎么可能让。"

提到酒，倒是想到院子里还有一坛自酿的青梅酒，是远房亲戚送来的，现在自然是不能喝了，章载年便叫沈弗峥和钟弥明天过来吃饭，把那酒开了。

酒已经放了一个夏天，酿到最好的时候了。

沈弗峥回去时，桌上的餐盘碗筷全都被收拾干净了，客厅的窗户大开，风扇开着强力挡呼呼吹着，通风散味。

淑敏姨正在客厅里动作麻利地拖地，抬眼见沈弗峥送章载年回来了，手上动作也没停，只告诉他，楼上客房收拾好了，就在弥弥的隔壁那间。

"弥弥刚上楼洗澡了,你要不要也先去洗个澡?毛巾、洗漱用品都在卫生间里准备好了。"

沈弗峥应了声"好",踩着木梯上楼,碰见了章清姝。

章清姝想起来一件事:"刚刚在晚饭时,说去寺里求吉日,我忘了问,你的出生年月我要记着。"

沈弗峥跟着章清姝进了楼上的一间小厅,章清姝去找本子和笔,沈弗峥却定住目光,脚步不自觉地朝高高的香案走去,盯着悬挂在案上的一张黑白照片。

章清姝找来纸笔,刚要出声,便看到这样的情景。

她脸上柔柔绽开一个笑,在沈弗峥背后轻声介绍着说:"这是弥弥她爸爸。"

沈弗峥知道,也从照片里认出来了。

虽然大家都觉得钟弥长得像她妈妈,可细观她父亲的照片,也看出一些血脉间的相似性,比如眉眼间的英气。

"我能给叔叔上香吗?"

沈弗峥忽然提出的请求有点儿令人意外,但章清姝也没有拒绝,只在一旁看着沈弗峥礼数周全地做完简单的祭拜仪式,心中微微起了波澜。

他在钟弥的父亲的照片前,合眼敬香的样子很虔诚。

如果钟弥的父亲知道,是这样一个人跟他的宝贝女儿在一起,他会放心的吧?

记完他的出生年月,章清姝跟淑敏姨说了同样的话,叫他去洗澡,洗漱用品都准备好了。

"从京市坐车过来也不轻松,晚上早点儿休息吧。"

沈弗峥走到口,转身说:"对了,阿姨,外公叫我们明天过去吃饭。"

章清姝点了点头,微笑着说:"你跟弥弥去吧,明天戏馆还有事要忙,我就不过去了。"

"好。"

沈弗峥没多说,回了客房洗澡。

待他出来时,长发吹得半干的钟弥,穿着白色的飞袖睡裙,趴在床上,手肘撑着床,就着床头灯的一点儿光,翻着一本瞧着五颜六色像绘本

253

的书。

她一听到洗手间门有响动,脚心朝天的脚丫子停止晃动,也立刻没了翻书的兴趣,转头过来看他出浴。

沈弗峥头发也草草地吹成半干,走到床前问:"你来跟我睡?我第一次来你家,这不合适吧?"

她家这小楼结构,美则美矣,隔音实在很差。

钟弥嫌他说话声音太大,立马紧张万分,两根食指都一起比到嘴唇前,压着嗓子说:"小声点儿!给我妈听到了,那就真不合适了。"

她那鬼鬼祟祟的样子实在可爱,沈弗峥将擦头发的毛巾搁在脖子上,弯身下去凑近她:"知道不合适你还来?"

钟弥从床上坐起来,将手里的绘本朝他挥了挥:"给你送这个,我怕你认床,换了环境又不好睡觉,尤其是在我家。"

沈弗峥从她手上接过绘本,没急着翻开,只问:"你家怎么了?"

趿拉上自己的拖鞋,钟弥嗒嗒地跑过去把窗户推开,朝他勾了勾手,叫他过去。

沈弗峥没明白,但也走了过去。

这间客房的窗户正对后院,这个角度可以看见一整片静谧的荷塘,莲叶经过盛夏,茎秆撑开,簇簇拥拥。

钟弥提醒他:"不是看。"

沈弗峥收回落进夜色里的视线:"那是什么?"

"你听。"

稍被提醒,沈弗峥就恍然了,周遭蛙鸣一片,像是从四面八方来的,细听是有点儿聒噪。

"我家院子里有荷塘,所以附近青蛙特别多,尤其是这个时候,待会儿关了灯你会觉得声音更吵的,所以给你送这个绘本。我小时候睡不着,我爸爸就读这个绘本里的故事给我听,现在给你了。"

"那后来你爸爸不在了,你睡不着,用的什么方法?"

钟弥一下被问愣住了。

没有方法了,爸爸不在以后,很多事是她自己撑着,睡不着就睡不着,没有爸爸,虽然外公和妈妈都给了她很多爱,但好像她自然而然就变了,失去了一些无理取闹、撒娇胡来的机会。

"人总是要懂事的。"

钟弥声音闷闷的,这样跟他说。

有一只夜蛾寻光飞来窗台边,静静停栖。

外面是夜,室内只亮了一盏床头灯,他们一同站在微弱的光影交汇处。

他看着钟弥用手扇风,那只夜蛾受到扰动,振翅飞起,却因再寻不到更亮的地方,在窗边久久盘旋。

他想到了傍晚落日里,她平静地说着在父亲去世很久以后,再被人尾随,意识到再也没父亲会接她回家,失控崩溃的落泪。

想到晚饭时提及,她帮她妈妈问耍无赖的亲戚要账,别人说的难听话,她一句句还回去。

想到不久前在丰宁巷,外公说她其实性子单纯,心里一藏事就睡不好觉。

没有哪一刻,他如此渴望成为高山,成为她可以栖息的归处,供养她这一生的平安喜乐。

钟弥低着头,也没有察觉一旁的沈弗峥静望着她、越渐深沉的目光,手指还俏皮地动着扇风,很有意思地说:"你看,这个蛾子好傻,它都不怕人的吗?"

沈弗峥没看夜蛾,只说她:"你也有点儿傻。"

钟弥斜斜瞋他一眼:"看过金庸小说没有?你要是说一个人好,一个人美,这都不要紧,你要是说一个人傻,你还要爱她,那你就完了!就连黄蓉那么聪明的人都要栽的!"

她说话间的一颦一笑都时时刻刻牵引着他的视线与情绪。

沈弗峥把脖子上的毛巾取下来,反套住钟弥,将她往自己身前拉。

"栽就栽了。"

说完,他不等钟弥反应,便低头将她深深吻住。

那只小小的夜蛾飞进屋子里来,翩翩越过窗前拥吻的一双人,栖在明亮的灯罩上。

今年夏末的雨水比往年多,降温倒不明显。

早上起来穿无袖的睡裙,手臂也不凉,钟弥是由沈弗峥喊醒的。

早上六点多,晨曦未启,钟弥也没醒,沈弗峥已经收拾妥当,指节微屈,咚咚两下轻叩钟弥的房门。

第一次上门来钟弥家留宿,亲归亲,抱归抱,最后两个人还是知礼守节地各睡各房。

钟弥眼都没睁全,听到敲门声,迷迷糊糊地下床,揉着眼皮去开门。

门外的人,身上散发着一种洗漱后的清爽气息,开门一见,像视觉上的晨风扑面。

经沈弗峥说,钟弥才想起来,昨晚他们约好了今天一起去外公那边。老人家觉少,这个点,外公的确已经起来,要准备吃早饭了。

"外公问我们什么时候过去。"

相比于吃早饭,钟弥这会儿更想多睡一会儿。还没想好怎么把这话说得委婉,拦不住一个冲天哈欠,她用手捂着张开的嘴,困得眼睛里都泛起大朵泪花。

这下不用说了,沈弗峥都看明白了,手指在她潮湿的眼角蹭了一下:"这么困?"

"嗯。"她有点儿不好意思地应一声。

原计划说改就改了。

沈弗峥说:"外公还在等,我先去,你再睡一会儿,之后让老林来接你。"

钟弥点了点头,很满意。

沈弗峥一走,不满意的人进了钟弥的房间。淑敏姨觉得她胡闹,好声劝着:"弥弥,不像话了吧,新姑爷上门,怎么能让他一个人去外公那儿哪?"

钟弥在被子里懒洋洋地翻了个身,说没事的。

"他又不是不认识人,不认识路,一个人去怎么啦?而且,真算起来,他跟外公认识,比我跟外公认识都早呢。"

淑敏姨还是觉得不妥:"那外公万一多想,还以为你们是不是吵架了。"

钟弥心比海宽,挥挥手道:"没事的,他会跟外公解释的。"

淑敏姨看着床上卷着薄被的懒虫,无奈一叹,摇摇头说:"你啊,真是跟读书那会儿一模一样。我还记得你以前谈的那个男生,来家里找你一起去图书馆学习,你呢,也是这样,顾着睡觉也不顾人,让人家一个人在楼下客厅等,你就照着日头睡,非睡饱才肯起来。"

本来沈弗峥临走前,搂着她亲了一下额头,说"你继续睡吧",钟弥挥了挥手,送他下楼,便放宽心,打算再睡一个回笼觉。

此刻,听到淑敏姨忽然有感的一番话,本来似两张粘胶纸拉丝扯线般分不开的上下眼皮,猛然一睁,双瞳豁亮。

钟弥从床上坐起来,看着淑敏姨,带着一点儿回忆的模样,心虚地说:"好像是真的……"

"嗯,那还有假啊?!我能瞎说话?"淑敏姨见她心虚,语气更强硬了,再数落起钟弥,又放软声音,"你啊,就有这跟人处对象不上心的毛病。"

"不可能!我不是!我……我——"钟弥死不承认,急着辩解,打着磕巴也要语气强硬,"起码,我现在不是。"

为了证明,她果断与舒服的枕头、被子割席,毫不犹豫地离开它们,趿上了拖鞋。

"我很上心的好不好?我现在就洗漱,待会儿就过去。"

淑敏姨听了此话很欣慰,面上带笑,点着头说:"这才像话,我的大小姐呀。"

钟弥着急去卫生间洗漱,风一样从淑敏姨旁边掠了过去。

她出来时,淑敏姨正收拾她的床铺。她往脸上抹水乳,像个完成一点儿任务就要讨夸奖的小孩儿,跑到淑敏姨跟前问:"我跟以前还是不一样的吧,我现在跟人处对象还是很上心的,对吧?"

淑敏姨应她的话,说:"是,是,是,不一样了。你读书那次,我跟你妈妈两个轮流来说你不像话,你都不肯起来,还说什么'反正我家也很安静,跟去图书馆学习没有什么区别'。"

话都是自己说过的,即使隔着几年时间,淑敏姨一提,钟弥就想起来了。

以前她的确挺不像话的,很少考虑别人的感受,好像对方当时也不介意,所以她也从来没检讨自己。

可同样的事,今天落到沈弗峥身上,她就立马不行了,说改就要改。

谈恋爱不上心那怎么行?

淑敏姨很时髦地打趣她:"对象不一样咯,这可不是一般对象,结婚对象肯定要上心的。"

大清早听到这话，钟弥还有点儿难为情："什么结婚对象啊，八字还没一撇的事呢。"

说完她就去挑裙子化妆。

钟弥下楼时，院门外刚好传来车轮碾过碎石的响动，老林送沈弗峥去丰宁巷回来了，见到编发里缠了碎花丝巾，穿着方领白裙的钟弥，打扮清新如一枝带露花苞，也很惊讶。

因为不久前沈弗峥一个人上车，老林还问了一句："钟小姐不一起过去吗？"

沈弗峥不当回事地说："时间有点儿早了，她还困，把她喊去看我跟她外公下棋，也是受罪，让她再睡一会儿。你之后再回来一趟，等她睡醒，中饭前把她送过去就行了。"

"钟小姐，您怎么起来了？"

钟弥露出笑："刚好你回来了，我本来还在想，不知道你什么时候回来，打算自己开车过去呢。"

拿着自己的小包，跨出院门，钟弥就是在这个当口发现那个陌生又熟悉的车牌的。

车还是那辆低调出行的黑色A6，但车牌已经不是假生日，这串数字钟弥更熟，真是她的生日。

她愣愣地站在院门口，朝前指着："这个车……"

老林能在沈弗峥回国后，给他开十年车，不单单靠七进七出的过硬本事，脑子活，嘴巴紧，人情世故，孰轻孰重，样样都拎得清。

老林知道钟弥纳闷的是车牌，但也清楚，他是为老板服务，有些时候不能过分积极，抢了老板的活。

钟弥对这些事不了解，只问："这个，是随便就能弄到的吗？"

老林朴实地笑笑说："您金口玉言，就是要天上的月亮，沈先生也会找人借把长梯子替您去够一够。"

沈弗峥身边常用的人，个顶个地有分寸，钟弥偶有恶趣味，就爱一本正经地吓这些有分寸的人，叫他们方寸大乱。

她很是认同地点头："摘月亮？这个建议好！多浪漫哪，我待会儿到丰宁巷就转达给沈弗峥，让他记你一大功！"

老林哭笑不得地说:"钟小姐,您可别为难我了。"

钟弥到那边时,沈弗峥已经陪外公吃完早饭。

蒲伯从背光的檐阴下搬出一个透明的酒坛,酒液青黄,坛底沉着发酵的青梅,见到钟弥跨进门来,很是惊讶地笑着:"小祖宗,怎么现在就过来了?吃早饭的时候你外公还说呢,你这一睡懒觉,怕是要到中午才会过来。"

总不能讲是淑敏姨一语惊醒梦中人,钟弥提起一口气,胡乱编了个十分假的理由:"当然是想蒲伯啦。"

假话也是甜的,蒲伯满脸欢喜之色,把酒坛搬进饭厅桌上,问钟弥吃早饭没有。

钟弥说没有。

蒲伯告诉她,沈弗峥和外公去书房里下棋了,问过钟弥想吃什么,自己去后厨给钟弥做吃的东西。

以前外公这里来客人陪外公下棋,钟弥会帮忙泡茶送到书房里,然后乖乖坐在一旁看一会儿。沈弗峥第一次来时,她也是这样。

可如今不同,沈弗峥也不能完全算客人了。

章载年就看到自己的外孙女,手里捧着一碗热气腾腾的小馄饨,目光十之九分落在他对面的棋友身上,还有一分是小馄饨实在太烫,要分神低头吹一吹再入嘴。

棋友倒正派,认真对局,黑白子你来我往之间,还跟外公闲聊着京市的一些旧人旧事,说起他的二伯沈兴之,外调也不少年了,如今要调回来,乍一想,岁月仿佛弹指一瞬。

下完这盘棋,章载年摆出疲态,说久坐也不舒服,要去院子里晃晃。

他一起身,书房里便只剩下沈弗峥和钟弥两个人。

钟弥把只剩汤底的馄饨碗放到一旁的小桌上,问沈弗峥车牌的事。

他答得云淡风轻,说换了也没两天。

钟弥说:"干吗啊?我那时候真就是随便说说的。"

他不会告诉她,她那句"你这车牌,是我的生日"是胡诌,他当时就瞧出来了,他回的那句"是吗?那钟小姐同我有缘"也并不走心。

他没妄加多情,去猜那时雨雾茫茫里,钟弥对他有多少不舍,大概是一点儿不好讲的悸动与没忍住的不甘心吧。

谁能想到呢,两个都不说真话的人,偏真有一段缘分。

在旁巍的璟山的别墅里,他再次见到钟弥,她在旁巍的玩笑话里竖起一身的警惕意识。

他从她背后走来,出声引她转头。

那一瞬,钟弥的表情他在记忆里尤为清晰深刻,似尖锐冰凌,又在四目相对间,无声无息地融化掉了棱角。

他读不懂她的神情转变,当时也当无关紧要,没有去想。

就像漏掉故事里一个悲情色彩的伏笔,之后他又恰到好处地与她有了一段不痛不痒的暧昧关系。

他的心疼,延迟到险些过期不候。

陪沈弗良应酬那晚,他听她的室友桩桩件件地说起彭东新对她做的事,沉默的时候很多,也是那时后知后觉,原来钟弥怕的是这个。

不清楚是从什么时候开始,他就将她看得如此重要,如此命不可缺。

如果在爱与不爱之间有那么明确的节点,他想,他们应该也不会有今天。在未深陷之前,他大概会提醒自己适可而止。

不爱是很好分辨的。

爱这种东西,讲不清,像本能又似神谕。

他骨子里有一种学习得来的辩证模式,提醒自己,此刻坐在她的外公的书房里,脑子里关于钟弥的静想与分析都不是完全正确的。

人对偏爱之人难免偏心,常事而已。

钟弥问他,为什么非要换这个车牌。

他手指捏着一枚圆润黑子,嘴角浅浅一弯,回答:"大概,想和你一直有缘。"

钟弥没想到是这个回答,恍惚了一下,又眨了一下眼,一点点反应过来,神情足足应了那句词:柳眼梅腮,已觉春心动。

刚刚碍于在陪外公下棋,不好问,这时沈弗峥看她怔怔地表情,又想起出门时她困得哈欠连天,说让她继续睡,没多久她又过来了。

"现在不困了?"

棋凳高些,她坐的方凳矮一些,方便钟弥一弯腰便趴到他的腿上,她用一侧脸枕着他的腿,懒洋洋地拖着绵软的声音说:"困呀。"

沈弗峥垂着眼，手掌落在她露出来的脸上："困怎么不在家多睡一会儿？我都帮你跟外公解释了。"

对自己变卦的事，钟弥脸不红心不跳地解释："夫唱妇随喽，睡觉哪里有你重要。"

说完她还冲他露出一个再真心不过的灿灿甜笑。

她这双眼露出笑意，实在动人，配上张口就来的甜言蜜语，更是一加一大于二的效果。

沈弗峥手指轻轻描着她的嘴角的一点儿弧，压低声音问："你这儿还有多少好听话？"

钟弥不禁夸地骄傲起来："只要沈先生想听，要多少有多少！"

沈弗峥笑着点头："嗯，又来一句。"

她伏在他的膝上闭眼，沈弗峥的手从她的脸庞上移到她的后颈上，轻轻慢慢地捏着。也不知道怎么了，她忽然感慨似的保证："我现在好好跟你谈恋爱，以后也会好好当沈太太。"

"你不好好当也无所谓。"

钟弥眉心一动，睁开眼，直起腰，看着眼前的人，像没听懂一样重复他的话："不好好当也无所谓？"

沈弗峥反问她："怎样才算好好当沈太太？"

钟弥张了张嘴，回答不上来。

"你没来之前，外公刚好也说到结婚这件事。"

钟弥问："说什么？"

"说你年纪还小，希望订婚之后，不要那么快结婚。我就问：'您是怕弥弥后悔吗？'"

没等外公回答，沈弗峥便以玩笑口吻说："我想早点儿结婚，我也怕她后悔。"

隔着辈分的两个男人，面前一盘棋，都笑而不语了。

"你不用把结婚这件事想得很重要，沈太太的身份不会一当上就需要你脱胎换骨，你不用想得那么沉重，好像要攒很多力气去应付。不会的，它是新增的一个身份，不是你唯一的身份。"沈弗峥跟她说，"很少有男人会一直以某人丈夫的身份自居。"

丈夫这种身份，像睡衣，人人都有，但都很少拿到人前来。

"很多女人却把某人太太当成24小时工作制的终身职业,我在我们家见过很多沈太太,无论在外多光鲜,回到沈家的屋宇下,她们都过得不怎么好。我不希望你成为那样的沈太太。"

他抚了抚钟弥的脸。

"我也答应了外公,会尽我所能地让你快乐自由。"

许是胡葭荔结婚不久,在婚宴上,司仪邀请一双新人上台做小活动热场子,来来回回地问问题,都好像围绕着婚后的鸡毛蒜皮、家长里短,谁做饭,谁管钱,吵架谁让谁,生几个孩子……

那些问题裹在甜蜜的背景音乐里,浪漫气氛如水满溢,叫人很难察觉,其中隐藏着一种刻板定义。

我们如何去证明爱一个人?心甘情愿地为对方跳进婚姻坟墓,为他妥协,为他吃苦,就是最了不起的爱,这就是感人泪下的付出。

钟弥也不由得受了这样的刻板印象影响,默认婚姻就是这样,难免束缚,总有枷锁。

她没说话,自己想了一会儿,再开口只是问他:"那对你来说,会很难吗?"

给她快乐自由这件事,会很难吗?

"我一直喜欢做有难度的事,"沈弗峥又声音平平地补了一句,"好像,也一直能做好。"

那坛酿了一整个盛夏的青梅酒,在中饭前被打开了,果酒的甜香气自坛口浓浓逸出,蒲伯用青花瓷的敞口酒壶分装出一些,放在餐桌一角。

一桌家常菜也是蒲伯的手艺,他还蒸了一笼沈弗峥特意带来的螃蟹。

钟弥没有海鲜过敏的事,也在这一刻真相大白。

她津津有味地吃着沈弗峥剥好的蟹腿肉,很有道理地说:"是对剥螃蟹过敏,现在有人帮我剥了,我当然就不过敏啦。"

外公笑着说她,天下十分道理,她一个人占了九分。

桌上放着四只小杯子,都倒至半满,一齐碰杯后,钟弥喝完自己的一小杯,再去喝外公的那一小杯。

"仪式要有,但你绝不能沾酒,我帮你喝。"钟弥笑嘻嘻地说。

外公本来就嗜酒,只能看不能喝,笑着摇头叹气。

钟弥便言之凿凿:"健康要紧!"

果酒适口，度数却不低，这种酒的后劲上得也迟，等桌上碗盘被蒲伯收去洗，她想帮忙，人才眩晕了一下，脑袋一片涨热。

外公说她这是喝多了，叫她赶紧去睡一觉。

小厅里有一张年纪比钟弥都大的凉床，铺着软席，特别适合夏天睡午觉。

钟弥晕晕乎乎地躺在凉床上，嘴里还絮絮叨叨地跟沈弗峥说自己小时候的事。

"那时候这巷子里还没有电改，一打雷，整条巷子的电都会断掉，有时候夏天晚上在外公这边睡，停了电，就把这个凉床放到院子里去。外面凉快一点儿，但蚊子也多，点蚊香都赶不走，外公就拿蒲扇给我扇风赶蚊子。睡着后，电又来了，我每次早上醒来都想不起来自己是怎么被抱回到房间里的，外公就说我，打雷也不会醒，睡着了像只小猪。"

沈弗峥翻着钟弥小时候的相册，翻开的页，正停在她六七岁的时候，小姑娘粉雕玉琢，不大爱笑，总是很傲气或者很俏皮地盯着镜头。

听她说这些事，又看着她小时候的样子，沈弗峥似能想象当时夏夜停电的画面。

他敛下目光，看着侧躺着的钟弥，粉嫩脸庞透着醉酒的红晕，眼睛反而更显得单纯清澈了，似两汪泉，看着他，一下一下地眨着。

他情不自禁，手指在她软软热热的脸颊上戳出一个小窝，说："现在也像。"

第二十二章

女主角

进九月，州市很快落了第二场雨。

绵绵湿雨笼罩天地，终于在感官上将延迟的节气邀进秋天，钟弥家院子里的水泥台阶，被哗哗流淌的雨水洇成了深灰色，台阶上躺着几片泛黄树叶。

淑敏姨一早忙着帮钟弥收拾回京要带的东西，还没来得及清扫。

长途坐车吃太饱容易不舒服，钟弥在吃早餐时没什么胃口。

瓷勺舀几口小米粥往嘴里送，油条撕成小块，撕到一半发现量太多，自己吃不掉，便把剩下的一半分给对面的沈弗峥，扭过头，她第二次对从楼上忙到楼下的淑敏姨说："够了淑敏姨，用不着带那么多东西啊，你过来跟我们一起吃早饭吧。"

淑敏姨闷头干活，只说："你们先吃，我再想想有没有忘带什么。"

收拾停当，淑敏姨从楼上下来，手里不忘给钟弥拿了一件薄薄的白色针织衫，交代她今天下雨降温，别顾着爱美穿裙子，小心感冒。

吃完饭，钟弥很听话，把外套穿在浅绿色的吊带裙外。

章清姝一早去戏馆开张，再回来，见客厅里行李箱已摆放好，又清点了一遍钟弥要带的东西，确定无遗漏。

淑敏姨将东西送到后备厢里，老林搭着手，之后两个人便在门口临行嘱咐几句，送钟弥和沈弗峥上了回京的车。

小雨初停，绿化好的城市，经济不一定发达，有一点很明显，空气好，宜居怡人。

钟弥按下车窗，雨后的风自带一股降尘的湿意，扑面而来，软软润润的。

她往远处看,是陵阳山的苍绿山尖,隐隐可见寺庙金红的琉璃顶,雾岚围绕,匿在葱郁林涛中。

这一趟,沈弗峥来州市待了几天,也见了一些钟弥的亲友。他对这种社交场合驾轻就熟,哪怕一桌子都是初见面不认识的远房亲戚,也从容不迫,既无高高摆起的架子,也不见过分亲和,肃如松风,温和有礼。

年长的叔伯聊实业,年轻的同辈讲互联网虚拟经济,他坐在其中,都能不咸不淡地应上几句。

那一身清贵淡漠的气质,钟弥一早领教过妙处,天生有叫人受宠若惊的本事,好似他本不是什么随和可亲好相与的人,偏偏肯敬重、肯抬爱,给人好颜色。

钟弥和女亲戚坐在一起,在一旁瞧得清清楚楚,这人也没干什么,连服务精神都欠缺,茶水都是年纪更小的同辈殷勤地斟上的,却独独他赢得满场好评。

州市是钟弥的外婆的籍贯地,这边的亲戚对京市沈家了解不多,外公介绍沈弗峥也只说是一个京市老友的孙子,同弥弥有缘认识的,如今做一点儿投资生意。

至于是怎样的投资生意外公也不细讲,更没提州市这两年的古城区改造,其中的京市资本与其有关,忙前忙后露脸的是盛澎父子,幕后坐镇的是这位沈四公子。

四月结婚的表姐,已见孕肚,还要被丈夫使眼色支去厨房削水果,大概是表姨从小将她往淑女楷模培养的后遗症,长大了,贤惠劲儿也不能落下。

章清姝没朝这个方向管过钟弥,所以钟弥既无除了漂亮之外的半点儿好名声,也从不忍半点儿委屈,受累服务他人。

见表姐扶着后腰,脚步不大自如地往厨房走,钟弥一时心软,主动过去帮忙。

两个人在厨房里给瓜果削皮。

表姐过来人似的跟钟弥传授经验:"能早结婚就早结婚,你现在大学刚毕业不久,年轻漂亮,等再过个几年,那些花儿朵儿一茬接一茬地冒,你就难保证是最年轻漂亮的那一茬了,结了婚,好歹有个保障。"

她自顾自地说着，从半开放式的厨房往外看了一眼。

钟弥那位京市的男朋友气宇轩昂，鹤立鸡群，说是三十来岁，皮相比岁数显年轻，气质又更沉稳些。

京市商人，家里又有人从政，年轻的时候是喝洋墨水的高才生，上了点儿年纪，是财富地位赚到盆满钵满的生意人，样样好处都占了。

她收回目光，对眼前的钟弥说："他这个条件，这个年纪，都没结婚，不会是不婚主义者吧？你可别被人拖着，女人的青春就那么几年，拖一拖就不值钱了。"

她本来还有小妙招跟钟弥分享，比如，对付这种有钱不愁吃穿偏偏拖着不肯结婚的成功男人，如何才有效。

他可能不向往婚姻，但很多男人到了岁数，很希望有个孩子。

母凭子贵，古话不是白说的。

表姐话没来得及说完，只听"欻"一声，钟弥吃劲地把红心柚对半掰开了，抬眼看向她，不解地问："谁规定女人的青春就几年，拖一拖就不值钱了？"

章清姝四五十岁，依然魅力不减，这些年追求者络绎不绝，上下年龄差能有二十多岁。

女人年轻漂亮当然是优势，但拿年轻漂亮这种终归虚无的东西当唯一的本钱，完全是把自己放在必输的位置上，年纪稍大一点儿，就要担心自己优势不再，要靠生孩子来添砝码。

好似自己的人生从无分量，只有靠男人和孩子，才能体现一个女人的价值所在。

女人一旦结婚，就需要尽快适应身份、剔除自我，沦为家庭的附庸，每当丈夫、孩子获得成就，便与他们一荣俱荣，仿佛她们的人生毫无嘉誉可言，除了一再隐忍和无私奉献，像油灯里那根耐燃的棉芯，反复烧着自己，始终照亮别人。

表姐也不跟钟弥计较，很母性地看了她一眼说："等你结了婚你就知道了，男人谈恋爱跟结婚的时候完全是两个样子。"

她摸了摸自己微凸的肚子，很欢喜地又跟钟弥说，等生下这个孩子，她老公答应了，会把一套房转到她的名下。

"你不要把男女之间的事想得多浪漫，刚谈恋爱，谁还没有兴头上甜言蜜语的时候，本质上还不是利益交换？女人要少做梦，多为自己打算。"

钟弥听了这话后，不仅没有抓紧结婚的念头，反而觉得毛骨悚然。

可她一时也说不出来话。

大概还是年纪小，经历受限，女人要少做梦，多为自己打算，这话听着明明很有道理的，却不知道哪里出了问题。

是算盘声音敲得太响，所以才叫人听着这么不舒服吗？

借由送水果，钟弥端着盘子先从厨房出去了。

沈弗峥见她一副心事重重的表情，在她弯身放果盘时，低声问："不想待了？"

钟弥也小声回，有点儿。

没过多久，沈弗峥便找了托词在一众人中起身，带钟弥回去了。

隔天他们去见胡葭荔和她的新婚老公。

胡葭荔也是今年结婚的，她老公跟她都是州市本地的拆迁户，也都是独生子女家庭，从去年订婚到今年结婚都顺顺利利，钟弥也从没听好姐妹说过房啊车的事儿。

两相对比，叫人不禁感慨，虽然婚姻是一座围城，但也不是人人随身带一把算盘。

胡葭荔说七夕才刚过去不久，遗憾钟弥的男朋友今年没能早点儿过来，今年的情人节庙会好热闹，去月老庙拜一拜也挺好的。

钟弥当时说："我和他都不太信这个。"

离开州市的这天，看着云雨汇聚的佛山，一点儿入秋的凉意沁进心里，钟弥倒真觉得有一点儿遗憾了。

她靠在车窗边，嘴里嘬着一根荔枝味的棒棒糖，将糖球塞进一侧腮里，白皙面颊被顶出个半圆的轮廓。

钟弥转头问沈弗峥："你来州市也好多回了，一次都没进过庙，拜过佛，会不会觉得有点儿遗憾？"

"没有。"沈弗峥说，"你要是想要我陪同，下次来，我们就一起去。"

钟弥将自己的手放到他的掌心里，说没什么兴趣，转而一笑，咯吱一声咬开糖球，荔枝甜味弥漫开来。

她说:"而且,我吧,最好还是别去拜佛了,我外公说我从小跟着我妈拜佛就没诚心,蒲团都被我烧出过三个洞,菩萨不会把我这个小浑蛋的事放在心上。"

沈弗峥捏了捏她的手指,吹了一会儿潮湿冷风,手指都是凉的。他将车窗关了,没了呼呼风声干扰,她的手指被他攥暖,他的声音也更加清晰。

"那跟我说,我会把你这个小浑蛋的事放在心上。"

钟弥闻言翘了翘嘴角,偏不往正题上说,挑刺一样,蛮横地扬声:"你骂我是小浑蛋哪?"

"这不是外公先说的,你自己又说一遍,怎么就找我算起账了?"

钟弥的手指在他的掌心里随意地划着。

他的掌纹很淡,好似这个看似顺风顺水的人生里不容深刻,而她偏要画出一些内容来。

她没营养又耍赖地应着话:"就赖上你了呗。"

他就说"随你"。

车厢里安静了一会儿,彼此间唯一的交流,是他的手心里那点儿由她的指尖划动的触感。

她的心事在他这里总有些神奇的心灵感应,沈弗峥手指一收,握住她,在钟弥朝他看来时,出声说:"我父母其实很担心,我们之间有一些代沟,就算以后结了婚也难长久,和外公一样,希望订婚后不要太早结婚,我的确有时候不太能读懂你在想什么。"

话题忽然变得严肃,即使他的声音一如既往地温和。

钟弥将糖块嚼得更碎,舌腔被浓厚的甜味堵到发黏,连口水下咽都比平时困难。

她看着他问:"这个问题很严重吗?"

"在我看来,不太要紧。"他这样说完,又补充,"但我以为的'不太要紧'不一定完全正确。我没有办法兼顾你全部的感受,所以弥弥,我们之间更需要沟通。如果我觉得你有危险就单方面将你保护起来,你可能会失去很多人生体验,或许那对你而言是有意思、有意义的。"

钟弥听得认真。

他又说:"婚姻对我来说只是一种世俗的形式,我在这段感情里所扮演的角色，本质上不会有任何改变，无论是现在的我，还是以后的我，都只是你的需求的回应者，不是你的人生的决定者。我不会因为多了一层丈夫的身份，就忽略你的感受，或者对你强加要求。"

甜味散尽了，喉咙里通气一般，只留清新的荔枝气息。

钟弥思考着，忽然发现在和沈弗峥相处时，她很少感觉到两个人之间的差距。

那些大大小小的冲击，大多是在没有他的场合里，旁人造成的。

那些声音像海上的浪潮，她或受激荡，却始终岿然不动。

因他始终是她最重要的锚点，给她足够的安全感。

她也曾担心过，和沈弗峥之间年龄阅历和身份地位上的差距，会让感情不轻松。

这种差距并不可怕，可怕的是这种差距在两个人相处中带来的无意识忽视行为。

就像高耸古树边生出的新芽，差距太明显，很难让人觉得这小树，生长也是不容易的。

她之前很少跟他聊自己在舞团的事，每次被问及累不累，辛不辛苦，大多时候也只是敷衍笑笑，说一句"还好"。

好像她也下意识地认为，在他面前，自己那点儿耕耘和努力不值一提，或许也不会被理解。

为了避免给感情里添加不必要的麻烦，她很少主动说起自己的事。

倒是沈弗峥，经常在睡前或者餐中，把她的工作问得很细，有时候人际关系遇到一点儿小麻烦，他也会开导她，教她处理方法。

明明他有更轻松简单、更符合他的身份的方法，叫助理去打声招呼，她就会在他的影响下得到从天而降的优待，甚至在整个舞团里横着走。

但沈弗峥从来没有这样做。

她自己去试角色，拿到主舞的剧目，获得一个小奖项，他都会为她高兴、为她庆祝。

他一直俯身，以和她齐平的视线，教她如何为人处世。

她二十来岁的喜悦和苦恼心情，在他那里从不渺小，也一直被妥当安放。

钟弥一直很感动这一点，但碍于一点儿心里的小傲娇一直没跟他说过。

今天听他说,他是她的需求的回应者,不是她的人生的决定者,她瞬间拨云见雾,恍然明白,原来他一直是以这样温柔的道理在对待自己。

胸中微起波澜,小而不止,冲击着心里酝酿多时的字句。

她终于跟他说了谢谢,拉着他的手说:"我觉得,你很像一本书,无论我有什么问题,最后都能在你这里找到答案。"

在感情里,钟弥信奉有来有往,也始终认为单方面付出难以维系关系,多多少少甘情愿也经不住长久空耗。

所以,每次从沈弗峥那里得到点儿什么令她触动的东西或者情绪,她都很想回报他一些什么,叫他也知道那种被人重视、被人惦念的幸福感。

此时此刻,她也很想给他一点儿什么。

可惜这车没隔板,她不习惯在人前亲热,哪怕一个简单的拥抱和亲吻动作都不太方便。她望了望手边,只能找出一根刚刚被咬干净糖球的棒棒糖小棍。

她抿着嘴,礼轻情意重地把那根红色的塑料小棍放到他的手心里。

他先是顿了一下,看了看掌心,再看向钟弥。

钟弥说:"送给你。"

大概是这辈子没收过这么寒酸的礼物,他淡淡地笑了起来,垂眼看着,给这小棍想了一个威风凛凛的名头,悦然接话道:"愿受长缨。"

他说得一本正经,好似接下了什么为她而战的使命。

舞团今年九月外地的巡演钟弥没有参加,回京市后,只有一些日常的排练工作,为国庆节的献礼演出做准备。

何瑜托沈弗峥给章清姝送了舍利塔,聊表心意,章清姝自然也有心意回赠,她珍藏了很多年的祈檀寺住持的手抄经本,并一串一看就有年头的小叶紫檀的佛珠,叫钟弥代赠。

临行前晚,章清姝拿着两样东西来钟弥的房间,把这事儿交代给她,还特意叮嘱,要她自己出面去送,不能到了京市,把东西丢给沈弗峥就不管了。

"关系再难相处,也要先相处了试一试再说,起码的礼数都要做全,不留话柄给人说。往后你就知道了,人与人相处,尤其是与一大家子人相处，和气多重要。环境是大家的，谁伤了和气，谁就是众矢之的，相反，谁要是有本事拢住这一帮人和气生财，那大家自然就会抬举这个人，懂了吗？以后做事不能全凭性子来，能交好就不要结怨。"

钟弥点了点头，类似的道理，她自己也亲眼见识过，例如沈弗峥和他的小姑姑沈禾之。

本质上这两个人都是强横霸道不容他人置喙的性子，得人心与不得人心的区别罢了。

人趋利，沈弗峥的钩子上永远有最好的香饵，鱼儿心甘情愿地上钩，自然凭他驱使。

而沈禾之的钩子太尖锐，被伤过一次的人自然也避而远之。

钟弥知道章女士是担心自己，也知道口头的解释宽慰话再多，都是无济于事的。

她只想着这次回京之后要好好生活，把日子过得顺遂了，下次妈妈再来，看到自己过得好，自然就会放心。

钟弥翻了翻经本，又打开盒子看了看，小叶紫檀的佛珠颗颗圆润，表面的牛毛纹清晰细腻。

想到先前妈妈给自己的那串红宝石项链，钟弥后来给沈弗峥的小姨看了才知道，是收藏级别的古董珠宝，主钻的来历可以追溯到两个世纪前。

"真的要送这个吗？"

章清姝问："有问题？"

钟弥犹犹豫豫地说："那我们家是不是没有好东西了？你都没有什么宝贝了吧？要不就只送佛经吧，大师手抄的，够有意义了吧？"

章清姝失笑，两手轻捏着钟弥的脸颊晃了晃："怎么就没有宝贝了？我最大的宝贝在这儿呢。这本来就是你外婆留下来的东西，放着好多年了。"

说完章清姝又叫钟弥放心，家里还有好东西给她当嫁妆，告诉她，身外物没什么好舍不得的，东西讲究物尽其用，用了才有意义。

所以回了京市钟弥就想着怎么把东西用出去。

吃饭时，沈弗峥替她想了想，建议可以月中回老宅那边吃饭的时候带过去，送给何瑜。

钟弥觉得不好："那还得等十多天，就显得我犹犹豫豫不想送，不上心一样。"

"那我替你约我妈出来吃饭,你想哪天?"

钟弥想了想也觉得不好。

她和沈夫人在城南别墅那晚初见面,给彼此留下的印象并不好。

当时沈弗峥便在场,他全程很护着自己,自己顺势便一言不发,看着他跟沈夫人话里有话地打机锋。

现在她再想想,那晚她也有做得不好的地方,那多少算一个让沈夫人了解自己的机会,但当时,她对让沈夫人了解自己并不感兴趣,也无展示发言的欲望。

钟弥一贯对自己偏爱有加,事事有理,每次都是自己检讨自己,然后又很快自己袒护自己。

"那时候没有想那么多,我觉得比解决我和你妈妈之间的矛盾更重要的是,不要再在我们之间产生新的问题,毕竟那时候只是恋爱,有没有以后,也是说不准的事,我要是真用尽全力地去跟你妈妈搞好关系,万一后来我跟你也没个结果,那多白费啊?问题还是要分主次的。"

言下之意:我当时做得也很对。

"问题分主次?"听惯她的大道理,沈弗峥饶有兴味,"主要问题是什么呢?"

钟弥终于吃到京郊那家园林私房菜的醉蟹,酱料满满,腌味十足,两根筷子被她遗弃,她直接用手,咬开蟹腿,嚼得津津有味。

听到沈弗峥的问题,钟弥也没有从美食上分心,随口应道:"跟你谈恋爱啊。"

"小鱼刚认识我的时候,以为我是'捞女'来着,我当时跟她不好,也挺傲气的,就在心里想:随你以为吧,反正我不是。后来我觉得,反正我想跟你谈恋爱,谈到就是赚到,才不管别的呢。"

他们坐的还是以前那张桌子,往窗外看,少了那幽碧的鱼缸,视线更加开阔,对院子里牵连两端的红灯笼一览无余。

垂落的流苏在夜风里轻晃,灯火也有融融荡漾之感。

沈弗峥问她:"那什么是次要问题?"

钟弥说:"其他都是次要问题啊。"

"那时候,我不想,也不敢往以后多想,总觉得就算发现了问题我也解决不了,那干脆就不去发现问题了,守着眼前的一亩三分地也挺好的。"

她语出惊人,沈弗峥已经习惯,但还是会每每感慨弥弥小姐真是可爱。

"在你眼里,我就是一亩三分地?"

钟弥反应过来也觉得好笑,但作为大道理赢家,她也是不容置疑的。

"比喻句!好较真哪你,而且一亩三分地怎么了?不好吗?多好呀,每年都会给我一点儿收成,这跟你还挺像的。"

最后一句话,钟弥嘀咕得很小声。

说完,她朝对面看去。

今天沈弗峥也喝了酒,正餐已经结束,他不吃生食,对醉蟹也不感兴趣,便在对面继续品酒。此刻他一臂撑桌,手拢拳,手指抵在下颌耳后,姿态放松地注视着钟弥。

酒意使然,他眼周有点儿红,眼睛明亮温柔,专注瞧人的样子,似羽毛从心尖扫过,意外地蛊惑人。

钟弥抬眼一看,心跳漏了一拍,下意识地往唇上舔,咸的,酒味挥发掉了,但也是醉人的。

看着她那截伸出来的粉红舌尖,沈弗峥偏了偏头示意她,还要再往旁边舔舔。

她乖乖照做。

猝不及防地,他倾身过来,携着灯光压下的浓厚阴影将钟弥密不透风地圈住,温热拇指覆在她的嘴角被反复舔湿的一小片皮肤上,往外一揩,把她的舌尖没舔到的那一小点儿痕迹轻巧带去。

继而他坐回原位,看着钟弥,捞来盘子里的一条湿毛巾擦拭着手指。

钟弥似被撩起心焰,顿时口干舌燥。

要不是沈弗峥突然出声,她差点儿忘了,两分钟前,他们还你一句我一句地在聊天。

他说:"我尽量。"

钟弥眨了眨眼,呆了两秒才反应过来他在说什么。

作为一亩三分地,他说他尽量每年都给她一点儿收成。

盘着手串的老板,跟着切摆精致的果盘一块儿进来,打断了沈弗峥正要说的话，问钟弥去见何瑜，一个人是否可以。

中年老板热情地打招呼，问钟弥今年的新菜和醉蟹合不合口味。

生腌味道重，钟弥漱过口，回到位子上吃起切成小块的甜瓜，几分客套地笑起来，夸菜很好吃。

"那钟小姐一定常来，不然以后没机会，得换沈太太来了。"

做迎来送往的生意，老板本人自然也八面玲珑。

钟弥闻言，只当听不懂言外之意的样子，继续笑说："我们家虽然是开戏馆的，但我可不会川剧变脸。"

话里也有另一层意思，钟小姐到沈太太，哪里有那么快。

对方兜着她的话，也以笑脸应和："钟小姐可真会说笑。"

沈弗峥将擦手的毛巾丢在一旁，往椅子里斜斜一倚，目光与对面的钟弥对上，嘴角略略翘起，话却是对旁边的人说的："不常跟人说笑，除非心情好。"

看她第一次来这里时的场景，就知道了。

哪怕她礼节性地弯着嘴角，嘴边有笑，眼里也跟霜花遇寒流似的，几欲结冰。

那时候，沈弗峥在旁边瞧得清楚，心想：这小姑娘脾气还挺大的，高兴不高兴都往脸上摆着。

人家老板也没得罪她什么，不就是过来打了声招呼？不管他今天跟谁一块儿过来，老板都会来打声招呼，人情世故罢了，怎么她就忽然这么一副不高兴的样子，像被谁招了惹了似的？

想到这儿，他心下豁然明了。

原来她不高兴的就是这个，不喜欢这些人情世故，不喜欢旁人把她往暧昧又不见光的身份想。

要想忽略一个人的情绪特别容易，他所在的圈子里，男女之间的相处模式很多也都简单粗暴，最常见的一种是各取所需。

在各取所需的关系里，大家不需要太多换位思考，只给自己愿意给的东西，不管别人真正想要的，至于对方有情绪、有脾气，也不要紧，那些真金白银砸出的东西，自有用处，对方感动了，又煎熬了，反反复复，受不了，自然就会自己去找心理平衡，不用太关心。

男人大多时候并不感兴趣女人是如何为了他们自我洗脑的。

他们更看重结果。

女人乖了，别拿什么爱不爱的来烦他们了，就好了。

他们觉得女人有进步，继续不费力气地给对方一点儿甜头，对方就再一次感动了，多么好的良性循环。

这些招，沈弗峥很清楚，不只是对那些站在不平等位置上的女伴，俯视他人，手缝漏米，这一招永远都有用。

并且时至今日，他以一个商人的目光来看，对吝啬感情的男人来说，这是最行之有效的一套方法，常用常新，百试不爽。

可那天，她一副油盐不进又郁郁寡欢的样子，实在很难叫人视而不见。

他是真想哄小姑娘高兴的。

见她喜欢那缸鱼，他说送她，她说不要。

他提议这顿饭他来请，她立马心算起来，问他，那之后是不是要再请他两次才算还回来。

他把自己常住的两个地址都写给她，还要被怀疑真假。

当时沈弗峥心里只有哭笑不得的一句话，这小姑娘可真难伺候。

他没经验，不免又将思绪延伸，是小姑娘都难伺候，还是独独眼前这个小姑娘这么难伺候？

好奇心何止害死猫。

人也要为好奇心付出代价。

后来他去她的学校找她吃饭那次，在小餐馆聊天也不太愉快，结账回来，只见她静静地望着玻璃窗外，神情清冷，无助茫然，好似是他做了恶人将她放置在孤岛之上。

她那么防备他，他稍近一步，她都会怀疑挣扎，那一刻，一个想法像指间烟灰弹落一样，轻轻落地。

算了吧。

他欣赏聪明人，也擅长与人周旋，但如今不太能接受"聪明"和"周旋"这两个词出现在感情里。

因他的人生，已经有太多需要动脑子去周旋维系的感情。

人嘛，总是贪得无厌的，拥有了太多"好"的东西，就会渴望一点儿"真"的。

他本想问她讨，见她因他那么怏怏，也就算了，只当不合适。

他不想为难她，叫人低头的方法不是没有，大概是舍不得，舍不得将她拖进她不情愿的境地里。

下楼那段逼仄的楼梯路，本该是未聚便散的收场，他怕她再摔，礼貌地伸出手臂给她扶，没想到，她本该落在他的腕骨上的手，忽地滑进他的手心，与他掌温相贴。

她抬起头，烟波清澈又有微漾的意思，那模样说不出的娇俏："那你要扶好我。"

她好像自己想开了，就变了，至于她的思考过程、思考了些什么，沈弗峥一无所知。

他只觉得惊讶。

出了小饭馆，旁巍给他打电话，约着见面，下午要聊点儿生意上的事，电话里在说什么，他只能尽力分心去留意，记不进脑子里，注意力完全被身边的钟弥牵引。

她好似什么神奇又可爱的新物种，叫人迫切地想要了解，多看一眼都是好的。

他提议先送她回学校，晚上再来接她一起吃饭，她不肯，要跟他一块儿去酒店。

想想要见面的都是几个熟人，也没什么不方便的，加上这小姑娘之前对他的怀疑太多，他也不想再因为一些小事产生些信任危机。

她那天下午很高兴，在车上话也比之前多，连带着他的心情也好起来。

察觉到自己的心态变化，他在与她聊天时，不由得加深了笑。

他心想自己也挺莫名其妙的，不久前还在想，要不算了吧，现在瞧着她眉眼灵动，又变了，就随她吧。

她肯高高兴兴地再往前蹦跶，就随她吧。

他喜欢看她开心的样子。

再之后，她去了他的酒店的房间休息，他跟几个朋友在楼下聊事。

那几个小时他都有点儿心不在焉。

那种感觉只在他十几岁的学生时代有过。一道难题，他第一次就解错了，好不容易有了一点儿新思路，急于去推导验算，偏偏在这个时候被打断了，不能解题了，要去做别的事。

可无论他做什么，心思始终没办法从那道题上移开。

本来之后旁巍他们还有个饭局，他推了，说自己另外有事，坐电梯上楼进了房间。

昼夜相接时分，小姑娘侧躺在沙发上，手并手，腿并腿，睡得很熟。

他走到沙发边，单膝蹲下去，凑近看她的睡颜，手指没碰到她的皮肤，只在她纤长卷起的睫毛上滑了一下。

许是痒，受到打扰，她薄薄的眼皮颤了颤，两排长睫抖动，像振翅欲飞的黑色蝴蝶。

他不仅立马收回手，还下意识地屏住了呼吸。

钟弥没醒。

待自查，他嘴边又是一丝自嘲又好笑的浅弧，这种显得轻浮冒昧的行为，完全不像他能做出来的。

快到八点，见她睡了太久，他才再度走过去轻声把人喊醒。

谁料，初初从睡梦里挣脱的小姑娘睡眼惺忪，比他大胆冒昧得多。

那会儿室内光线昏黄暧昧，她的眼神毫不遮掩，那种与矜持缠斗的渴望，明晃晃地淌在她的眼里，又被他清楚瞧见，比流动的岩浆还要灼人。

他不是那种架不住撩拨的男人，而她的行为也称不上撩拨，她不过是用一种又怯又热的眼神无声无息地望着他，就让他喉咙里升腾起一股像烟瘾犯了的干痒燥意。

夜太沉了。

他甚至有一瞬在想，是不是不该叫醒她。

安静至极的房间里，能容纳昏昧的光影，能容纳渐热的呼吸，能容纳她跃跃欲试的一个吻，唯独不能容纳一点儿声音。

所以彼此无声。

一个在试，一个在等。

他克制自己喉咙往下吞咽口水的动作，因喉结滚动会暴露欲望，怕惊扰到她随时变化的念头，就像蛰伏的猎豹，在幼鹿进入狩猎范围之前，绝不会轻举妄动。

那样会显得太急不可耐了，虽然他的确急不可耐。

他被她的目光里的小钩子吊起，喉口干涩，脊背紧绷，似在受蜡烛顶端最薄也最烫的火光灼烤。

她居然临阵脱逃。

一瞬生怯,她偏头的动作幅度很小,但影响很大,不亚于一阵风吹向蜡烛,不使其彻底熄灭,便使其旺盛燎原。

焰光忽闪,没有灭,他的思绪只空了一瞬,就冒出一个念头。

他也立即执行了。

手掌不容抗拒地托到她的脑后,轻轻一按,他比她爽快得多,说亲就亲了。

她害羞脸红的样子真好看,如果粗暴俗气地比作苹果,那么他会从此对苹果这种讨厌的食物都多一份别样的好感。

他不爱贪鲜,螃蟹这样的食物,他不常碰,没有特别喜欢,就会嫌处理起来麻烦。

但那晚,他替钟弥剥了六只螃蟹,是事后想想都觉得不可思议的程度。

更不可思议的是,自那之后,但凡桌上有蟹,大大小小,形状各异,他总任劳任怨地替她剥,到她餍足为止。

真神奇。

好像让她满意开心,是他应尽的本能义务,他做起来完全不费力。

沈弗峥敛下眼,看向骨碟里的一堆残骸,橙红的蟹壳、灰白的蟹腮,蒸熟的螃蟹在他手里被有条有理地肢解。

时至今夜,他仍有这种本能。

而此时吃饱喝足的钟弥,正在跟她以前很不喜欢的中年老板相谈甚欢。

算算她已经很久不在外头动笔墨,送字给人了,今晚却高兴,老板一请求,说不久打算翻新后院,需要一块新匾,她就答应了。

游云惊龙,她潇潇洒洒题了"葳蕤堂"三个匾字。

老板喜不自胜,一路送他们出了门。

两个人上了车,行了一段路,沈弗峥才问她今天心情这么好?

她嘴角都似弯弯月牙,挥挥小手,很含蓄地说:"一般般吧。"

闻言,沈弗峥也笑了。

"反正我的字也不值钱,他们爱喜欢就喜欢吧,我高兴了就写写。我也知道，人家这么捧着我，是因为你嘛，但——"

钟弥本来托腮对着车窗外，凉爽夜风吹进来，将她缎子似的长发往后撩，沈弗峥正伸手去抚她的发丝，任由它们卷进指间缝隙里，与自己的指骨缠绵。

忽地，钟弥声音一顿，慧黠灵动地转头，眼眸灿灿地望向他说："谁叫我有本事能沾到沈老板的光呢？我就勉为其难地被捧一捧吧。"

本来就不重要的东西，得与失，都应该不要紧才对。

淡然得之，才能做到淡然失之，她拿都不敢拿稳，自然会为脱手的情状担惊受怕。

看沈弗峥挽着自己的头发的手指，钟弥心念一动，往驾驶座的椅背上敲了敲，大大方方地吩咐老林："升一下挡板。"

她一回身，扑进沈弗峥的怀里，坐在他的腿上。

他今晚喝了一点儿酒，醺热的酒意将他身上的气息烘得越发灼烫，黑色衬衫解开了两颗纽扣，露出大片脖颈皮肤，钟弥怀疑那种好闻的味道就是从他的衣领里散发出来的，于是凑近去闻。

她只是靠近呼吸而已，就已经扰得他不得安宁。

他戴银表那只手，环过她的后背，似保护她，也似以触碰提醒她。

男人凸起的喉结轻滚，发出的声音低沉："别在车上乱来。"

钟弥抬眼瞪他，鼓起腮，想笑又忍笑的样子，粗粗地吸气呼气，过了好几秒才说："这种话，你说了，你让我说什么呀？！"

沈弗峥垂眼，收回手，点她的额头一下，又在她的鼻尖点了一下，温柔含笑说："你负责听话。"

钟弥的反骨劲上来了："我要是不呢？"

"那也有点儿正中下怀。"

钟弥发现这话不能细想，因为怎么算都是他赢，索性不再计较，直接翻篇，抓住沈弗峥的手，欣赏他腕上那块银色手表。

这人真的挺长情，除了特殊场合，佩戴的手表几乎固定是那两块。

钟弥尤其喜欢这块银表。

他皮肤白，银质显冷光，戴在他的手腕上很相称。

她像个当街打劫的小流氓一样："让我戴！"

沈弗峥眼皮一抬，看她一眼，收回另一只扶在她的腰上的手之前，提醒她自己坐稳。

之后他便垂落黑密的睫，在钟弥的视线里，自己脱表。

那视觉冲击，不啻他当场宽衣解带，而且因面庞矜贵淡漠，举止斯文含蓄，更有欲盖弥彰的色气。

他慢条斯理地摘了表，又捉住钟弥的手，亲自服务，将带着他的体温的金属表带推到她纤细的手腕上。

她太瘦，表扣上也很松。

钟弥动手腕，晃了晃，松弛又沉重的撞击，一下又一下，打在她白皙的皮肤上。

钟弥还专心玩着手腕上的男表，没发现拿腿给她当座椅的男人，刚刚还说别在车上乱来，此刻目光却有一种滚水即将沸腾的趋势。

等回了家，钟弥才知道，"别在车上乱来"这话是有重点的。

重点是不喜欢在车上，空间受限，沈先生本人对"乱来"一贯持大力支持态度。

钟弥对沈夫人何瑜的了解不多，大半来自沈弗峥的小姨何瑾。

平时沈弗峥很少提及他家里的人，也不知道是情感寡淡的缘故，还是这人真能做到一视同仁，无论是看似跟他交好的沈弗月，还是跟他不和的沈禾之，又或者是他的父母，他分给这些人的精力都很有限，好与坏之间，看不出太大差别。

本来沈弗峥不希望钟弥单独去见何瑜，说的话也很有道理。

"就算以后订婚了，结婚了，也不需要你单独去面对什么，我都会陪着你，你不需要提前适应这些大概率不存在的情况。"

他在场，总是好的。

已成定局的事，他倒不是怕沈夫人再从中横生阻力，她肯给钟弥的妈妈送礼物，已经是一种表态。

只是他的母亲他自己再清楚不过，菩萨面孔，温温婉婉，和和气气，却最擅讲诛心话。

他怕万一到时候场面不和谐，让钟弥不高兴。

钟弥知道他担心什么，甚至能猜到如果沈弗峥陪同自己一起去见沈夫人是什么情况，就如之前几次他们去沈家吃饭一样，他会戴三十岁生日时何瑜送他的那块表。

旁人问起，那就是母子之情，只有何瑜自己心里清楚，那是一种变相提醒。

钟弥叫他放心。

她并没有抱着讨好心态，寄希望于见几次面沈夫人就会像小姨那样真心喜欢她。

"没有一个好开头的关系，就像已经绷紧的橡皮两端，大家现在就是很尴尬的状态。我是晚辈嘛，先示好一下，也是情理之中的，就算她不会很快对我有所改观，彼此也多了一些了解，起码她不会觉得——这个小姑娘好了不得啊，现在仗着我儿子喜欢，完全不把我放在眼里，要跟我分立山头，百般作对。"

沈弗峥淋浴出来，钟弥还泡在浴缸里，一头浓密黑发用抓夹盘在脑后，几缕碎发垂下，湿湿地贴在后背上，嘴里塞着一根棒棒糖，时不时转动小棍，另一只手撩着浴缸里的水纹，话说得头头是道，声音像是被糖球半塞住，含含糊糊的。

他在镜子前将一头黑短发擦到不滴水，闻言，揉毛巾的动作顿了顿，侧头朝钟弥看过去，只觉得她这话……

"你跟着许阿姨看八点档的家庭伦理剧，到底学了多少台词？"

钟弥把棒棒糖从嘴里拿出来，贝齿雪白，冲他笑了笑："有用我就学一学，毕竟艺术来源于生活。"

沈弗峥朝她走过去，淡笑着说她之前说自己不适合给人当老婆处理内务的事。

"我看你挺有天赋的。"

钟弥一手拿着糖棍，另一只手从水里抬起来，拇指、食指比量着一厘米的宽度，说："你可不能太指望我，我能帮你的，就这么一点点。"

一只手还比着，另一只手还举着糖，她猝不及防地就被人抬起下巴，俯身吻住。

她眼皮愣愣地跳了跳，眼睛睁大，处于放松状的齿关被轻易撬开，供人长驱直入，索取她口腔里的甜味。

这一吻并不长，来势汹汹，速战速决。

他从钟弥微微发麻发烫的唇上离开时，她还处于呆怔状态，眼睛被热气熏得润润的,长睫因沾了湿气更加乌黑卷翘,脸上是泡澡泡出来的红晕。

"你能帮我的,可不止这么一点点。"

沈弗峥将她的拇指与食指之间的距离分开,又低头,将她的另一只手上的棒棒糖含进嘴里,抵进一侧腮。

荔枝味的甜,跟刚刚的吻一个味道。

他弯唇笑了笑说:"未来的沈太太很了不得。"

二十一岁回国,对尚且年轻的沈弗峥来说,最大的改变不是人生轨迹,最翻天覆地的变化是他的心态,所有喜好变得特别淡,他甚至不再有什么喜好。

遇见钟弥时,他已经变成一个吝啬至极的人,也过了为心动买单的年纪。

温和有礼似一层金,修饰这一身伪善利己作风,叫他有一副人前的好皮囊。

她一开始的防备警惕心不无道理,淡淡的悸动之下有几分真心,他清楚,她也清楚,至于爱,那更是她教会他的东西。

他们在城南别墅里不欢而散那晚,钟弥眼底含泪夺门而去,当时他的心脏有一种很不舒服的紧绷之感,因为她看起来实在太难过了,而他自知是罪魁祸首。

但那晚他毫不愧疚,占满心绪的,只是不解。

他能给她的那些东西,她都不肯要,那她要什么?

之后与钟弥断联的那些日子,他好几次晚上应酬结束,老林能辨他的情绪,只安静开车。

他靠在车后座上,手机里和钟弥的聊天记录寥寥几条,手指稍一滑页面,顶端的照片就会出现。他每每点开来看,也会想,她是不是已经不在京市了?

可能吧,她说过她不喜欢这里。

小桃木无事牌被弄丢那晚,老林从延迟打烊的商场里将东西找回来,因遗失物品微微浮起的心情,应该在失而复得这一刻沉静下去,偏偏老林低声说了一句,东西是钟小姐捡到的。

手指收拢,无事牌的棱角深深印进他的掌心里,那一瞬间的心情如何形容？没有失而复得，他好像只是忽然明白，他真正在意的哪是一枚无事牌。

不日，他从旁巍那儿得知她去了沛山给朋友当舞蹈替身，拍戏现场出了事故，又下了大雪，不知道受伤的人是不是她。

他决定去沛山找她，不是因为想明白她想要什么，而是想明白了自己想要什么。

他想要她，失而复得。

那时候，他还不知道自己迷恋上的是怎样一个小姑娘，多贪心，问人要爱，很多很多。

身边人如盛澎、旁巍，多多少少有些小赌怡情的嗜好，沈弗峥没有。

就像他很少在人前抽烟一样，珍惜自己的欲望，也忌讳展露贪心。

钟弥是和他截然相反的人，对自己所需所求的东西，她毫不遮掩，诚恳到能在他们言语拉扯到几乎快吵起来的时候，说一句："我想要的是一个不清楚、一个会为我发疯失智的男人。"

这句话，既叫他一瞬明悟，也造成巨大冲击。

他把她按回柜子上，吻得很粗暴，心思却不集中，像一种难以置信的试探，带着一点儿惩戒意味，全然是俯视的角度，甚至在唇与唇之间的每一次厮磨里，都像居高临下地在问，你确定这是你想要的？

他一直知道和钟弥的年龄差距，却从没真切感受过这种因年纪不同而产生的思维壁垒。

直到那个吻结束，他像说完一番金玉良言一样，很认真地问她："弥弥，你确定想要被这样对待吗？"

她没有说话，脸通红，像被亲蒙了，但看着他，心跳怦怦的失语表情，也不需要答案了。

他自负大她许多岁，应该是老师，实际上，是钟弥给他上了一课。

她真的喜欢他。

小姑娘不要金山银山，不要经验道理，也对在他肩上踩一脚去看看更远的风景不感兴趣，她要在意，要喜欢，要当下开心。

他陷进一种前所未有的陌生情绪里，像兑了水的柠檬汁，酸与涩都淡到不易察觉了，是一种过期的自责和愧疚感。他没有表现出来，只是在下一个吻里，捧着她的脸，吻得格外温柔。

血本无归的赌徒几乎都败在一句话上：我总不会一直输。

所有执念都一样，包括那时候他心里想的：小姑娘要的一点儿开心而已，我总不会给不起。

结果都一样，他都要栽进去。

起初他不自知，仍然觉得自己是个有所图的商人，想得到先付出，钓鱼都要先下饵，他对她好，宠着她，惯着她，不过是天经地义的道理。

再后来，道理也不能讲了，因为讲不通。

圈子里的人私下聊过，最怕这种小姑娘痴心不悔，请神容易送神难，不能收场，彼此难堪。

他比较走运，遇到一个不知道痴心不悔为何物的小姑娘，年纪虽然小，人却不好糊弄，难伺候得很，心里像有一杆秤，她自己掂量掂量，半点儿不舒服、不合适马上就敲退堂鼓，保证体体面面，绝不叫彼此难堪。

起初，这福气不太好消受。

后来他也习惯了，对处理令她不高兴的事很有成就感。相比于强颜欢笑，他更喜欢她坦白自己真实的感受，好像他无法做到的事，成全她，也是一种另类的圆满结果。

当她快乐，他也快乐。

当她自由，他也自由。

包括忽然有一天，她在吃饭时说想当沈太太，万一以后当不了，觉得有点儿丢人，他也只是想了一下说："那就当吧，免得你丢人。"

他对她有求必应到自己也曾好奇，还有什么是不能给她的。

何瑜说不懂他到底喜欢钟弥什么，比她漂亮的小姑娘不是没有，会跳舞有才艺的姑娘更是一抓一大把，他以前也没多瞧过谁一眼，怎么偏偏就看上了钟弥，还非她不可？

爱从不讲道理。

它可以是一个自私利己的人最慷慨的分享欲。

钟弥跟沈夫人在裕和里29号私厨见面，吃了一顿饭。当天小姨不在，倒是叮嘱了厨房用心备菜。

何瑜自然知道章载年的旧居就在附近，也知道那屋子早就被她的儿子费周折地买下，物归原主。

钟弥和何瑾住得近，平时来往也密切，而她的亲妹妹开的这家私厨，她自己倒是很久没来光顾过了。

何瑜是聪明人，沈弗峥已经让她明白这份体面的母慈子孝表象少不了互相体谅抬举，她不会再对钟弥多加为难，只是热络也称不上，能彼此笑着说话维持表面上的亲切样子已经算是进步了。

收了钟弥送来的礼，何瑜叫她替自己向章女士表达谢意，又问了一句章女士去求的吉日定下没有。

聊天过程还算和谐，跟钟弥预想的情况几乎没有什么差别。

到底是母子，何瑜和沈弗峥身上多少有些相似之处，比如：明面上的温和、骨子里的强势。只要他们愿意，俯下身说话都有一种叫人如沐春风的本事。

只有一点，钟弥倒是意外。

何瑜叫她不用担心小姑姑，哪怕日后常相见，也都是家里的聚会场合，小姑姑再不满意，也会心里有数，不会叫大家面子上不好看。

钟弥很乖巧地应了话。

临行前，何瑜还提醒钟弥月中跟沈弗峥回沈家老宅吃饭。

钟弥点头，在门口将何瑜送上了车。

月中，沈家饭桌边，不仅有蒋雅，还有小鱼。

这是小鱼第一次来沈家老宅吃饭。两个人年底就要结婚，结婚不比订婚，事情比钟弥他们赶得多，吃饭时话题也多数围绕着蒋雅和小鱼的婚礼进行。

不知道是第一次来沈家吃饭紧张窘迫，还是不愿多聊结婚的话题，好几次小鱼都温柔地笑着，将话题转到钟弥身上，问："弥弥你们怎么打算的？"

钟弥便如实说，订婚的日子在来年开春，许多事还没有定。

到底是孙子和外孙都有了喜事，一家子人聊起婚嫁事宜，老爷子听着也高兴。

钟弥和小鱼被喊过去坐在他近旁下首，一左一右，剥橘子，掰核桃，陪他说话，他面上总有笑，神情和蔼宽容，瞧着都比平时更慈眉善目些。

大伯母想到自己远嫁国外的女儿，可能是性子不同，弗月都少跟老爷子这么亲热过，惹老爷子不高兴的场面倒是历历在目。

沈家人好像天生没法儿跟人掏心窝子，个个都冷淡，有十分也只肯露三分，不真实，哪怕是表面瞧着最温和有礼的沈弗峥也是如此。

所以大概也是这个原因，受他们喜欢的，也都是鲜活热烈的人。

心头思绪重重，终了，大伯母也只笑着感慨，家里很久没这么热闹过了。

之后十月，是沈弗峥的生日。

当天他因公出差，人在南市，钟弥结束舞团的演出，立马坐车南下。

他事先不知道。他前天从京市离开，钟弥还装出一副今年不能给他过生日的遗憾样子。

他那位助理也瞒上瞒下地给钟弥打配合。

待沈弗峥深夜应酬回来，将套间的门朝里一推，迎面一条玫瑰道，鲜花簇拥，银色的气球挤满天花板，连脚下都是一路花瓣，布置得像什么俗套的求婚现场，而他站在女主角的位置上。

因有长辈在场，今晚应酬沈弗峥喝得稍微有点儿过量，酒到微醺，本打算一回来就休息，思维不比往常，慢了一拍才想起来去问助理这是什么情况。

他一转头，早不见助理的人影。

他立刻了然，嘴角随之勾起一抹弧度。他身边除了钟弥，没人敢借他们这么大胆子。

于是他朝里走，踩上软毯上的花瓣。

"弥弥。"

本来打算跳出来给他一个惊喜，但没想到，面还没见上，就已经被隔空点名，钟弥手上抱着一束花，撇着嘴，扫兴地走出来说："这怎么猜到的啊？"

你看这满屋子红玫瑰，她已经尽量往一些不常规，跟自己风格不适配的方向去弄了，就是要意想不到的效果，没想到还是被他猜到了。

难道是他的助理或者老林提前走漏了风声？

沈先生是一位好老板，立刻为自己的下属和司机解释，说他们对弥弥小姐唯命是从，嘴巴闭得比门还严，半点儿消息没提前透露给他。

他说是自己猜到的。

说着他望了望身边的玫瑰海，花太多，香得都有些冲鼻子了，对钟弥说,这太胡来,敢在他下榻的酒店房间里这么胡来的,除了她,没有第二个人,非常好猜。

钟弥仰着脸看他,故意扮胡搅蛮缠的小女友姿态,恶意哼哼着,挑刺说:"胡来?所以我做这些,你一点儿都不喜欢吗?"

她将自己的右手举起来给他看。

食指指肚中间有个小红点,她过来时,现场还没有布置完毕,她便跟着一块儿帮忙。

花刺没除干净,搬花的时候,她没留神就被扎到手了。

"你看,我的手都弄破了。"

她只是叫他看,没想到他垂眼望一眼,便弯下腰,低下头,捏着她的手指含进了嘴里。

口腔湿热,措手不及之间,钟弥的手背都跟着颤了颤。

他亲了亲伤处,哄小孩似的,又抬眼看着她,目光灼灼地说:"你妈妈教你的话,你忘了?"

钟弥还没回过神,从鼻子里愣愣地逸出一声:"嗯?"

沈弗峥提醒她:"窃玉偷香风流事,色字当头一把刀。"

钟弥的脸颊唰一下泛起红晕。

他喝了不少酒吧,所以瞧人的目光才那么烫,眼瞳漆黑,似能把人拖进去沉沦的旋涡。

她默着,想着他的这句话。

如何不算呢?他不就是一场叫人悬刀赴会的风流韵事?

钟弥把手里的花塞给他,拉着他的另一只手往里面走,说还准备了一个蛋糕,叫他来吹蜡烛许愿。

他往年的生日,要么好友围拥过得热闹隆重,要么在出差路上,忙到连半点儿形式都不愿庆祝。

人生第一次,方寸间的融融烛火,只映着两个人。

房间很大,关了灯,更显得空寂,好似身侧是一片深海,倚在落地窗边的榻榻米是小舟,外头是城市夜景。

他们守着小小的暖光,钟弥靠在他的怀里,拍着手给他唱生日歌。

她一边唱,一边左右晃着,他手臂圈抱着她,心情也随着她一起轻快。

唱完歌，她扭过头对他笑："祝你三十二岁生日快乐，永远快乐，快许个愿吧！"

他低下头，蹭了蹭她耳边香气馥郁的头发，说不知道许什么。

他不配合，她也蛮扫兴的，声音俏皮地说："随便喽，反正过生日许愿跟进庙拜佛一个道理，只管许，灵不灵又不在自己。"

"那我就许——弥弥开心。"说完，他倾身要去吹蜡烛，半丝气没有吐出去，结结实实被一只手捂住了嘴。

钟弥捂的。

"你是鹦鹉吗？不用再许这个了，我现在已经很开心了。"

沈老板叹气，过生日许愿像出方案一样，被顶头上司当场毙掉。他多少年没受过这种罪了？

耐心少到可怜，他眼皮敛下来，朝前抬了抬下巴，叫钟弥来许。

钟弥先是看他，心想生日愿望还能代许？她再一想，这人身上多少不该成立的事都成立，再多这一桩也无所谓了。

更何况，她也能理解，他去年过生日是盛澎帮忙办的，就没有吹蜡烛许愿这个环节，可能他的确不需要这个环节。

于是钟弥便接下了这个任务。

她往前倾身，沈弗峥在她身后用手挽她滑落的头发，怕碰到烛火。

"沈弗峥开心。"

"呼"一声，蜡烛熄灭。

灰蓝掺金的夜景灯辉照进来，身后不出意料传来一声笑声。

"你是鹦鹉？"

钟弥也弯着嘴角，回身理直气壮地说："另一只喽。"

四目相对，笑意渐退，热意渐起，彼此都没再说话，钟弥手指蘸了一点儿奶油涂在他的下唇上，接着贴过去，吻自己的得意画作。

那一点儿奶油在唇齿间化开，消失，纠缠却无休止。

蛋糕被放置在小案上，谁都无心再品尝，连一声暂停都不需要，沈弗峥吻着她、抱着她，往酒店的卧室走去。

系脖裙的丝带是最美的包装，他扯开她的后颈处的蝴蝶结，看他三十二岁的生日礼物。

钟弥还有工作，只在南市待了一天，就提前回京了。

两地温差，让她生了一场小感冒，没发烧，只是嗓子不舒服，喝了慧姨煮的枇杷水，依然咳得鼻头发红。

大伯母来找她聊订婚事宜，见钟弥这副样子，紧张得像她生了多厉害的大病。

无心的一句话，钟弥心里好似被投下了石子，无声中震开数层涟漪。

"你现在身体多要紧，按说阿峥三十来岁了，订婚的事马上就要办，你们也可以备孕了，尤其是你啊，弥弥，一定要把身体养好。听阿峥的小姨说，你现在在舞团那边的工作相当辛苦，平时自己也要多注意。"

钟弥是感到订婚将近了，毕竟一桩桩事情安排下去，每每有进度，她都要和妈妈打电话沟通，但备孕……她还是第一次听。

她和沈弗峥之间也从来没有聊过这方面的事，就更别提为备孕养身体了。

这场小感冒，病根难除地拖着，到沈弗峥回京市才好了一些，夜里钟弥嗓子不舒服还是会咳一两声。

沈弗峥一贯觉浅，不知道是没睡着，还是被扰醒了，睁开眼，侧过身来，温热掌心抚在钟弥的后背上，替她顺一顺气。

钟弥借着夜灯的光看向他。

他声音放得很低，温温柔柔的："难受得睡不着？"

喉咙里气息刚稳，忽地又觉得有话顶上来，叫嗓子里痒痒的，钟弥犹犹豫豫地在他的胳膊上调整了一下睡姿，低声问："你喜欢宝宝吗？"

沈弗峥面朝她侧躺着，另一只手搭在她的腰上，闻言手臂一勾，将她往自己身前拉近："你说呢。"

钟弥先是愣了愣，随即脸上红热，好笑又好气，手在他的胸口上不轻不重地推了一下："我不是在跟你撒娇！我是说真的宝宝，人生人，一点点大的小宝宝。"

这下换沈弗峥笑了。

他活了三十几年，实在没听过"人生人"这种形容宝宝的说法。

"你想生？"

钟弥瞪眼，提起声音："我很认真的！"

他故意曲解："很认真地想生？"

"沈！弗！峥！"

被点名的人立刻适可而止，仿佛偶尔故意惹她发火是一种乐趣，笑容收敛些，摸摸她的背，又好心提醒着："别这么扯着嗓子说话，待会儿又要咳，在这儿呢。"

果不其然，钟弥真的又咳了两声，咳完就盯着"罪魁祸首"："都怪你！"

他认错从来积极："怪我，我不对。那到底想生，还是不想生？"

钟弥没好气给他："我问你，你又问我，你都还没回答呢。"

沈弗峥险些要忘记前头的问题了，稍想了想，钟弥问他喜不喜欢宝宝。

他是那种很难在空想或假设里，生出期待心情或者感到满足的人，他不太能想象和钟弥有了孩子后，他的真实心情是什么，又是怎样的状态。

就像他和钟弥恋爱，之后许多事，都并不在他的预料之中。

"如果是女孩，应该会喜欢。"

钟弥怔了一下，对他的回答很意外，甚至撑起胳膊看着他："你读哲学呀，居然有性别歧视？不应该是很随缘的吗？"

"我看过你小时候的照片，更喜欢小女孩。"

有多喜欢呢？他问外公把钟弥那张小武生扮相的照片要了过来，放在书房抽屉里，跟他在英国带回来的一些零碎物品放在一块。

有时候，他一个人待在书房里，通过一些旧物看着自己的过去，想着那些已经殊途的昔日朋友，或有几分淡淡惆怅感时，也会在看到钟弥那张小武生照片时，荡然消弭。

她甚至不需要做什么，光存在，就像一种莫大的殊荣与奖励，叫他回顾过去，能释怀无数本该耿耿于怀的事情。

钟弥不太能理解，歪了歪头问："你小时候没有照片吗？"

"我不太喜欢我小时候。"

"那我喜欢你小时候。"

外公都夸他刚启蒙便聪慧认真，而且他小时候也一定很好看。

话赶话到这儿，沈弗峥不再出声，停了许久才跟她说："弥弥，我们争这些没意义。"

钟弥一脸不解的表情。

"生育是一件任何人都不能替你分担的事,你应该先考虑你自己。你喜欢孩子吗?"

钟弥如实说:"我……挺喜欢的,但要我自己生,我会害怕。"

她说到害怕时,下意识地缩了缩肩,眼里也是一种面临未知的迷茫之色。

沈弗峥伸手把她揽到怀里来,轻轻地拍了几下她的背:"害怕就不生了。"

钟弥像是不信,他便笑着学着她刚刚的话,说:"人不生人,也不犯法,要是不生人就犯法,那要先把所有男人都抓起来。"

钟弥扑哧一笑,知道他在逗她。

她当然知道不生孩子是不犯法,她一贯支持生育自由,但是在他家这样传统的家庭里,当丁克一族好像跟公然造反无异,也于理不合。

钟弥不知道怎么表达,有点儿愁容,磕巴着说:"那……那不要孩子,会不会……前两天,大伯母过来还说,就是说你已经到了要宝宝的年纪。"

沈弗峥问她:"这些声音能让你克服对生孩子的恐惧吗?"

钟弥将头抵在他的肩窝里,小幅度地摇了摇。

不仅不能,反而让她更紧张,明明是从没考虑过的事情,现在她突然觉得就在不远处了。

沈弗峥对爱缺乏感受力,也不习惯去感受,哪怕跟钟弥恋爱,他的需求也都是简单粗暴的,只需要她开开心心地留在自己身边就好。

至于她爱不爱他,有多爱他,他从没有去思考过。

他在感情里一直是个只要对症下药就很好满足的人,也很少去纠结,哪怕是她与前男友见面,他也没考虑、没问过,如今钟弥心里是怎么看待前任的,是否还欣赏,是否还剩美好回忆。

这些也都不重要。

他觉得不舒服了,也不会在钟弥身上找问题,只会简单粗暴地让对方从钟弥的世界里消失。

对沈弗峥来说,爱是一种已知存在,他不甚了解。

可在这晚,在栖于夜色、毫无波澜的这一刻,他只是静静地抱着她,身体里却似有一场山崩,石砾塌落,露出新一层的面貌。

就像一个习惯一饭一蔬的人，忽然意识到有一个人在试图给他提供满汉全席。

原来她这么喜欢他，喜欢到可以为他动摇一件她本身很害怕的事情。

沈弗峥摸着她的头发，轻声说："如果有了孩子，我会很喜欢，因为这是我们弥弥生的宝宝，但不管有没有孩子，我都会很喜欢你，你不用害怕。不是每个女孩子都必须成为母亲，弥弥可以只是弥弥。"

不晓得是不是生病的原因，还是人在夜里情绪格外敏感，听到最后一句话，她忽然觉得眼睛有点儿酸，手在被子底下环过他的腰，将他紧紧抱住。

大多时候他像趋利避害的成功商人，偶尔温情辩证，但有些时候，钟弥觉得，他读过的书、学过的道理，并没有在这十来年里被消磨干净，二十岁清澈温柔的沈弗峥依然存在于他的身体里。

每当她迷茫害怕时，靠近他，他便会抱抱她，摒弃三十岁的沈弗峥所信奉的世俗道理，把仅剩的一点儿温热捧给她，叫她不要害怕。

钟弥那晚睡得很安心。

十二月初，下了初雪。

在认识沈弗峥的第三个冬天，钟弥挽着他的手臂去了昌平园听戏。

沈秉林把钟弥招来自己身边坐着，往年他身边这个位子都是沈弗峥坐，今年沈弗峥往旁边挪了一位，挨着钟弥的另一侧。

台上粉墨登场，老爷子面色温和地转头问钟弥，晓不晓得这唱的是什么？

钟弥说《梅玉配》，老爷子露了笑，说年纪大了，忘了钟弥家里就是开戏馆的，又说她很难得，现在年轻人懂戏的很少了。

就连沈四公子年年陪坐，也只听得懂些皮毛，碍着礼数坐一坐，也不爱听这个。

钟弥说："我外公最爱听这出戏。"

老爷子问："你外公现在还爱听戏呢？"

"戏馆他不去了，太闹腾，他心脏不好，有时候吃完晚饭，他就放老磁带听一听。外公说，玉娘有气节，历尽磨难，不忘真情，是很难得的。"

荒腔

老爷子望着台上,一瞬目光深远了,不知想到什么,良久后,皮肤松弛的嘴角才从威严里露出点儿笑,微微颔首,应声说:"是很难得的。"

钟弥看出老爷子并无什么话兴了,便没有继续说话。

好几次见沈秉林,钟弥都是这样,只做到有问有答,不卑不亢。

对她来说,沈老爷子虽是外公的旧友,但因果错综复杂,在这样一生云谲波诡的老人面前,她并不会因为对方的爱重就感到放松,更无多少亲切感可言。

她也初初能理解,很久很久以前,沈弗峥提及他的爷爷,情感复杂的原因。

家里开戏馆,从小耳濡目染懂点儿戏,但钟弥也不爱好这个,再好的名角花腔,无心欣赏也是白搭。她正感到无聊,椅子忽然被人往旁边拽了寸许。

她低头,看到木椅扶柄上的那只手,骨节修长。

顺着手臂往上去,看见沈弗峥的脸,钟弥立马往四周看了看。因他们座位靠前,太引人注目,她怕被人发现小动作。

沈弗峥似乎洞晓她心中所想,又看她微微瞪眼的紧张样子,嘴角好笑地扯出点儿弧度:"又不是来上课,这么乖干什么?"

他将手心摊开,里面有好几粒青白圆胖的开心果仁。

钟弥从他的掌心上将果仁拿去,一粒粒塞进自己嘴里嚼,小声说:"我第一次来,哪里知道要不要乖。"

她本来也不是真正骨子里温顺的人,绷直腰板一动不动地坐到现在,已经觉得有点儿酸累,借着打量四周的人,动了动脖子。

钟弥目光忽然定处,压低了声音问沈弗峥:"那个,是不是就是差点儿跟你在一块儿的孙小姐?"

沈弗峥今天穿了件圆领的白毛衣,宽松又衬得人很清爽,甚至有无形中削减年纪的作用,因钟弥进室内脱了外套,也是同色的毛衣裙打扮。

他们刚进来的时候,小鱼就望过来,说他们亮眼登对,而且悄悄告诉钟弥,往年四哥过来都穿得很正式,像是磨不开,推不掉,来昌平园也只当一桩工作来应付。

今年他头一回穿得这样休闲,瞧着像特意带钟弥过来玩的。

所以他这副打扮,即使刻意装凶,也凶不到哪里去,徒有眉眼间一点儿不高兴之色,提醒她:"青天白日,不要信口雌黄。"

"什么信口雌黄?"钟弥又从盒子里翻出两个最大的核桃,塞到沈弗峥的手里,纸皮核桃自然不是用来盘着玩的,她的意思很明显,要沈先生当劳工来剥,又朝刚刚那个方位看了一眼说,"我认错了吗?"

不太可能哪,她虽然是第一次在社交场合见孙小姐,但在盛澎那里看过照片,应该不会认错人的。

沈弗峥倒没有往那边看,一边掰开核桃,一边跟钟弥说:"不是认错,是说错,八竿子打不着的事,怎么到你嘴里就成差点儿在一块儿了?有你这么给人扣帽子的?"

钟弥把沈弗峥剥好的核桃仁挑出来吃,两个人有一搭没一搭地说着话,听完这一出戏,才跟老爷子打招呼出去了。

这院子钟弥第一回来逛。

薄薄雪光照着人,格外有氛围,她总算懂小姨说的公园相亲角是什么意思,环境好,男男女女的确更容易看对眼一点儿。

哪怕远远看见彭东琳姐弟,因这片好风景,钟弥也懒得心生不悦之情。

萍萍穿着嫩黄的羽绒服,小孩儿跑在大人前头,呼呼喘着白气,到沈弗峥跟前才停,甜甜喊了一声:"沈叔叔。"

她往旁边一看,发现旁边的人也认识。

"弥弥姐姐。"

沈弗峥本来想纠正一下差了辈分的称呼,但钟弥已经先一步蹲下去跟萍萍说话。钟弥拉着萍萍的小手问:"你爸爸和你姐姐今天来了吗?"

刚到嘴边的话,沈弗峥咽了下去。

都是差辈的组合。

萍萍扭过身子,见妈妈和舅舅已经走了,只留两个保姆站在原地等她,反而更放松了一点儿。她往来时的一栋小楼指去:"他们在那边,我就是跟爸爸一起来的,然后遇到舅舅,他非说要带我出去玩,把我拉走了……"

那小楼的位置是餐厅。

旁巍见到沈弗峥时,沈弗峥怀里正抱着萍萍。

下过雪的路太滑,钟弥牵着萍萍,小姑娘一跟跄,险些带着钟弥一起摔倒。还剩一截路,沈弗峥索性抱着萍萍过来。

旁巍撂下勺子,望过来,故意说:"喜欢孩子自己生一个啊,抱我女儿过瘾吗?萍萍,到爸爸这儿来。"

沈弗峥弯腰把萍萍安全放下,萍萍小跑去爸爸身边说,舅舅带她出去,她就摔了一跤,刚刚差点儿又要摔,是沈叔叔抱她过来的。

提到孩子,钟弥微微尴尬。

沈弗峥捏了捏她的手,带着她走过去。钟弥曾经骂他的话,他现在直接甩到了好友头上:"为老不尊,别搭理他。"

旁巍听到沈弗峥那句"为老不尊"当即黑下脸,不懂这半斤笑八两的优越感哪儿来的,也不怕把自己一块儿骂进去?

他没吭声,到底年纪上大沈弗峥一点儿,很懂以和为贵的道理,拾起一旁的筷子,夹起一块酸黄瓜,跟坐在自己对面小心翼翼地吹汤包的靳月告起状说:"你的小姐妹的对象说我坏话,你不管?"

眼睫一翘,靳月抬眸愣了愣,像在问什么坏话。

"说我老。"

靳月弯弯抿起嘴角,露出两个甜甜的小梨涡:"不老,一点儿也不老。"

萍萍听不懂大人们具体在说什么,但小小年纪也知道抓重点附和,趴在旁巍的腿上踮着自个儿的脚玩,也甜甜地说:"爸爸不老。"

那画面真像他养了两个女儿,一大一小。

钟弥因靳月失踪被喊去警局做笔录的事,细想想已经过去了一年,这一年里又发生了多少事?钟弥和靳月各捧着一杯热饮坐在窗边聊天,彼此微笑,聊起近况,有种风波过后两片小小浮萍终聚首的感觉。

问及钟弥的订婚日子,靳月说春天很好,又想起钟弥的生日就在四月,婚礼和生日之间只相差一周。

钟弥本来烦这个。她不是追求仪式感的人,纪念日太多只会头疼。

订婚吉日定下的第一时间,她就跑去藏酒室找沈弗峥,一脸严肃表情,像揣着个重大议题来跟他商量:"以后不过订婚纪念日,就当不存在好了,不然从年头到年尾都在过节,真的会很烦。"

沈弗峥瞧着她为这么点儿小事愁眉苦脸,觉得好笑,说"听你的"。

钟弥小声说道:"真能听我的,干脆就我的生日的时候订婚,这样多方便。"

这话她只是嘀咕着说说。

她晓得,她跟沈弗峥的婚事不比寻常,多少人在其中费力操心,既然沈弗峥已经给了她安稳,她不想当那种既置身事外,又挑三拣四的人。

别人替她出力,她也应该尊重别人的劳动成果。

于是她又悻悻地贴到他身前,好像在他身上汲取能量一样,说无所谓了。

"反正我就负责说'嗯,嗯,嗯,好的,好的,我愿意'。"

沈弗峥笑了:"这么敷衍?"

她便眉眼神采奕奕,说"嗯,嗯,嗯,好的,好的"是说给别人听的,"我愿意"是给他准备的。

"其他都可能敷衍,'我愿意'是真心的。"

钟弥觉得自己是个怪胎,对秀恩爱、秀幸福这类事提不起兴趣,哪怕涉及婚嫁,沈家着手将订婚宴策划得隆重,她也很难从那些仪式里提取出另外的喜悦之情。

只有想到陪她完成这些仪式的人是沈弗峥,她才会多一些耐心,在自己本身就兴趣不大的事情里,费一些心力比较选择。

她也跟沈弗峥说过这件事。

沈老板当时在自己的办公室里演技拙劣地扮起感动模样,将她抱在腿上,翻着文件说:"难为我们弥弥小姐了。"

钟弥当真,搂着他的脖子,软软撒娇说:"本来就是,为难死我了。"

在遇见沈弗峥之前,她对婚姻就有过想象,她不钟情轰轰烈烈,更喜欢那种寻常日子里不期而遇的惊喜。

就譬如,某天醒来,她觉得天气正好,心情不错,彼此聊着早餐吃什么,忽然想到结婚,然后就去结婚了。

或许是受成长环境影响,她喜欢细水长流胜过波澜壮阔,缺乏迎难而上的精神,轻松自然就是最好的状态。

可她碰上沈弗峥,这样的愿景显然很难实现,沈四公子的婚事,一举一动都备受瞩目。

他能让她不用太操劳这些事已经难得。

所以钟弥也知足。

她对宴上用多少种花、请什么乐队来演奏都没有研究兴趣。

小鱼过来人似的告诉她，这些东西通常会默认成女方的品位，来客那么多，是要好好选一选的。

钟弥不以为然："我选了沈弗峥，这还不够彰显我的品位吗？"

小鱼无声片刻，遂朝钟弥竖起两根大拇指，一只手赞她眼光好，一只手赞她这句话也很绝。

至于钟弥对什么感兴趣……年底了，年终总结，不止有诸多文件送到沈弗峥手边，钟弥在中科占着不小的股份，也顶一份虚职，需要去集团开会。

女高管的派头她学得很快，套装买了不少，里子是空的。虽然沈弗峥说了到时候会派人陪同她，但钟弥想，自己也不能全程当哑巴，便好奇心满满地问沈弗峥，他平时去开会都什么样子，说什么话，在场其他人是什么状态、什么反应。

沈弗峥耐心地同她讲，见她兴致高昂，便说她要是对金融管理感兴趣，可以找个老师来教她。

钟弥问："你不能教吗？"

沈弗峥回答："我是学哲学的。"

半路出家的实干野心家，不适合讲弱肉强食的基础知识。

钟弥想了想说："那我不学了。"

对她似潮水一般说来就来，说退就退的临时兴趣，沈弗峥早习以为常。

"那你有空可以教我哲学。"

沈弗峥说："学太久了，也忘得差不多了。"

钟弥深吸一口气问："那你最近在研究什么呢？"

沈弗峥看着她，不说话。

钟弥被看得纳闷，催促道："说呀。"

沈弗峥目光依旧落在她身上，线条利落的下颌朝她微抬，淡笑着说："正研究呢，还没研究明白。"

钟弥豁然开朗，也弯唇露笑。自己为什么对那些仪式不感兴趣？因为跟他本人比，再浪漫的仪式也没多少意思。

昌平园开戏的第二天，早晨又落新雪，墙头瓦檐，白茫茫一片。

无论前天晚上怎么折腾，沈弗峥都有雷打不动的早起习惯。

他这人没有爱做家务的癖好，但也见不得室内半点儿凌乱的样子，一早叫人进来打扫怕动静太大打扰钟弥休息，通常他起床，会顺手把房间收拾一下：

乱扔的抱枕被归位，将掉落在地的勾花毛毯折两折，搭在床尾的凳上，团作一团的睡裙被抖开衣褶，放到床边，通常睡裙的主人都趴在羽绒枕上熟睡。

但她也有早醒的时候，就比如今天。

也不知道她什么时候醒的，待沈弗峥站在床边放下折好的睡衣外袍，垂眼看她时，她手指抓着被子，睁着一双懵懂醒来的眼，眼神纯然清澈，很好奇地盯着他，也不说话。

他挪到哪儿，她的目光就跟着看到哪儿。

沈弗峥问了一句她在看什么。

钟弥想了想说："我觉得，你这样有点儿不像你。"

他原本背对着钟弥站在柜子那儿，闻言走回床边，有点儿好笑地问："那怎样像我？"

钟弥不知道怎么形容，太温情了，在窗帘未被拉开，日光透不进，依旧凭借昏暗夜灯续着可见度的室内，他裸着上身，身形高大，只穿着一条长裤，下了床，在这样的环境里低着眼，无声折起她的衣服，然后随手放在床边。

这画面太温情了。

这个人如此有温度，与他身上冷淡寡情的气质相称，倒显得不合理了。

钟弥没有说话，反而是静静地看着他穿上睡袍的样子，手从被子里探出，拉住他正要系的腰带一端。

沈弗峥动作一顿，循着那条黑色的法兰绒系带，视线移到钟弥的手上，再是她的脸上。

"以后结婚了，你还会不会这样？"

话出口，钟弥也愣怔了一瞬，觉得这也不像自己会说出口的话。

在感情里求天长地久，永恒不变，好似是一种基因疾病。

沈弗峥没有第一时间回答，叫钟弥提起一口气，转瞬又松下一口气，于是她更加期待他的答案。

他们之间一直有一个问题不曾聊开——如果沈禾之没有去州市将钟弥说的处境堪忧，导致外公忧心忡忡地来京市，此时他们之间会是怎样的情况？

钟弥回想这半年间发生的事，桩桩件件，一波未平一波又起，太多人参与进来，你一句我一句，红脸白脸各有人唱，有心也好，无心也罢，终归将剧情烘到了高潮。

她和沈弗峥之间，情感一如往常，进度条却仿佛被人按下了加速键。

也是因为这种被动局面，钟弥才会一想到结婚的事，就觉得不踏实。

这一瞬，她眨了眨眼，忽然明白了沈弗峥之前的用心良苦。他一直不着急公开彼此的关系，也不着急带她认识沈家的人，不是有所保留，不把她放在心上，而是预先知道一旦公开，彼此都会受到一些不必要的瞩目，或许这些来自长辈的关注，甚至是干涉，会让他们困扰。

比如，钟弥不知道原来沈家那边的人会那么快考虑到下一代的事。

再比如沈弗峥——

"所以，你在外公面前说你希望我们早点儿结婚也是假的？"

虽然是问句，但钟弥基本已经确定。

这也符合他一贯的风格。

在堂妹面前他是好兄长，在母亲面前他是好儿子，如今在她的外公面前，也不例外，他能胜任外孙女婿这一身份。

他实话实说："弥弥，我对契约关系并不热衷，但如果跟外公说实话，我不着急和你结婚，他大概会多想，觉得我不够爱你。"

他也不想跟外公解释，如今的婚姻契约有多薄弱，能束缚对方的是什么？不过一层责任一层良知，他旁观过好友的婚姻在数年间从建立到破裂，一个女人即使同时拥有丈夫的责任和良知，也不会过得幸福。把人像摆设一样困在身边，这样的契约，不过也是一纸空谈，遑论去历经风雨。

钟弥拢着被子坐起来，忧心地看向沈弗峥："那你很不愿意结婚吗？"

大概彼此太过熟悉，他光看她的表情就猜到她此刻所想——既然你不好说,我可以去帮你解释,而且我年纪小,顶多被说句胡闹,反正我本来也不是多听话。"

"没有不愿意。"

他把钟弥的睡裙递上去,叫她穿上,怕她露着肩背皮肤着凉。

她自己套上烟粉色的吊带裙,沈弗峥将同色的晨袍拎开,一端袖口对着她,供她伸胳膊进去,又拉到另一端让她穿。

他叫钟弥放心:"我没有想很多,我把我们未来的婚姻当作一场游戏。"

"游戏?"

这说法太新鲜,钟弥闻言都愣住。

沈弗峥说:"你喜欢的游戏。"

钟弥更不解了。

他将她从温暖的被窝里捞出来,刚睡醒的身体很软也很热,他搂腰将她抱着,微微拖着声音说,"扮演沈太太。"

"所以,结婚对你来说就是陪我玩扮演沈太太的游戏?"钟弥忍不住弯起嘴角,雪白双臂搭在他的肩膀上,凑近些,捏着软调子夸赞,"沈先生的脑子里的想法好性感哪。"

"性感?"沈先生很受用地颔首。

沈弗峥问她,现在还要问"以后结婚了,你还会不会这样?"的问题吗?

钟弥摇了摇头。

沈弗峥问她是不是很害怕结婚?

同样的问题,大伯母和章女士都问过,钟弥发现自己跟沈弗峥一模一样,因为不想多做解释,所以不敢在长辈面前说实话。

她怕妈妈担心自己是不是后悔犹疑了,也怕大伯母觉得她对沈弗峥缺乏诚心。

在沈弗峥面前,她反倒无所谓,敢坦白地点头。

"因为订婚的事弄得太隆重了,你知道吗?礼服我已经去试了两次,还没有定下来,连弗月都在推设计师给我。大家都太认真了,我不好意思说,别麻烦啦,我随便披件麻袋都是好看的。"

沈弗峥失笑一声,应和她:"是,是披件麻袋都好看。"

钟弥说:"这种仪式越是隆重,越让我有种感觉,是不是经此仪式之后,我就要脱胎换骨了?就像古代那种祭祀文化,人们载歌载舞热热闹闹地把牛啊羊啊,绑上红布送上高台,仪式之后,它们就要成为祭品了。"

她抱住沈弗峥的脖颈,依恋地靠着他说:"有时候乱想一通,就会有点儿害怕。但今天听你说了对婚姻的看法,我就不那么怕了。"

因为有他在,她在做自己这条路上,一直有坚持的力量和向前的勇气。

沈弗峥跟她说,因为外公来京,现在双方都需要拿出好态度来,让这场破冰起码在表面上看起来圆满,所以在订婚的事情上会有一些不得不配合的事。

但他跟她保证,结婚一定会按她喜欢的方式来。

看着他认真说话的样子,钟弥忽然有感,跟他说,刚跟他在一起的时候,她为了克制自己的贪心,曾把他想象成一个游乐园。

"游乐园就是让人开心的地方,等打烊了,我想,我大概也玩够了,到时候结束就结束,散场就散场,也没什么好可惜的。我刚刚才知道,原来也有游乐园是不打烊的。"

沈弗峥附和着她的话说:"游乐园不仅不打烊,还有随机奖品。"

钟弥满脸惊喜地朝他看去:"真的?"

他点头,说是小姨教了他一个使打麻将快乐翻倍的方法,不过他不爱上赌桌,这个方法也不太适合他,钟弥今天要赴约去昌平园打牌,可以试试。

打麻将快乐翻倍?

钟弥对此兴趣很大,询问方法。

沈弗峥很认真地叫她闭眼,绝对不可以睁开,接着钟弥听到他的脚步声离开,片刻后,他又回来了。

"什么啊?步骤很烦琐吗?会不会是什么封建迷信哪,不会不管用吧?真的可以打麻将快乐翻倍吗?这有什么科学依据吗?"

沈弗峥翘着嘴角,打开方形盒子,听着她虔诚闭眼的碎碎念,叫她伸手。

他说:"没有科学依据。"

那一刻,钟弥不仅听到他的声音,也感觉到手指间凉凉滑滑的触感,尺寸合适的小小金属，被套进了她的指根处。

她睁开眼，手一翻，便瞧见无名指上硕大一颗蓝宝石。

咽了咽口水，她发不出声音，心想小姨不愧是小姨，吃过的盐胜过自己吃过的米，对快乐翻倍的思考如此务实又饱含真理。

一边摸牌，一边欣赏闪闪发光的新戒指，这种快乐翻倍的方式不是一般人能想到的，小姨毫不藏私地分享给了她的大外甥。

钟弥很俗气地惊叹了一声："好大好闪哪。"

沈弗峥执起她的手，在她的手背上印上了一吻。

"今天去试试管不管用。"

无关这颗蓝宝石的价值有多少个零，耀眼的装饰，哪怕是颗漂亮玻璃，都天然有种取悦人心的能力。

钟弥打量着宝石，很喜欢，戴戒指的手和他牵在一起，灵活地从床上蹦了下来。

他抬高手臂，钟弥踮起足尖，在他的臂弯下转圈圈，裙摆、发梢一齐飞扬，香风四散。

沈弗峥很纵容地看着她。

这一刻，她在他的眼里没有确定的身份，不是章载年的外孙女，也不是未来的沈太太。

人生这场戏，他出场戴着镣铐，有得有失，终于迎来了他的女主角。

年前，章清姝来了京市一趟，同大伯母和沈夫人一起过了一遍订婚流程。

年关底下，钟弥回州市过春节。

初六，沈弗峥来州市看望外公。

旧年如一张老日历被撕去，京市迎来春天，订婚宴如期举行。

再隆重的仪式也经不住提前彩排消磨新鲜感，当天对钟弥来说就像完美地走了一遍流程一样简单。

唯一叫她印象深刻的，是一个沈家亲戚带来的小姑娘，小姑娘正在换牙的年纪，问了一个很有意思的问题。

她被钟弥的礼裙吸引过来，礼貌地询问能不能摸裙子上的珠花，在征得钟弥同意后，才用手指小心翼翼地去摸，张着小嘴，低声叹着，好漂亮。

小姑娘先是扭头问她妈妈:"妈妈,我以后也能穿这么漂亮的裙子吗?"说完,不等妈妈回答,她又来问钟弥。

可惜她记性不好,张口喊姐姐被她妈妈笑着纠正。

"要叫小婶婶啦,这是小叔叔未来的妻子。"

她便乖乖喊小婶婶,一歪脑袋,童言无忌:"小叔叔为什么会娶小婶婶呢?我以后能穿这么漂亮的裙子吗?"

沈弗峥为什么要娶她,这个问题钟弥还没有问过沈弗峥,不过对为什么能嫁给沈弗峥,她倒是有一个答案。

"要好好吃饭,好好吃饭就可以啦。"

因她随口说想当沈太太时,他并无异议,只一副略头痛的表情,劝她好好吃饭。

而小姑娘的妈妈当钟弥是听到刚刚亲戚间的闲谈,说小姑娘爱吃零食,不爱吃饭,故意这么说的,当即应着话声说:"听到没有,小婶婶叫你以后要好好吃饭。"

以前只有一家人,钟弥对这些亲友往来的事都有些抗拒,嫌烦琐,觉得能免则免,今天双方亲友到场,更是盛况空前,叫人头痛。

从早到晚,她笑脸盈盈,实际脑容量已经不够用,连人都没认全,只负责漂漂亮亮地站在沈弗峥身边。

这还是两个人用惯的老规则。

她会说就说,不会说就看着沈弗峥笑,由他来说。

晚上回到城南别墅,她坐在入户处的换鞋凳上,明明穿着高跟鞋站了一天,小腿早就酸了,这时却不着急将脚上的这双鞋脱下来,反而提起一截裙子,伸直一双腿,脚尖摆了摆,盯着鞋子看。

这双鞋,由沈弗峥寄到宿舍送给她,到她气势汹汹地还回城南别墅,便放在他的衣帽间里,一晃快三年。

在看不清未来的时候,她曾落着眼泪跟他说,如果以后有机会,她就为他穿这双鞋,没有机会也没关系。

在过去的二十几年里,她经常说"如果以后有机会……"这样的话,但很多时候,话音出口的一瞬,她深知遥遥无期。

"没关系"也是一种不敢多计较的遗憾。

今天似美梦照进现实,她穿着这双鞋,站在他身边,接受众人的祝福。

对钟弥而言,这双鞋意义非凡。

连带着,她之前觉得太过隆重的订婚仪式,也成了一种世俗的圆满。

洗完澡,钟弥穿着单薄的睡裙,坐在床沿一边涂身体乳一边按摩小腿。

沈弗峥从浴室里出来,坐在床边,将她那条腿的脚踝攥住,拉开,放在自己的腿上,那点儿带香味的乳液还没抹匀,他在她的小腿上按揉着,手掌宽大,力道也比她自己按要舒服得多。

钟弥手后撑,将两条腿都搭在他的膝上。

房间里安静片刻,她忽然弯弯翘着一点儿嘴角说:"好神奇。"

沈弗峥看她一眼,问什么神奇。

"就是,明明只是订婚,我们昨天晚上也睡在一起,今天晚上睡在一起,就有种跟以前不一样的感觉。"

"什么感觉?"

他那种偏低的悦耳嗓音提问着,她却听不出来多少好奇之意,这更像一种温柔应和,好像这样好的气氛里,他同她说废话都有意思。

"有种……离你更近的感觉,扮演沈太太的游戏的进度条又前进一大步。"

她随心说着,脑子里天马行空,人却是实实在在地快乐。

灯影柔和,她看着沈弗峥的侧脸。

他目光专注地垂着,手掌替她揉着小腿,一时心动没忍住,她屈起膝弯,靠近过去,在他的脸颊上亲了一下。

之后她只退开寸许,目光含蜜似的,漾着夜灯下琥珀色的光。他稍看过来,视线便被粘住一样,再也不能脱身。

他先是低头,在她的唇上若即若离地吻了两下,随后按在她的小腿上的手掌托住她,将她抱过来,拉近彼此间的距离。

钟弥手臂环上他的脖子,同他亲吻。

夜灯似挂在墙上的一盏明月。

他压近彼此之间的距离,那一瞬,那月像泡在水里,稍受震动,便在她眼前不受控地晃荡起来。

他拿她刚才的话来问她,有没有一种跟以前不一样的感觉。

真实感受因一时羞耻难以说出口,钟弥手臂攀着他,只往他的脖颈间躲,说不知道。

他指点迷津,一瞬开朗:"离你更近。"

人骤然一缩,耳根都要烧起来了。

他的额头抵在她的脖颈处,彼此贴着,静止着,只听得见呼吸和心跳声。

这样的状态没持续多久,稍缓了缓,他躺去一边,手臂仍有力气捞她来自己身边。

钟弥像以往那样,用自己习惯的姿势靠在他身边,小声告诉他,刚刚她的小腿抽了一下筋。

沈弗峥瞥过来,问她是哪只。

钟弥自觉地将一条腿伸到他身上,他的掌心还有事后一片旖旎热气,混着汗水,全揉到了她的小腿皮肤上。

订婚后不久,便到钟弥的生日,今年生日从简过了,因钟弥有另一件更上心的事忙起来。

她第一次以沈弗峥的未婚妻的身份,办了一场社交活动,与订婚宴相比,规模小得多,只是一场画展,展出的作品也不多,是从她认识沈弗峥开始,到今日她的全部画作。

当天沈弗峥推掉手头的所有事,将时间挪给了钟弥,与她一同作为画展宴会上的主人,和前来参观的朋友聊天。

他穿着一身休闲宽松的白衬衫,并不商务,也不一板一眼,稍稍卷起袖口,有种慵懒艺术家的气质。

衣服是真正的艺术家帮他搭配的。

待他穿上她选的衣服,钟弥又给他惊喜,从盒子里拿出一块新手表,嘴上问着喜不喜欢,实际上管他喜不喜欢,她已经兴高采烈地将手表套到他的手腕上,系好扣,打量他的手腕处,很满意地欣赏着。

他自己抬手看了看,夸她眼光好。

钟弥眼眸灿灿,说还有一个礼物要送给他,叫他在衣帽间里稍等,接着裙摆一扬，翩翩然跑出去，取来一个他很眼熟的小印章。

钟弥自己不是专业出身，这场半露天的画展办得也并不隆重，邀请的也都是些她和沈弗峥的好友。

众人捧场，重点放在一对璧人身上。

穿着乳白色掐腰吊带丝裙的钟弥，站在沈弗峥身边笑靥如花，频频举起香槟杯，宴来往宾客，任谁看了都要说一句登对。

没人去细数，今天大大小小一共展示了二十三幅作品，入口处的介绍板上却写着共展览钟弥小姐的二十四幅作品。

那枚朱红色的"弥弥雅鉴"印在他不为人知的小臂内侧，被薄薄的衬衣料子遮着，钟弥的手一直挽在他的臂弯处。

每当有人来搭话，她挽着沈弗峥相迎，也好似在热情又隐晦地介绍——这是她全场最优秀的第二十四幅作品。

早上出门，在衣帽间里，他便纵容钟弥胡闹，只淡淡地说，旁巍之前送来的这枚小章子是真合她的心意，她怎么玩也玩不够。

钟弥印好，低下头，往他的手臂上凉凉地吹气，让印痕快些干，眯眼一笑，明媚至极，即使说着夸张恭维的话，也显诚意十足。

"沈先生绝代风华，当然怎么赏也赏不够。"

他们订婚后，可以说是订婚的事情刚敲定，沈家那边对钟弥的好心建议就已经隐隐冒头：对钟弥在舞团的工作有没有保留的必要，关于未来的沈太太该如何培养，关于他年纪已经不小，应该尽快要一个孩子。

如此种种，议论纷纷。

因他一直态度冷淡不明，这些声音也足够委婉，即使钟弥听到一些，他也能淡淡几句话安抚下来，叫她听从自己的想法，不要太在意。

订婚宴后，他单独回沈家老宅时，家里女眷旧事重提，你一言我一语，计划已经详备到最好是婚后尽快生完孩子，让钟弥再去国外进修，美化学历。沈太太的人生履历要尽可能地体面。

俨然一个漂亮娃娃，任人随心所欲地打扮成千篇一律的样子，至于她原来的面貌，她应该有的面貌，没人提及，也没人关心。

沈弗峥放下筷子，索性直说："我对她如何当沈太太的事不感兴趣，我娶她回来，也不是摆在家里供人看的，别人觉得够不够好看，我懒得考虑。"

用餐的食欲所剩无几,他用毛巾慢条斯理地擦着手指。

"我觉得赏心悦目最要紧。"

她如何才算赏心悦目?

画展现场,她似只小蝴蝶,高兴地飞来飞去,偶尔穿过人群,回到他身边,附在他耳旁,满脸欢喜地跟他说些听来的趣事。

倾泻而下的日光不过是点缀,会发光的是她本人。

这样的她怎么不是赏心悦目呢?

入夏,京市迎来暑热天气,钟弥在舞团的演出活动告一段落,沈弗峥也抽出时间陪她一起回了一趟州市。

车子开进州市地界,钟弥看着窗外熟悉的风景,不由得感叹时间飞快,她不能想象,第一次在戏馆见到沈弗峥时,那一场夏末黄昏的暴雨,已经是三年前的事了。

一个看似毫不相关的人,一点点融入她的生命,她回顾起来,原来是这样漫长缠绵的体验。

她舒服地眯起眼,趴在窗边吹风,转头问身边的人:"你还记不记得你第一次来州市是为了什么?"

沈弗峥想了一下说,解惑。

"解什么惑?"

视线越过窗外,他瞧见千年古刹隐于苍林间,目光也随之放远,待移回近处,看向钟弥时,因远近交叠,忽有种晃目的眩晕感,好似柔软梦境,叫她的脸庞看起来不真切。

他放缓声音,大概是觉得这答案俗气,于是说之前先弯了弯嘴角:"人生的意义。"

"那外公怎么跟你说的?"

沈弗峥看着她回答:"人生有许多迷津不可自渡。"

钟弥觉得这话深奥笼统,思考后,面上表情也没有舒展开。

"你就……懂了?"

沈弗峥说,大概懂了。

钟弥拉着他的手,问他要解析,她没听懂。

她做足准备要听他说一番振聋发聩的大道理,连醍醐灌顶的恍然之感都事先准备好了,却只听沈弗峥淡淡地说:"许多迷津不可自渡,大概是提醒我,要找对象了。"

钟弥没忍住笑了。

估计外公也不知道,自己当时的一句话,能被沈弗峥理解成这个意思,不仅如此,沈弗峥还拐走了他的外孙女。

每年观音成道日,章清姝都有拜佛的习惯。往年钟弥在身边,章清姝都是领着钟弥一起去寺里,去之前还要提醒钟弥不许谤佛。

沈弗峥这几年,因公因私都来了州市许多回,但从没去寺庙里敬过一炷香。他从无信仰,也没有什么心愿需要往佛前寄托。

盛澎还曾跟人调侃过,说陵阳山那一众菩萨四哥懒得拜,请了最难伺候的一位祖宗回来自己供奉。

沈弗峥跟着章清姝上山礼佛,没这份信仰,也拿出十足诚心。

钟弥说沾了他的光,今年不用听完下午的法会,就可以提前回家。

蒙蒙细雨,从早上一直下到现在,他们合撑着一把伞慢慢下山。

途中他们也遇见不少人,即使是这样的小雨天气,也拦不住上山拜佛的虔心,凡俗香客拾级而来,金身佛像前人来人往地叩首,将所祈之愿,匍身抵进蒲团。

钟弥将手伸到伞檐边,用掌心接伞骨上滑下的积水,忽然想起一个典故同他讲,说伶人最忌散班,因伞同"散"字,戏文里的伞都不能轻易在后台撑开,伤忌讳,所以她父亲从来不说雨伞,只说雨具,或者雨盖。

这一生,人为求如意,要做多少事,实在算不清。

倏然,沉沉一记钟声传来,荡涤山间新雨。

两个人一齐回头,钟声绵绵,雨汽携着古刹檀香悠悠传来。

沈弗峥遥遥望着,不晓得在看什么,忽地淡淡说了一句话:"明天早上,雨应该会停。"

钟弥愣了愣,目光转向他。

他亦收回视线,看着她,露出一点儿笑问:"要不要去结婚?"

雨雾空蒙,周遭前所未有地安静。

一寺禅声外,三千红尘间。

一个从无信仰的人,终有了一生的执迷。